Lisa Moore

Und wieder Februar

Lisa Moore

Und wieder Februar

Roman

Aus dem Englischen von Kathrin Razum

Verlag Klaus Wagenbach Berlin

Die kanadische Originalausgabe erschien 2009 unter dem Titel *February* bei House of Anansi Press in Toronto, die deutsche Übersetzung erstmals 2011 im Carl Hanser Verlag in München.

MIX
Papier aus verantwortungsvollen Quellen
FSC® C014889

Wagenbachs Taschenbuch 833

Emser Straße 40/41, 10719 Berlin www.wagenbach.de
Umschlaggestaltung: Julie August unter Verwendung einer Fotografie von © Duffour/Andia.fr/f1-online 2020. Foto von Lisa Moore © privat. Reihenkonzept von Rainer Groothuis. Das Karnickel auf Seite 1 zeichnete Horst Rudolph. Gesetzt aus der Adobe Caslon Pro. Vorsatzpapier von peyer graphic, Leonberg. Gedruckt auf Schleipen und gebunden bei Pustet, Regensburg.
Printed in Germany.

ISBN 978 3 8031 2833 1

Für meine Eltern, Elizabeth und Leo Moore.

Früher Morgen

Sonnenauf- oder -untergang, November 2008

Helen sieht zu, wie der Mann die Schlittschuhkufe an das Schleifrad hält. Eine Stahlhaube fängt den orangefarbenen Funkenregen auf. Das tiefe Surren wird zu einem Kreischen, und sie denkt: Johnny kommt nach Hause.

Die Ladentheke unter ihren Fingern vibriert von der Schleifmaschine; Johnny hat gestern Nacht vom Flughafen in Singapur angerufen. Im Hintergrund das Dröhnen eines landenden Flugzeugs. Sie hatte sich auf den Ellbogen gestützt und nach dem Telefonhörer gegriffen.

Ihr Enkel Timmy steht wie gebannt vor dem Kaugummiautomaten. Ein mit Kuli beschriftetes Pappschild verspricht einmal Schlittschuhschleifen gratis, wenn man eine schwarze Wunderkugel zieht.

Ich hab einen Quarter, sagt Helen und öffnet den Reißverschluss ihres perlenbestickten Münztäschchens. Sie ist Mutter eines Sohnes und dreier Töchter und hat zwei Enkelkinder.

Meine Töchter waren folgsam, denkt sie, während sie nach dem Quarter kramt. Sie erinnert sich an eine schallende, schmerzhafte Ohrfeige. Einmal hat sie Cathy ins Gesicht geschlagen, der weiße Abdruck ihrer Hand, der sich langsam rötete – das ist Jahre her, ein ganzes Leben. Helen verlangte von den Mädchen, dass sie sich fügten, dass sie taten, was sie sagte, Johnny dagegen war nicht zu bändigen gewesen.

Ein Junge, so wie Cal, hatte sie gedacht, als sie entdeckte, dass sie mit Johnny schwanger war. Die Krankenschwester hatte ihr beim ersten Mal das Geschlecht des Fötus nicht genannt, aber Helen hatte gewusst, dass es ein Junge war. Die Ultraschalluntersuchung war morgens um fünf, und sie fuhr mit dem Rad hin. Die Lime Street war von einem frühen Oktoberreif überzogen. Um diese Uhrzeit standen noch Sterne am Himmel. Helens Hände am Lenker waren kalt. Den Carter's Hill hinauf hatte sie schieben müssen.

Mit welcher Macht ihr Sohn als Kind nach allem verlangt hatte. Nach diesem Welpen zum Beispiel, der hinter dem Supermarkt auf einem Stück Pappe gehockt hatte. Sie sprach von den Kosten, den Flöhen, dem vielen Auslauf, den so ein Hund brauchte. Aber Johnny wollte den Hund.

Das Schleifrad heult jedes Mal schrill auf, wenn die Kufe es berührt, und Helen nimmt eine Handvoll Münzen und lässt Timmy einen Quarter heraussuchen. Seine Mutter wird böse sein. Timmy isst sein Gemüse nicht, lebt von Makkaroni mit Käse. Es gibt Regeln, bei all ihren Töchtern gibt es drakonische Regeln. Das Schicksal der Welt kann von einer Wunderkugel abhängen. Nein heißt Nein.

Der gesamte Ertrag, liest Helen, geht an die Canadian Mental Health Association. Sie sieht zu, wie der Junge die Münze in den Schlitz steckt und den schwergängigen Hebel betätigt und wie die Wunderkugeln hinter der Scheibe nach unten sacken. Timmy hebt die kleine Klappe mit einem Finger an. Schwarz. Eine schwarze Wunderkugel rollt in seine Hand. Er dreht sich um und zeigt sie Helen, strahlend. Seine blasse, sommersprossige Haut. Die blaue Ader an seiner Schläfe. Kupferrotes Haar. Ganz die Mutter. Ganz und gar. Voller Freude, mit seinen farblosen Wimpern, den grünen, haselnussbraun gesprenkelten Augen. Die zweite Schlittschuhkufe am Schleifrad. Der Geruch heißen Metalls. Und die fächerförmig aufstiebenden orangefarbenen Funken. Timmy hält die schwarze Wunderkugel hoch, und der Mann stellt die Schleifmaschine ab und schiebt sich die Schutzbrille auf die Stirn.

Einmal gratis, sagt er. Dabei verzieht er das Gesicht und fährt mit dem Daumen über die Kufe.

Johnny hat gestern Abend angerufen, um ihr zu sagen, dass in Singapur gerade die Sonne aufging. Auf- oder unterging, das wusste er nicht.

Ich weiß gar nicht, welcher Tag heute ist, sagte er. Er kam aus Tasmanien, hatte im Flugzeug geschlafen und jedes Zeitgefühl verloren. Der Empfang seines Handys war gestört, seine Stimme wurde mal lauter, mal leiser. Er hatte Helen geweckt. Nächtliche Anrufe erschreckten sie zu Tode.

Kann sein, dass heute Montag ist, sagte er. Oder Sonntag. Über den Palmen am Rand der Landebahn hängt eine große rote Kugel.

Hast du je versucht herauszufinden, wodurch sich das, was du bist, von dem, was du werden musst, unterscheidet?, fragte er. Er sprach leise, und Helen setzte sich etwas aufrechter hin. Manchmal war seine Stimme ganz deutlich zu hören.

Johnny konnte beim Anblick eines Sonnenuntergangs einfach gewaltig ins Philosophieren geraten, mehr nicht. Vielleicht war ja alles in Ordnung, dachte sie. Er war fünfunddreißig. Er war irgendwo in Singapur.

Sie dachte an ihn zurück: ein Tag am Strand, als er sieben war, sein gebräunter Oberkörper, die Waden sandverkrustet. Ein paar größere Jungs hatten mit Tangbüscheln auf ihn eingeschlagen und ihn in die Wellen hinausgetrieben. Helen hatte von ihrem Buch aufgeblickt. Gerade war sie noch in ihren Roman vertieft gewesen, und im nächsten Moment watete sie durch das knietiefe Wasser und schrie sich die Seele aus dem Leib. Wegen des Windes hörten die Jungs sie nicht.

Ihr miesen Kerle!, brüllte sie. Ihr solltet euch was schämen! Dann war sie bei ihnen angelangt, und die Jungen erstarrten.

Er hat angefangen, Missus.

Seht ihr denn nicht, wie klein er noch ist? Herrgott noch mal. Sucht euch jemanden, der so groß ist wie ihr. Die Jungs stapften durch das Wasser davon und sahen sich noch ein paarmal nach ihr um, trotzig, aber verängstigt.

Wo waren die Mädchen an diesem Tag gewesen? Cal hatte sie ihr wohl abgenommen. Ein Strandtag vor langer Zeit, vor mehr als dreißig Jahren, und jetzt, hier, die Frisierkommode, das von einer Straßenlampe durchleuchtete Parfumfläschchen, die braune Flüssigkeit wie ein ruhiges Feuer, die Teppichfransen, ihr an einem Haken hängender Hausmantel; Johnny war ein erwachsener Mann. Sie umklammerte den Telefonhörer. Sie war fünfundfünfzig, nein, sechsundfünfzig.

Was du werden musst, hatte sie wiederholt.

Johnny gehörte zu den Männern, die nur selten bei ihrer Mutter anrufen, und wenn er es tat, war er abwechselnd energisch und konfus, und die Verbindung war immer schlecht. Oder irgendetwas stimmte nicht. Er wollte ihr von dem Sonnenuntergang erzählen, hatte sie gedacht, mehr nicht. Die Sonne ging unter. Oder sie ging auf. Aber nein, es ging um mehr als den Sonnenuntergang. Diesmal hatte er etwas zu sagen.

Der Ladenbesitzer schiebt leuchtendrote Schoner auf die Kufen und knotet die langen Schnürsenkel zusammen, damit Timmy die Schlittschuhe über der Schulter tragen kann.

So, das war's, sagt er. Er gibt Timmy einen sanften Klaps auf den Hinterkopf. Timmy duckt sich schüchtern weg. Helen sieht, wie die Wunderkugel von der einen Backe in die andere wandert.

Geht's zum Eislaufen?, fragt der Mann.

Wollen mal ein paar Pirouetten drehen, sagt Helen.

Bald sind die Teiche zugefroren, sagt der Mann. Bei dem Wetter, das wir in letzter Zeit hatten.

Sie schauen alle aus dem Fenster. Die Straße ist von einer Schneebö weggeschmirgelt worden.

Basilika, Februar 1982

Die Ocean Ranger begann am Valentinstag 1982 zu sinken, und am nächsten Tag bei Morgengrauen war sie untergegangen. Die gesamte Besatzung kam ums Leben. Helen war damals dreißig, Cal einunddreißig.

Es dauerte drei Tage, bis feststand, dass niemand überlebt hatte. Drei Tage lang hofften die Menschen. Manche jedenfalls. Helen nicht. Sie wusste, dass die Männer tot waren, und es war ungerecht, dass sie es wusste. Sie hätte diese drei Tage auch gern gehabt. Heute erzählen die Leute, wie schwer es war, nicht Bescheid zu wissen. Helen hätte gern nicht Bescheid gewusst.

Sie beneidete die Leute, die es fertigbrachten, mit einer Art ekstatischer Zuversicht in die Basilika zu kommen, obwohl sie wussten, dass der Wind mit einer Geschwindigkeit von neunzig Knoten blies. Zu der Messe für die Ocean Ranger kam die ganze Stadt, drei Konfessionen waren vor dem Altar versammelt.

Die Messe galt nicht als Gedenkgottesdienst. Helen weiß nicht mehr, welche Bezeichnung man wählte oder ob es überhaupt eine gab, noch erinnert sie sich, wie sie dorthin gelangte. Was sie noch weiß, ist, dass nie vom Tod der Männer die Rede war.

Helen hatte mit der Kirche 1982 nichts am Hut. Doch sie weiß noch, dass es sie in die Basilika zog. Sie musste die anderen Familien um sich haben.

Sie erinnert sich nicht daran, sich für den Gottesdienst hergerichtet zu haben. Vielleicht hatte sie einfach ihre Jeans an. Sie weiß, dass sie zu Fuß ging. Weiß noch, wie sie um die Schneewehen herumging. Der Schnee war von den Pflügen regelrecht abgeschoren worden. Glattgeschabte hohe weiße Wände, die das Licht der Straßenlampen reflektierten. Es gab nicht genug Platz zum Laufen. Die Statue der Jungfrau Maria hatte Schnee in den Augenhöhlen und auch über dem Mund und einer Wange, wie das vorgebundene Tuch eines Gangsters. Daran erinnert sich Helen, weil schon damals dieses Gefühl in ihr aufstieg: wie ungerecht es war, beraubt worden zu sein.

Und als sie dann über den Hügel kam, sah sie die Menschen auf der Treppe der Basilika. Es war so voll, dass nicht alle in die Kirche hineinpassten.

Doch Helen schob sich durch die Menge. Sie war mit ihrer Schwester verabredet, erinnert sich jedoch nicht daran, Louise gesehen zu haben. Ein einziges Gedränge, und dann die Orgel, die Kerzen, der Weihrauch. Sie erinnert sich an die Kerzen und die Lilien. Unzählige Lilien.

Helens Schwiegermutter, Meg, war ebenfalls in der Kirche, doch auch sie entdeckte Helen nicht. Meg muss ganz vorne gewesen sein. Cals Mutter wollte bestimmt nah am Geschehen sein. Meg hatte in der Nacht, als die Ölbohrinsel sank, einen Traum gehabt. Sie hatte von einem Baby geträumt: Ich bin aufgestanden und habe aus dem Küchenfenster geguckt, und da habe ich in der Baumkrone ein Baby gesehen, das in eine weiße Decke gehüllt war. Ich habe zu Dave gesagt: Geh raus und hol das Baby, bevor ihm was passiert.

Alle hatten in der Nacht, als die Bohrinsel sank, irgendeinen Traum. Es gibt niemanden in der ganzen Provinz, der nicht genau wüsste, wo er in jener Nacht war. Eine von Helens Freundinnen gab im Boys and Girls Club in Buckmaster's Circle Tennisunterricht. Nur Helens Freundin und ein Wunderkind, ein siebenjähriger Tennisstar, allein in der Halle, das harte Knallen des Tennisballs, sie ahnten nichts von dem Sturm, der draußen tobte. Als sie aus der Halle kamen, war das Auto ein schneebedeckter Hubbel, ein einsamer Marshmallow auf dem leeren Parkplatz. Die ganze Stadt hatte dichtgemacht. Eine andere Freundin hatte bei einem im Voraus bezahlten Valentinsdinner bedienen sollen. Jeder Tisch war mit einer brennenden Kerze und einer Rose in einer winzigen Vase dekoriert, und als Hauptgang sollte es Ente mit Heidelbeersauce geben, doch das Restaurant musste schließen, und der Besitzer lud Helens Freundin ein, mit ihm zu essen, bevor sie heimfuhren. Nach dem Essen ging der Besitzer von Tisch zu Tisch und blies die Kerzen aus.

Es gab Männer auf der Bohrinsel, die sich verabschiedet hatten, bevor sie hinausfuhren, das war das Eigenartige. Einige Männer riefen ihre Mutter an. Männer, die üblicherweise nicht telefonierten. Viele dieser Männer waren es nicht gewohnt zu sagen, wie es ihnen ging. Das war nicht ihre Art. Sie sagten nicht Danke. Oder Auf Wiedersehen oder Ich liebe dich.

Derlei Gefühle pflegten sie in Handlungen umzumünzen.

Sie hackten Holz oder schippten Schnee. Ein großer Stapel Holz, neben dem Schuppen aufgeschichtet, unter einer blauen Plastikplane. Sie brachten Elchsteaks vorbei. Bauten eine Einliegerwohnung für die Schwiegermutter ein. Stiegen mit einem Eimer Teer aufs Dach. Das hieß Danke. Manche von ihnen waren so jung, dass es ihnen gar nicht in den Sinn gekommen wäre, Auf Wiedersehen zu sagen. So weit konnten sie nicht vorausdenken. Doch selbst einige dieser jungen Kerle Anfang zwanzig riefen zu Hause an. Telefonierten mit ihrer Freundin. Sagten, sie seien auf dem Weg zur Bohrinsel und wollten sich nur kurz melden, bevor sie losfuhren.

Viele der Männer, die auf der Ocean Ranger ums Leben kamen, hatten regelrechte Mühen auf sich genommen, um sich zu verabschieden, und das war seltsam. Es blieb in Erinnerung. Die Leute kommentierten das noch Jahre später: Kurz bevor er losgefahren ist, hat er noch angerufen.

Am Abend der Messe für die Ocean Ranger ging Helen die Stufen zur Basilika hinauf und sagte: Entschuldigung. Sie drängte sich durch die Menge, bahnte sich unbeirrt einen Weg nach vorn.

Sie erinnert sich nicht an Louise, sah weder Cals Mutter noch seinen Vater in der Kirche, doch sie müssen alle dort gewesen sein. Aus der Orgel drang ein langer tiefer Ton, der an das Stöhnen eines Menschen erinnerte. Helen spürte diesen Ton in den Fußsohlen, er vibrierte zwischen ihren Beinen, in Schambein und Gedärm, verwandelte ihr Inneres in Wasser, vibrierte in ihrer Nase. Ihre Nase tat weh davon, und Helen stiegen die Tränen in die Augen. Die Orgelmusik durchfuhr ihren ganzen Körper.

Sie hatte mit der Kirche nichts am Hut, doch unbewusst erhoffte sie sich womöglich einen Fingerzeig, wie sie das, was vor ihr lag, würde durchstehen können. Sie war nicht gläubig, und sie war wie betäubt, aber sie hatte drei Kinder und ahnte wohl, dass sie schwanger war, obwohl bislang nicht einmal ihre Periode ausgeblieben war. Oder falls doch, hatte sie es nicht bemerkt.

Louise sagt: Ich war da. Wir haben über die vielen Leute geredet, und ich habe dir ein Taschentuch gegeben. Ich hatte eines im Ärmel. Aber Helen erinnert sich nicht an Louise.

Die Kerzen: Es müssen Hunderte davon auf dem Altar gestanden haben, jede in einem kleinen roten Glas, und sie verschwammen alle in seitliche Richtung, als Helen die Tränen in die Augen stiegen. Sie zwinkerte, und die Flammen wurden zu scharf konturierten Sternen, die Sterne sandten Speere aus, und dann kamen ihr wieder die Tränen, und die Flammen wurden zu einer Wand aus strömendem Licht.

Die Basilika ist eine große Kathedrale mit Gewölbedecke, in der es normalerweise ziemlich kühl ist; an jenem Abend konnte man sich dort vor lauter Menschen kaum rühren. Und die Orgelmusik war laut. Wahrscheinlich hörte man sie bis in die Water Street.

Die Stimmen waren nicht weniger laut. Als die Leute zu singen begannen, hielten die Kerzen den Atem an und strahlten dann heller. Oder der Wind stieß die Tür auf, fegte kalt durch den Mittelgang, und die Kerzen flackerten.

Wer passte auf die Kinder auf? Helen hatte die Kinder nicht in die Kirche mitgenommen. Heute bereut sie das. Johnny war damals neun, Cathy acht und Lulu sieben. Zack, zack, zack, eins nach dem anderen.

Drei Wickelkinder, die dir zwischen den Füßen herumkrabbeln, hatte ihre Schwiegermutter Meg gesagt, als wäre es so geplant gewesen. Sie hätte die Kinder an jenem Abend wachhalten, ihnen die Schneeanzüge anziehen sollen. Hätte sie es doch nur getan.

Die Kinder hätten sie zu diesem Gottesdienst begleiten sollen, aber so dachte sie damals nicht. Sie weiß nicht, wie sie damals dachte. Sie hatte wohl geglaubt, sie könne sie irgendwie schützen. Oje.

Das Kerzenlicht bewegte sich im Takt der Orgelmusik. Ein Wall aus goldenem Licht hinter den Priestern – oder was sie auch sein mochten, Geistliche, ein Erzbischof war jedenfalls dabei – in ihren weißen Gewändern und mit erhobenen Armen. Der Gesang begann, und sie musste raus.

Die zittrigen hohen Stimmen der alten Frauen vorne. Diese Stimmen heben sich ab, gehen nicht im Gesamtklang auf, sie singen richtig, aber schrill, und zwar immer, niemals fügen sie sich ein oder vereinigen sich mit den anderen. Vielmehr führen sie den Gesang an, diese alten Frauen, die jeden Morgen in der Kirche sind, zu Fuß aus der Gower Street, King's Road oder Flavin Street kommen, nachdem sie der Katze ihr Futter hingestellt und ein Geschirrtuch über die hellbraune Schüssel gelegt haben, in der ihr Brotteig geht.

Sie kommen in Gummistiefeln, die vorn einen Reißverschluss haben, Stiefeln, die man über Hausschuhe zieht und die ihren verstorbenen Männern gehörten, und sie haben Regenhüte aus Plastik, die unter dem Kinn gebunden werden, Wollmäntel mit großen Knöpfen, Dauerwellen und in der Tasche neben dem zerknüllten Taschentuch einen Rosenkranz. Diese Frauen konnten es nicht fassen, dass sie auf ihre alten Tage noch solchen Kummer miterleben mussten. Das hätte eigentlich hinter ihnen liegen sollen. Sie sangen, und der schrille Klang war Resignation. Man braucht siebzig oder achtzig Jahre Übung, um die Resignation zu meistern, doch die alten Frauen wissen, dass sie unentbehrlich ist.

Und dann waren da Männerstimmen, tiefe Stimmen, durchdrungen von dem Versuch der Singenden nachzudenken. Diese Männer versuchten darüber nachzudenken, wie sie durch das Kirchenlied und die restliche Messe kommen, danach das Auto finden und zur Kirche zurückfahren könnten, um Frau und Kinder abzuholen, damit diese nicht durch den Sturm laufen mussten – ich hol euch ab, ihr müsst doch nicht nass werden, wartet einfach hier auf der Treppe, haltet nach mir Ausschau –, diese Männer dachten an den Verkehr, und sie fragten sich, ob ihr Sohn oder Bruder wohl tot war. Wussten, dass er tot war – sie wussten es alle –, und fragten es sich trotzdem. Sie hielten die Gesangbücher mit ausgestreckten Armen vor sich, diese Männer, denn sie waren weitsichtig, kniffen die Augen zusammen und nickten, als stimmten sie den Worten zu, die sie da sangen, oder als wären sie einfach froh, sie entziffern zu können.

Neben den Männern, die mit gerunzelter Stirn die Gesangbücher hielten, standen ihre Frauen. Die Kathedrale war von dem Geruch nach feuchter Wolle und Winter, nach kaltem Stein und Weihrauch erfüllt, und in der Nähe des Altars roch es nach Kerzenwachs und Lilien. Auf manchen Kirchenbänken saßen ganze Familien, rotwangige kleine Mädchen mit Ringellocken oder Zöpfen schaukelten gähnend auf der Bank vor und zurück, in Kleidchen, die ihnen über die Schneehosen hingen. Kleinkinder schliefen auf dem Schoß ihrer Mutter.

Warum Helen mitten im Gottesdienst die Kirche verließ? Weil einige dieser Menschen voller Hoffnung waren. Sie waren verrückt vor Hoffnung, und der Volksglaube besagt: dass die Hoffnung vermisste Seeleute zurückbringen kann. Das ist der Volksglaube. Wenn die Hoffnung stark genug ist, kann sie Tote wieder auferwecken.

Helen war froh, dass sie die Kinder nicht mitgebracht hatte. Wer nimmt denn seine Kinder zu so etwas mit, dachte sie.

Sie wusste ganz sicher, dass Cal tot war und dass sie sich würde glücklich schätzen können, wenn sie wenigstens seinen Leichnam bekam.

Sie wollte seinen Leichnam. Daran erinnert sie sich. Sie wusste, dass Cal tot war und dass sie unbedingt seinen Leichnam wollte. Wobei sie das damals nicht hätte in Worte fassen können.

Was sie hätte sagen können, war: Sie stand außerhalb. Ihr Gefühl ließ sich am ehesten so beschreiben: Sie war abgeschnitten. Von allen anderen und von sich selbst.

Außerhalb, 1983

Wegen der Kinder verspürte Helen großen Druck, so zu tun, als gäbe es kein Außerhalb. Oder wenn es doch eines gab, so zu tun, als sei sie ihm entkommen. Helen wollte, dass die Kinder glaubten, sie sei drinnen, bei ihnen. Das Außerhalb war eine hässliche Wahrheit, die sie für sich zu behalten gedachte.

Es war vollendete Schauspielerei, diese Lüge über den Ort aufrechtzuerhalten, an dem sie sich wirklich befand: außerhalb.

Sie wahrte den Schein, indem sie Frühstück und Abendessen machte (allerdings griff sie oft auf Chicken Nuggets und Tiefkühlpizza zurück) und den Kindern bei den Hausaufgaben half.

John biss die Radiergummis von seinen Bleistiften, kaute auf dem goldenen Metall herum, bis der Abdruck seiner Zähne zu sehen und nur noch ein von Speichel bedecktes Gummistückchen übrig war, das von seiner Zungenspitze fiel, wenn sie die Hand ausstreckte. Er begann direkt nach dem Untergang der Bohrinsel auf Sachen herumzukauen. Seine Lehrerin sagte, John esse im Unterricht seine Bleistifte. Einen pro Woche, vermute sie. Gesund ist das bestimmt nicht, sagte die Lehrerin zu Helen. Er kaute auch auf seinen Manschetten herum, bis sie völlig zerfranst waren. Wenn er nach Hause kam, waren sie feucht vom Speichel. Und er aß mit offenem Mund, so dass man das Essen sehen konnte.

Die Lehrerin sagte: Die Kinder werden sich über ihn lustig machen. Ermahnen Sie ihn liebevoll. Mach den Mund zu beim Kauen. Das ist von grundlegender Bedeutung. Einmal bin ich in die Cafeteria gekommen, und da saß er ganz allein da. An einem großen Tisch.

Helen erzählte John das, und fortan aß er mit fest zusammengepressten Lippen und weit aufgerissenen Augen, seine Miene ganz grimmig von der gewaltigen Anstrengung, höflich zu sein.

Helen übte mit John Mathe und sagte ihm: Deine Fünfen sind spiegelverkehrt.

Sie fertigten eine Projektarbeit über Pinguine an, mit Zeichenkarton und Filzstift und Fotos aus National Geographic. Pinguine bleiben ihr Leben lang mit demselben Partner zusammen. Sie rutschen auf dem Bauch von Eisklippen herunter. Ab und zu wird einer gefressen, und dann bleibt der andere allein zurück. Dies sind die rührseligen, sentimentalen Fakten über Pinguine. Johnny schnitt mit seiner stumpfen Schere Fotos aus und klebte sie auf den Karton, und dann zog er mit dem Lineal schiefe Linien für die Bildunterschriften. Seine Druckschrift war fürchterlich.

Helen sorgte dafür, dass die Kinder zum Abendessen zusammen um den Tisch saßen. Immer. Zusammen am Tisch zu sitzen war der Grundpfeiler ihrer Inszenierung.

Sie backte nicht selbst. Helen packte den Kindern gekauftes Gebäck und Dosen-Limo in die Lunchbox. Schinkensandwich mit Mayo und Wonderbread. Die Familien der Ertrunkenen warteten alle auf die Entschädigung, denn wie soll man vier Kinder ernähren und auch noch die Rechnung von Newfoundland Light and Power bezahlen?

Nach einer Weile begann sie in einer Bar zu arbeiten. Meg passte auf die Kinder auf, wenn Helen in der Bar gebraucht wurde. Helen musste feststellen, dass sie kein Wechselgeld abzählen konnte. Sie schaute auf das Wechselgeld in der Kassenlade und auf die Münzen in ihrer einen und den Fünfdollarschein in der anderen Hand und hatte keine Ahnung, was das alles bedeutete.

Sie brachte die Bestellungen durcheinander. Manche Leute ließen anschreiben, doch sie wusste nicht, wer. Einmal weigerte sie sich, einen Mann zu bedienen, der ihr daraufhin Prügel androhte. Dann werden dir deine schlauen Sprüche schon vergehen, sagte er. Er griff nach dem Telefon, rief den Besitzer der Bar an und reichte ihr den Hörer, und der Besitzer sagte: Sie sind da, um Bier zu servieren. Also servieren Sie den Leuten gefälligst ihr gottverdammtes Bier.

Sie wischte in den Toiletten die Kotze auf und ging morgens um vier zu Fuß nach Hause. In der Duckworth Street fuhren die Autos im Schritttempo an ihr vorbei. Männer boten ihr an, sie mitzunehmen. Willst du nicht einsteigen? Ich hab was für dich.

Einmal brach sie in Tränen aus und schrie einem Mann ins Gesicht: Wo ist Ihre Frau? Wo ist sie? Haben Sie denn keine Frau? Die verspiegelte Fensterscheibe surrte nach oben, und Helen sah ihr fleckiges Gesicht, den Rotz und die Tränen und, wie einen Heiligenschein, ihr von einer Straßenlampe erleuchtetes Haar, und sie wusste nicht, wen sie da sah.

Schrie noch, während der Wagen mit quietschenden Reifen davonraste. Der Geruch verbrannten Gummis, ihr tränenverschmiertes Gesicht.

Das Geld von der Bar reichte aus, um die Familie mit Lebensmitteln zu versorgen, doch eines Tages zerschlug ein Mann eine Bierflasche an der Tischkante und bedrohte seine Freundin damit. Der Rausschmeißer brach ihm mehrere Wirbel, als er ihn vor die Tür setzte, und da hörte Helen auf.

Sie stellte sich unten an die Treppe, um nach den Kindern zu rufen, eine Hand auf dem Geländer: Das Abendessen ist fertig.

John begann Zeitungen auszutragen, und an den Winterabenden folgten sie und die Mädchen ihm, warteten auf der Straße, während er an die Türen pochte und kassierte. Er war zehn, und Gabrielle, das Baby, hing in einem Tragegestell auf Helens Rücken. John war der Überzeugung, dass er die Familie unterstützen sollte. Rotzfrech, ein richtiger Straßenjunge. Sie sah zu, wie er klingelte und hereingebeten wurde.

Johnny beschwatzte die alten Männer, die in Bademantel und Hausschuhen an die Tür geschlurft kamen. Helen hörte das Quietschen der Fliegengittertüren, sah, wie die alten Männer auf der Straße nach einem Elternteil Ausschau hielten, sie und die Mädchen entdeckten und Johnny daraufhin hereinbaten.

Komm rein, mein Sohn.

Oder die Hausfrauen, die in ihrer Handtasche kramten. Zehn Jahre war er alt, doch Johnny bemerkte eine neue Frisur, oder er sagte, das Essen rieche aber lecker.

Zehn Jahre alt, und was legte er sich ins Zeug für ein Trinkgeld. Er streichelte Hunde und plauderte mit den Leuten, während er ihnen die Zeitung aushändigte.

Helen und die Mädchen liefen durch das gesamte Viertel, während Johnny für die Telegram kassierte. Wieder zu Hause angelangt, setzte sie sich auf einen Stuhl, und Johnny hielt das Tragegestell, während sie die Verschlüsse öffnete, und wenn sie dann ihre Schultern aus den Gurten gewunden hatte, fühlte sie sich, als schwebte sie. Sie legte Gabrielle in das Gitterbettchen, ohne ihr den Schneeanzug auszuziehen. Schon allein das Geräusch des Reißverschlusses konnte das Baby wecken.

Sie denkt an den Geruch der Telegram-Tasche, die John über der Schulter trug, an den Geruch von Frost und Tinte. Die Münzen, die aus seinem Portemonnaie auf den Tisch kullerten. Wie er mit der Hand auf die rollenden Quarters schlug, damit sie nicht hinunterfielen. Er wollte Lebensmittel kaufen, und sie erlaubte es ihm. Er kaufte Kekse und Eis, Familienpackungen. Er gab jedem der Mädchen einen Löffel, und sie aßen alle dort am Küchentisch direkt aus der Packung. Einmal kaufte John ihr ein Steak. Er war sehr stolz auf sich.

Wie Helen tobte, wenn die Kinder nicht sofort zum Essen kamen – ich stelle euch hier ein Essen auf den Tisch, Herrgott noch mal, da erwarte ich, dass ihr kommt, wenn ich euch rufe, und zwar sofort.

Die Mädchen warfen sich auf ihre Stühle. Lachten, redeten durcheinander, langten nach dem Ketchup. Gabrielle lernte Treppensteigen, und der Windelpacken unter ihrem verwaschenen gelben Strampler wackelte dabei hin und her. Passt auf, dass sie nicht hinfällt. Habt ihr das Baby im Auge?

Wenn Gabrielle mitten in der Nacht aufwachte, stand Johnny auf und holte ihr ein Fläschchen mit Milch. Er hatte Angst vor der Dunkelheit, trotzdem ging er die Treppe hinunter in die Küche, Helen hörte das Geräusch der Kühlschranktür, und dann hörte sie ihn, so schnell er konnte, die Treppe wieder hochkommen. Er gab Gabrielle ihr Fläschchen, und danach kletterte er zu Helen ins Bett und legte seine kalten Füße an ihre Schienbeine. Er hatte immer Bauchweh. Streichle mir den Bauch, sagte er. Es war Stress. So ein kleiner Kerl und Stress. Wobei damals niemand von Stress sprach. Wachstumsschmerzen nannte man es.

Ellbogen, sagte Helen beim Abendessen. Nicht am Ärmel. Nimm die Serviette. Willst du die Beine von deinem Stuhl abbrechen? Wie oft muss ich dir das noch sagen? Nicht kippeln. Wirf den Ball nicht an die Wand.

Sie ließ nicht zu, dass beim Essen der Fernseher lief. Sie hatte eine bestimmte Vorstellung davon, was eine Familie ausmachte, und sie würde dafür sorgen, dass sie eine Familie waren. Macht den Fernseher aus, sagte sie. Wenn sie doch nur einen Quarter für jedes Mal bekäme, wo sie sagte: Macht die Tür zu, wir heizen hier nicht die Straße.

John vergaß immer wieder, die Gabel zu benutzen. Benutz deine Gabel. Benutz die verdammte. Ich schneid es dir. Soll Mommy dir das schneiden? John hasste es, auf seinem Stuhl am Tisch zu sitzen. Darf ich aufstehen? Nein. Ich bin aber fertig. Du bist erst fertig, wenn alle fertig sind; wir sind eine Familie. Gabrielle ist fertig. Lulu ist fertig. Darf ich jetzt gehen? Also gut. Dann geh halt. Geh, wenn du willst. Geh. Geh in Gottes Namen. Jesus, Maria und Joseph.

Woraufhin John um die Ecke sauste, durch den Flur, aus der Haustür. Mach die Tür zu. Mach die verdammte.

Oder John schlang sein Essen hinunter und warf dann seinen Basketball gegen die Wand. Der Ball macht Streifen an der Wand. Was hab ich gesagt? Du sollst den Ball nicht an die. Jetzt guck dir mal die Wand an! Guck dir die Streifen an der. Was hab ich dir gesagt?

Er stand am Tisch, prellte den Ball auf den Boden. Sie dulde keine Frechheiten, erklärte Helen ihren Kindern.

Keine Widerworte, junge Dame, in deinem eigenen Interesse, sagte sie.

Ich versohl dir den Hintern, sagte sie.

John war eines von den Kindern, denen man sagen musste: Hör auf den Ball zu prellen. Der Aufprall hallte im Zimmer wider und ließ die Lampe über dem Esstisch vibrieren. Die Lampe bestand aus einer von vier Rauchglasscheiben umschlossenen elektrischen Kerze und einer bronzeartigen Kette, die sich um das Kabel wand. Sie hing von der Decke, und wenn John den Basketball prellte, tanzten kleine Lichtrechtecke auf dem Tischtuch. Ein Junge von zehn, elf Jahren.

Hasenohren, erklärte ihm seine Schwester Lulu. Man macht eine Schlaufe und dann noch eine, und dann wickelt man die eine Schlaufe um die andere und zieht sie fest an. Doch John konnte seine Schuhe nicht binden.

Die Mädchen malten mit bunter Kreide auf den Gehsteig Blumen oder Himmel und Hölle. Cathy knotete Gummibänder zu einem langen Band zusammen, befestigte das eine Ende am Telegrafenmast und das andere an Lulus Knie, und dann hüpfte sie auf das Gummi und hielt es unter ihrem Schuh fest. Oder die Mädchen spielten mit einem Skip-it-Hüpfseil. Einen Oktober lang musste sich die Familie jeden Tag nach dem Abendessen eine halbe Stunde das Gequietsche von Lulus Geige anhören. Lulu übte mit beeindruckender Disziplin, das Kinn in die kleine Plastikmulde gepresst, ihr schrilles Gekratze so durchdringend, dass Helen es in den Zähnen spürte.

Im Sommer kauften sie sich Eis und setzten sich an den Springbrunnen vor dem Colonial Building. Wenn es dämmerte, schossen aus dem flachen Becken fächerförmige

Schaumfontänen in die Höhe. Ein feiner Sprühregen wehte herüber und überzog ihr Haar mit winzigen Tröpfchen. Keine Frau sollte allein vier Kinder versorgen müssen, dachte Helen damals; das eine Auge des Babys war von einem Wespenstich zugeschwollen wie das eines Boxers. Aus der Innenstadt war leise Musik zu hören, es roch nach Gegrilltem, Kinder rollten auf Skateboards vorbei – ein Freitagabend zur Essenszeit, nach einem Tag im Park.

John prellte den Basketball, und Gabrielle saß in einem Kinderstuhl und mampfte. Cathy und Lulu waren imstande, ruhig am Esstisch zu sitzen. Die Mädchen konnten Servietten benutzen. John wischte sich den Mund am Ärmel ab.

Mit außerhalb meinte Helen, dass eine durchsichtige Wand, eine Scheidewand sie von der restlichen Welt trennte. Sie konnte sich die Seele aus dem Leib brüllen – leg endlich diesen gottverdammten Ball weg –, doch keiner hörte sie.

Nachdem die Ocean Ranger gesunken war, mussten sie sehr lange auf eine Entschädigung warten. Die Leute fragen immer, wieviel die Familien damals bekamen, und Helen gehört zu denen, die finden: Das geht euch einen feuchten Dreck an.

Die Leute, die nach der Entschädigung fragen, scheinen zu glauben, dass das Leben durch eine Zahl erfasst werden kann. Ein Bein ist wie viel wert? Ein Arm? Ein Rumpf? Was ist, wenn man seinen Mann vollständig verliert? Wie viel Geld bekommt man dann? Sie denken, ein Mann entspricht einem bestimmten Betrag. Ein toter Ehemann lässt sich nicht gegen eine Geldsumme aufrechnen, würde Helen diesen Leuten gern sagen. Wer nach dem Geld fragt, weiß nicht, wie es außerhalb ist. Diese Leute sind drinnen. Oder sie haben nie richtig geliebt. Helen beobachtet solche Menschen voller Interesse.

Was sie ihnen gern sagen würde, ist, dass sie und ihre vier Kinder sehr lange auf die Entschädigung warten mussten. Es gab zwar einen durch Spenden finanzierten Hilfsfonds für die Familien, und die Leute meinten es gut, waren großzügig, doch die Spenden reichten nicht weit. Sie sagt das niemandem. Aber dieses Geld reichte nicht weit.

Am besten spricht man sie auf dieses Thema gar nicht an. Ihre Schwester hat ihnen Lebensmittel vorbeigebracht, das würde sie gern sagen. Mehr als einmal, und Louise hatte es auch nicht gerade dicke. Sie kam einfach und begann ihr Auto auszuladen, und sie wollte keinen Dank. Lebensmittel für eine ganze Woche.

Louise wollte keinen Dank. Ohne viele Worte räumten sie die Sachen in die Schränke ein, eine Angelegenheit zwischen zwei Schwestern. Louise hatte gerade erst als Krankenschwester angefangen und verdiente noch nicht viel, außerdem hatte sie selbst zwei Kinder.

Das ist, sagte Louise, nicht der Rede wert.

Danke, Louise, sagte Helen.

Halt die Klappe, sei so gut.

Helen legte Wäsche zusammen. Die Sockenpaare zusammenzusuchen war ein Akt, der ziemlich genauso aussah wie das Zusammensuchen von Sockenpaaren. Helen sah dabei aus, als wäre sie in der Welt, mit einer ganz banalen Tätigkeit befasst: Hier ist die eine Socke, wo könnte wohl die andere sein? Und zum Schluss lag tatsächlich ein Stapel Socken da.

Sie ließ ständig das Radio laufen. Oder sie drehte es ab.

Das ist mal ein Maul, das wir stopfen können, sagte sie. Und schaltete das Radio aus.

Je mehr Zeit verstrich, desto überzeugender wurde Helen. Es roch nach Chicken Nuggets; unter dem Toaster lagen Brotkrümel. Sie packte die Lunchboxen, ließ den Öltank auffüllen, ging zu den Weihnachtskonzerten der Kinder. Ihren absoluten Tiefpunkt erreichte sie, als die Leitungen einfroren. Unten im Keller mit dem gestampften Boden, der niedrigen Decke und den feuchten Mauern hielt sie einen Schweißbrenner an die Rohre. Das abrupte Fauchen, als die Flamme herausschoss, ein seltsames Blau, und dann dieses Zischen. Es jagte ihr eine Heidenangst ein. Sie konnte sich keinen Installateur leisten.

Louise ließ kein einziges der Weihnachtskonzerte von Helens Kindern aus. Bei den Weihnachtskonzerten sitzen die Ehepaare zusammen, deshalb begleitete Louise Helen. Es gab ein dreistündiges Programm mit Kostümen und von den Deckenbalken hängenden silbernen Schneeflocken, das Klavier überschwänglich und penetrant, dazu die dramatischen Gesten der Musiklehrerin, die mit ihrem Taktstock den übererregten, todernsten Kindergartenchor dirigierte, und nun, und nun, die Kinder artikulierten jede Silbe ganz deutlich. Louise brauchte dringend eine Zigarette. Louise schlief ein. Louise weinte, als Lulu ihr Geigensolo spielte.

Doch die Wahrnehmung der Mädchen wurde bald feiner, sie ließen sich nicht mehr so leicht täuschen. Also suchte sich Helen wieder Arbeit, begann zu nähen und besuchte einen Yogakurs. Niemand fragte: Hast du mal daran gedacht, jemand Neues kennenzulernen? Lange Zeit wagte das niemand.

John ruft sie gern an, November 2008

Helen schläft mit einer Augenmaske. Das Telefon: Singapur. Einen Moment lang dachte sie, Thailand, aber es war nicht Thailand. Singapur war China. Oder war das Hongkong? Es war ein Zwischenstopp. John war auf dem Weg nach New York. Er redete von der Sonne. Nur eine Zwischenlandung, sagte er. Zum Auftanken.

Ich trinke rasch einen Espresso, sagte Johnny.

Das Telefon klingelte mitten in der Nacht, es hätte Louise sein können mit einem Herzinfarkt oder weiß Gott was. Helen nahm die Augenmaske ab und sah, wie unterschiedlich die beiden Arten von Dunkelheit waren. Es schien fast so, als wäre die Welt nur ein Gewusel herumschwirrender Atome, als könnte sie, wenn sie wollte, die Hand in die schattenhaft und unwirklich erscheinende Kommode schieben und ihre Nylonstrümpfe zwischen den Fingern zerreiben, sie wegreiben wie den Beschlag auf einem Spiegel.

Ihre schwarze Strickjacke an der Schranktür. Immer diese panische Angst, wenn nachts das Telefon klingelt: Ist jemandem etwas zugestoßen? Louise hatte schon mehrere Herzanfälle. Letzten Winter kam der Notarztwagen. Helen hat Angst vor dem Telefon.

Ihre Strickjacke sah aus wie ein Schemen, ein Geist. Helen war eben doch alt geworden, und ja: Es waren viele Jahre vergangen. Das Bett flog über den Rand eines Kliffs, über dem Wasser schrillte eine Sirene, und ihr Körper schien langsamer zu fallen als das Bett, sie spürte, wie das Bett aufschlug, platsch, und dann schlug sie auf dem Bett auf und begann zu sinken, doch es war keine Sirene, nur das Telefon. Das Telefon. Geh ans Telefon. Alt bin ich nun ganz gewiss nicht, dachte sie und riss schnell den Hörer hoch, ehe am anderen Ende aufgelegt wurde.

Es war nur das Telefon, es war nur ihre Strickjacke.

Wo bist du, John?, fragte sie.

Du schreist mir ins Ohr, Mom. John konnte sehr sachlich klingen, wenn er sich über sie lustig machen wollte. Konnte trockene Kommentare abgeben. Sie schrie nicht. Aber sie würde versuchen leiser zu sprechen.

Ich bin auf dem Flughafen in Singapur und besorge mir gerade einen Espresso, sagte er.

Helen hörte, wie eine Kassenlade einrastete. John war geschäftlich schon durch die halbe Welt gereist. Zuletzt nach Tasmanien. Arbeitstreffen in Melbourne und danach ein Abenteuerurlaub auf Tasmanien. Irgendein Outdoor-Pauschalangebot. Wenn man so eine Entfernung zurücklegt, nimmt man sich ein paar Tage frei und schaut sich die Gegend an, hatte er ihr erklärt.

Und jetzt bist du auf dem Heimweg?, fragte Helen.

Ein Kind ist unterwegs, November 2008

Vor zwei Tagen habe ich noch ein Wallaby mit Erdnüssen gefüttert, erzählte John seiner Mutter. Jetzt bin ich auf dem Flughafen in Singapur.

Er hatte in die Tasche gegriffen, um den Espresso zu bezahlen, ein Bonbonpapier herausgezogen und sich gefragt, wie es dort hineingelangt war. Ein lila Papierchen mit dem Bild einer Comic-Prinzessin, die gebieterisch eine Hand ausstreckt – daran ein riesiger Ring, den jemand küssen sollte –, und John musste an das Wallaby denken, das sein Junges gesäugt hatte. Die Wallaby-Mutter mit dem Kleinen an ihren Zitzen hatte schläfrig und gefährlich zugleich gewirkt. Sie hatte sich hin und her gewiegt, während ihr Junges trank. Hier und da fiel gleißendes Licht durch das Blätterdach des Regenwaldes auf die harte Erde und die Felsen.

Neben ihm hatte ein japanisches Mädchen im gelben Strandkleid gestanden, vielleicht acht oder neun Jahre alt.

Seine Eltern waren schon vorausgegangen. John hörte ihre Stimmen durch das Gebüsch. Das Mädchen streckte den Arm aus, um das Wallaby-Junge zu streicheln, und die Wallaby-Mutter zischte. Bleckte gelbe Zähne und fleckiges Zahnfleisch. John legte die Hand auf die Schulter des Kindes. Schatten huschten über den Boden, wie am Ende eines zerschlissenen Films in einem alten Projektor; hoch über ihnen ein Windstoß, zitterndes Licht.

Den Blick auf die beiden Wallabys gerichtet, hatte er das kleine Mädchen ein paar Schritte nach hinten gezogen. Die Tiere waren nicht größer als mittelgroße Hunde und wirkten harmlos wie Teddybären, wenn sie dort auf dem Weg herumsprangen. Doch sie waren nicht niedlich, sie waren wild – womöglich sogar tollwütig, dachte er.

John war sich sicher, dass die Wallaby-Mutter dem Mädchen jeden Moment an die Gurgel springen würde. Große Augen mit dichten, femininen Wimpern. John schaute der Wallaby-Mutter in die Augen, doch falls sie so etwas wie Intelligenz besaß – etwas, was sie berechenbar machte –, sah John es nicht. Die Augen waren bernsteinfarben, Splitter von Hell und Dunkel, Braun-, Rost- und Goldtönen, und es stand nichts als purer Instinkt darin. Die Mutter erschauerte. Der muskulöse Schwanz schlug gegen einen Busch. Dann nieste das Junge. Ha-tschi! Die Augen geschlossen, rieb es sich mit beiden Pfoten über die Schnauze, schüttelte den Kopf, eine clownhafte Entladung von Wassertröpfchen, Rotz und Muttermilch, die sie alle verblüffte und die Ordnung wiederherstellte, und im nächsten Moment sprangen die beiden Wallabys durchs Unterholz davon. Das kleine Mädchen rollte die Schulter, um sich von Johns Hand zu befreien, und schon rannte es mit hin- und herfliegendem schwarzem Haar von ihm fort, den Weg entlang.

Fünf Stunden dauerte die Wanderung zur Wineglass Bay, und als sie vom Aussichtspunkt darauf hinunterblickten, schien ihnen der Sandstrand unglaublich weiß. Und in diesem Moment klingelte Johns Handy.

Sie waren eine kleine Touristengruppe dort oben auf der Plattform. Das Klicken der Kameras, das An- und Abschwellen der Brandung weit unter ihnen. Es war ein anstrengender Aufstieg gewesen, und jetzt empfanden sie alle eine geradezu unheimliche Feierlichkeit. Eine tiefe Ehrfurcht erfasste sie, gefolgt von dem unvermeidlichen Absturz in die Irritation. Was gab es schon in ihrem normalen Leben, das es mit der schieren Jungfräulichkeit dieses Strandes aufnehmen könnte? Sie hatten dort unten Schilder mit der Bitte gesehen, keine Muscheln zu sammeln.

John hatte den Eindruck, dass die Eltern des japanischen Mädchens zankten. Nachdem sie den Gipfel erreicht hatten, redeten sie kaum mehr miteinander, und die wenigen Worte, die sie sagten, stießen sie guttural und spröde aus, spien sie in Richtung ihrer Schuhe. Die Mutter setzte sich die ins Haar geschobene, rotgefasste Sonnenbrille auf und verschränkte die Arme fest vor der Brust.

Die anderen fünfzehn Touristen warfen einander Blicke zu, als Johns Handy klingelte, ein Techno-Wummern, das Büros, U-Bahnen und verkehrsreiche Straßen heraufbeschwor und das jenseitige Wispern der übereinander streichenden Palmwedel für einen Moment auslöschte. John schlug sich auf die Tasche, als stünde sie in Flammen.

Er dachte, es sei seine Mutter, doch es war nicht seine Mutter.

Es war eine Frau, mit der er vor Monaten geschlafen hatte. Eine Frau, die er kaum kannte.

Hier ist Jane Downey, sagte die Frau.

John versuchte, sich ihr Gesicht vorzustellen, doch da kam nichts. Ein Hauch von Eukalyptus hing in der brütenden Hitze. Der Geruch erinnerte ihn an Wick VapoRub, an das dunkle Indigoblau der Glasflasche. Dieses Knacken, wenn der Metalldeckel aufgeschraubt wurde, und der intensive Geruch, der jenen verführerischen, ein wenig unheimlichen traumartigen Dämmer vertrieb. Seine Mutter hatte ihm einen Streifen Wick VapoRub über die Oberlippe geschmiert und seine Brust mit der Salbe eingerieben. Jemand hatte ihr geraten, auch seine Fußsohlen zu bestreichen. Elf war er damals und konnte wegen eines Fiebers drei Tage nicht zur Schule gehen. Er verpasste dadurch eine Mathearbeit. Aufgrund seiner Legasthenie – eine solche nämlich bescheinigten ihm die Fachleute später – sah er Zahlen und Buchstaben spiegelverkehrt und manchmal auch auf dem Kopf. John hatte das bewältigt, kompensiert, sich durchgemogelt. Letztlich gelangte er immer zu einer Antwort, und sei es um drei Ecken. Aus Trotz hatte er dann Ingenieurwissenschaften studiert. Er zog aus seiner leichten Behinderung die unerschütterliche Gewissheit, dass die Dinge nicht immer waren, was sie schienen.

Geht's dir gut?, fragte Jane Downey. John erzählte von dem Strand und dem Aufstieg. Er berichtete über die Fahrt mit einer Seilrutsche, die er einige Tage zuvor unternommen hatte – ein über das Blätterdach des Regenwaldes gespanntes langes Stahlseil; er habe einen Schutzhelm getragen und das Gefühl gehabt zu fliegen.

Rasant, sagte er. Wenn man erst mal von dem Kliff gesprungen ist, gibt es kein Zurück mehr. Alles, was er sagte, klang, als wäre es aus einer aussterbenden Sprache übersetzt. Warum redete er davon, dass es kein Zurück gab? Je mehr er sich um eine unbeschwerte Unterhaltung bemühte, desto schwerer wurde sie.

Ich war beruflich in Melbourne, erzählte er Jane Downey, und habe mir danach noch eine Woche freigenommen. Bin mit der Fähre nach Tasmanien. Ich hab mir gedacht, wenn ich schon hier bin, dann schau ich mich doch mal ein bisschen um.

Na logisch, sagte sie. Tasmanien. Wow.

Ich habe ein super Jahr hinter mir, sagte er. Und dann: Ich dachte, du bist meine Mutter. Während er das sagte, drehte er sich um, als rechnete er halb damit, dass Jane Downey hinter ihm heraufspaziert kam und ihm gleich auf die Schulter klopfen würde. Er entfernte sich ein paar Schritte von der Touristentraube auf der Aussichtsplattform, doch das japanische Mädchen folgte ihm. Vielleicht hatte es den weinerlichen Ton wahrgenommen, der sich in seine Stimme eingeschlichen hatte. Wie alle Leute hatte auch er eine Telefonstimme, aber die benutzte er gerade nicht. Seine Stimme klang schuldbewusst.

Er hatte es sich verkniffen, Jane zu erzählen, welche Genugtuung es ihm bereitet hatte, seine Angst bezähmt zu haben. Er schilderte ihr nicht, wie das Stahlseil, als er sprang, unter seinem Gewicht durchgesackt war, wie es gequietscht hatte. Stattdessen erzählte er ihr, dass im Helm eine Videokamera montiert gewesen sei und er eine DVD von seiner Fahrt mit der Seilrutsche gekauft habe.

Da haben sie mich echt über den Tisch gezogen, sagte er.

Die würde ich gern sehen, sagte Jane Downey. Sie sprach mit falscher Begeisterung.

Aus der Woche, die er sechs oder sieben Monate zuvor mit Jane in Island verbracht hatte, war John nichts Falsches an ihrem Verhalten in Erinnerung. Ihm schwante, dass sie ihm gleich etwas Wahres und Unausweichliches mitteilen würde. Er wollte es nicht hören.

Jane Downey hatte makellose Haut, erinnerte sich John, blass und sommersprossig und gleichsam von Aufrichtigkeit leuchtend. Die unversehrte Schönheit, die er in ihrem Gesicht sah, so hatte er bei ihrer ersten Begegnung gedacht, musste aus irgendeiner inneren Tugend erwachsen. In Reiseprospekten, die er durchgeblättert hatte, war ihm ein schmutziges Wochenende in Reykjavík verheißen worden, mit bikinitragenden Blondinen, die in der Blauen Lagune herumtollten. Jane war keine Isländerin. Sie kam aus Canmore, Alberta.

John war geschäftlich in Schottland gewesen, und ein Freund hatte ihm einen Abstecher nach Finnland vorgeschlagen. Er hatte nur ein paar Tage dort verbracht – Finnland war ihm zu freudlos. Die Finnen, so schien ihm, waren entweder nüchtern und mürrisch oder sinnlos betrunken. Aber von Finnland war es nur ein kurzer Flug nach Island, und er dachte: Warum nicht? Er mochte Inseln. Und er hatte gehört, dass man dort durchaus auch mal Björk auf der Straße begegnen konnte.

Etwas Altmodisches, eine Art eigensinnige Aufrichtigkeit, deren sich Jane Downey vermutlich nicht einmal bewusst war und auf die sie keinen Zugriff hatte – das war es, was er in ihrem Gesicht gesehen hatte. Eine junge Frau aus Alberta, die in Anthropologie promovierte. Sie war anlässlich einer Konferenz in Island, und sie hatten sich in einer Bar kennengelernt.

Das kleine japanische Mädchen auf der Aussichtsplattform in Tasmanien griff in seine Kleidtasche, zog ein Zellophantütchen hervor und riss es mit den Zähnen auf. Sie ließ die Verpackung auf den Boden segeln, und obwohl John sich nicht daran erinnern konnte, hatte er sich offenbar gebückt und sie aufgehoben.

Abfall liegenlassen ist nicht gut, hatte er wohl gedacht. Hatte die moralische Rechenmaschine in Gang gesetzt, war unbewusst seine guten und schlechten Taten der letzten Zeit durchgegangen, für den Fall, dass er sich würde verteidigen müssen. Jane Downeys falscher Tonfall löste einen ähnlichen Schwindel bei ihm aus, wie er ihn verspürt hatte, als er ein paar Tage zuvor vom Kliff gesprungen, wie ein schwerköpfiger Vogel herabgestoßen und über den tasmanischen Regenwald geschwebt war. Er hatte die Fahrt nicht genossen. Es war etwas – das wurde ihm klar, sobald sich seine Füße vom Kliff gelöst hatten –, was er überstehen musste. Doch unmittelbar danach, mit Puddingbeinen und einem angetrockneten Speichelfaden am Kinn – er hatte über den Baumwipfeln durch den Mund geatmet und sich die Seele aus dem Leib gebrüllt –, hatte ihn eine Art Alleinseins-Euphorie erfasst, das Gefühl, dass es ihm in seiner eigenen Gesellschaft immer gutgehen würde.

Und jetzt, als er auf dem Flughafen von Singapur in die Tasche griff, um den Espresso zu bezahlen, fand er das lila Bonbonpapier.

In dem Tütchen war ein Plastikring mit einem riesigen Bonbondiamanten gewesen. Das kleine Mädchen hatte den Ring angezogen und an dem Bonbon gelutscht, das rot und facettiert war wie ein Rubin und ihre Lippen einfärbte. Die tasmanische Sonne hatte den Bonbondiamanten pulsieren lassen, und in dem grellen Licht war er John wie die Verkörperung eines Gefühls vorgekommen: das stumpfe Rot des Bonbons leuchtete auf und wurde wieder matt, wie aufwallende Liebe oder Angst.

John war sich ziemlich sicher, dass vor knapp sieben Monaten, als Jane Downey und er sich auf dem Flughafen in

Heathrow verabschiedet hatten, ein klares Einverständnis zwischen ihnen bestanden hatte, dass sie einander nicht anrufen würden. Er hatte versucht, in dem Telefonat mit Jane Downey auf dieses Einverständnis anzuspielen. Eine dezente Aufforderung – weder plump noch kalt –, sich vielleicht mal zu überlegen, was das eigentlich sollte, ihn einfach so aus heiterem Himmel anzurufen.

Und jetzt lief er durch den Flughafen von Singapur und wollte unbedingt den Rat seiner Mutter. Er hatte ihre Nummer gewählt, ohne einen Gedanken darauf zu verschwenden, wie viel Uhr es zu Hause war. Ihm wurde klar, dass er Absolution erteilt bekommen wollte. Seine Mutter sollte empört für ihn sein, seine Rächerin. Sie sollte der Welt an die Gurgel springen.

Durch die Glaswand des Terminals knallte die Sonne herein. Im Flughafengebäude war es kühl, doch über der Rollbahn stand flirrend die Hitze, so dass das Flugzeug, das gerade langsam auf das Gebäude zurollte, zu zittern schien. John ging mit dem Bonbonpapier, das er in seiner Tasche gefunden hatte, zu einem Abfalleimer, um es wegzuwerfen, doch entweder war es noch klebrig von der Süße oder elektrisch aufgeladen, jedenfalls blieb es an ihm haften. Er schüttelte die Hand über dem Abfalleimer, doch das Papierchen sprang von der Manschette an sein Hosenbein, wanderte nach unten und hing schließlich an seiner Schuhsohle. Mit dem Papierchen am Schuh ging er auf die scheinbar endlose Glasscheibe zu, durch die man auf die Landebahn sah. Der Sonnenauf- oder -untergang, was immer es war, und darüber die zerfallende Dunkelheit. Das Mädchen hinter der Cafétheke rief ihm nach – Sir, Sir –, denn er war mit ihrer Kaffeetasse davonspaziert, doch er ignorierte sie.

Seine Mutter war benommen und panisch zugleich.

Die Sache ist die, sagte John. Offenbar habe ich eine Frau geschwängert. Dann spürte er das Bonbonpapier unter seiner Schuhsohle. Er trat mit dem anderen Fuß darauf, und die Tasse klirrte auf der Untertasse. Dann hob er den Fuß, unter dem das Papier klebte, und sah sich um, ob ihn jemand beobachtete. Das Papierchen hatte sich gelöst, doch es haftete nun an seinem anderen Schuh.

John, sagte seine Mutter.

Sie hat gesagt, dass sie ein Kind kriegt, sagte John.

Wer?, fragte seine Mutter.

So eine Frau, sagte John, mit der ich in der Kiste war.

Im Bett, sagte seine Mutter. Sie schlief noch halb.

Im Bett, sagte John. Er bückte sich, löste das Bonbonpapierchen von seinem Schuh und schaute es sich genau an. Die darauf abgebildete Prinzessin hatte ein gigantisches, bedrohliches Grinsen, und unter ihr stand etwas auf Japanisch. Er schob das Papierchen durch einen Lüftungsschlitz der Klimaanlage, die in die Fensterbank eingebaut war. Das Papierchen raschelte heftig, wurde ihm aus den Fingern gesaugt und blieb in einem schwirrenden Kleinteil der Anlage hängen. Es erzeugte ein tiefes, ungutes Brummen im Innern des Getriebes.

Mein Gott, sagte seine Mutter.

Das Erschrecken in ihrer Stimme ließ John erschauern. Er sah vor sich, wie sie sich im Bett aufsetzte. Diese alberne Augenmaske auf die Stirn geschoben, die Haare auf der einen Seite plattgedrückt. Draußen auf der Landebahn schlenderten einige Männer in weißen Anzügen auf das Flugzeug zu. Einer von ihnen hatte einen neonorange leuchtenden Stab in der Hand, den er, in Johns Richtung gewandt, langsam schwenkte. Wem winkte der Mann? Es kam ihm vor wie eine Warnung in einem Traum: Aus dem Weg. Das Flugzeug hielt auf den Mann mit dem Stab zu, die weißen Flügel von der Sonne pink gefärbt. Der orangefarbene Stab schwang durch die feuchte Hitze, vor und zurück, und dann zog der Mann den Kopf ein und trottete davon.

Was hast du zu ihr gesagt, John?, fragte seine Mutter. Eine so rote Sonne hatte John noch nie gesehen. Durch die tropische Luftverschmutzung wurde sie noch röter. Ruckartig, stoßartig verbreitete die Sonne ihre Schönheit. Die Palmen entlang der Landebahn sahen aus, als schrubbten sie den Himmel.

John hatte zu Jane Downey gesagt: Warum hast du nicht abgetrieben?

Es war das erste, was er gesagt hatte. War er deshalb ein schlechter Kerl? Er hatte es gesagt, obwohl er wusste, dass es für eine Abtreibung zu spät war. Hatte es gesagt, obwohl er wusste, dass es nichts brachte, es zu sagen.

Und Jane Downey hatte aufgelegt. Da waren nur noch die Plattform, die riesigen Felsbrocken, das blassgelbe Kleid des japanischen Mädchens und der rote Bonbonring, in dem sich das Licht fing.

Es war unheimlich: eine Frau, die so weit weg war und sein Kind im Bauch trug. John hatte ihr natürlich geglaubt. Er wusste, dass das Leben so sein kann: Jemand Fremdes konnte einen zur Rechenschaft ziehen, einem das Leben ruinieren.

Die Sonne von Singapur bohrte sich in seinen Schädel, und John empfand eine maßlose Verwirrung. War vollkommen perplex, weil ihm das alles so verkehrt vorkam. Man hatte ihm Unrecht getan, und möglicherweise war er seinerseits im Unrecht, aber seine Mutter würde ihm Absolution erteilen. Alles um ihn herum – das Mobiliar aus Chrom und schwarzem Vinyl, der silberne Teppich, die weiße Espressotasse – war rot eingefärbt, ein allmähliches Erröten.

Auf der Aussichtsplattform oberhalb der Wineglass Bay hatte John, als Jane Downey ihm mitteilte, dass sie schwanger war, den Blick kurz von dem kleinen Mädchen abgewandt und gesehen, dass dessen Eltern herumknutschten. Die Hand des Mannes unter der Bluse seiner Frau, die Bluse über seinem Handgelenk zusammengeschoben, das Kreuz der Frau. Ihr gerade geschnittenes tiefschwarzes Haar reichte ihr genau über die Schulterblätter. Durch die enge weiße Hose konnte John den Slip der Frau erkennen. Dessen grell pinkfarbenes Gummi saß oberhalb des Bundes ihrer tiefgeschnittenen Hose, schnitt in ihre Pobacken und ließ auf ihren nackten Hüften eine üppige Wölbung entstehen. Die Eltern des Mädchens hatten sich nicht gestritten. Sie hatten sich danach gesehnt, einander zu berühren. Die Luft auf der Plattform kam direkt aus der Antarktis, es war die sauberste, reinste Luft der Welt. Sie ließ alle Konturen zu scharf erscheinen. John stockte der Atem. Und dann platzte er am Handy heraus: Warum hast du nicht abgetrieben?

Er wollte, dass seine Mutter sagte, diese Schwangerschaft müsse das Ergebnis eines raffinierten Tricks sein. Umso mehr, als er mit Gelächter, guter Laune und auch Geld nicht gegeizt hatte: Er hatte Jane eine teure Halskette gekauft, nach einer langen Diskussion mit der Kunsthandwerkerin, die sie gefertigt hatte. Erstarrte Lava, kleine Brocken. Das Undtschüss-Geschenk, wie John sich auf der Aussichtsplattform in Tasmanien eingestanden hatte. Mit der Kette hatte er zum Ausdruck gebracht, dass ihm diese Woche noch lange in Erinnerung bleiben würde. Oder dass er wollte, dass sie Jane noch lange in Erinnerung blieb.

Es hatte eine stillschweigende Übereinkunft zwischen ihnen gegeben, besiegelt durch diese Halskette, dass keiner von ihnen aus dieser Woche echten Vergnügens und durchaus tiefer Gefühle, in der sie gevögelt, gegessen und erstklassigen Wein getrunken hatten, mit Schneemobilen über Gletscher gebraust waren, sich in gruselig blauen heißen Quellen weißen Schlamm ins Gesicht geschmiert und schließlich – in Island – zu Live-Samba getanzt hatten, etwas anderes als gute Erinnerungen mitnehmen würde.

Jedenfalls waren sie sich ganz gewiss einig gewesen, dass es nicht zu einem Kind kommen würde oder zu irgendetwas, was einem Kind auch nur im Entferntesten ähnelte.

Doch Jane war im siebten Monat schwanger. Wie konnte sie ihm so etwas per Handy mitteilen, Herrgott noch mal? Das kleine japanische Mädchen hatte mit einem hörbaren Plopp seinen Bonbonring aus dem Mund gezogen. Jane Downey legte auf, und John sagte wie ein Trottel: Hallo? Hallo?, starrte auf das kleine Gerät in seiner Hand und hielt es sich wieder ans Ohr.

Wallabys sind Pflanzenfresser, sagte das kleine Mädchen, das weiß doch jeder. Und dann: Was bedeutet abtreiben? John hatte angenommen, dass sie kein Englisch konnte.

Die rote Sonne von Singapur fuhr eine Faust aus und hieb sie John ins Auge. Warum konnte seine Mutter nicht sagen, dass Jane irgendwie minderwertig war, ein Sukkubus, eine alte Hexe. Oder eine unabhängige, schöne Frau – er erinnerte sich genau an ihr Gesicht: sommersprossig, schelmisch, ein breites Lächeln –, die wunderbar allein zurechtkommen würde.

John wollte, dass seine Mutter aus dem geheimen Wissen der Frauen schöpfte, das in den Pheromonen und Zellen und dem Blut jenes vagen, berauschenden Etwas verborgen war, als das er sich die Weiblichkeit vorstellte, und ihm zurückmeldete: Du schuldest dieser Frau gar nichts, John.

Ein Kind, sagte seine Mutter.

Morgengrauen in St. John's, November 2008

Helen schlug die Decke zurück, nahm die Strickjacke vom Haken und zog sie über das Nachthemd. Sie ging nach unten und schaltete das Neonlicht ein, während sie John am Telefon zuhörte. Die Küche sprang flackernd aus der Dunkelheit hervor.

Sie hörte John atmen. Selbst wenn er mit dem Handy vom anderen Ende der Welt anrief, schwiegen sie sich zwischendurch oft länger an. Sie würde heute auf ihren Enkel Timmy aufpassen, am frühen Nachmittag würden sie zu Complete Rentals fahren, um einen Druckluftnagler auszuleihen, und danach würden sie die Schlittschuhkufen schleifen lassen. Morgen würde ein Schreiner kommen. Auf der Küchentheke taute ein Schweinekotelett auf.

Aber John hatte ein Mädchen geschwängert. Ein Kind war unterwegs.

Zwei Monate nachdem die Ocean Ranger gesunken war, hatte Helens Schwiegermutter ihr erzählt, sie habe wieder diesen Traum mit dem Baby im Baum gehabt. Denselben Traum, den sie gehabt hatte, als die Bohrinsel unterging.

Ich glaube, du bist schwanger, sagte Meg zu ihr.

Und Helen wurde klar, dass ihre Schwiegermutter recht hatte. Seit Cals Tod hatte sie sich jeden Morgen übergeben.

So ein hübsches kleines Mädchen war das, da oben in der Baumkrone, sagte Meg. In eine weiße Decke war sie gewickelt, und es hat geschneit, und ich hab zu Dave gesagt, geh raus und hol sie, und das hat er dann auch getan.

Helen schaltete die Deckenlampe aus und hockte sich in die Fensternische in der Küche, ein Knie an der kalten Scheibe. Es hatte geschneit. Die schwarzen Äste, die Telefonleitungen, Dächer und Zäune waren weiß überzuckert.

Gott, Johnny, sagte sie. Weißt du noch, wie Gabrielle auf die Welt gekommen ist?

Gabrielle war Ende September gekommen. Helens Fruchtblase war auf dem Gehweg vor der Bishop Field School geplatzt, als sie die Kinder abholte. Das Fruchtwasser lief in ihre Nylonstrümpfe, ließ eine kalte, scheuernde Stelle entstehen. Cathy und Lulu mit ihren Cabbage-Patch-Kids-Rucksäcken und ihren Lederschühchen, John mit einem blau leuchtenden Star-Wars-Lichtschwert. Er rannte vor ihnen her, blieb plötzlich stehen und schwang das Schwert beidhändig mit ausholenden, kreisförmigen Bewegungen, um einen unsichtbaren Feind abzuwehren.

Nicht ohne uns über die Straße gehen, junger Mann, rief Helen. Bleib auf dem Gehweg, Johnny. Helen ging mit Trippelschritten die Bond Street entlang, und wenn die leichten Wehen kamen, blieb sie stehen. Über den South Side Hills türmten sich goldene Wolken am Himmel. Es hatte den ganzen Tag geregnet und dann, kurz bevor sie losgegangen war, um die Kinder abzuholen, aufgeklart. In jeder Pfütze spiegelten sich Wolken und eine münzgroße, glühende Sonne. Wenn Helen an den Lachen auf dem Asphalt vorbeiging, glitt die Münze der Länge nach über das Wasser, bis der Verkehr den Boden erbeben ließ, so dass sich das Spiegelbild in konzentrische Kreise auflöste, das Wasser einen Moment lang durchsichtig wurde und sie den Schlamm, die Zigarettenstummel und die braunen Blätter darunter sehen konnte.

Helen hatte Meg angerufen und sie gebeten, zu kommen und auf die Kinder aufzupassen. Dann richtete sie einen Teller Kräcker mit Erdnussbutter und Marmelade. Auf Schranktüren, Fußboden und Tisch bewegten sich die Schatten der Ahornbäume draußen im Garten. Sie stand reglos an der

Küchentheke, das Buttermesser senkrecht in der Faust, und ihr riesiger Bauch wurde ganz fest und hart. Das Seltsame war, dass der ganze Schmerz in den Oberschenkeln saß. Helen spürte die Wehen hauptsächlich in den Beinen, und sie waren kaum auszuhalten. Sie ließ sich auf einen Stuhl neben John sinken.

Er hatte sie aufmerksam beobachtet. Seit Cals Tod war John wachsam. Er war ein paarmal zum Direktor beordert worden. Die Schule hatte mehrmals bei ihnen angerufen. Johnny war wachsam und hielt sein Glas Milch ganz still vor den Lippen. Er rührte sich nicht.

Da haben wir's, sagte sie zu ihm. Eigentlich sagte Helen das nicht zu ihm, doch sie schaute ihm in die Augen, während sie sprach. Sie waren allein in der Küche. Wie kann man so etwas zu einem Kind sagen. Da haben wir's.

John stellte behutsam das Glas Milch ab. Wie ernst er aussah. Zehn Jahre alt.

Er fuhr sich mit dem Ärmel über den Mund. Helen saß mit dem Buttermesser vor ihm, fröstelte nach einem leichten Schweißausbruch. Jemand ging mit einem Ghettoblaster am Haus vorbei, und das Wummern erfüllte den Flur, dröhnte bis in die Küche. Ein dröhnendes Wummern, das an- und wieder abschwoll.

Der Nachmittag ist es, der ihr in Erinnerung geblieben ist. Nicht die Geburt selbst, die ging schnell. Was gab es zu erinnern? Das Buttermesser in ihrer Hand. Das Wetter. Wie die Straße nach dem Regen geglitzert hatte, als Helen mit den Kindern von der Schule nach Hause gegangen war. Wie Johnny sie beobachtet hatte, von einer Angst erfüllt, die ihm schier den Atem verschlug. Die Schatten.

Ich kann nicht, sagte sie. Warum hatte sie das gesagt? Sie erinnert sich daran, dass sie es sagte.

Ich gehe mit, sagte John.

Das wirst du ganz gewiss nicht. Helen fand einen Moment lang zumindest so weit zu sich, dass es ihr gelang, schroff und abweisend zu klingen. Das Kind musste abgewiesen werden. Das Taxi kam und außerdem eine weitere Wehe, und Helen ließ sich auf die Treppe vor der Haustür sinken und lehnte den Kopf an das Geländer. Sie konnte weder stehen bleiben noch gehen oder sonst wie zu dem Taxi gelangen, also ließ sie sich vorsichtig auf der Holztreppe nieder, um kurz auszuruhen.

Doch davon wollte der Taxifahrer nichts wissen. Er nahm Helen am Arm und zog sie sanft wieder auf die Füße. Sein schlaffes Alkoholikergesicht seitlich verzerrt, das eine Auge zu einem Gerunzel zugekniffen, versuchte er, die Zigarette in seinem Mund schräg nach oben zu halten, damit sie nicht im Weg war.

Das haben Sie ja klasse hingekriegt, Missus, sagte er. Sie haben mir gerade noch gefehlt, das kann ich Ihnen aber sagen. Dass Sie ausgerechnet mich rufen mussten. Ich denk an nichts Böses, und dann das. Mein Glückstag.

Er half Helen auf den Rücksitz – sie klammerte sich an seinen Händen fest –, hob ihre Beine hinein und machte die Tür zu. Im Taxi war es zu warm, und es roch nach einer Mischung aus dem blau über dem Lenkrad wabernden Zigarettenrauch und dem Kieferngeruch des Duftbäumchens. Helen machte die Tür wieder auf und erbrach auf die Straße. Der Fahrer sprang aus dem Auto und rannte nach hinten, um die Tür für sie zu halten. Dann fasste er, stets auf seine polierten Schuhe achtend, ihre losen Haarsträhnen zusammen und hielt sie fest, damit sie nicht im Weg waren, seine Faust in ihrem Nacken.

Nicht schlecht, Missus, sagte der Fahrer. Nur raus damit, meine Liebe. Sie schubste ihn weg, also wartete er, den Blick zur Straße gewandt, bis sie sich wieder ins Taxi zurücklehnte. Dann schloss er ihre Tür, trottete wieder zur Fahrertür und stieg ein. Er verstellte den Rückspiegel und fasste an die daran hängende Pappkiefer, damit sie aufhörte, sich zu drehen. Dann nahm er die Hand wieder weg. Helen merkte, dass er aus der Fassung geraten war, jedoch Wert darauf legte, beherrscht zu wirken, und das sollte er mal lieber schleunigst hinkriegen, denn sie mussten dringend los.

Dann schlug Johnny gegen das Fenster.

Lassen Sie ihn nicht rein, sagte Helen. Der Fahrer beugte sich über den Sitz und öffnete die Beifahrertür. Steig ein, mein Sohn, sagte der Fahrer.

Das Kind kommt, sagte Helen. Sie biss die Zähne zusammen und zischte: Jetzt, jetzt gleich.

Rauch quoll langsam aus den Nasenlöchern und dem Mundwinkel des Fahrers.

Nicht in meinem Taxi, Verehrteste, sagte er.

Taxifahrt zum St. Clare's Mercy Hospital, 1982

Gott, Johnny, sagte seine Mutter. Weißt du noch, wie Gabrielle auf die Welt gekommen ist?

John erinnerte sich an den Taxifahrer, ein so graues Gesicht, wie er es noch nie gesehen hatte, und wässrige braune Augen. Die Augen waren wegen des Zigarettenrauchs zusammengekniffen, und sie hatten berechnend geblickt. Am Armaturenbrett klebte ein Schulfoto eines kleinen Mädchens. Die Kleine grinste wie eine Irre, ihre Schneidezähne fehlten. Sie hatte eine rote Schleife im Haar.

Jahre später war John dem Mann im Rose and Thistle begegnet und hatte ihm ein Mineralwasser spendiert. Seine

Mutter und der Mann hatten sich noch ein paar Jahre lang Weihnachtskarten geschrieben. In der Kneipe erzählte der Fahrer John, er sei zu den Anonymen Alkoholikern gegangen und habe im Rahmen des TAGS Program zum Elektriker umgeschult. Seine Tochter werde gleich auf der offenen Bühne singen. John wurde klar, dass der Mann viel jünger war, als er 1982 gedacht hatte. Oder dieser Taxifahrer gehörte zu den Menschen, die sich verwandeln können, um zu überleben. John traute ihm das zu. Er hatte das damals bei Gabrielles Geburt gedacht – dass die beiden Erwachsenen im Auto sich verwandelt hatten. Er hatte geglaubt, seine Mutter sei vom Teufel besessen oder von etwas Normalerem oder Schlimmerem. Und wenn irgendwer sie durch die Welt der bösen Geister würde geleiten können, dann war es dieser Mann, von dessen Gesicht Rauch aufstieg.

Anschnallen, hatte seine Mutter geschrien, und dann schrie sie es noch einmal. Der Fahrer und Johnny schauten sich an.

Schnall dich halt an, in Herrgottsnamen, sagte der Fahrer.

Johns Mutter hatte sich im Auto übergeben und dann noch mal im Aufzug des Krankenhauses. Kleine Stückchen Apfelschale und schaumiges, rosafarbenes Erbrochenes, das stank. Sie und John wurden voneinander getrennt, sobald sich die Aufzugtür öffnete. Zwei Krankenschwestern warteten bereits mit einem Rollstuhl. Sie halfen seiner Mutter heraus, die schluchzte und nach Luft schnappte und ihnen sagte, es sei so weit, jetzt, es sei so weit. Die Aufzugtür ging wieder zu, und John stand immer noch drin, der Aufzug fuhr wieder hinunter, was ewig dauerte, und als unten die Tür aufging, stand seine Tante Louise da. Er trat aus dem Gestank hinaus, und hinter ihm schloss sich die Tür. Louise rief seinen Namen.

Was machst du denn hier?, fragte seine Tante Louise. Sie schlug ihm auf den Arm. Das ist wegen gar nichts, sagte sie. Mach mir keine Sperenzien.

John presste das Gesicht in ihre Kamelhaarjacke und umarmte sie so fest, dass er spürte, wie sich ihr Brustkorb mit jedem Atemzug hob. Genug jetzt, sagte Louise. Gehen wir hoch und schauen, was los ist.

Gabrielle war gekommen, sobald seine Mutter im Krankenhausbett lag, das erzählte sie ihm später, und als John und Louise ins Zimmer traten, war das Baby bereits gewaschen und gewickelt und die blutige Bettwäsche ausgetauscht worden. Louise schlug die kleine weiße Wickeldecke zurück und guckte. Sie hatte das Gesicht ganz nah zu dem Baby hinuntergebeugt, um seinen Atem zu spüren. Louise, die Augen geschlossen.

Komm, schau dir deine kleine Schwester an, hatte seine Mutter gesagt.

Mein Flug wird aufgerufen, sagte John. Ich muss los.

Hör mal zu, John, sagte seine Mutter. Hörst du mir zu?

Ja, Mutter, sagte John. Das Mutter kam in ironischem, leicht gereiztem Ton.

Was hast du zu ihr gesagt?, fragte seine Mutter.

Der Espresso war dickflüssig, von einer samtig-körnigen Konsistenz. Seine Mutter würde ihm keine Absolution erteilen. Er spürte, dass sie die Partei einer Frau ergriff, die sie gar nicht kannte, dass sie sich mit Jane Downey solidarisierte statt mit ihrem eigenen Sohn.

Sie würde dafür sorgen, dass er Verantwortung übernahm.

Den Blick auf die rote Sonne über der Landebahn in Singapur gerichtet, spürte John, wie ihm die Tränen kamen. Er war erschöpft, litt unter Jetlag, und er saß in der Falle. Doch zugleich war er erleichtert. Seine Mutter würde ihn zwingen, das Richtige zu tun, was immer das war. Sie würde es wissen. In gewisser Weise hatten sie das schon einmal zusammen durchlebt. An jenem lang zurückliegenden Tag in der Küche war sie besessen gewesen. Sie hatte die Faust um ein Buttermesser geballt, ihr Mund stand offen, ihre Augen waren aufgerissen und schreckerfüllt und sie sah aus, als wäre sie gar nicht mehr da. Die Sonne fiel auf das Buttermesser, und ein kleines Lichtquadrat zuckte nervös über den Tisch, huschte über die Decke. Ihre Seele war entflohen, seine Mutter war nicht mehr Herrin ihrer selbst. Und sie hatte ihn im Aufzug zurückgelassen. Das war unverzeihlich. Johns Vater hatte bereits das Unmögliche getan: Er war gestorben. Was John damals dachte, als er sich mit seiner Tante Louise dem Krankenzimmer seiner Mutter näherte: Bestimmt war auch seine Mutter gestorben. Seine Tante hatte einen Zettel mit der Zimmernummer in der Hand, den ihr die Frau am Empfang gegeben hatte. Hier ist es, sagte seine Tante. Sie klopfte an, dann drehte sie den Türknopf und steckte den Kopf ins Zimmer. John drängte sich an ihr vorbei. Mitten im Raum stand ein Bett, das von einem Vorhang umgeben war.

Falls hinter diesem Vorhang der Tod seiner Mutter war, das spürte John plötzlich, dann war er dem nicht gewachsen. Er wusste, dass er noch ein Kind war und den Gedanken, einer Sache nicht gewachsen zu sein, eigentlich noch gar nicht haben sollte. Die meisten Menschen mussten sich einer Erkenntnis dieser Art erst stellen, wenn ihre Kindheit längst hinter ihnen lag, das wusste er alles. Doch er hatte schon zu früh erfahren, dass man einer Situation nicht gewachsen sein konnte.

Helen, bist du da drin?, fragte Louise. John sah einen Schatten tanzen, groß und lang werden und wieder zusammenschrumpfen, als sich hinter den Falten des dünnen Vorhangs jemand vor einem sehr hellen Lichtoval bewegte. Dann riss eine Krankenschwester mit geschäftigem Schwung den Vorhang auf. Die metallenen Vorhangringe auf der Chromstange über dem Bett klangen wie ein plätschernder Bach. Ein zartes Geklingel, das etwas Großes ankündigte. Eine Lampe mit verchromtem Schirm und grellem weißem Licht wurde versehentlich zur Seite gestoßen, und das Licht traf John in den Augen. Das Weiß des weißen Lichts: Er schloss die Augen davor.

Nur sekundenlang hatte er hinter den geschlossenen Lidern die Umrisse seiner auf dem Bett sitzenden Mutter gesehen, eine schwebende, leuchtend orangefarbene Gestalt mit violetter Aura. Dann hatte er gezwinkert, und von der Peripherie war eine schwirrende Dunkelheit hereingebrochen und wieder geschwunden, und dann hatte die Schwester die große Lampe mit einem lauten Klicken ausgeschaltet. Es dauerte nur ein paar Sekunden, dann wurde der vage, glühende Umriss seiner Mutter konkret. John hatte seine Mutter wieder. Seine alte, normale Mutter, nur abgespannter und fröhlicher.

Komm, guck mal, sagte sie. John trat näher und stieß dabei gegen den Rolltisch, der direkt hinter dem zusammengerafften Vorhang stand. Auf dem Tisch stand eine Schale mit der Plazenta. Eine feste Masse purpurroten Blutes, die er auch roch – es war ein beißender, mineralischer, ozonartiger Geruch, fischig und faulig.

Nicht drum kümmern, sagte die Krankenschwester und schaffte die Schüssel rasch hinaus.

Hier, sagte seine Mutter. Nasses schwarzes Haar, blinzelnde schwarze Augen, das winzige Handgelenk mit dem Armband des Krankenhauses. Von diesem Moment an war

Gabrielle sein gewesen. Sie gehörte John. Er hatte das kleine Baby beschützt und geliebt.

Jetzt stand er in der Schlange, um an Bord des Flugzeugs zu gehen. Er hätte seine Schwester anrufen sollen, dachte er, nicht seine Mutter. Jede seiner Schwestern wäre besser gewesen als seine Mutter. Aber nun war es passiert. Er hatte genug von der roten Sonne und genug von seiner Mutter.

Wie geht es Gabrielle?, fragte er.

Sie erwartet, dass du ihr zu Weihnachten ein Flugticket nach Hause spendierst, sagte seine Mutter.

Gabrielle studierte in Nova Scotia Kunst. Sie hatte John ein Bild aus einem roten Vinylregenmantel angefertigt, an dem noch die Messingknöpfe hingen. Es war scheußlich, und er hatte ein Vermögen dafür ausgegeben, es rahmen zu lassen. Gabrielle war stinksauer gewesen.

Glas macht es kaputt, hatte sie gemault. Man muss es anfassen können. Es soll nicht zu deiner dämlichen Couch passen. John war verwirrt und gekränkt gewesen.

Ruf mich an, wenn du in New York bist, sagte seine Mutter. Dann reden wir über das Kind.

Renovierung

Eine Windbö, November 2008

Warum soll der Junge keine Wunderkugel kriegen, denkt Helen. Dann fegt eine heulende Windbö heran, und man sieht nur noch Weiß. Die Schlittschuhkufe berührt das Schleifrad, und die Funken sprühen.

Helen war früher am Nachmittag bei Complete Rentals gewesen und hatte einen Druckluftnagler und sechzig Magazine mit Klammern ausgeliehen. Maschinen aller Art standen ordentlich aufgereiht auf dem Boden, und eine junge Frau im grauen Sweatshirt bediente Helen. An der Wand von Complete Rentals hing eine echte Kanonenkugel mit Kette und Fußfessel, und auf einem Schild daneben stand: Ehe auf Probe – hier zu mieten.

Man hatte also Humor in der Verleihbranche, wie Helen sah.

Das Mädchen im grauen Sweatshirt hielt inne und schaute aus dem Fenster. Der Schnee nötigte einen innezuhalten. Er warf sich gegen die Scheibe, und der Wind rüttelte an der Dachrinne, und das Mädchen fragte: Brauchen Sie auch 'n Kompressor?

Von einem Kompressor wusste Helen nichts.

Wenn der Typ, der für Sie arbeitet, nix von 'nem Kompressor gesagt hat, dann brauchen Sie wahrscheinlich auch keinen Kompressor, sagte das Mädchen. Meistens sagen sie das, wenn sie 'nen Kompressor brauchen. Verlegt er einen Boden? Ein Mann kam in zügigem Schritt aus dem Büro weiter hinten im Laden und hielt dann ebenfalls inne, um das Wetter zu begutachten.

Einen Moment lang war es still, dann ertönte in der Ferne eine Sirene. Es brennt, dachte Helen, oder jemand hatte einen Schlaganfall oder einen Herzinfarkt. Häusliche Gewalt, ein Überfall im West End.

Gestern Abend hatte sie nach ihren Weihnachtseinkäufen in der Village Mall getankt und eiskalte Hände bekommen, als sie mit der Zapfpistole hantierte. Zum Bezahlen war sie in das Glashäuschen der Tankstelle gegangen, und der junge Mann hinter der Theke hatte Anna Karenina gelesen und das Buch mit Bedauern umgedreht auf die Theke gelegt. Sein Blick war von dem großen russischen Familienroman beseelt, als er die Situation in sich aufnahm. Helen, den Geruch nach Benzin, den eiskalten Luftzug.

Die kältesten Temperaturen seit fünfzig Jahren, hatte es im Radio geheißen. Und dass es schneien würde. Sie hatte zugesehen, wie sich der Tankwart von einem kalten russischen Abend voller Lust und Leidenschaft und lodernder Kaminfeuer mühsam an den kalten, einsamen Abend in St. John's zurückversetzt hatte, um Helens Kreditkarte entgegenzunehmen, und hatte mütterliche Gefühle verspürt. Der Tankwart dürfte so alt wie John gewesen sein, allerdings glich er ihm überhaupt nicht.

Wenn es mit Kompressor ist, sagen die das meistens, stimmte der Mann von Complete Rentals zu.

Er hat nichts von einem Kompressor gesagt, sagte Helen.

Ist er ein guter Schreiner?

Ich denke schon, sagte Helen. Sie dachte daran, wie Barry sein metallenes Maßband am Ende eines Kantholzes eingehakt, dieses mit dem Bleistift, den er hinter dem Ohr stecken hatte, markiert und das Band dann mit einem lauten Schnalzen wieder in sein Gehäuse hatte zurücksausen lassen.

Dann hat er selbst 'nen Kompressor, sagte das Mädchen. Nach dem Kufenschleifen fährt Helen mit ihrem Enkel zu einem Laden, wo es gebrauchte Helme zu kaufen gibt. Kinder dürfen heutzutage nicht mehr ohne Helm Schlittschuh laufen. An einer roten Ampel verstellt sie den Rückspiegel, damit sie Timmys Gesicht sehen kann, und seine eine Backe ist von der Wunderkugel rund wie der Mond.

Überall Wasser, Februar 1982

Irgendwie war Helen zu der Überzeugung gekommen, dass es so etwas wie Liebe gab, und sie hatte voll in die Liebe investiert. Sie hatte alles, was sie war, jedes Fitzelchen ihrer selbst, zusammengerafft, es Cal überreicht und gesagt: Das gehört dir.

Das schenk ich dir, Kumpel, hatte sie gesagt.

Helen sagte nicht: Geh vorsichtig damit um, denn sie wusste, dass Cal vorsichtig sein würde. Sie war zwanzig, und man kann wohl sagen, dass sie es nicht besser wusste. Das sagt sie selbst: Ich wusste es nicht besser.

Aber es musste so sein. Sie konnte nichts zurückhalten. So ein Mensch war sie einfach nicht, sie hielt nichts zurück.

Irgendwo hatte Helen die Überzeugung gewonnen, dass Liebe bedeutete: Man gab alles. Und es war nicht einfach nur Glück, dass Cal wusste, was dieses Geschenk wert war – genau deshalb hatte sie es ihm ja gemacht. Sie hatte gespürt, dass er ein Mann war, der es wissen würde.

Ihr Schwiegervater, Dave O'Mara, hatte Cals Leiche identifiziert. Er erzählte es ihr am Telefon.

Gut, dass ich dich erwische, sagte er. Helen hatte gewusst, dass es keine Hoffnung gab. Doch als sie Dave O'Maras Stimme hörte, wurde ihr ganz flau. Sie musste sich an der Küchentheke festhalten. Sie wurde nicht ohnmächtig, denn sie hatte die Kinder im Haus und ließ gerade ein Bad einlaufen.

Das war ein ganz schöner Schock, sagte ihr Schwiegervater. Das kann ich dir sagen.

Bei diesem Telefonat gab es immer wieder lange Phasen, in denen keiner von beiden etwas sagte. Dave O'Mara sagte nichts, weil ihm gar nicht bewusst war, dass er gerade nichts sagte. Er sah vor sich, was er gesehen hatte, als er seinen toten Sohn betrachtete, und er glaubte, ihr von alldem zu erzählen. Doch tatsächlich saß er stumm in seiner Küche und starrte auf den Boden.

Seinen toten Sohn anzuschauen muss so gewesen sein, wie einen Film zu sehen, in dem sich nichts bewegt. Nicht wie ein Foto, denn das Ganze hatte eine zeitliche Dauer. Es musste durchlebt werden. Ein Foto muss das nicht. Es war eine Geschichte ohne Ende. Sie würde ewig weitergehen. Und Helen versuchte, nicht ohnmächtig zu werden, weil es die Kinder zu Tode erschreckt hätte, außerdem hatte sie es gewusst. Sie hatte es schon in dem Moment gewusst, als die verdammte Bohrinsel gesunken war.

Dave sagte: Es war Cal.

Helens Gesichtsfeld schrumpfte. Sie sah nur noch einen etwa münzgroßen Fleck inmitten einer schwarzen Fläche. Sie versuchte sich auf die Platte des Küchentisches zu konzentrieren. Es war ein lackierter Kiefernholztisch, den sie auf einem privaten Flohmarkt gekauft hatte, und der kleine Kreis, innerhalb dessen sie noch sah, zeigte ihr die Maserung des Holzes und das grelle Licht der Deckenlampe. Sie hatte sich darauf konzentriert, ihr Gesichtsfeld wieder zu erweitern, so dass es die Schüssel mit den Äpfeln, die Seite des Kühlschranks und das Linoleum umfasste, dann das Fenster und den Garten. Ihre Kopfhaut kribbelte, und ein Schweißtropfen rann ihr vom Haaransatz die Schläfe hinab. Ihr Gesicht war schweißbedeckt, als wäre sie gerannt.

Dave sagte: Da waren ein paar Leichen dabei, die waren ganz normal angezogen, andere hatten kaum etwas an, als wären sie gerade erst aus ihren Kojen gestiegen, und einige hatten die Augen noch auf.

Besonders einer, sagte Dave. Der hat mich direkt angeguckt. In weiße Laken gehüllt. Die sahen richtig lebendig aus, diese Männer, sagte Dave. Es hätte ihn nicht gewundert, wenn sie sich bewegt hätten.

Ich komm da nicht drüber weg, sagte er.

Helen konnte an nichts anderes denken als daran, was für eine Angst Cal gehabt haben musste. Er konnte nicht schwimmen. Panik erfasste sie. Sie wollte ganz genau wissen, was mit Cal passiert war. Mehr als alles andere wollte sie das.

Nur zweiundzwanzig Leichen, sagte Dave.

Helen verspürte eine Panik, als würde gleich etwas Schreckliches passieren, dabei war es bereits passiert. Es war schwer, das wirklich zu begreifen – dass es bereits passiert war.

Warum war sie in Panik? Es war, als wäre sie zweigeteilt. Etwas Schreckliches würde passieren, und zugleich war da die andere Helen, die wusste, dass es bereits passiert war. Es war eine wachsende, sinnlose Panik, und Helen wollte nicht ohnmächtig werden. Doch die Wahrheit überschwemmte sie. Es würde nicht passieren; es war bereits passiert.

Sieh ihn dir lieber nicht an, sagte Dave.

Helen stand in der Küche und schaute aus dem Fenster in den Garten hinaus. In der einen Hand hielt sie die zusammengeknäuelte Telefonschnur, die andere rutschte ein wenig auf der Resopalplatte, ein leises Quietschen. Der Wasserhahn tropfte, ein helles, hartes Geräusch in dem Edelstahlbecken. Sie drehte den Hahn zur Seite, damit die Tropfen auf das Spültuch fielen. Sie sah, dass der Wasserhahn vor Feuchtigkeit glänzte, beobachtete, wie sich die Feuchtigkeit zu einem Tropfen verdichtete, der am Rand der Gewindescheibe hing, zitterte, fiel und lautlos auf dem Spüllappen landete.

Ich wollte dich erwischen, sagte ihr Schwiegervater, bevor du aus dem Haus gehst.

Helen hatte ihren eigenen Namen behalten, als Cal und sie geheiratet hatten. Das machten damals nicht viele. Sie kannte niemanden. Vor der Hochzeit hatte es ein gemeinsames Abendessen gegeben, und Dave O'Mara hatte gesagt: Ich weiß nicht, was an unserem Namen verkehrt sein soll.

Mehr hatte er zu dem Thema nicht gesagt. Er hatte das Weinglas ein wenig angehoben und es dann, ohne zu trinken, wieder abgestellt.

Helen hatte ihren eigenen Namen behalten und, als sie mit Johnny schwanger war, beschlossen, dem Kind ihren Familiennamen zu geben. Für Cal war das völlig in Ordnung gewesen. Ihm hatte der Gedanke gefallen. Er war für die Emanzipation der Frau. Doch dann kam ihr Schwiegervater vorbei, um den Wasserhahn in der Küche zu reparieren. Das schmutzige Geschirr stapelte sich, denn sie hatte das Spülbecken nicht benutzen können. Dave reparierte den Wasserhahn, trocknete sich die Hände ab, faltete das Handtuch zusammen und strich es glatt.

Ich möchte dich bitten, etwas für mich zu tun, sagte er. Ich möchte, dass das Baby Cals Namen bekommt. Unseren Namen.

Dave drehte sich um, packte sein Werkzeug in den Werkzeugkasten, klappte den Deckel zu und ließ die beiden Schnappschlösser einrasten. Er hatte auf einem Bein gekniet und richtete sich jetzt auf. Als er den Werkzeugkasten hochhob, rutschte der ganze Inhalt scheppernd auf eine Seite. Ihre Blicke trafen sich. Würdest du das für mich tun?

Es war das Einzige, worum er sie in den zehn Jahren, die sie mit Cal verheiratet gewesen war, je gebeten hatte. Er hatte sie wie eine Tochter behandelt. Hatte Klempnerarbeiten für sie erledigt, ihr und Cal Geld geliehen, eine Bürgschaft übernommen, als sie endlich ein Haus gefunden hatten, und Helen zur Arbeit gefahren. Sie konnte nicht selbst fahren. Damals hatte sie noch keinen Führerschein.

Ich kann doch laufen, sagte sie immer.

Warte du mal schön auf mich, sagte Dave. Ich hol dich ab.

Wenn es regnete, wartete er draußen und drückte einmal auf die Hupe, oder später rief er dann an, um ihr zu sagen, dass er die Kinder von der Schule abholen werde, oder er fuhr Helen zum Supermarkt und wartete im Auto auf sie, die Zeitung vor sich auf dem Lenkrad ausgebreitet, während die Fenster beschlugen. Ihre Schwiegereltern waren durch den Regen gelaufen, als sie ihre eigenen Kinder großzogen, und fanden, das müsse einfach nicht sein. Wenn Dave anrief, hörte Helen im Hintergrund Meg.

Sag ihr, dass sie warten soll, bis du kommst, Dave. Bei diesem Wetter kann sie doch unmöglich laufen. Halt nach mir Ausschau, sagte er.

Die Autos, die Dave und Meg kauften, hatten immer diesen typischen Neuwagen-Geruch, und was Instandhaltung, Ölwechsel und Winterreifen betraf, waren die beiden sehr gewissenhaft. Sie wollten nicht, dass Helen Geld für ein Taxi ausgab.

Sag ihr, sie soll das Geld sparen, pflegte Meg zu sagen.

Warte auf mich, sagte Dave. Sie ließen sie keinen Meter weit zu Fuß gehen. Schleif die Kleinen nicht in dieses Unwetter hinaus.

Ihre Schwiegermutter passte auf Helens Kinder auf, bot ihr an, die Wäsche für sie zu machen, schickte nach der Geburt der Babys fertig zubereitete Mahlzeiten, und sonntags kochte sie immer für die ganze Familie.

Dave hatte wegen Cals Leiche angerufen, und Helen hatte mit dem Telefon in der Hand an der Küchentheke gelehnt. Sie schaute aus dem Fenster, während sie Dave zuhörte, der mit einer Stimme, die vertraut und zugleich weit weg klang, von den Leichen erzählte. Dave hatte angerufen, um ihr den Anblick zu ersparen. Er wollte Helen sagen, dass sie nicht hingehen müsse. Und er schien reden zu wollen.

Ich habe Cals Hand genommen, sagte Dave. Sie lag unter dem Laken. Er hat seinen Ehering getragen. Diesen Ring solltest du haben, Helen, und ich werde dafür sorgen, dass du ihn bekommst. Ich habe zu dem Mann dort gesagt: Meine Schwiegertochter wird diesen Ring wollen. Ich habe Cals Hand genommen und sie festgehalten. Ich glaube, es ist besser, wenn du ihn nicht siehst, Helen. Zu Meg hab ich das auch gesagt. Du solltest da besser nicht hingehen, hab ich zu seiner Mutter gesagt. Mehr nicht. Mehr hab ich nicht zu ihr gesagt. Mehr gibt es nicht zu sagen. Einige dieser Leichen, hab ich gesagt. Hab ich zu Meg gesagt. Solltest du besser nicht sehen. Es sieht aus wie auf einem Schlachtfeld. Also, es ist alles ordentlich, aber da liegen eine Menge Leichen. Ich habe ihm Lebwohl gesagt, Helen, sagte Dave. Das klingt vielleicht albern.

Er schwieg eine Weile, und auch Helen sagte nichts. Jenseits des Gartenzauns sah sie das tiefgelbe Quadrat des

Küchenfensters ihrer Nachbarin. Die Nachbarin – sie war Schauspielerin – stand am Spülbecken und wusch ab. Helen sah, wie sie Teller in das Abtropfgestell reihte. Dann erschien ein Mann neben ihr. Die Schauspielerin wandte sich vom Spülbecken ab, und der Mann und sie unterhielten sich. Nicht lange, nur ein paar Sätze. Dann folgte die Frau dem Mann in den dunklen Flur hinter der Küche. Helen wurde von heftigem Neid erfasst. Das Paar, von all dem gelben Licht umrahmt, der weiße Teller in den Händen der Frau, als sie innehielt, um zuzuhören, der Mann, der in den dunklen Flur trat. Warum Cal? Warum gerade ihr Mann? Warum Cal? Dann sprach Dave weiter.

Ich glaube nicht, dass wir das verwinden werden, sagte Dave. Das ist wirklich ein schwerer Schlag. Meg ist im Schlafzimmer. Sie hat sich hingelegt.

Es klingt nicht albern, sagte Helen. Seine Hand zu halten und ihm Lebwohl zu sagen. Das klingt nicht albern. Ein Kichern entschlüpfte ihr. Sie stand so weit außerhalb von allem. Ein hysterischer Laut stieg aus ihrer Kehle auf, und sie hielt sich den Handrücken vor den Mund.

In der Küche jenseits ihres Gartens ging das Licht aus. Jetzt war es dunkel im Garten, und Helen konnte Schneeflocken sehen. Es schneite immer noch.

Dave redete weiter, ohne zu wissen, dass er redete, und es strengte ihn an zu reden, das merkte Helen. Er sog die Luft durch die Zähne ein, wie man es tut, wenn man etwas Schweres hebt. Und er sagte immer wieder das Gleiche. Dass er Cals Hand gehalten habe. Dass sie sich wegen des Rings keine Gedanken machen solle. Sie werde den Ring bekommen, dafür werde er sorgen. Dass Cal seine Brille in der Tasche stecken habe. Dass Cal ein Holzfällerhemd trage. Der Hörer war schweißfeucht, und es war dunkel draußen, schon am frühen Nachmittag, denn es war Februar, und es würde noch lange dunkel bleiben. Es war still dort draußen im Dunkeln, bis auf den Wind, der die Äste gegeneinanderschlug.

Helen hatte keine Sekunde geglaubt, dass Cal überlebt hatte, doch von seinem Leichnam zu hören war ein Schlag. Sie hatte den Leichnam gewollt. Hatte den Leichnam gebraucht, ohne sagen zu können, warum. Doch nun von dem Leichnam zu hören war furchtbar.

Es gab Leute, die noch monatelang hofften. Sie sagten, es müsse irgendwo da draußen eine Insel geben, und dort seien die Überlebenden. Es gab keine Insel. Jeder wusste, dass es keine Insel gab. Es war unmöglich. Leute, die die Küste wie ihre Westentasche kannten. Doch sie glaubten, es könnte eine Insel geben, die sie bisher noch nicht bemerkt hatten. Ein paar Leute hielten das für möglich. Diese Leute standen unter Schock. Einige Mütter deckten den Tisch vor einem Stuhl, auf dem niemand saß.

Jemand auf einem der Versorgungsschiffe hatte ein Rettungsboot sinken sehen, die Männer darin waren alle angeschnallt – zwanzig Mann oder mehr, die mit angelegtem Sicherheitsgurt gesunken waren.

Am Morgen des Fünfzehnten hatte Cals Mutter die Küstenwache angerufen und mit den Männern gestritten.

Sie haben die falschen Informationen, rief sie. Die Ölgesellschaft hätte die Familien doch benachrichtigt, wenn die Männer tot wären. Meg hoffte den ganzen Tag und auch noch einen Großteil des nächsten Tages. Das Telefonat zwischen Helen und ihrer Schwiegermutter war von knisternder Wut erfüllt, weil Meg behauptete, es gebe Hoffnung, und Helen gar nichts sagte.

Ich weiß, dass er noch lebt, sagte Meg.

Helen hatte keinerlei Hoffnung, doch wie alle anderen hatte auch sie den Leichnam ihres Liebsten gebraucht. Sie hatte Cals Leichnam gebraucht.

Sie hörte zu, wie ihr Schwiegervater von den Leichen erzählte, die er gesehen hatte, auf der Küchentheke lag ihre Handtasche, und Helen griff danach und presste sie an ihre Brust, als wollte sie gleich ausgehen, doch sie stand einfach nur da und hörte zu. Sie dachte an Meg, die sich im Schlafzimmer hingelegt hatte. Bestimmt hatte sie sich nicht die Mühe gemacht, ihre Kleider auszuziehen. Vielleicht nicht einmal die Schuhe. Die Vorhänge waren bestimmt geschlossen.

Helen hatte Cals Leichnam gewollt, und nun hatte man ihn gefunden, und sie hatte Angst davor. Es machte ihr Angst, wie kalt er sein würde. In was für einer Art von Lagerraum wurde er aufbewahrt? Die Temperatur dort musste sicher niedrig gehalten werden. Aus irgendeinem Grund hatte sie Angst, dass Cals Leichnam sehr, sehr kalt sein würde. Ihr Herzschlag beschleunigte sich, als wäre sie gerade die Straße entlanggerannt, dabei stand sie wie angewurzelt in der Küche.

Sie hätte gern jemanden gefragt, was sie mit dem Leichnam tun sollte, und dieser Jemand war Cal. Im Kopf ging sie es mit ihm durch. Nicht dass sie das detailliert durchgespielt hätte, aber sie erzählte ihm von dem Problem. Sie wollte aufhören zu telefonieren, damit sie Cal fragen konnte, was sie tun sollte.

Du solltest ihn nicht so in Erinnerung behalten, sagte Dave. Sie hörte ein lautes Platschen, Wasser, das auf den Boden klatschte, und schaute in den Flur hinaus. Sie hatte die Badewanne überlaufen lassen, und das Wasser drang durch die Decke. Alles war voll Wasser. Die Kinder kamen aus dem Wohnzimmer, wo sie ferngesehen hatten, blieben am Ende des Flurs stehen und schauten sie an, wie sie mit dem Telefon in der Hand dastand. Mommy, kreischten sie. Das Wasser lief die Wand hinab, mal in dicken Strängen, mal in dünnen, schmal zulaufenden und wieder breiter werdenden Flächen. Es floss auf das Linoleum, und Helen rief: Geht aus dem Weg! Sie sagte Dave, sie müsse das Telefonat beenden. Dann rannte sie die Treppe hoch, immer zwei Stufen auf einmal. Als sie wieder herunterkam, lag der Hörer laut summend auf der Küchentheke.

Sie würde ihre Schwester Louise anrufen und sie bitten, mit ihr zu Cals Leichnam zu fahren. Sie musste Dave und Meg ja nicht erzählen, dass sie hinfuhr. Sie wollte ebenfalls seine Hand halten, egal, wie kalt sie war. Vielleicht würde sie auch einfach nur draußen vor dem Gebäude sitzen. Vielleicht musste sie den Leichnam gar nicht sehen. Aber sie musste in seiner Nähe sein.

Der Schreiner, Oktober 2008

Helen gab Reinigungsmittel auf den Schwamm und nahm sich die Badewanne vor.

Helen hatte genau einen Monat auf Barry gewartet. Im Sommer. Er kam ins Haus, und sie stellten sich einander vor, gaben sich jedoch nicht die Hand.

Wie seltsam, dachte sie, sich nicht die Hand zu geben. Barry ging ins Wohnzimmer, die Daumen in die Gürtelschlaufen gehakt, und schaute an die Decke. Eine Weile schwieg er.

Ich sag es Ihnen klipp und klar, sagte er dann. Er stampfte zweimal mit dem Fuß auf. Da muss ein Zwischenboden rein. Seine Augen waren grau.

Anders wird das nicht gehen, sagte er.

Helen fuhr mit dem Swiffer unter die Badewanne. Es war eine Löwenfußbadewanne. Die Küche war ihr vergleichsweise egal, aber das Bad hatte sie gern sauber. Er ist ein hervorragender Schreiner und absolut verlässlich, du wirst Barry sehr mögen. So Louises Schwiegertochter Sherry. Sherry hatte gesagt: Er ist sehr gut. Sherry, Seans Frau: Du wirst Barry sehr mögen.

Hatte Sherry versucht, sie zu verkuppeln? Helen erstarrte bei diesem Gedanken, den ausgestreckten Arm noch unter der Badewanne. Natürlich. Unten hörte sie die Stichsäge. Sie drang durch das Holz, heulte kurz auf und verstummte. Das ist doch albern, dachte Helen. Mit ausholenden Bewegungen wischte sie weiter. Sie hörte, wie Barry an den Fuß der Treppe trat, und bekam eine Hitzewallung.

Ich gehe rasch einen Kaffee trinken, rief Barry zum Bad hinauf. Sie stellte sich vor, wie er auf einem Bein kniete, an seinem Sicherheitsschuh zerrte. Sie stand auf und sah sich im Spiegel, feuerrot war sie, und ihre Stirn glänzte von dem plötzlichen Schweißausbruch.

In Ordnung, Barry, rief sie.

Sherry hatte geglaubt, sie sei einsam. Heftige Scham erfasste Helen. Das Blut rauschte in ihrem Kopf, dröhnte in ihren Ohren. Sie wollte kein Mitleid.

Die Valentinskarte, Februar 1982

Da steckt was im Briefkasten, sagte Helen. Ein leuchtendroter Umschlag, so groß, dass die Klappe ein paar Zentimeter aufklaffte.

Louise beugte sich vor, die Hände am Lenkrad. Sie trug ihre Fuchspelzmütze und den schwarzen Wildledermantel samt passenden Handschuhen und hatte dunklen Lippenstift aufgetragen. Sie kamen vom Pier 17, wo die Leichen aufbewahrt wurden, und Helen war nicht hineingegangen, um Cals Leichnam anzuschauen. Louise war in den Parkplatz eingebogen, und dann hatten sie einfach mit laufendem Motor dagestanden. Helen konnte nicht hineingehen. Aber sie war froh, dort zu sein. Louise hatte sie abgeholt und nicht viel gesagt, und sie hatten einfach nur dort gestanden, mehr nicht. Eine ganze Weile. Das Radio lief, und irgendwann schaltete Louise es aus. Sie hatte es nicht eilig. Sie nahm die Mütze ab, klappte die Sonnenblende herunter, strich ihr Haar glatt und klappte die Blende wieder hoch. Sie mussten nicht reden.

Louise langte zum Handschuhfach hinüber und wühlte darin herum, fand ein Päckchen Papiertaschentücher, schlitzte das Plastik mit dem Fingernagel auf, zog ein Taschentuch heraus, und Helen nahm es. Louise öffnete ihre Handtasche, griff nach einer Zigarette, drückte auf den Zigarettenanzünder und wartete, bis er orange glühte und heraussprang.

Sie zündete sich die Zigarette an, und ihre Wangen höhlten sich, dann ließ sie mit einem Tastendruck die Scheibe einen Spaltbreit herunter und blies den Rauch aus dem Fenster. Nach einer Weile warf sie die Zigarette hinaus in die Schneewehe.

Krebsstängel, sagte sie. Sie sahen, wie ein Krankenwagen einbog und parkte, dann stieg jemand aus, ging zu dem Gebäude, und die Tür schloss sich hinter ihm. Nach sehr langer Zeit kam eine Frau heraus, begleitet von einem Mann, der den Arm um sie legte. Er führte sie zu einem Buick, öffnete die Tür, und die Frau stieg ein, dann ging der Mann vorne um das Auto herum, stieg ebenfalls ein, ließ den Motor an, und sie fuhren davon.

Helen sagte: Okay.

Okay?

Lass uns fahren, sagte Helen.

Du gehst nicht rein, stellte Louise fest.

Ich sollte nach Hause, sagte Helen. Sie schnäuzte sich, so kräftig sie konnte. Herrje, Louise, sagte sie.

Ich weiß, Schatz, sagte Louise. Schließlich bist du meine kleine Schwester.

Und jetzt saßen sie vor Helens Haustür im Auto. Louises Mann war Autohändler, und sie waren immer Cadillacs gefahren, denn Cadillacs waren groß und sicher, und Louise mochte luxuriöse Wagen.

Hinter ihnen erschien ein Pick-up. Die Fahrbahn war schmal, denn es war nicht ordentlich geräumt worden, und der Pick-up wartete darauf, dass sie weiterfuhren.

Louise beobachtete ihn im Rückspiegel. Ihre Augen verengten sich.

Der Mann hupte einmal.

Fahr um uns herum, du Depp, flüsterte Louise. Dann drückte sie auf die Taste, so dass sich die Scheibe senkte, streckte den Arm hinaus und winkte ihn vorbei. Ihre Hand beschrieb mit ausgestrecktem Finger zwei langsame Kreise. In dem schwarzen Handschuh wirkte der Finger streng und spöttisch. Sie zog die Hand wieder ins Auto zurück. Durchs Fenster kamen die kalte Luft und die ganzen Straßengeräusche herein. Sie nahm zwei Fingerspitzen ihres Handschuhs zwischen die Zähne und zog ihn sich von der Hand, dann streifte sie den anderen Handschuh Finger für Finger ab.

Der Fahrer des Pick-ups versuchte nicht, um sie herumzufahren, dazu war nicht genug Platz. Nur die eine Straßenseite war geräumt worden. Louise öffnete ihre Handtasche, ein lautes Schnappen, und nahm erneut die Zigarettenschachtel heraus, ohne dabei den Blick vom Rückspiegel zu lösen.

So ein Trottel, sagte sie. Eine Schar Teenager kam den Hügel herunter. Lärmend und rotwangig, mit offenen Jacken und Atemwölkchen vor dem Mund. Ganz hinten lief ein spilleriges Mädchen, das schrill kicherte. Sie rannte, um ihre Freunde einzuholen, und ihre Stiefel klatschten auf dem Bürgersteig auf.

Helen wusste, dass die Post im Briefkasten eine Valentinskarte von Cal war. Er schrieb ihr immer zum Valentinstag. Überhaupt schickte er zu derlei Anlässen immer eine Karte. Und es war ihm wichtig, dass die Karte einigermaßen pünktlich ankam.

Der Zigarettenanzünder sprang heraus, Louise zündete ihre Zigarette an, drehte den Kopf zur Seite und blies den Rauch aus dem Fenster. Dann verstellte sie den Rückspiegel etwas, um den Mann im Pick-up zu beobachten.

Er drückte auf die Hupe. Ließ sie gellen, solange es ging, dann nahm er die Hand kurz herunter und drückte erneut. Hinter ihm staute sich mittlerweile der Verkehr, er konnte also nicht mehr zurücksetzen. Vorbeifahren konnte er auch nicht. Die Kinder, die den Hügel herunterkamen, waren stehen geblieben, die Köpfe zur Seite gedreht, um zu schauen, was los war, und dabei sanft ineinandergerempelt.

Ich geh jetzt wohl besser mal rein, sagte Helen. Doch sie bewegte sich nicht. Sie hatte das Gefühl, sie könne sich nicht bewegen. Oder sie habe sich bewegt, sei ausgestiegen, habe ihr restliches Leben gelebt, sei gestorben und sitze jetzt tot wieder im Auto, ein Geist oder irgendetwas ohne Muskeln und Knochen. Etwas, was sich nie wieder würde bewegen können.

Der Mann war ausgestiegen und hatte die Tür seines Pick-ups zugeknallt. Wutentbrannt hieb er mit der flachen Hand auf das Dach von Louises Auto, ein dumpfer Schlag. Er beugte sich hinunter, um Louise in die Augen zu sehen, und sein Gesicht war sehr nah. Doch Louise blickte stur geradeaus. Sie zog an ihrer Zigarette und blies den Rauch gegen die Windschutzscheibe. Es fehlten nur wenige Zentimeter, dann hätte der Mann sie auf die Schläfe küssen können. Seine Augen waren von einem wässrigen Haselnussbraun, er hatte eine Glatze und ein blasses Gesicht mit hohen Wangenknochen und schwach ausgeprägtem Kinn, und er kniff die Lippen zusammen.

Sie versperren die gottverdammte Straße, sagte er.

Der Mann meiner Schwester war auf der Ocean Ranger, sagte Louise. Wir waren gerade dort, um den Leichnam zu identifizieren. Aber sie ist dann doch nicht reingegangen.

Louise, sagte Helen.

Der Mann trat vom Fenster zurück.

Und jetzt sitzen wir hier, weil wir völlig erschöpft sind, sagte Louise.

Der Mann schaute zu seinem Pick-up zurück.

Ich rauche eigentlich gar nicht, teilte Louise ihm mit. Dabei schaute sie ihre Zigarette an, als wüsste sie nicht, was das war. Sie warf sie aus dem Fenster.

Eine üble Gewohnheit, sagte sie.

Ich sollte Ihnen helfen, sagte der Mann.

Oh, wir kommen schon zurecht, sagte Louise. Helen legte die Hand auf die ihrer Schwester. Louise umklammerte das Lenkrad. Sie fuhr immer leicht vorgebeugt, die Hände fest um das Lenkrad geschlossen. Sie fuhr, als benötigte sie den Sicherheitsgurt dazu, sie von etwas zurückzuhalten, was sie haben wollte.

Ich gehe jetzt, Louise, sagte Helen.

Der Mann ging um das Auto herum, öffnete ihr die Beifahrertür und hielt ihr beim Gehen den Ellbogen, als wäre sie eine alte Frau. Oder als stützte sie sich auf ihn. Sie stützte sich tatsächlich auf ihn, denn sie hatte das Gefühl, nicht laufen zu können. Sie fühlte sich betrunken. Sie brauchte ewig, um den Haustürschlüssel in ihrer Handtasche zu finden. Schließlich nahm ihr der Mann die Handtasche ab, kramte den Schlüssel hervor, schloss auf und steckte den Schlüssel wieder in die Handtasche, und dann stand er da, die Tasche in der Hand. Die Autos, die sich hinter dem Pickup angesammelt hatten, setzten eines nach dem anderen zurück, wendeten und bogen in Seitenstraßen ab. Als die Haustür offen war, hupte Louise ein paarmal und fuhr weg.

Helen trat ein, und es war still im Haus. Die Kinder waren morgens in die Schule gegangen. Sie hatten das wohl untereinander besprochen, denn sie hatten Helen nicht geweckt. Sie hatten sie schlafen lassen. Helen zog den Mantel aus, hängte ihn über das Geländer, stellte die Stiefel neben die Heizung. In der Küche war die Heizung aus, und sie drehte sie hoch. Sie setzte Wasser auf und gab einen Teebeutel in eine Tasse, und dann trank sie den Tee, ohne den Beutel herauszunehmen, sie vergaß es schlichtweg. Sie hatte ein Buttermesser aus der Schublade genommen, das jetzt neben dem roten Umschlag auf dem Tisch lag. Auch die Telefonrechnung und der Werbezettel eines Pizzaservice lagen dort. Sie öffnete den roten Umschlag.

Es war eine Karte, auf der vorne ein großer Strauß roter Rosen abgebildet war. Darunter stand in geschwungenen goldenen Buchstaben Meiner Frau zum Valentinstag. Im Innern der Karte war ein kleines Grußkartengedicht über die Liebe abgedruckt, das sich nicht reimte. Es ging darin um den Sinn des Lebens, um Großzügigkeit, Freundlichkeit und all die schönen Erlebnisse, und auf der Rückseite stand in winzigen Druckbuchstaben, dass die Karte in China hergestellt worden war. Über das Gedicht hatte Cal geschrieben Meine Liebste und darunter Tausend Küsse, Cal.

Taufe, Oktober 1982

Man sieht sein eigenes Leben, doch es ist, als stünde man hinter einer Glaswand; die Funken fliegen, doch man spürt sie nicht.

Man weiß, dass es sich um das eigene Leben handelt, denn die Leute verhalten sich so. Sie nennen einen beim Namen. Geh doch mit einkaufen, Helen. Soundso macht eine Party, Helen.

Mom, wo ist die Erdnussbutter?

Es gibt Rechnungen zu bezahlen. Man wacht mitten in der Nacht auf, weil man es tropfen hört, und stellt fest, dass in der Küche das Dach undicht ist. Der Putz ist aufgeplatzt, und das Wasser tropft auf die Fliesen, immer schneller.

Zum ersten Weihnachtsfest nach Cals Tod wollte sie keinen Baum, doch Cathy bestand auf einem.

Wir brauchen einen Weihnachtsbaum, Mom.

Zu saufen anfangen. Nicht zu saufen anfangen. Zunehmen. Im Schlafzimmerschrank hängen zwei Kleiderkombinationen, beide schwarz, denn Schwarz macht schlank. Man hat nicht bemerkt, dass es nur zwei sind, und man hat auch nicht bemerkt, welche Farbe sie haben; fünfzehn Kilo, und man hat es nicht bemerkt.

Aufhören an einen Sinn zu glauben. Sich beeilen, indem man sich nicht rührt. Es gibt keinen Sinn. Die Geschwindigkeit, die sich unerwartet im Stillhalten verbirgt; zuschauen, wie die Zeit vorbeisaust. Tap, tap-tap-tap. Tap, tap-tap-tap, auf dem gefliesten Küchenboden. Dem Innehalten und der Beschleunigung der Zeit zuhören. Viele kostbare Stunden ihres Lebens hat sie damit verbracht, ihrem Krabbelkind (welchem?) auf dem Tablett des Hochstuhls Cheerios zu sortieren. Man gerät in eine Art Dämmerzustand, in dem das Blau des Hochstuhls noch blauer aussieht. Er strotzt vor Bläue. Der Verteilung der Cheerios auf dem leuchtenden Blau und dem Rhythmus, in dem sich die Tropfen vom Wasserhahn lösen, liegt ein Muster zugrunde, und dann saust der große Löffel herunter, und die Cheerios hüpfen hoch und schießen davon.

Nicht vor den Kindern weinen. Unentwegt weinen. Hackbraten essen. Um Vergebung bitten. Darum bitten, wieder in die Hochzeitsnacht zurückkehren zu dürfen oder zur Geburt der Kinder oder zu irgendeinem normalen Augenblick, wo man in der Küche stand und kochte oder aus einer Rechnung schlau zu werden versuchte, wo es schneite oder sie auf dem Teich Schlittschuh liefen. Sie denkt an einen Nachmittag, an dem sie alle auf dem Hogan's Pond Schlittschuh liefen. Der Wind schob die Kinder vorwärts, mit ausgebreiteten Armen segelten sie davon.

Johnny konnte Schlittschuh laufen. Johnny spielte Hockey. Cathy hat genau die gleichen Augen wie Cal, mittelblau mit hellblauen Einsprengseln, die Iris schwarz umrandet und der Augapfel sehr weiß, und sie hat seine Sommersprossen – der dunkle irische Typ, sagte Cals Mutter, die O'Maras aus Heart's Content –, die Bäume waren voller Eis, und die Sonne übertraf sich selbst, sie gleißte und prangte, und der Wind fuhr in die Baumwipfel und schlug das Eis ab, das zersplitterte und auf den Schnee hinunterprasselte.

Sie und Cal drehten die Heizung gern voll auf. Manchmal zündeten sie auch noch ein Kaminfeuer an. Es war immer bullig heiß bei ihnen, wenn Cal zu Hause war. Er schlief auf dem Sofa ein. Die Schichtarbeit brachte seinen Schlafrhythmus durcheinander, und Helen hörte ihn manchmal in den frühen Morgenstunden Wasser aufsetzen. Er las immer im Bett, sie musste bei brennendem Licht einschlafen. Er schlürfte seinen Tee, was sie rasend machte. Könntest du mit diesem Geräusch aufhören?

Die Kinder wollen einen Baum: Was denkst du dir eigentlich? Mach, dass du aus deinem verdammten Bett kommst. Du denkst ja wohl nicht, es ginge ohne Weihnachtsbaum?

Die Telefongesellschaft glaubt, dass man existiert; sie hat das Telefon abgestellt. Wie tot eine Leitung klingen kann, wenn sie tot ist. Es ist an der Zeit, sich zusammenzureißen. An der Zeit, in Gang zu kommen. Steh auf, in Himmelherrgottsnamen.

Am anderen Ende ist gar nichts. Kein Geräusch. Kein Summen. Nur Stille. Hat der Blitz eingeschlagen, oder was? Hat der Wind da draußen einen Mast umgeblasen? Sie hatten das Telefon abgestellt, und Helen saß mit vier Kindern da, es war ein Sicherheitsrisiko. Und sie konnte nicht einmal anrufen, um nachzufragen, was los war; sie musste zum Atlantic Place gehen und einen Quarter investieren, nur um sich sagen zu lassen: Jaja, dieser Anschluss ist stillgelegt.

Verkommen. Nimm zur Kenntnis: Du bist dabei zu verkommen. Fette Kuh. Das bist du inzwischen, meine Güte, schau dich doch an, fett wie eine Kuh. Man horcht, aber keiner ist da. Hörst du mich? Ich schreie mir die Seele aus dem Leib. Was meinst du, wie lang dieses Geld reichen wird? Streng dich mehr an.

Jemand hat gesagt: Reiß dich am Riemen.

Jemand hat gesagt: Du hast Kinder.

Tu so, als wäre das alles wichtig. Siehst du diesen Turnschuh? Er ist wichtig. Siehst du diese Geige? Siehst du, dass es Hochrippe im Sonderangebot gibt? Der ernste Karatelehrer. Supermarktcoupons. Und so, schaut her, bastelt man eine Maske aus Pappmaché. Guck mal mein Bild an, Mommy. Der Schneebesen ist wichtig. Wo ist der Schneebesen?

Riechst du was? Du hast den Topf auf dem Herd stehenlassen. Du hast die Platte angestellt und bist weggegangen. Eines der Kinder hat Ohrenschmerzen. Fieber, Hitze.

Ich will dir etwas sagen: Es gibt Dinge, über die kommt man nicht hinweg. Aber ein Baum ist wichtig. Es ist wichtig, dass man lacht, wenn ein Witz gemacht wird. Sieh aus, als würdest du dich amüsieren. Du kannst gleich auf dein Zimmer gehen, Fräulein. So redet man nicht mit seiner Mutter. Ich bin deine Mutter. Wenn ihr einen gottverdammten Baum wollt, dann besorge ich einen gottverdammten Baum.

Das Telefon kann gegen eine Gebühr von fünfundsiebzig Dollar wieder angeschlossen werden. Sie haben drei Mahnungen erhalten.

Tatsächlich?

Ja. Wir schicken unsere Außendienstmitarbeiter erst los, wenn drei Mahnungen rausgegangen sind.

Was stand in den Mahnungen drin?

Stilllegung Ihres Anschlusses.

Wo ist dein Mann? Spitz die Ohren, auch im Schlaf, für den Fall, dass er eine Botschaft aus dem Grab schickt. Das erwartet Helen, danach sehnt sie sich. Es steht ihr zu.

Sie schläft, und manchmal träumt sie von ihm, und es ist eine Qual aufzuwachen. In diesen Träumen wird nicht geredet, es fallen keine Worte, aber sie weiß, was er will: Er will, dass sie ihm folgt.

Wie schrecklich. Der Tod hat ihn egoistisch gemacht. Vergiss die Kinder. Das ist es, was er ihr sagt. Vergiss dich selbst. Komm mit mir. Willst du denn nicht wissen, was passiert ist?

Sie will sehr wohl wissen, was passiert ist. Sie will es unbedingt wissen, aber etwas hält sie zurück – die Kinder, das Dach, das Telefon. Gibt es eine Möglichkeit, mitzugehen und danach wiederzukommen? Warum kann Cal nicht wiederkommen?

Wenn sie aufwacht, hat sie ein schlechtes Gewissen, weil sie beschlossen hat zu bleiben. Etwas Unbeugsames, Lebensbejahendes, das nicht bereit ist, einzuknicken, gewinnt die Oberhand. Damit verrät sie ihn, jede einzelne Nacht in ihrem Leben, und es zehrt an ihren Kräften. Sie weist ihn ab, sie vergisst ihn. Jedes Mal, wenn sie in einem Traum nein zu ihm sagt, vergisst sie ihn ein bisschen mehr.

Sie erinnert sich daran, wie er sich einmal kochendes Wasser auf den Fuß kippte und eine Blase bekam, die so groß war wie ihre Handfläche, und dass er seinen Turnschuh nicht zuschnürte, die Lasche heraushängen ließ und eine Woche lang nicht laufen konnte, doch sie weiß nicht mehr, ob das vor oder nach den Kindern war.

Sie wird niemals sein Gesicht vergessen. Und auch sein grünes Baumwolltuch nicht. Oder wie er einmal das Kanu abdichtete und alles nach Varathane roch.

Um sich an seine Stimme zu erinnern, muss sie sich vorstellen, wie er am Telefon klang. Sie spürte es immer, wenn das Telefon gleich klingeln würde. Sie hatte so ein Gefühl, und prompt klingelte das Telefon, und es war er. Sie wechselten nur ein paar Sätze, übers Einkaufen oder ob sie nicht einen Babysitter organisieren wolle, damit sie abends weggehen könnten. Ob sie Lust habe, ins Kino zu gehen? Helen stellt sich Cal am Telefon vor und hat seine Stimme wieder genau im Ohr. Sie kann sich auch an seine Stimme erinnern, wenn sie ihn sich singend vorstellt.

Wenn sie im Auto saßen, sagte sie oft: Sing was für mich; er kannte Stücke von Bob Dylan und Johnny Cash und jedes einzelne Lied, das Leonard Cohen je geschrieben hatte, und er ahmte immer den jeweiligen Sänger nach, denn er genierte sich beim Singen, selbst wenn nur sie zuhörte.

Oder sie erinnert sich daran, wie er ihre Hand hielt, als John auf die Welt kam, sie fast zerdrückte, und dass er keine Angst hatte.

Sie erinnert sich daran, dass sie den Lada oft anschieben mussten, damit der Motor ansprang. Der Typ, der ihnen das Auto verkauft hatte, behauptete, es habe keinen Rückwärtsgang. Für einen Rückwärtsgang hätten sie noch mal fünfundzwanzig Dollar drauflegen müssen. Sie öffneten die beiden Türen, lehnten sich hinein und stemmten sich gegen das Gewicht des Wagens, und wenn er zu rollen begann, mussten sie ein Stückchen mitrennen und dann hineinspringen und die Türen zuziehen, während das Auto spotzte und bebte und der Motor unter lautstarken Fehlzündungen ansprang; und im Boden des Wagens war ein Loch, sie konnte den Asphalt unter ihren Füßen sehen.

Sie hat nicht vergessen, wie sie sich liebten. Sie erinnert sich an Cals Geruch. Daran, wie er schmeckte. Wie sein Haar sich anfühlte, und an seine Locken und die Sommersprossen über seiner Brust und an den Übergang zwischen der gebräunten und der hellen Haut auf Höhe der T-Shirt-Ärmel, wenn er im Garten gearbeitet hatte, cremeweiß war seine Haut oberhalb dieser Linie. Sie leckte seinen Bauch oberhalb der Jeans. Sie leckte seinen Hosenbund, die Gürtelschnalle, den Ledergürtel. Und dann öffnete sie den Gürtel und den Knopf und den Reißverschluss und legte die Zunge auf seine Unterhose und dann den ganzen Mund.

Er brachte sie zum Orgasmus, wartete, brachte sie wieder zum Orgasmus, und das ging eine ganze Weile so, das weiß sie noch. Das vergisst sie nicht. Und sie erinnert sich daran, wie seine Beine um ihre geschlungen waren und seine Füße sich ins Bett gruben, erinnert sich an sein Gesicht mit den geschlossenen Augen und seine sich rötenden Wangen.

Sie horcht nach seiner Stimme, nach einem Zeichen, einem Rat. Doch da kommt nichts. Sie durchlebt die Katastrophe in jeder einzelnen Nacht ihres Lebens. Sie hat den Bericht der Royal Commission gelesen. Sie weiß, was passiert ist. Aber sie will in Cals Haut stecken, während die Bohrinsel untergeht. Sie will dort bei ihm sein.

Eines Nachmittags im ersten Jahr nach Cals Tod ließ Helen Gabrielle bei ihrer Schwiegermutter, um ein paar Einkäufe zu erledigen. Die älteren Kinder waren bei Louise. Abends fuhr sie mit dem Bus zu Meg zurück und klopfte an die Tür, doch niemand öffnete.

Es war Mitte Oktober, und Helens Brüste tropften, sie waren steinhart, und die Brustwarzen taten weh, die eine war aufgesprungen und blutete. Trotz der fortgeschrittenen Jahreszeit war es noch warm, und Helen konnte riechen, dass in der Nachbarschaft gegrillt wurde. Sie ging ums Haus herum.

Meg hatte die Wäsche rausgehängt, und der Rasen war frisch gemäht. Die Geranien hatten ihre korallenroten Blüten auf den dunkelgrünen Boden der Sonnenterrasse fallen lassen. Es war sehr still im Garten, und Helen machte die Hintertür auf und ging rufend durchs Haus, und dann rief sie nicht mehr. Sie hörte Wasser laufen. Wasser, das in ein tiefes Waschbecken pladderte, und die Waschmaschine.

Sie fand Meg mit der Kleinen in der Waschküche. Meg hielt das Baby über das große Waschbecken, sie hatte ihm ein langes weißes Kleid angezogen, das ihr bis über den Arm hing, und dazu ein perlenbesticktes Mützchen, und sie betete mit geschlossenen Augen, während das Wasser lief. Sie betete und gab eine Handvoll Wasser auf Gabrielles Stirn, und Helen schlich leise und unbemerkt zur Hintertür zurück, öffnete sie vorsichtig, damit sie nicht quietschte, lief die Straße hinunter und um die Ecke, und dort wartete sie. Als sie zehn Minuten später zurückkam, hatte Meg Gabrielle wieder den Strampler angezogen, und von dem Taufkleid war nichts mehr zu sehen. Helen knöpfte ihre Bluse auf, und Gabrielle saugte sich sofort fest, und aus der anderen Brustwarze spritzte Milch in einem feinen Strahl über den ganzen Küchentisch.

Ich habe einen leckeren Eintopf da, sagte Meg. Ich mach dir einen Teller in der Mikrowelle warm. Geht ganz schnell.

Ein Teller Suppe wäre prima, sagte Helen.

Die Kleine war ja so brav, sagte Meg.

Cal hatte sich geweigert, die Kinder taufen zu lassen, und es hatte Streit deshalb gegeben. Er hatte sich geweigert. Meg war wütend und gekränkt gewesen. Was kann es denn schaden, hatte sie zu Cal gesagt, doch er hatte nicht nachgegeben.

Gabrielle schniefte und saugte heftig, aus Helens anderer Brust tropfte es, und auf der Brustwarze bildete sich ein leuchtendroter Blutstropfen und rann hinab.

Hochzeit, Dezember 1972

Helen denkt an Cals Hände, wie sie den Kaffeebecher umschlossen: große, klobige Hände. Cal war groß, 1,85 m, und in seiner linkischen Art lag eine gewisse Anmut. Es waren die Gegenstände, die tumben Objekte, die seinen Händen und Armen und Knien in den Weg sprangen, denen es an Anmut fehlte. Cal bewegte sich einfach nur, ging seinen Weg, schlaksig, wie er war, und nicht willens, auf die Ecke eines Kaffeetischs Rücksicht zu nehmen.

In ihrer Hochzeitsnacht im Hotel Newfoundland zerbrach er einen bodentiefen Spiegel.

Er musste irgendwie drangekommen, dagegengestoßen sein, doch die Sprünge schienen sich ganz von selbst auszubreiten. Helen hatte nicht hingeschaut, und als sie dann schaute, war der Teppich von Spiegelscherben übersät.

Der Spiegel ging von selbst kaputt, weil Cal einen kurzen Blick hineingeworfen hatte, und all das spätere Unglück war bereits da. Es lag in diesem Blick, und es zerschlug den Spiegel.

Helen hatte den Empfang im Hochzeitskleid verlassen. Sie waren gegangen, Cal und sie, hatten ihre Freunde und Helens neue Schwiegermutter in ihrem glänzend purpurroten Kleid mit der großen Korsage zurückgelassen. Meg, in deren Brillengläsern sich das Licht der Deckenlampen spiegelte – es war im Masonic Temple –, und Louise, die draußen auf der Feuerleiter stand und rauchte. Helen hatte gehofft, dass Louise den Brautstrauß fangen würde. Doch Louise hatte draußen gestanden und geraucht.

Sie hatten gleich zu Beginn den Hochzeitswalzer getanzt, während alle anderen mit dem Löffel gegen ihre Gläser schlugen, waren allein auf der Tanzfläche gewesen, wobei Cal nicht einmal ansatzweise Walzer tanzen konnte – sie konnten es beide nicht. Er legte einfach dekorativ die Arme um sie, und sie drehten ein paar unbeholfene Kreise auf dem Parkett, unendlich verlegen, während über ihnen die Scheinwerfer hin und her wanderten, und dann kroch er unter ihren voluminösen Rock, um sich das Strumpfband zu angeln. Sie hob das Vorderteil des Rocks an, meterweise Satin, die Zuschauer pfiffen und applaudierten, und jemand schob einen Stuhl in die Mitte der Tanzfläche, damit sie den Fuß daraufstellen konnte. Cal kniete sich hin, zog das Band vorsichtig herunter, die Männer stießen klirrend mit ihren Bierflaschen an, und Helen ließ den Rock über seinem Kopf hinab. Sie ließ das ganze Ding über ihn fallen, und er blieb lange darunter hocken, nur seine Schuhe ragten heraus, wie bei einem Clown.

Er legte den Mund auf sie. Dort auf der Tanzfläche. Sein Kopf eine Beule unter ihrem Rock, und sie legte die Hand, beide Hände, auf diese Beule. Seine Fingerspitzen berührten kaum spürbar ihre Oberschenkel. Streichelten sie. Sein heißer Atem drang durch ihren Slip, während sie dort stand. Sie musste die Augen zumachen. Sie spielte mit, fächelte sich wie eine Irre Luft zu, und alle jubelten und lachten. Alle amüsierten sich prächtig. Und als er wieder unter dem Rock hervorkam, ließ er das Strumpfband um seinen Finger kreisen.

Nach einer Weile wollte Helen gehen. Sie entdeckte Cal auf der Tanzfläche und zerrte ihn an der Fliege hinaus. Sie zog an einem Ende der schwarzglänzenden Schleife, und der Verschluss löste sich mit einem leisen Ploppen, sie drehte die Schleife vor seinem Hals hin und her, er packte das eine Ende mit den Zähnen, und dann zog sie ihn Schritt für Schritt an der gelösten Fliege von der Tanzfläche.

Man machte ihnen Platz, und der Schlagzeuger untermalte mit einem Trommelschlag jeden von Cals Schritten, die dieser theatralisch zelebrierte, so als wollte er nicht gehen, als wäre sie die große Verführerin und dies die große Nacht, sein Ende, als werde sie ihn auffressen und hinterher wieder ausspucken und er hätte schreckliche Angst. Er gab mit schreckgeweiteten Augen eine Art Knurren von sich, dann sprang er von der Tanzfläche, und zu einem Trommelwirbel eilten die beiden hinaus und die Treppe hinunter.

Sie hatten an diesem Abend das Auto seiner Eltern, und als sie sich an der Rezeption des Hotel Newfoundland anmeldeten, erregten sie einiges Aufsehen. Helen hatte eigentlich Kleidung zum Wechseln dabei, doch sie hatten sich beide nicht die Mühe gemacht, sich umzuziehen. Kronleuchter und Perserteppiche und im Foyer ein Wasserfall. Cal trug einen Smoking, dessen Revers mit schwarzem Satin eingefasst war, die Fliege war gelöst, und das Hemd mit den großen, schwarz paspelierten Rüschen hing ihm aus der Hose, denn er fand den Smoking furchtbar und wollte ihn so schnell wie möglich los sein.

Sie waren Kinder, die zum ersten Mal Erwachsenenluxus erlebten, und es war ein Riesenspaß und zugleich todernst. Helen staunt, wie ernst sie waren.

Gerade mal zwanzig und einundzwanzig.

Helen war schwanger, aber sie heirateten nicht deshalb. Oder vielleicht doch; sie taten es für ihre Eltern oder wegen der Feier oder weil sie in einem abgelegenen, selten benutzten Areal ihres Gehirns an Rituale glaubten. Vom Glauben abgefallene Katholiken, glaubten sie doch unbewusst, dass die Ehe sie zusammenschweißen würde. Dabei waren sie längst zusammengeschweißt, und Helens Periode war ausgeblieben, und sie hatte es Cal erzählt, und er hatte sie gehalten.

Hatte einfach die Arme um sie gelegt, und sie hatte gemerkt, dass er wünschte, es wäre nicht ganz so schnell gegangen. Cal hätte gern noch ein bisschen Zeit gehabt, ehe sie Nachwuchs kriegten, das merkte Helen.

Aber er sagte es nicht.

Wow, sagte er. Oder: Super. Oder vielleicht sagte er auch gar nichts. Er strich ihr energisch über den Rücken, als sei sie eine Freundin, die Trost brauchte. Ein guter Kumpel, der eine große Wette verloren hatte.

Sie hatte ebenfalls die Arme um ihn gelegt, als sie ihm von der Schwangerschaft erzählte. Sie standen in der Küche. Cals Pullover roch nach Rauch, und sie presste den Kopf an seine Brust und spürte die raue Wolle an ihrer Stirn, rieb das Gesicht an dieser Rauheit. Es war der Norwegerpullover mit den Wildlederflicken an den Ellbogen. Die Ellbogen waren durchgescheuert gewesen, und seine Mutter hatte gesagt: Lass den Pulli mal hier. Ich flicke die Löcher.

Das hieß: Heiratest du mich? Oder: Wir sollten wohl heiraten? Oder vielleicht herrschte auch ein kurzes Schweigen, während Cal sich fasste. Schließlich ging es um ein Kind. Sie redeten von einem Kind. Helen hatte sich mit ihren zwanzig Jahren sehr alt und reif gefühlt, doch Cal hatte das Gefühl, dass sie eigentlich gerade erst anfingen.

Wow, sagte er.

Im Hotel Newfoundland raffte der Liftboy Helens Schleppe hoch, damit sie besser in den Aufzug kam. Jemand zwinkerte. Ein Geschäftsmann, der im Foyer auf der Couch saß und gerade seine Zeitung aufschlug, zwinkerte Cal zu. Helen erinnert sich an den Liftboy, der sehr achtsam mit dem Satin umging. Er hatte Watte in den Ohren.

Die Aufzugtür schloss sich kaum hörbar, Helen legte die Hände auf die Rüschen von Cals Hemd und schob ihn an die Wand des Aufzugs, und dann stellte sie sich auf die Zehenspitzen und küsste ihn, dicht an ihn gepresst; und schon ging die Tür wieder auf. Draußen wartete ein älteres Ehepaar, und als sie sahen, wie Helen Cal küsste und was für ein Kleid sie trug, traten sie einen Schritt zurück und stiegen gar nicht erst ein.

Cal war so groß, dass Helen sich in der Küche manchmal auf einen Stuhl stellte, um ihn richtig umarmen zu können. Sie zog den Stuhl heran und stieg darauf, und Cal wandte sich von dem Rührei in der Pfanne ab, vergrub den Kopf zwischen ihren Brüsten, legte die Arme um sie und drückte sie ganz fest, und sie küsste ihn auf den Scheitel. Dann widmete er sich wieder dem Rührei. Er ließ immer in voller Lautstärke Musik laufen, wenn er Frühstück machte.

Cal schloss die Tür des Hotelzimmers auf; es war ein großes Zimmer, und durch das Fenster sahen sie die ganze Stadt. Es schneite. Schneite über dem Hafen und den dort vertäuten Schiffen mit ihren rostigen Flanken, ihrem scharf gebogenen Bug und den auf den Decks aufgetürmten orangefarbenen Bojen, die von Schnee bedeckt waren; es schneite über den weißen Öltanks auf den South Side Hills und den Autos in der Water Street, deren matte, schmale Lichtkegel die fallenden Schneeflocken erfassten; es schneite über der Basilika. Und über der Weihnachtsbeleuchtung in der Water Street.

Cal zog langsam Helens Reißverschluss auf, bis zu ihrem Kreuz, wo er etwas ruckeln musste, weil sich der Reißverschluss verklemmt hatte. Er warf sich auf das große Bett. Helen streifte das Kleid an sich herunter und stieg in ihren lackledernen Stöckelschuhen aus dem Berg kratzigen Tülls.

Und Cal hatte einen Blick in den Spiegel des Hotelzimmers geworfen. Sein sommersprossiges, von wacher Intelligenz erfülltes Gesicht, seine langen Arme und ungewohnten Kleider – unter dem Smokinghemd war er nackt, die Hose hatte er im Bad auf den Boden fallen lassen, das Jackett auf den Tisch gelegt –, seine schwarzen Locken und die großen blauen Augen, in denen Sanftheit und Humor standen, und die Aussicht darauf, sich immer wieder zu lieben. Helen erinnert sich an die geballte Energie, die von diesem Moment an nötig war, um das Ganze in Gang zu halten, ein Baby nach dem anderen, ihre Jobs, Rechnungen, Schneeanzüge, Essenseinladungen, Enttäuschungen – manchmal war sie wie gelähmt vor Enttäuschung –, Abende, an denen sie ausgingen, eng umschlungen nach Hause wankten, einander den Hügel hinaufzerrten, die Sterne über The Kirk, der St. Andrew's Church, und auf der Stützmauer Graffiti – das alles war in ihrer Hochzeitsnacht in dem Spiegel im Hotel Newfoundland zu sehen gewesen, und dann warf Cal einen Blick hinein, und der ganze Spiegel bekam Sprünge, die sich bis zu dem kunstvoll verschnörkelten Mahagonirahmen erstreckten, und im nächsten Moment fiel alles auf den Teppich, rund fünfzig Spiegelzacken. Oder der Spiegel verzog sich oder verbog sich oder brach sich wie eine Welle und spritzte auf den Boden, wo er zu harten Zacken erstarrte. Es ging alles so schnell, dass Cal, ehe er sich's versah, barfuß über die Scherben lief, doch er verletzte sich nicht. Es war nicht der zerbrochene Spiegel, der ihnen Unglück gebracht hatte. Das glaubte Helen nicht. Viel mehr lag all das Unglück, das ihnen bevorstand, in Cals Blick, und als er in den Spiegel schaute, brach das Unglück hervor.

Sie dachten damals nicht groß über den Spiegel nach, sie liebten sich, und danach bestellten sie sich Spareribs aufs

Zimmer, sie zogen die Frottee-Bademäntel an, erfüllten das ganze Badezimmer mit Dampf, seiften sich gegenseitig unter der Dusche ein, die so heiß war, dass ihre Haut ganz rosa wurde, legten sich aufs Bett und probierten den Fernseher aus.

Sie waren Kinder, die eine Art Reife vortäuschten. Sie anprobierten. Die keine Ahnung hatten, auf was sie sich da einließen. Erwachsensein spielten.

Doch es war, wie Helens Mutter immer sagte: Zieh nicht so ein Gesicht, sonst dreht der Wind, und dann bleibt es für immer so.

Helen und Cal aßen die Spareribs, schliefen miteinander, schlossen die schwere Tür zur Außenwelt und zerbrachen den Spiegel oder gingen durch den Spiegel auf die andere Seite, und über Nacht wurden sie reif. Sie veränderten sich über Nacht, oder von einem Moment auf den anderen. Sie waren verheiratet.

Helen kann sich zum Weinen bringen, indem sie einfach nur an Cals gelben Regenmantel denkt, der ihm bis zu den Oberschenkeln reichte, an die Gummistiefel, die er damals trug, und den Norwegerpullover mit den durchgescheuerten Ellbogen oder daran, dass er seine Zigaretten selber drehte, was damals niemand machte (er hatte noch andere Prätentionen, stellte selbst Joghurt und Tofu her, baute Haschisch an, experimentierte mit Batik), daran, dass er sich ein Sommerhaus an der Bay wünschte und dass die Kinder alle ungeplant gekommen waren, alle vier. Cal las natürlich, er las alles, was er in die Finger bekam. Sie lasen beide. Helen hatte auch im Hotel ein Buch dabei und Cal genauso, und nachdem sie miteinander geschlafen hatten, geduscht, die Fernsehsender durchprobiert, gegessen und noch etwas Bier getrunken hatten, packten beide ihr Buch aus und schalteten die Nachttischlampen an. So schliefen sie ein. Cal mit seinem Buch auf der Brust.

Die Kirche bedeutete ihnen beiden nichts, und was die Kirche zum Thema Empfängnisverhütung sagte, ignorierten sie vollkommen. Das Problem war einfach, dass sie irgendwie immer vergaßen, an die Verhütung zu denken. Der Geruch von Latex und Spermizid – die ersten paar Mal hatten sie das vielleicht noch gemacht. Es war schwierig, das Thema Verhütung im Kopf zu behalten. Hast du ein Kondom? Ich dachte, du hättest sie. Ich dachte, du hättest sie.

Und als Helen schwanger war, hatte sie gedacht: Es ist ein Junge, und er wird genauso sein wie Cal, so wird mein Sohn sein: schwarzes Haar, blaue Augen, und er wird Tausende zersprungener Spiegel hinter sich zurücklassen.

Aber natürlich sah John überhaupt nicht aus wie Cal. Er war nicht linkisch, und er sah Helen ähnlich, war ihr aus dem Gesicht geschnitten.

Jane sagt es John, November 2008

Jane ist in Toronto auf dem Flughafen. Eigentlich war sie auf dem Weg nach Hause, nach Alberta, doch im Terminal des Pearson Airport hat sie festgestellt, dass sie nicht nach Hause fahren kann. Sie saß mit einem Apfel-Zimt-Tee und ihrem Laptop in einem überfüllten Tim Hortons. Ihr Vater hatte ihr eine E-Mail geschickt. Das Baby stieß ihr einen Zeh in die Wirbelsäule. Einen Zeh oder einen Bohrer.

Eine junge Frau mit aufgemalten Augenbrauen stand an der Theke. Sie hatte das liebenswürdige Lächeln und die glänzende, verbrüht wirkende Haut von jemandem, der Antidepressiva schluckt, und von ihrer Nase aus verlief eine

Narbe, ein weiches weißes Fältchen, bis zu ihrer missgebildeten Oberlippe.

Die Kundin vor ihr hatte einen Rosinenvollkornkeks verlangt, doch das Mädchen, dessen ausladender Hintern von einer Polyesterhose plattgedrückt wurde, konnte die Rosinenvollkornkekse nirgends entdecken.

Direkt vor Ihnen, sagte die Kundin. Die dickliche Hand des Mädchens schwebte mit einem Stück Wachspapier über den Donuts, und die Schamröte kroch ihr den Nacken hoch.

Rosinenvollkorn, sagte die Kundin. Sie trug einen schwarzglänzenden Plastikmantel, der quietschte, als sie den Arm hob, um auf die Theke zu deuten. Ein klares, unkompliziertes Geräusch. Jane war froh, wieder in Kanada zu sein. Sie hatte die Nase voll von New York, von dem Dreck, dem unfreundlichen Genäsel und der Armut, die sie – unerschrocken, wie ihr Betreuer geschrieben hatte – in ihrer Magisterarbeit dokumentiert hatte. Nach vier Jahren verließ sie die Stadt, jetzt, wo gerade alles besser zu werden begann. Das zweite Bord von unten, sagte Jane. Drei Tabletts weiter. Nein, drei. Eins, zwei, genau. Jane hörte, wie die Frau ihre verschränkten Arme wieder voneinander löste, das feuchte Plastik machte Kussgeräusche. Sie dachte an Schnee auf einem Stoppelfeld zu Hause, in der Ferne die Rockies, rauchgrau, mit weißbeschneiten Gipfeln. Sie befand sich gerade auf dem Höhepunkt einer hormonell bedingten Euphorie.

Vollkorn, sagte die Kundin erneut.

Rosine?

Vollkorn. Rosine.

Jetzt griff das Mädchen nach einem der Kekse und schob ihn in eine Papiertüte. Sonst noch was?, fragte sie. Ein goldener Ring hing wie ein Tropfenfänger an ihrer Nase. Das

Mädchen holte den Tee für Jane und stand dann, den Becher in der Hand, einfach nur da, mit leerem Blick und einem Gesichtsausdruck, der sowohl ehrfürchtige Erstarrung als auch ein nicht enden wollendes Gähnen sein konnte. Sie schüttelte sich und stellte den Becher auf die Theke.

Wann kommt Ihr Kind denn?, fragte sie.

Im Februar, sagte Jane.

Ich hab drei zu Hause, sagte das Mädchen. Mein Gehirn ist mit der Plazenta rausgeflutscht. Aber das ist okay, ich wohne in der Nähe vom Flughafen, da finde ich leicht Arbeit. Meine Mom hilft mir aus.

Jane suchte sich einen Tisch und löste den Deckel vom Becher, der Dampf roch nach Apfel, und sie spürte wie die Hand des Babys – sie glaubte, dass es eine Hand war – ihren prallen Bauch in Bewegung versetzte. Dann las sie die Mail von ihrem Vater. Jane würde also doch nicht bei ihrem Vater wohnen. Sie tupfte sich die Augen mit einer zerknüllten Papierserviette, erst das eine, dann das andere.

Wir machen das im Alleingang, flüsterte sie dem Baby zu. Eigentlich hatte sie während der bisherigen sechs Monate ihrer Schwangerschaft immer gedacht, ihr Vater werde ihr helfen. Vielleicht, hatte sie gedacht, würde er sie zur Schwangerschaftsgymnastik fahren. Vielleicht würde sie bei ihm wohnen können, bis sie wieder auf den Beinen war. Doch wie er in seiner E-Mail unmissverständlich kundtat, fragte sich ihr Vater, was zum Teufel Jane sich eigentlich dachte.

Janes Freundinnen an der Uni in New York fanden es aufregend, dass sie den Vater des Kindes nicht kontaktiert hatte. Die Freundinnen hatten in der winzigen Wohnung ihrer Kollegin Marina eine Baby-Geschenkparty für sie veranstaltet – zehn Frauen aus dem Fachbereich Anthropologie –, und als das Gespräch auf Alleinerziehende kam, hatten sie die Stimme gesenkt. Hatten ehrfürchtig geklungen. Sie waren alle Mitte dreißig, und die meisten von ihnen waren kinderlos, weil sie sich vollauf ihrer akademischen Karriere gewidmet hatten.

Aber die Baby-Geschenkparty machte ihnen einen Riesenspaß. Sie gruben, nicht ganz ernst gemeint, alte Spiele wieder aus. Eine von ihnen, Lucy, hatte eine Videokamera mitgebracht und wollte das damit produzierte materielle Objekt in ihrem Kurs über Feministische Theorie verwenden. Es gab Retro-Häppchen, Gurkensandwich auf Weißbrot ohne Rinde, eine Aspikform voll Fruchtsalat aus der Dose, Wurst im Schlafrock. Jane musste sich mit Ofenhandschuhen eine Nylonstrumpfhose über die Jeans ziehen. Ihre Freundinnen verpassten ihr ein Umstandsbrautkleid aus Klopapier. Jede durfte einen Teil des Kleides gestalten, und der ausgesetzte Preis – ein elektrischer Milchschäumer – ging an Elena, die eine Tournüre auf Janes Hintern anbrachte, für die sie eine komplette Rolle Klopapier brauchte.

Jemand reichte eine Kristallplatte mit Russischen Eiern herum, und der leicht schweflige Geruch erinnerte Jane an das Wasser, das in dem Apartment, in dem John O'Mara und sie vor Monaten ihre gemeinsame Woche in Reykjavík verbracht hatten, aus den Hähnen gekommen war. Das Wasser aus der Dusche und dem Wasserhahn in der Küche stank selbst dann noch, als sie es fünf Minuten hatten laufen lassen, doch John hatte ihr versichert, es sei trinkbar. Die Russischen Eier brachten Jane aus dem Gleichgewicht.

Es ist dein Körper, keine Frage, sagte Janes Freundin Rhiannon. Der Typ wusste schließlich, dass er ein gewisses Risiko eingeht, oder? Völlig bescheuert wird er ja wohl nicht gewesen sein. Rhiannon steckte sich eine Eihälfte in den Mund und schluckte sie herunter, offenbar ohne zu kauen.

Jane legte sich auf den Boden, und Michelle, eine andere Freundin, ließ eine Nadel an einem Faden über Janes Bauch pendeln. Die Nadel kreiste, schwang in einer Linie hin und her und kreiste wieder. Die Nadel konnte sich nicht entscheiden.

Vielleicht ist es ein kleiner Hermaphrodit, sagte Gloria. Michelle erzählte Jane von einer Cousine, die acht Stunden gepresst hatte, weil der Kopf des Babys im Geburtskanal feststeckte.

Anscheinend ist das die Phase, in der es am meisten wehtut, sagte Michelle.

Stellt euch das mal vor: zu groß, sagte Rhiannon. Sie zog ein Gesicht, als stecke das halbe Ei in ihrer Brust fest. Sie schlug sich mit der Faust auf den Brustkorb.

Wie groß ist denn der Kopf des Kindsvaters?, fragte Michelle.

Jane stand vom Boden auf und begann, sich aus ihrem Klopapier-Hochzeitskleid auszuwickeln. Marina stapelte die Pappteller aufeinander, dann löste sie das eine Ende der blauen Girlande ab, die über dem Eingang zu der kleinen Küche hing, und rollte sie fest zusammen.

Du kennst den Typ ja kaum, sagte Elena.

Nach der Geschenkparty hatte Jane Keri Farquharson angerufen, ihre beste Freundin seit Kindheitstagen, eine Meeresbiologin, die mit ihren drei goldbraunen Labradors und ihrem neuen Mann kürzlich nach Maine gezogen war. Jane hatte es die ganze Zeit vor sich hergeschoben, Keri von ihrem Kind zu erzählen.

Ich war eine Woche mit diesem Typ zusammen, sagte Jane. Und das ist fast sieben Monate her.

Ruf ihn an, sagte Keri. Im Hintergrund kläfften die Hunde, und Jane hörte, wie Keri eine Tür aufmachte und die Hunde hinausstürmten, offenbar ins Freie. Eine Fliegengittertür knallte zu.

Jane wurde von einem Heulkrampf überrascht und wagte nicht, etwas zu sagen.

Jane, sagte Keri.

Ja, sagte Jane. Es kam als atemloser Kiekser heraus.

Ruf ihn an, sagte Keri. Anscheinend war sie in die Küche gegangen, denn Jane hörte Wasser kochen, und dann fiel ein Topfdeckel scheppernd ins Spülbecken.

Allein würde ich besser zurechtkommen, sagte Jane. Ein gewaltiger Kummer hatte sich in ihr ausgebreitet, er saß wie ein Ballon in ihrer Brust. Die Worte kamen ihr nur noch stoßweise über die Lippen. Keri konnte knallhart sein. Genau deshalb hatte Jane sie schließlich und endlich auch angerufen.

Meinst du nicht, dass deine Kleine ihren Vater kennen will?, sagte Keri.

Das Baby strampelte und stieß Jane einen Ellbogen unter die Rippen. Ich bin dick wie ein Wal, sagte Jane.

Du musst an das Kind denken.

Ich denke ja an das Kind. Doch Jane hatte an John O'Mara gedacht und an die Nacht in der Bar mit den kubanischen Musikern. Reykjavík um vier Uhr morgens, und immer noch war es so hell, dass alles lange Schatten warf, aber es war kühl draußen, und John und sie waren beide betrunken. Arm in Arm in dem Hof neben der Bar. Nach dieser Nacht waren sie erst am frühen Nachmittag aufgewacht, und ganz Reykjavík war auf der Straße gewesen, weil ein großer Umzug stattfand. Es war der Unabhängigkeitstag. Die Leute schwenkten kleine Fähnchen, und in der Nähe des Hafens schnallte sich ein Muskelmann an einen Laster. Er wollte den Laster mehrere Meter weit ziehen.

Ich will unabhängig sein, sagte Jane zu Keri. Doch in Wirklichkeit ertrug sie den Gedanken nicht, dass John verärgert oder mürrisch oder sarkastisch sein könnte, oder irgendetwas anderes als – aber sie konnte es sich schlicht nicht vorstellen. Ihre Freundinnen in New York hatten recht: Sie kannte ihn ja kaum. Janes Vorstellungskraft wanderte in ihren Bauch, das Baby stieß ihr einen Ellbogen unter die Rippen, so dass sie sich ganz taub anfühlten, und jetzt konnte sie sich John überhaupt nicht mehr vorstellen.

Die zusätzliche Woche in Reykjavík war Johns Idee gewesen. Janes Konferenz war vorbei, und sie war im Begriff, nach New York zurückzufliegen, um ihre Doktorarbeit abzuschließen, da sagte John: Bleib doch noch hier. Ich habe für die ganze Woche ein kleines Apartment gemietet.

Licht fiel in schrägen Bahnen durch die staubigen Fenster der Bar, und über ihren Köpfen hing Zigarettenrauch wie flüssiger Karamell.

Ich übernehme sämtliche Kosten, sagte John. Später, als sie gleichzeitig von der Toilette kamen, drängte er sie an die schmuddelige Wand, schob ihr das Knie zwischen die Beine und drückte diese sanft auseinander. Er schob den Daumen unter den Knopf an ihrer Manschette und strich kreisend über die Innenseite ihres Handgelenks, ganz leicht nur. Es ging ihr durch und durch. Es war, wie wenn man einen Zuckerwürfel in den Tee einrührt. So rührte er Geilheit in ihr träges, betrunkenes Ich. Als sie wieder am Tisch saßen, hielt er das Ende ihres langen Seidenschals, spielte damit, schnipste es weg. Griff nach dem Ende des Schals und führte es an die Lippen. Jemand an ihrem Tisch sagte, man werde einen Vulkan im Meer sehen können. Eine Insel werde aus dem Wasser aufsteigen. Jemand anderes sagte, der Gletscher sei phantastisch.

Und als sie dann draußen auf dem Bürgersteig standen, funkelten und leuchteten die Fensterscheiben der Gebäude auf der anderen Seite des Platzes rosa, und Jane ließ zu, dass John den Arm um sie legte.

Eine Woche war es gewesen. Mehr nicht. Deshalb hatte Jane lange an ihrem Entschluss festgehalten, ihm nichts von dem Kind zu erzählen. Jetzt stand sie an der Küchentheke in ihrer Wohnung in New York und hörte sich probeweise seinen Namen aussprechen, so als würde sie ihn gleich anrufen und ihm beiläufig mitteilen Ich bin übrigens schwanger, und sein Name klang eher wie ein Geräusch als wie ein Name, ein Geräusch, das jeglichen Sinns beraubt war.

Tu, was du für richtig hältst, sagte Keri. Sie schlug etwas gegen das Spülbecken, einen Löffel. Drei harte Schläge. Es klang wie der Hammer, mit dem die Gerichtsverhandlung für beendet erklärt wird.

Ich muss jetzt die Küche aufräumen, sagte Keri. Bill kommt gleich nach Hause. Also verabschiedete sich Jane von Keri und rief John an, und John redete von Abtreibung – Warum hast du nicht abgetrieben? –, woraufhin Jane auflegte.

Der Gedanke hatte fast unmittelbar danach Gestalt angenommen: Ihr Vater würde Jane bei sich wohnen lassen. Janes Vater würde ein Großvater sein. Er konnte ihr helfen. Sie hatte ihrem Vater eine Mail geschrieben und gepackt und war gleich am nächsten Tag nach Kanada geflogen.

Janes Mutter war fünf Jahre zuvor an Brustkrebs gestorben, und ihr Vater hatte ein gutes Jahr später eine Frau namens Glennis Baker geheiratet. Er hatte Jane das in einer E-Mail mitgeteilt – der ersten, die sie je von ihm erhielt: Er werde eine Frau heiraten, die Klimamodellierungs-Software schrieb. Durchaus doppeldeutig merkte er an, dass er die neumodische Technologie mittlerweile, wie so vieles andere Neue, gut im Griff habe.

Glennis Baker war unprätentiös und keineswegs abweisend

gegenüber Jane, allerdings waren sie sich nur einmal begegnet, als Jane in den Semesterferien auf einen kurzen Weihnachtsbesuch zu Hause war. Wenn Jane an Glennis dachte, dann dachte sie an Handschuhe auf dem Esstisch. Schwarze Lederhandschuhe, in denen sich noch die Form von Glennis' großen Händen abzeichnete, die Fingerlinge hochgekrümmt, an den Knöcheln glänzend, und auf der Handfläche des einen Handschuhs die Haustürschlüssel.

Janes Mutter hatte Jahre zuvor ein selbstgemachtes Schlüsselbrett gekauft, das immer auf der hinteren Veranda gehangen hatte. Es war aus lackiertem Holz, und über den kleinen Messinghaken war der Name der Familie eingebrannt. Das Schlüsselbrett war in dem Gefängnis gefertigt worden, in dem Janes Mutter als Sozialarbeiterin für die Resozialisierung zuständig gewesen war. Inzwischen hing es nicht mehr auf der Veranda, doch an seinem einstigen Platz war die Farbe der Wand weniger ausgeblichen, und die Schraubenlöcher sahen aus wie kleine Wunden. Als Jane zu Weihnachten nach Hause gekommen war, sah sie ihren Vater alles Mögliche im Haushalt tun, was er nie zuvor getan hatte: Er sortierte Wäsche, räumte die Spülmaschine ein. Und er kleidete sich anders: Er hatte ihr die Haustür in einem rosa Pullunder geöffnet.

Janes Vater besaß einen Reitstall mit über vierzig Geländepferden und vier Angestellten. Jane hatte Ställe ausgemistet, Wasser und Heuballen geschleppt, und im Sommer hatte sie an der Kasse gesessen und den Touristen die Haftungsverzichtserklärung in die Hand gedrückt, ehe sie zur Koppel gingen, wo die gesattelten Pferde warteten, die Zügel um die Zaunstange geschlungen.

Sie hatte eine sonnige Kindheit verlebt, war zu jeder Jahreszeit im Freien gewesen. Jane hatte ihre Eltern nie streiten hören. Es war eine Ehe ohne jegliche Turbulenzen gewesen, die fünfundvierzig Jahre währte. Janes Vater war ein tatkräftiger Mann mit einer anstrengenden, befriedigenden Arbeit. Ein Jahr nach dem Tod seiner Frau war er mit schockierender Selbstverständlichkeit eine neue Beziehung eingegangen.

Doch vor drei Jahren war auf einem sechstägigen Ritt zur Calgary Stampede ein Unfall mit Rodeopferden passiert, und danach war er labil und unberechenbar. Beim Überqueren einer Brücke außerhalb der Stadt hatte ein Zug die Herde verschreckt und neun nicht zugerittene Pferde waren in den angeschwollenen, reißenden Fluss gestürzt und hatten sich Beine, Rückgrat oder Genick gebrochen.

Janes Vater war für diesen Ritt engagiert worden, damit er sich um die Touristen kümmerte. Der Tod der Pferde schien ihm näherzugehen als der Tod seiner ersten Frau, den er mit einer Art geistesabwesender Fassung bewältigt hatte. Nach dem Unfall mit den Pferden rief er Jane an und weinte lange. Die Pferde hätten Schaum vor dem Maul gehabt, erzählte er ihr, und das Weiße in ihren Augen sei zu sehen gewesen, als sie voller Panik versuchten, den Kopf über Wasser zu halten, doch schließlich seien sie untergegangen und er habe tatenlos am Ufer stehen und mitanschauen müssen, wie sie starben. Ich hatte ein schlechtes Gefühl, sagte ihr Vater. Dieser Ritt hätte niemals stattfinden sollen.

Mehrere Monate nach dem Unfall erhielt Jane wieder eine Mail von ihrem Vater. Offenbar hatte er seine Apathie abgeschüttelt; er war den Kolumbusrittern beigetreten. Diese Mitteilung versah er mit drei Ausrufungszeichen. Es geht mir viel besser, schrieb er. »Viel« hatte er in Großbuchstaben getippt. Glennis sehe er nur noch selten, ihre Arbeit nehme sie völlig in Anspruch. Er habe begonnen, im Namen von Janes Mutter monatlich Geld an eine Tierschutzorganisation zu spenden. Gerade erst an diesem Morgen sei er an ihrem Grab gewesen, mit einem Strauß Rosen aus dem Supermarkt.

Mir liegt an einem gepflegten Grab, schrieb er. Ich überlege, ob ich nicht einen neuen Grabstein bestellen soll. Bei einem Steinmetz in der Stadt habe ich einen neuen, graugesprenkelten Marmor gesehen, der weicher aussieht als dieses massive Schwarz. Vielleicht mit Glanzlack. Deine Mutter war eine elegante Frau, schrieb er. Gräber müssen gepflegt werden!

Jane war sich sicher, dass diese letzte, mit einem einzelnen Ausrufungszeichen versehene Aussage als Bitte gedacht war. Aber sie konnte auf die schrille Gelassenheit dieser Mail nicht eingehen. Sie war mitten in ihrer Doktorarbeit. Schließlich hat er eine neue Frau, dachte Jane damals. Soll die sich darum kümmern.

Jane saß bei Tim Hortons im Pearson Airport, als sie die Mail ihres Vaters zu ihrem Kind öffnete.

Das Kind braucht einen Vater, schrieb er. Wenn er es richtig sehe, sei Jane finanziell keineswegs abgesichert. Sie könne nicht erwarten, dass andere die Kosten für ihre Achtlosigkeit übernähmen. Genau diese Haltung habe die Welt in ihre derzeitige missliche Lage gebracht. Ob sie sich eigentlich schon mal Gedanken über den Zustand seiner Kapitalanlagen gemacht habe. Ob ihr klar sei, dass er jeden Penny, den er im Laufe der Jahre erwirtschaftet habe, gespart und angelegt habe und jetzt täglich erleben könne, wie dieses Geld dahinschwand, womöglich werde er bald einige der Pferde verkaufen müssen. Und vielleicht auch jemanden entlassen. Die Jungs sind mir treu ergeben, schrieb er. Sie sind wie Söhne für mich.

Außerdem erzählte er Jane, dass Glennis Baker ausgezogen sei. Sie habe ein Tischchen mitgenommen, das Janes

Mutter selbst aufgearbeitet hatte, in einem Kurs, den sie im Gefängnis zusammen mit den Insassen belegt hatte, ein Tischchen, das er eigentlich Jane habe vererben wollen. Er fragte Jane: Denkst du denn immer nur an dich selbst? Sie habe, so rief er ihr ins Gedächtnis, ihr Studium noch nicht abgeschlossen. Sie mache einen Fehler. Der einzige Ausweg, schrieb Janes Vater, ist die Freigabe zur Adoption. Er hoffe, dass sie tun werde, was für das Kind das Beste sei. Gott sei Dank ist deiner Mutter das alles erspart geblieben, schrieb er. Ich bin froh, dass deine Mutter das nicht erleben muss.

Jetzt sucht Jane nach ihrem Handy, doch als sie es findet, presst sie es nur an ihre Brust.

Das Mädchen vom Tim Hortons hat sich hinter der Theke hervorgezwängt und sprüht jetzt systematisch einen Tisch nach dem anderen mit blauem Desinfektionsmittel aus einer Spritzflasche ein. An Janes Tisch bleibt sie stehen, stützt sich mit einer Hand auf die Rückenlehne des Stuhls gegenüber von Jane und beugt sich vor. Ihre langsam blinzelnden Augen erfassen Janes Gesicht, das Handy in Janes Faust, die Faust, die Jane an ihre Brust presst. Das Mädchen zieht die Luft durch die Zähne ein und seufzt tief.

Kann ich Ihnen noch etwas bringen?, fragt sie.

John beim Klarträumen, November 2008

An dem Abend nach Janes überraschendem Anruf war John in einer Jugendherberge in Tasmanien. Er hatte einen Aufpreis bezahlt, um ein Einzelzimmer zu bekommen, doch in der Küche am Ende des Flurs stand eine Frau aus Sydney mit ihrer Tochter und kochte. Er schlenderte hinein, und als er sich setzte, schabte der Stuhl über die Fliesen.

Er erzählte gleich von Jane und dem Baby. Und von Island. Erzählte die ganze Geschichte. Die Frau aus Sydney hackte Zwiebeln, die eine Hand am Messergriff, die andere oben auf der Klinge. Das Messer tanzte, hoch und runter, die fein gewürfelten Zwiebeln türmten sich auf, und John tat die Nase weh, und seine Augen tränten.

Ich war auch schon mal in Island, sagte die Frau. In Island ist mir die Kehle aufgeschnitten worden.

John blickte auf und sah, dass sie eine dicke weiße Narbe am Hals hatte.

In der vergangenen Nacht hatte er von einem pedalbetriebenen Fluggerät geträumt, dessen Flügel mit irgendeiner Tierhaut bespannt waren. Im Traum hatte er beschlossen, auf dem Dach des Atlantic Place zu Hause in St. John's zu landen. Er übte sich auf diese Weise im Klarträumen. Wenn ihm bewusst wurde, dass er träumte, versuchte er, den Fortgang des Traums zu beeinflussen. Er versuchte, den Traum seinem Willen unterzuordnen. Diesmal wollte er das Fluggerät auf dem Dach eines Hauses landen, das nur ein paar Straßen vom Haus seiner Mutter entfernt stand. Dann würde er auf der Feuerleiter hinunterklettern und nach Hause laufen.

Es war ihm im Traum gelungen, bis zum Stadtrand zu fliegen. Doch dann hatte sich die Traumlandschaft verselbständigt, und er war in ein mit Moltebeeren bewachsenes Moor abgestürzt.

Als Studentin, erzählte die Frau aus Sydney, habe ich in Island in einer Kabeljaufabrik gearbeitet. Das ist Jahre her. Ich habe an einem Fließband gestanden, das über einen Leuchttisch lief. Habe den Kabeljau auf Würmer untersucht.

Sie ging mit dem Schneidebrett zum Herd und schabte den Zwiebelhaufen in einen Topf, und das heiße Öl prasselte. Auf Würmer untersucht, ein Filet nach dem anderen. Sie schob den Pfannenheber unter die zischenden Zwiebeln und wendete sie.

Außerdem, fiel John plötzlich ein, hatte er in der vergangenen Nacht auch von einem Fisch auf einem Hackklotz geträumt, und er hatte sich im Traum gezwungen, den Fisch genau zu inspizieren, jede einzelne Schuppe zu betrachten, silbern und schillernd, leicht von Blut eingefärbt. Doch als er zu den Kiemen kam, verlor die Haut die Schuppen, wurde rosa und runzlig, und der Fisch hatte das Gesicht eines Babys. John war völlig erschöpft aufgewacht.

Die Tochter der Frau kaute Kaugummi, sie war etwa sieben. Das Kind saß auf einem Stuhl, das eine Knie hochgezogen, und las in einem Comicheft.

So ein Typ aus England, sagte die Frau. Kommt rein, beschließt, ein bisschen rumzualbern, richtet den Wasserschlauch auf mich, hat keine Ahnung, wie viel Druck da drauf ist. Das war ein Hochdruckschlauch, der zur Reinigung des Betonbodens verwendet wurde. Alle in der Fabrik haben aufgehört zu arbeiten, sagte die Frau. Die ganzen Maschinen sind plötzlich stehen geblieben. Sie nahm einen Berg Sojasprossen in beide Hände und ließ sie auf die Zwiebeln fallen.

Die haben mich alle angeguckt, sagte sie. Ich habe an meinen Hals gegriffen und dann meine Finger angeschaut, sie waren voller Blut, und im nächsten Moment konnte ich nicht mehr atmen. Das Wasser aus dem Druckschlauch hatte meine Kehle aufgeschnitten, ich konnte nicht mehr atmen und bin ohnmächtig geworden.

Nach dem Tod seines Vaters hatte John einen intensiven wiederkehrenden Albtraum. Über lange Zeit drang jede Nacht ein Geist durch seine Zimmertür. Ein böser Geist in Gestalt einer nassen, kalten Wolke. Sie wirbelte über sein

Bett, voller Unwetter und Sterne, ließ sich auf seiner Brust nieder, und während sie schwerer wurde, spürte John, wie eine Lähmung ihn erfasste, bis er sich schließlich nicht mehr bewegen konnte. Dann nahm die Wolke die Gestalt einer nackten alten Frau an, die ihm mit den Händen den Hals abdrückte. Er hatte das Gefühl zu ersticken. Manchmal war es eine alte Frau, manchmal blieb es eine Wolke, doch immer hatte er das Gefühl, wach zu sein, hellwach vor Angst, und keine Luft mehr zu bekommen.

Dann wachte John tatsächlich auf, klatschnass, das Haar klebte ihm im Gesicht, und manchmal schrie er. Wenn er schrie, kam seine Mutter und hielt ihn. Er begann bei brennendem Licht zu schlafen und bestand darauf, dass die Türen aller Schlafzimmer nachts offenblieben. Eine alte Frau, deren Gesichtsform sich veränderte, manchmal hatte sie auch kein Gesicht, aber sie stieg trotzdem auf ihn.

Johns Mutter hatte ihn zum Vertrauenslehrer geschickt. Der Vertrauenslehrer sagte, John werde von der alten Hexe heimgesucht. Er erzählte, im ländlichen Neufundland benutze man ein sogenanntes Hexenbrett. Ein Holzbrett, durch das Nägel getrieben seien und das man sich mit den Nägeln nach oben auf die Brust schnallen könne, so dass sich die Hexe dort nicht mehr niederlassen konnte. Aber das sei reine Folklore. In Wirklichkeit benutze niemand so ein Hexenbrett, hatte der Vertrauenslehrer gesagt, doch die Alten redeten davon.

Im Newfoundland Museum in der Duckworth Street gebe es ein Hexenbrett, das von einem Künstler angefertigt worden sei, sagte der Vertrauenslehrer.

John könne dort auch das Rehledergewand und die Mokassins von Shawnandithit sehen, der letzten Überlebenden aus dem Volk der Beothuk. Shawnandithits Schädel war ins Britische Museum gebracht worden und während der Bombenangriffe auf London verlorengegangen, mit zahlreichen anderen Schädeln aus der ganzen Welt, die wie Trophäen zusammengetragen worden waren. Hunderte von Schädeln, sagte der Mann, in Glasvitrinen, und dann brach das Dach ein und das Glas zersprang und die ganzen Schädel rollten durcheinander, und das war's, man konnte nicht mehr erkennen, welcher welcher war.

Ich wurde ins Krankenhaus gebracht, erzählte die Frau John. Sie schnitt eine Hühnerbrust in schmale Streifen. Und da haben sie mich wieder zusammengenäht.

Ich habe eine Flasche Wein, sagte John.

Wein wäre prima, sagte die Frau. Das Kind blätterte eine Seite seines Comichefts um und produzierte eine Kaugummiblase, die ihm über Nase und Kinn zerplatzte, wie eine Maske sah es aus.

In Island war es Tag und Nacht dunkel, sagte die Frau. Sie wollte in einen Schrank über sich greifen, kam aber nicht hoch genug. Sie stieg auf einen Stuhl und holte die Teller heraus. Ich habe nie die Sonne gesehen, sagte sie.

John wusste, dass er ihr hätte helfen sollen, doch er dachte an Janes Anruf. Er dachte daran, dass sie aufgelegt hatte und dass er keine Möglichkeit hatte, sie zu erreichen.

Die Frau deckte den Tisch, drei Teller, Messer und Gabel, und nahm den Deckel von einem Topf Basmatireis. Dampf wallte auf. Der Deckel war heiß und fiel klappernd ins Spülbecken.

Den ganzen Tag habe ich nach Würmern geguckt, sagte die Frau. Der Fischgestank. Und dann das mit meinem Hals. Dieser Brite auf mir, die Hände an meinem Hals. Er hat meinen Hals zusammengehalten.

Der Vertrauenslehrer hatte John anscheinend vermitteln wollen, dass er zu Recht Angst hatte. Dass es ganz reale

Dinge auf dieser Welt gab, vor denen man mit gutem Grund Angst hatte. Er hatte John verschiedene Klartraumtechniken beigebracht. Die werden dir helfen, sagte er.

Das war noch nicht alles, sagte John zu dem Vertrauenslehrer. Er rutschte auf seinem Stuhl herum, und sein eines Bein schlug rhythmisch gegen den Tisch. Die macht auch was mit mir.

Was Sexuelles?, fragte der Vertrauenslehrer.

Es ist schrecklich, sagte John.

Hast du einen Samenerguss?, fragte der Vertrauenslehrer. Ja, hatte John geantwortet.

Ich hoffe, du magst Ingwer und Chili, sagte die Frau. Das Essen ist ziemlich scharf.

Wo ist denn der Vater?, fragte John. Der Vater der Kleinen? Ich habe keinen Vater, sagte das Mädchen. Es blätterte wieder eine Seite in seinem Comicheft um.

Als ich in Island war, sagte John. Da war es vierundzwanzig Stunden lang hell. Wir haben nie geschlafen.

Scherz, 1981

Cal erwachte davon, dass jemand gegen seine Tür hämmerte. Männer schrien, die Bohrinsel sinke. Sie sinkt. Er sprang aus dem Bett, um das Licht anzumachen, und seine Füße wurden nass. Wasser strömte unter der Tür hindurch, drang durch die Türritzen, und die Tür war blockiert. Jemand hielt die Tür zu, und er schlug mit den Fäusten dagegen und traf dabei wohl die Lampe, denn das Licht tanzte über dem Nachttisch, und er schrie: Lasst mich raus, hier ist jemand drin, lasst mich raus!

Cal erzählte Helen das bei einem Teller Spareribs. Die Tür

gab nach, und draußen standen die Jungs und lachten sich halb tot. Sie klopften sich die Schenkel. Sie hatten einen Eimer Wasser durch die Türritzen gekippt, die Tür zugehalten und sich sein Gebrüll angehört.

Hier ist jemand drin, hier ist jemand drin!

Die haben sich halb totgelacht, sagte Cal. Draußen vor der Tür.

Helen stellte ihm den Teller hin. Sie hatte die Spareribs vorgekocht, dann eine komplette Flasche Barbecuesauce darübergegossen und die Rippenstücke den ganzen Tag bei niedriger Hitze im Ofen geschmort, das ganze Haus roch danach. Es war sein Lieblingsessen.

Oft saßen nur sie beide in der Küche, und Helen trank ein Bier. Bevor er zu essen begann, schaute Cal auf seinen Teller hinunter. Seine Unterarme lagen auf dem Tisch.

Es sah aus, als spräche er ein Dankgebet, fand Helen, doch tatsächlich nahm er sich diesen Moment, um bewusst zu spüren, dass er festen Boden unter den Füßen hatte.

Die Bohrinsel war so groß, dass die Männer die Bewegung des Wassers unter ihnen nicht wahrnahmen, aber wenn sie an Land gingen, meldete ihnen ihr Gleichgewichtssinn einen deutlichen Unterschied. Cal ließ den Teller erst mal vor sich stehen und spürte, wie fest der Boden war und der Tisch und das Haus und der Erdboden unter dem Haus.

Dann drückte er mit der Gabel den Kartoffelbrei platt. So begann er immer, er drückte den Kartoffelbrei platt und schob die Erbsen mit der Gabel auf einer Seite zusammen.

Am ersten Abend, an dem Cal wieder von der Bohrinsel zurück war, machte Helen den Kindern immer früh Essen. Die Kinder rannten ihn mehr oder weniger um, wenn er durch die Tür kam. Sie stürzten sich auf ihn. John kletterte ihm auf die Schultern, Cathy schlang Arme und Beine um eines seiner Beine, Lulu umklammerte, auf dem Boden liegend, seinen Knöchel. Und so stolperte er dann mit ihnen ins Wohnzimmer. Oder er kam herein, und sie schauten einfach weiter fern. Das Gesicht zum Fernseher gewandt, gingen sie zu ihm. Sie guckten weiter und umarmten ihn locker, ohne sich dessen überhaupt bewusst zu sein.

Ein paar Wochen bevor die Bohrinsel sank, hatte sie einmal schwere Schlagseite gehabt, und die Männer waren alle zu demselben Rettungsboot gerannt. Es war das falsche Boot. Jeder Mann lief instinktiv in eine bestimmte Richtung, doch der Instinkt war falsch. Die Bohrinsel war so groß wie zwei Fußballfelder, doch man muss sich klarmachen, wie klein sie im Verhältnis zum sie umgebenden Meer war. Es gab regelmäßige Notfallübungen für die Besatzungsmitglieder, die jedoch nicht erschienen. Sie schliefen aus. Die Männer, die von der Nachtschicht kamen, deckten die Lautsprecher mit Handtüchern ab, um von der Ankündigung der Notfallübung nicht geweckt zu werden. Sie schliefen durch.

Die Männer hatten Angst vor dem Hubschrauber, besonders bei dichtem Nebel. Wenn sie im Schlaf vor sich hin murmelten, ging es um den Hubschrauber. Niemand hielt es für möglich, dass die Bohrinsel sinken konnte. Die Männer erlitten Knochenbrüche oder verloren einen Finger. Das war normal. Und wenn es nur eine schlimme Verstauchung oder ein unbedeutender Bruch war, wurde erwartet, dass sie weiterarbeiteten. Ein abgetrennter kleiner Finger rief kein großes Mitleid hervor. So etwas passierte jeden Monat.

Es gab Männer, die für einen Job auf der Bohrinsel töten würden – das war die Prämisse, unter der sie hier arbeiteten. Und der Hubschrauber war ein Alptraum. Aber dass die ganze Bohrinsel kentern könnte, war unvorstellbar.

Falls die Männer es sich doch vorstellten, erzählten sie

ihren Frauen nichts davon, erzählten ihren Müttern nichts davon. Sie entwickelten einen makabren Humor, der auf dem Festland nicht funktionierte, also beschränkten sie ihn größtenteils auf die Bohrinsel.

Cal drückte den Kartoffelbrei platt und erzählte Helen, wie die Männer Wasser durch die Türritzen gegossen hatten, so dass er nasse Füße bekam, aber Helen verstand den Scherz nicht.

Ich finde das nicht witzig, sagte sie. Und Cal blickte auf und sah sie und sah sie doch nicht.

Sie wussten alle, dass sie gefährdet waren. Diese Männer wussten das. Und sie hatten beschlossen, es niemandem zu sagen. Aber in Späßen, Streichen und derben Wortspielen kam es doch zum Vorschein, und manchmal auch in Form einer Einsamkeit, die es ihnen schwer machte, mit den Anrufen von der Küste umzugehen. Ein Mann hatte seine Frau am Telefon und wusste nichts zu sagen. Geknister in der Leitung und langes Schweigen.

Helen war mit den Mädchen beschäftigt. Sie konnte nicht über die Bohrinsel nachdenken, weil sie nicht darüber nachdenken konnte. John machte ihr ordentlich zu schaffen. Und auch Cathy hatte Probleme mit den Schularbeiten. Helen achtete darauf, dass das Fleisch der Spareribs so zart war, dass es fast vom Knochen fiel. Sie hatte einen Kasten Bier besorgt und schickte die Kinder früh ins Bett. Es war gar nicht mal wegen Cal. Sondern damit sie ihm gegenübersitzen und zusehen konnte. Sie aßen bei dieser Mahlzeit nicht zusammen, denn Helen hatte bereits gegessen. Sie hatte mit den Kindern gegessen, weil sie hungrig gewesen war und weil sie ihm lieber einfach nur zusah.

Er schaute auf seinen Teller hinunter, ehe er nach seiner Gabel griff, und er war in diesem Moment immer noch auf der Bohrinsel, spürte das Meer unter sich, auch wenn das eine Art von Bewegung war, die er, wenn er tatsächlich auf der Bohrinsel war, nicht wahrnahm. Es war eine Bewegung, die er nur an Land spürte, und dann meistens im Traum. Er spürte im Schlaf, wie das Bett schwankte, aber eben nur an Land. Was er wahrnahm, war das Fehlen der Bewegung.

Er nahm die Spareribs in die Hand, löste das Fleisch vom Knochen, leckte sich die Finger ab. Erst den Daumen, dann Zeigefinger und Ringfinger, und er ließ sich Zeit dabei. Er war beim Essen meist geistesabwesend, aß nicht bewusst. Die Knochen legte er auf einen Unterteller.

Cal hatte zwei unterschiedliche Leben, und wenn er und Helen das nötige Geld beisammenhatten, würden sie einen kleinen Gemischtwarenladen mit Zapfsäulen kaufen. Sie hatten das alles durchgesprochen und waren sich ziemlich sicher, dass sie, wenn sie beide dort arbeiteten, über die Runden kommen würden. Und ja, sie legten Geld dafür beiseite. Aber sie redeten nicht über diesen Plan. Denn hätten sie darüber geredet, dass Cal auf der Bohrinsel aufhören könnte, hätten sie zugegeben, dass die Arbeit dort gefährlich war. Und sie waren übereingekommen, das niemals zuzugeben.

Jane, November 2008

Jane nimmt am Flughafen von Toronto einen Bus in die Innenstadt und dann eine Straßenbahn in Richtung eines Hotels, in dem sie schon einmal übernachtet hat, aber sie fährt in die falsche Richtung. Sie steigt aus und überquert, mit ihrem Gepäck beladen, eine stark befahrene vierspurige Straße. Es ist fast dunkel und sehr kalt, und sie hat mehrere Bücher in ihrem Koffer. Die Bürgersteige sind vereist, und sie hat den Wind im Rücken. Er bläst ihr die Haare waagerecht ums Gesicht. Schnee treibt in feinen Schleiern über den Asphalt, verwirbelt und stiebt zum Himmel hinauf.

Sie hat einen Mann mit einem Einkaufswagen nach dem Weg gefragt, und er folgt ihr jetzt. Der Einkaufswagen quillt über von Müllsäcken voller Getränkedosen und Plastikflaschen, und die Räder pflügen durch den Schneematsch. Jane hat ihm Geld gegeben, und er hat den Schein in die Tasche seiner Jeans gesteckt, ohne daraufzuschauen.

Der Mann spricht mit einer Art Bühnenflüstern, sein Blick zuckt hin und her, er beobachtet die Passanten unter anhaltendem melodischem Geplapper über Delphine und die Schönheit des Meereslebens, über das Strömen und Wogen des Meeres und die Tiere, die die Wasseroberfläche durchbrechen, in die Luft springen und wieder eintauchen. Er macht eine Wellenbewegung mit der Hand, pfeift durch die Zähne, stößt den Atem heftig durch seine nassen Lippen aus und erzeugt Laute wie ein Delphin, der in den Wellen herumtollt. Mexikanische Küste, sagt er und schüttelt den Kopf, als erstreckte sie sich vor seinen Augen.

Jane entschuldigt sich und verschwindet in ein Lebensmittelgeschäft. Ihr ist nach etwas Rohem, Süßem zumute.

Auf eine Auslage mit Rotkohl, blassem Salat, Pak Choi und Fenchel zischt aus einem überhängenden Bord Dunst herunter. Er senkt sich auf die dreckigen Rüben und Brokkoli, und als Jane mit der Hand über ein Gekräusel feuchter Kräuter fährt, riecht es nach Erde und Koriander.

Jane ignoriert die grünen Äpfel und kauft einen einzelnen Pfirsich in einem dunkelvioletten geriffelten Papierschälchen. Sie hat richtigen Heißhunger. Unter einer in den letzten

Zügen liegenden, flackernden Neonröhre stehen drei Tische, und sie nimmt sich eine Papierserviette aus einem der verchromten Serviettenspender und reibt den Pfirsich damit ab. Er ist sehr weich, fast schon hinüber, und sie beißt bis auf den Stein hinein. Vom Kern ausgehend, verlaufen tiefrote Fasern ins orangefarbene Fruchtfleisch. Sie versucht, nicht an die pelzige Haut des Pfirsichs zu denken, denn sobald sie den Flaum spürt, überläuft sie ein Schauer, als liefe jemand über ihr Grab. Saft rinnt ihr übers Kinn, und sie fühlt, dass sich das Baby regt. Ihr Kinn und ihre Finger sind klebrig und riechen nach Sommer. Ihre Ohrläppchen schmerzen von der Kälte, und als Jane sie reibt, beginnen sie zu brennen. Es ist, als hätte das Baby ihr erotisches Vergnügen an dem Pfirsich gespürt und ihr das durch seine Tritte zu verstehen gegeben.

Draußen wartet der Mann mit dem Einkaufswagen auf sie. Der Wind reißt ihr die schwere Ladentür aus der Hand und schleudert sie gegen eine Mauer aus Betonhohlblöcken. Jane müht sich mit ihrem Koffer ab. Eine der Rollen ist in einem Eisengitter steckengeblieben. Der Mann lässt seinen Einkaufswagen stehen, greift nach dem Koffer und windet ihn heraus, und dann reißt der Schultergurt von Janes Laptoptasche.

Und mit einem Schlag weiß sie es. Sie will ihr Kind nicht alleine bekommen. Die ganze Welt ist voller Leid. Sie hat Angst davor, was alles schiefgehen könnte. Sie braucht einen Vater für das Kind. Sie braucht John O'Mara.

Sie denkt an den Nachmittag mit John in Reykjavík, als der Umzug zur Feier des Unabhängigkeitstages an ihnen vorbeizog, die Blechbläser und Trommeln und ein Glockenspiel und von allen Seiten Gedränge. Wie beschwingt sie beide gewesen waren. Er war zurückgegangen, um ihren Schal zu suchen. Der Schal war ihr heruntergefallen.

Der Delphinmann geht rückwärts die Stufen einer Straßenbahn hinauf und zerrt ihren Koffer mit hoch.

Was ist mit Ihrem Einkaufswagen?, ruft sie. Der Koffer holpert die Stufen hinauf, und die Falttür der Straßenbahn schließt sich wie eine Schraubzwinge um ihn, geht wieder auf, schließt sich erneut. Dann ist der Delphinmann drinnen, er bahnt sich einen Weg nach hinten, und der Koffer knallt gegen Knie und Hüften.

Mexiko, ja, Mexiko, flüstert er. Mit quatschenden Schritten geht er ans Ende des Straßenbahnwagens und setzt sich neben eine Frau, die aufsteht und sich woandershin setzt, er rutscht ans Fenster, schlägt auf den Sitz neben sich, und Jane setzt sich zu ihm. Der Mann hat ein pockennarbiges Gesicht und ist unrasiert. Seine Schneidezähne sind grau und sehen weich aus, einige andere Zähne fehlen. Er redet mit Jane, als wären sie völlig vertieft. Er redet, als hinge sein Leben davon ab, sie von etwas Offenkundigem und Dringlichem zu überzeugen.

Vor der mexikanischen Küste bin ich mit einer Delphinschule geschwommen, sagt der Mann. Hunderte von Delphinbabys, Mann, die haben mit mir gespielt, sind aus den Wellen gesprungen, richtig getanzt haben sie, diese Burschen, die wussten, wie man seinen Spaß hat.

Jane hat diese Art von Verrücktheit nur zu oft erlebt, während sie an ihrer Magisterarbeit über die Obdachlosen in New York arbeitete. Sie interviewte zweihundert Obdachlose, eine ethnographische Studie über die Armut in den Slums und im sozialen Wohnungsbau. Sie fand heraus, dass Kälte und Regen, Hunger und Einsamkeit bei diesen Leuten zu Wahnvorstellungen führten. So einfach oder auch nicht einfach war das. Die Welt entglitt ihnen oder durchwehte sie. Traumfetzen durchwehten sie.

Dieser Mann wird heute Nacht draußen schlafen, das weiß Jane. Die Bremsen der Straßenbahn ächzen, und an der nächsten Haltestelle wartet eine Traube von Menschen. Jemand zieht an der Klingel, und die Kälte strömt herein und wirbelt nach hinten.

Jane denkt an John an dem Nachmittag, nachdem sie zum ersten Mal miteinander geschlafen hatten. Sie hatte Lust auf ein Lamm-Kebab, und er besorgte ihr eins, und dann sagte er: Dein Schal. Wo ist denn dein Schal? Sie fasste sich an den Hals. Die Trommeln dröhnten, und er geriet mitten in die Blaskapelle, bückte sich, und als er sich wieder aufrichtete, knallte ihm eine Tuba auf den Kopf. Die Blechbläser liefen auseinander, und der Umzug geriet ins Stocken. Die Trompeten erzeugten ein paar dissonante Quietscher, dann formierten sich die Bläser erneut, die Backen voller Spucke, die Augen vor Empörung hervortretend, und John hatte ihren Schal. Seine Faust schoss triumphierend in die Höhe: der Schal aus Shantungseide, den sie sich in Santa Fe gekauft hatte.

Mehr Delphine, als Sie sich vorstellen können, sagt der Mann in der Straßenbahn. Ich habe nur noch gestaunt. Mexikanische Küste, mexikanische Küste.

Nach dem Umzug zur Feier des Unabhängigkeitstages hatte John sie ins Isländische Nationaltheater geschleppt. Wie dunkel es dort war nach der vielen Sonne. Er hatte eine Hintertür ausfindig gemacht, denn jemand hatte gesagt Architektur, und jemand hatte gesagt Nicht öffentlich zugänglich, und mitten auf der Bühne stand eine Ballerina mit Tutu und silberner Glitzermaske. Sie hob die Arme, breitete zwei gigantische weißgefiederte Flügel aus, und dann eilte sie auf John und Jane zu, und genauso schnell eilte sie wieder davon, alles auf Spitze. Der Hausmeister warf John und Jane sofort hinaus. Er schimpfte auf Isländisch und sagte dann auf Englisch: Raus mit euch, verdammt noch mal.

Mehr Delphine, als ich je auf einem Fleck gesehen habe, sagt der Mann. Seine Augen glitzern, von Tränen oder vielleicht auch, weil er den ganzen Tag draußen im Wind war oder weil seine Augen entzündet sind. Seine Wangen sind feucht, die Augen blutunterlaufen und wässrig, die Lippen geschwollen. Ich bin Meeresbiologe, sagt er. Beziehungsweise war es. Das war das Schönste, was ich je gesehen habe, diese Delphine. Er wischt sich die Wange mit dem Handrücken ab.

Die haben mich begleitet, sagt der Mann. Er schaut Jane tief in die Augen, ein unverwandter, prüfender Blick, und natürlich ist Jane müde. Aber zugleich fühlt sie sich diesem Mann nahe. Es erstaunt sie, wieviel sie für ihn empfindet. Sie liebt ihn. Es könnte wirklich Liebe sein. Vielleicht wird sie krank. Eine große Zärtlichkeit. Sie möchte begleitet werden, das ist alles.

Eine kaum bekannte Tatsache, sagt der Mann. Delphine versuchen oft, mit ihren Trainern Geschlechtsverkehr zu haben. Er lächelt über die Verwegenheit der Tiere.

Ja, sagt Jane. Das habe ich auch schon gehört.

Der Umzug in Reykjavík hatte auf einem Platz am Fuß des Hügels geendet, und dort stand der Lastwagen: schwarzes Führerhaus, silberner Kühlergrill und ein langer Container, groß wie ein Bungalow. Ein Muskelmann löste sich aus der Menge. Er trug schwarzen Stretch, hatte einen rasierten Schädel und einen angeberischen Gang. Er hob einen Arm, bog die Faust nach innen und richtete sie gegen seine eigene Stirn, als wäre sie eine Bedrohung, die er mit dem Blick bezwingen müsste. Die Muskeln an seinen Armen glichen Bowlingkugeln. Zwei Männer im weißen Overall kamen hinter dem Lastwagen hervor. Sie trugen ein mächtiges Gewirr von Riemen, Seilen und Ketten und schnallten dem Muskelmann ein ledernes Zuggeschirr um.

Jane will den Vater ihres Kindes noch einmal anrufen. Das ist es, was sie will. Jane wird ihn anrufen. Vielleicht braucht sie ihn ja schlichtweg? Vielleicht erfordert das Aufziehen eines Kindes eine Sorte Kraft, die sie nicht besitzt?

Der Muskelmann beugte sich von dem Laster weg, und die Ketten strafften sich. Dann tat er schwankend einen Schritt, noch einen und noch einen. Lauter Jubel brauste auf, und der Lastwagen rollte mehrere Meter weit.

Ich muss mal telefonieren, sagt Jane zu dem Mann in der Straßenbahn. Sie flüstert, um ihn nicht zu erschrecken. Aber sie will es ihm erklären. Muss jemanden anrufen, einen Mann. Sie öffnet den Schnappverschluss ihrer Handtasche und kramt nach ihrem Handy.

Delphine versuchen, mit ihren Trainern Sex zu haben, flüstert der Mann. Aber natürlich fehlt ihnen das nötige Anhängsel. Ihnen fehlt dieses Ding, Sie wissen schon, aber manchmal versuchen sie es.

Ich habe eine Visitenkarte, sagt Jane. Sie zieht Johns Karte aus ihrer Brieftasche. Tippt die Nummer ein und wartet.

Hallo, sagt John.

Hier ist noch mal Jane Downey, sagt sie.

Leg nicht auf, sagt John.

Okay.

Versprich mir, dass du nicht auflegen wirst.

Okay, ich werde nicht auflegen, sagt sie. Die Straßenbahn hält wieder, und der Mann neben Jane springt auf, schiebt sich an ihr vorbei und stellt sich an die Tür, den Blick auf seine Füße gerichtet, und als sich die Tür öffnet, dreht er sich um und ruft ihr zu: Da kommt ein Sturm.

Wo bist du?, fragt John.

Ich bin in Toronto, sagt sie. Sie schaut aus dem Fenster auf die erst langsam, dann immer schneller vorbeigleitenden Läden.

Das heißt, sagt sie, eigentlich habe ich keine Ahnung, wo ich bin.

Empire State Building, Ende November 2008

Du bringst sie also mit nach Hause, sagt seine Mutter.

Wir treffen uns, sagt John. In Toronto, und von dort kommen wir dann nach Hause.

Doch er denkt gerade an seine Kindheit. An jene Momente fast übersinnlicher Empfindsamkeit, die man als Kind erlebt. Dieses unheimliche Schimmern – ein Kind erfasst einen Toaster intuitiv, es spürt, dass der Toaster ein Toaster ist. Es schaut den Toaster an, und der schaut zurück. Es sieht, dass die Dinge an ihren Platz gelangt sind, ehe es selbst kam. Kleine Dinge. Eine Wimper auf der Wange seiner Mutter. Die Rechenmaschine, die spätabends auf dem Esstisch lautstark klackert. Johns Mutter hatte mal eine Kontaktlinse verloren, sie fiel durch eine Ritze im Verandaboden, und sein Vater fand sie in einer Spinnwebe wieder.

Ich hab dich lieb, sagte sein Vater oft, und dann schüttelte er den Kopf, weil das so gewaltig war. Dass du mir das nie vergisst.

Johns Vater erzählte ihnen abends Geschichten, er lag zwischen John und seinen Schwestern auf dem Bett, sie quetschten sich alle nebeneinander, und dann durfte sich keiner mehr rühren. Aber irgendeiner fiel trotzdem immer in den Spalt zwischen Bett und Wand. Sein Vater schob die

Hände unter den Kopf, so dass die Ellbogen nach oben ragten, und erzählte ihnen Geschichten von Prinzessinnen und Monstern, von Reisen durch Zauberwälder und verborgenen Schätzen. Geschichten über Tapferkeit und Vertrauen und ewige Liebe.

John sieht, dass all diese Dinge – die Wimper, der Toaster, die Partys – da waren, bevor er kam, und es ist eine Erkenntnis von welterschütternder Dimension: Jeder Gegenstand und Moment gehört zu sich selbst, hat es immer getan, und das ist etwas, was er nicht in Worte fassen kann. Doch manchmal fühlt er sich ausgeschlossen, außerhalb der Welt. Es ist später Nachmittag in New York. John ist aus Singapur gekommen. Irgendwo hat er mal gehört, dass ein Penny, den man vom Empire State Building hinunterwirft, einen Mensch unten auf dem Bürgersteig töten kann.

Ich dachte, Telemarketing, sagte seine Mutter. Aber du bist es. Du bist jetzt in New York.

Ehrlich gesagt, setzt John an.

Als du gestern Nacht angerufen hast, konnte ich nichts anderes denken als, sagt seine Mutter.

John erinnert sich daran, wie er mit seinen Schwestern auf dem Rücksitz im Auto saß und sie den Garrison Hill hinunterfuhren. Auf dem Weg nach oben auf der Bonaventure Avenue drückte ihr Vater aufs Gas und sagte, sie würden direkt den Hafen ansteuern. Er und Cathy und Lulu hinten drin, seine Mutter in ihrem roten Wetlook-Hotpants-Anzug. Sein Magen hob sich, wenn sie über die Hügelkuppe fuhren und es plötzlich wieder bergab ging, wie beim Aufzugfahren. Der kleine Hüpfer, den das Auto machte. Die Mädchen kreischten. Seine Mutter trug eine große Sonnenbrille und Creolen, sie hatte lange Beine, und sein Vater las ihr jeden Wunsch von den Augen ab. Sie flogen über den Garrison

Hill, der Osten der Stadt war im Nebel verschwunden. Die Glocken der Basilika.

Oder wie einmal die Waschmaschine übergelaufen war. John erinnert sich. Die Waschmaschine würgte und spie mit jeder knirschenden Umdrehung. Seine Eltern im Schlafzimmer, bei geschlossener Tür.

Nicht reinkommen, Johnny, wir machen ein Nickerchen. Aber in der Waschküche ist der ganze Boden voll Wasser.

Nicht reinkommen, Johnny. Wir schlafen.

Doch John hatte ihre Wachheit durch die Tür gespürt. Er hatte ihre Spannung gespürt. Was John sieht, wenn er auf die halbvergessene Intensität seiner Kindheit zurückblickt, ist die blanke Unschuld seiner Eltern.

Also, wir haben gedacht, sagt John, dass wir nach Hause kommen. Und bei dir übernachten und das alles regeln. Jane hat gesagt, dass sie im siebten Monat ist, und wir müssen uns einfach mal zusammensetzen.

Ja, und miteinander reden, sagt seine Mutter.

Aus irgendeinem blöden Grund, sagt John. Und seltsamerweise ist er den Tränen nahe. Er steht am Fuß des Empire State Building und schaut hinauf. Das Gebäude neigt sich über ihm. Es scheint schief zu stehen. Ihm ist, als hielte eine Kraft, die aus seiner Brust kommt, das Gebäude aufrecht. Er spürt das Gewicht des Gebäudes, aber das liegt am Jetlag und an seinem Kater, denn er hat im Flugzeug zu viel getrunken. Hat sich volllaufen lassen dort im Flugzeug. Ein Kind ist unterwegs.

Er hat ein Meeting in New York, und morgen Abend fliegt er nach Toronto. Dort wird er sich mit Jane Downey treffen. Wie unklug von seinen Eltern, so zu lieben. Wie unklug, so viele Kinder in die Welt zu setzen. Sie hatten kein Geld. Er würde seine Mutter gern fragen: Was habt ihr euch dabei gedacht? Habt ihr denn nicht gewusst, was ihr euch da einhandelt? Warum habt ihr euch so sehr geliebt? Es hat euch zerstört. Gebt nicht so viel, würde er gern sagen. Man muss nicht so viel geben. Wie unklug, immer weiterzumachen.

Und er hatte es gespürt als Kind: Irgendetwas wird schiefgehen. Was er seine Mutter auch gern fragen würde: War es seltsam, bevor Dad gestorben ist? Wussten wir, was uns bevorstand? Schon damals hatte John gewusst, dass es nicht von Dauer sein konnte.

Natürlich könnt ihr hier übernachten, sagt seine Mutter. Sie ist gescheit, sagt John.

Eine gescheite Frau, sagt seine Mutter.

Und attraktiv.

Daran habe ich keinen Zweifel.

Ich weiß nicht, was sie ist, sagt John. Ich kenne sie kaum. Das hat doch nichts mit Wissen zu tun. Seine Mutter klingt irritiert.

Wie sie ist, Herrgott, Mum, sagt John.

Da gibt es nichts zu wissen, sagt seine Mutter. Kommt einfach nach Hause.

Ich gucke gerade das Empire State Building hoch, sagt John. Seine Eltern hatten geglaubt, was man damals über Risiken sagte. Sie hatten geglaubt, es gebe eine neue Wissenschaft, die sich der Einschätzung von Risiken widmete. Risiken könnten kalkuliert und quantifiziert werden. Und sie hatten geglaubt, dass es sich lohne, dieses Risiko einzugehen.

Hartholzboden, November 2008

Die Schlittschuhkufen sind geschliffen, und Helen geht mit den Kindern im Mile One Stadium eislaufen. Familiennachmittag. Timmy ist rasch rübergegangen, um Patience zu holen.

Eine sudanesische Familie ist in das Haus gegenüber eingezogen: Patience, Hope, Safire, Elizabeth, Melody und ein älterer Bruder, Michael. Die Mutter heißt Mary. Als Helen die siebenjährige Patience das erste Mal gesehen hat, stand sie, den Kopf im Nacken, mitten auf der Long Street und versuchte mit der Zunge Schneeflocken einzufangen. Von dem weißen Kunstpelz ihrer Winterjacke eingerahmt, erschien ihr dunkles Gesicht noch dunkler. Patience mit geschlossenen Augen und ausgestreckter Zunge – und im nächsten Moment hüpfte sie davon.

Später klopfte sie bei Helen an die Tür, um für einen Schulmarathon zu sammeln.

Bei mir kannst du fünf Dollar eintragen, sagte Helen. Patience spielte mit Timmy, wenn er da war, oder sie klopfte an, wenn sie Hilfe bei den Hausaufgaben brauchte. Zeichnungen in ihrem Naturkundeheft: die Sonne, die Blumen, der Erdboden, der Fels, alle Schichten der Erde, fein säuberlich beschriftet, und darunter die brodelnde Lava.

Timmy versuchte nach besten Kräften, Patience zu verprügeln, aber sie zahlte es ihm mit gleicher Münze heim. Sie wälzten sich im Gras, zogen einander an den Haaren, traten und boxten sich, und wenn sie die Haustür hörten, sprangen sie auseinander, als sei nichts gewesen.

Was ist denn hier los?

Nichts.

Wir haben nur gespielt.

Timmy, was machst du da?

Er macht gar nichts, Helen, sagte Patience dann. Aber sie sahen aus, als würden sie einander im nächsten Moment umbringen. Einmal kam Patience nach unten und hielt sich ein blutiges Stück Klopapier an die Nase. Timmy kam mit einer Beule über dem Auge hinter ihr her.

Was ist passiert?

Nichts.

Oder sie legten sich wie ein altes Ehepaar zusammen unter die Decken im Gästezimmer und spielten Nintendo. Einmal ließen sie den Basketball zwischen die fahrenden Autos rollen, und Helen hörte Bremsen quietschen und wütendes Hupen. Oder sie kletterten auf das neue Gerüst am Nachbarhaus. Kommt runter, Herrgott noch mal, runter mit euch, wollt ihr euch das Genick brechen?

Sie wechselten sich mit dem Skateboard ab und schürften sich Hände und Knie auf – fadendünne Hautfetzen kräuselten sich über winzigen Steinchen, Blut trat in kleinen roten Tropfen aus.

Heute geht Helen mit ihnen ins Mile One, und Patience klammert sich an der Bande fest. Dann fährt sie mit kleinen Schritten los, rutscht genauso weit nach hinten wie nach vorne und greift nach Helens Hand. Ihre Arme schwingen wie Windmühlenflügel, und wumms, landet sie auf dem Hintern. Timmy saust vorbei und tut so, als hätte er Helen und Patience noch nie gesehen.

Das Eis ist zerkratzt, Linien und Schnörkel, unter dem hellen Blau die blassen Farben von Bierreklame und den Logos von Erfrischungsgetränken. Helen läuft Gary O'Leary über den Weg, den sie noch aus der Highschool kennt. Immer noch bei Aliant, sagt er. Gary hat eine Tochter, die im Orchester spielt. Und Sylvia Ferron und Jim sind mit ihrer Enkelin da, die so alt ist wie Timmy. Eine Kaschmirmütze mit Katzenohren und Strickbändchen unterm Kinn. Helen plaudert ein bisschen mit Mike Reardon, den sie im Radio über Sonnenkollektoren und geothermische Heizungen hat reden hören. Sie erzählt ihm von der Renovierung.

Die Männer wiegen sich in Zopfpullovern und Daunenwesten auf dem Eis, die Schlittschuhkufen zischen rhythmisch. Paare halten einander durch eine leichte Berührung der Ellbogen und bewegen sich synchron. Es riecht nach kalter Luft und aus der Cafeteria nach Pommes Frites und Essig. Aus den Lautsprechern erklingen Weihnachtslieder.

Helens Knöchel schmerzen, als sie in den Umkleideraum humpelt und ihre Schlittschuhe aufschnürt. Der Boden fühlt sich statisch und zu hart an. Ihre Zehen sind kalt. Sie setzt Patience zu Hause ab und bringt Timmy wieder zu seiner Mutter. Es dämmert. Das Schneetreiben vom Morgen hat nachgelassen. Die Flocken sind jetzt größer, sie fallen schräg und schwingen mit dem Wind wieder nach oben, wie eine Handschrift.

Eine Tüte Lebensmittel im Arm, schließt Helen die Haustür auf und wird von drei Stockwerken Stille und Leere empfangen. Es ist eine Erleichterung. Das Alleinsein, denkt sie, ist ein Depotpräparat, es breitet sich ganz allmählich im Organismus aus, und man wird süchtig danach. Nein, es ist keine Sucht, sondern eine Kunst. Man macht die Schranktür ganz langsam auf, damit sich das Alleinsein nicht auf einen stürzt.

Der Krieg in Afghanistan, eine Frau, die in Mexiko wegen Geldwäsche ohne Prozess festgehalten wird, Obama und Clinton, dann nur Obama, ein Vulkan in Chile. Die Globe and Mail schlägt jeden Morgen dumpf gegen die Fliegengittertür. Der Mann wirft sie durchs Autofenster. Helen bekommt auch die Telegram. In China hat ein Erdbeben vierzigtausend Menschenleben gefordert. Helen kann sich nicht vorstellen, wie so viele Menschen auf einmal sterben können. Was zählt im Vergleich dazu schon ihr Leben?

Sie hat das Haus abbezahlt. Sie und Louise waren dreimal in Florida. Letztes Jahr sind sie nach Griechenland geflogen. Sie hat Patience und Timmy, und zwei Häuser weiter wohnen ein paar junge Männer, die in einer Band spielen. Die Jungs aus der Band haben im einen Fenster die Flagge von Neufundland hängen und im anderen Che Guevara. Samstagabends hört Helen noch bis spät Bass und Schlagzeug. Nach einem Schneesturm schaufeln die Jungs sie frei.

Im Fernsehen wird berichtet, dass es Schwierigkeiten bei der Verteilung der Hilfsgüter in Birma gibt, nach dem Wirbelsturm haben nur noch wenige Häuser ein Dach. Sie sieht einen Filmbeitrag dazu, eine lange Schlange von Männern, die einander Kartons mit Wasserflaschen reichen, und eine Menschenmenge hinter einer Absperrung. Dann ein Beitrag über Eisbären. Eine Eisbärenmutter, die über ihren Jungen zusammengebrochen ist und sie erstickt hat.

Helen putzt die Schränke. Sie putzt den Kühlschrank. Sie hört Radio und schrubbt einen Topf, und das Gelb ihres Gummihandschuhs ist seltsam gelb, die Farbe scheint von dem Handschuh getrennt. Es klingelt.

Moment. Ich muss kurz meine Handtasche suchen. Das Gelb ist etwas ganz Eigenes, für sich Stehendes, und sie hat Tränen in den Augen. Sie ist also doch einsam. Ihr ältestes Kind wird Vater. John kommt nach Hause, und ein Kind ist unterwegs.

Irgendwo habe ich die Handtasche doch hingelegt. Der Zeitungsjunge ist ein erwachsener Mann mit einer Behinderung, er hämmert gegen die Tür. Mit der flachen Hand schlägt er gegen den Aluminiumrahmen der Fliegengittertür, dass es durch das ganze Haus schallt.

Gerade hatte ich sie doch noch. Wenn ich dieses verdammte Ding doch nur da hinlegen würde, wo es hingehört.

Ist schon gut, Missus.

Nein, ich habe etwas Kleingeld.

Ich komme später wieder, Missus. Die Mutter des Mannes, sie muss schon um die siebzig sein, parkt mit laufendem Motor auf dem Hügel, und das Licht ihrer Scheinwerfer fällt durch die Tür herein, so dass ihr Sohn von hinten erleuchtet ist, wie ein Engel sieht er aus.

Ich hab sie, ruft Helen. Was bin ich Ihnen schuldig? Was bin ich schuldig. Patience' Vater wurde von den Dschandschawid umgebracht, wenn Helen das richtig verstanden hat. Sie schnipst gegen die Zeitung und hält sie dann zum Lesen vor sich. Da, auf der Titelseite: Genozid in Darfur.

Der Rest ist für Sie, sagt Helen. Sie macht die Tür zu und schließt ab. Ein Auto fährt vorbei, und lange Rechtecke aus Licht und Schatten gleiten durch den Flur bis zur Küche. Das Haus riecht nach Sägemehl. Der Zwischenboden ist eingezogen worden. Dicke, undurchsichtige Plastikfolien über den Sofas und dem Esstisch. Louise hatte verlangt, dass sie renoviert.

Du solltest einen Hartholzboden verlegen lassen, sagte Louise. Und mit der Küche musst du auch was machen. Wenn du den Immobilienwert erhalten willst, musst du renovieren. Bestell einen Handwerker.

Cal ist seit sechsundzwanzig Jahren tot, und manchmal kann Helen für eine Weile vergessen, dass und wie Cal ums Leben gekommen ist. Sie spricht jeden Tag mit ihren Töchtern. Sie ist mit dem Haus und ihrem Yoga beschäftigt. Sie näht Hochzeitskleider, ein Hobby, das sich zu einer Art kleinem Geschäftsunternehmen entwickelt hat.

Ich bin junge sechsundfünfzig, denkt Helen. Ihre Enkel

brauchen sie. Sie spielt Bridge. Sie hat es auch mal mit Curling versucht, aber das fand sie furchtbar. Das Nähen erfüllt sie mit Befriedigung.

Helen hat die Einsamkeit gemeistert; keiner hält sie mehr für einsam.

Da muss was Helles hin, sagt Louise. Auf den Boden. Das kostet doch ein Vermögen, sagt Helen.

Was Glänzendes.

Reine Kosmetik, sagt Helen.

Reine Instandhaltung, sagt Louise. Oder willst du zusehen, wie das Haus verfällt?

Aber wenn Helen, sagen wir, Auto fährt oder schläft oder sich auf einer Yogamatte dehnt, kommt die Erinnerung wieder und mit ihr ein neuer, heftiger Ansturm von Schmerz. Manchmal geschieht das völlig unerwartet. Und haut sie um.

Ich würde diese Wände da rausreißen, sagte Louise. Sie stand in Helens Wohnzimmer und deutete mit erhobener Hand in Richtung der Bücherschränke.

Das muss alles offener werden. Es ist entschieden zu dunkel hier drin.

Und jetzt klaffen rechts und links des Kamins, wo vorher die Bücherregale standen, zwei riesige gezackte Löcher.

Der Hund, 1975

Helen und Cal gingen einen Strand entlang, es war neblig, und sie hatten den Hund dabei. Der Hund flog regelrecht, er rannte so schnell, dass seine Beine kaum den Boden berührten, reckte mit jedem Satz Hals und Kopf nach vorn, eine Ballung von Muskeln und Glanz, er hinterließ kaum Spuren auf dem leicht gewellten Sand. Dann blieb er abrupt stehen. Es riss ihn regelrecht nach hinten, als wäre er angekettet, er drehte sich wie von Sinnen ein paarmal um die eigene Achse und begann zu graben. Mit wilder Zielstrebigkeit schleuderte er den Sand in hohem Bogen in die Luft.

Was immer der Hund finden würde, dachte Helen, würde faulig und halb verwest sein. Haut, Federn oder Fell würden sich im Wind bewegen, weich geworden oder abgelöst, im Zerfall begriffen, und eine hässliche Wahrheit würde vorragen, die Zähne etwa, noch im Kieferknochen verankert, ein genüssliches Grinsen. Der Hund würde sich hinlegen und seine Schulter in den Boden drücken, er würde sich in dem stinkenden Dreck suhlen. Die Hinterhand in ständiger Bewegung, die eine Schulter in den wie auch immer gearteten Kadaver gedrückt, würde er mal böse knurren, mal bettelnd winseln. Durch den aufsteigenden Geruch völlig außer sich, würde der Hund hecheln und mit dem Schwanz auf den Boden schlagen, und sie würden zu ihm gehen und ihn dort wegzerren müssen.

Cal zog die Schuhe aus, seine Jeans hatte er schon hochgekrempelt, die Brandung toste, und Gischt schoss ihm über die Füße. Er bückte sich, hielt die Hand ins Wasser, und dann steckte er drei Finger in den Mund, um das Salz zu schmecken. Er sog das Salzwasser von seinen Fingern. Das war alles.

Aber Helen spürte, wie sein Mund die Finger umschloss, kurz an ihnen lutschte, spürte es oberhalb der Beckenknochen, und es war das Kind, das sich zum ersten Mal bewegte. Sie spürte es.

Ein Erinnerungsfetzen, der nur deshalb überdauert hatte, weil die Sonne an jenem Tag durch den Nebel gedrungen war. Oder weil ihre Sinne durch die Schwangerschaft, den

Glücksfaktor, den erotischen Anblick von Cals Fingern in seinem Mund geschärft waren.

Stritten sie sich? Sie erinnert sich an den Hund, der nach Tod stank. An die Heimfahrt mit dem Hund auf der Rückbank, und daran, dass ihre Augen tränten.

Nein, sie waren von Glück erfüllt. Mag sein, dass sie früher am Tag kurz wütend gewesen waren, sie wurden ab und zu von einer seltsamen Wut gepackt, doch darauf folgten völlig normale Momente, oder eben Glück.

Ist es das, was ein Leben ausmacht? Lange nachdem man gestorben ist, erinnert sich jemand beim Badputzen plötzlich daran, dass man das Meerwasser an seinen Fingern schmeckte. Jemand zieht das aus dem Nebel hervor, von den Umständen losgelöst, nicht auf einer Zeitachse verortbar. War es ihre dritte Schwangerschaft? Oder ihre zweite?

Es war ein Nachmittag, lange bevor Cal sich auf der Ocean Ranger bewarb, denkt Helen. Sie hatten von diesen Arbeitsstellen erfahren, und Cal hatte entschieden, sich zu bewerben. Es war nicht die Arbeit, die er tun wollte, aber er hatte eine Frau und drei Kinder. Er traf eine Entscheidung. Zwei Monate lang ging er zweimal die Woche zu der Geschäftsstelle in der Harvey Road. Man muss die richtigen Leute kennen, hatte man ihm gesagt. Ein Cousin legte auf seine Bitte ein gutes Wort für ihn ein. Aber jeder hatte irgendeinen Cousin.

Cal nahm die Finger aus dem Mund, und Helen kann sich nicht einmal an die Jahreszeit erinnern – war es im September?

Das Meer schmecken. Sie weiß, dass sie damals den Hund hatten und dass sie pleite waren und sich keine Gedanken ums Geld machten. Sie hatten beide erwogen zu studieren, taten es jedoch nicht. Sie jobbten und bastelten sich ein Leben zusammen. Fuhren an den Strand. Cal konnte Leitungen verlegen, war allerdings kein ausgebildeter Elektriker. Im Sommer mietete er ein Gerüst und führte Malerarbeiten aus. Er arbeitete auf dem Bau. Drei Kinder, und dann begannen sie sich doch Gedanken übers Geld zu machen. Sie ließen Cals Lebenslauf professionell abtippen.

Da sitzt ein Mann hinter einem Schreibtisch, so ein fetter Kerl, der die Bewerbungen entgegennimmt, erzählte Cal. Wenn er nach Hause kam, war Helen gerade am Kochen, oder sie machte sich für die Arbeit fertig. Damals kellnerte sie.

Man hört jeden Tag was anderes, sagte Cal. Helen erinnert sich daran, wie er den Hügel hinaufging, unterwegs zur Geschäftsstelle in der Harvey Road. Die Fäuste in den Taschen vergraben, die Jacke offen, trotz Wind und Schnee. Sie denkt an das Neonlicht in der Geschäftsstelle, das auf dem glänzenden Anstrich der Wände schmierig wirkte, an die großen zylindrischen Aschenbecher rechts und links der nebeneinander aufgereihten Holzstühle, denkt daran, was für eine Überwindung es ihn gekostet haben musste, durch die Doppeltür zu gehen, weil es wie Betteln war.

Ich geh da mit dem Hut in der Hand hin, sagte er. Aber wenn er eine Arbeitsstelle auf der Bohrinsel bekam, würden sie ein Haus kaufen können.

In der ersten Zeit hatten sie die Wohnung in der Lime Street gehabt. Da kam der Schnee unter der Hintertür hindurch. Sie hatten sich in einer Bar betrunken und waren zusammen nach Hause gegangen. Sie waren gefesselt voneinander. Gefesselt. Cals Wohnung in der Lime Street, im Kerzenlicht. Manchmal babysittete Helen bei einem befreundeten Paar.

Ihnen war ein Kondom geplatzt. Angeblich passiert so was ja nicht, aber ihnen war es passiert. Er saß mit dem

Rücken zu ihr auf der Bettkante und machte irgendwas. Fummelte an dem Kondom herum.

Es ist geplatzt, sagte Cal. Er ließ das erst mal wirken, mit allen Implikationen. Er hielt ihr das Kondom hin, und es war ein Riss darin – flach, milchig und nass hing es über seinen Fingern.

Es ist geplatzt, sagte er noch einmal. Sie weiß noch, dass er das zweimal sagte. Seine Wangen waren gerötet, und sie spürte die raue Wolle seines Pullovers, den sie sich zusammengeknüllt unter den Kopf geschoben hatte. Sie stützte sich auf den Ellbogen, um zu gucken, und der Pullover entfaltete sich langsam ganz von selbst.

Helen wollte Cal halten, doch sie wusste nicht, ob es der Pullover war, der an ihrer heißen Wange kratzte, oder der durchscheinende Wachstropfen, der an der Kerze hinabrann, oder der Geruch nach Sex oder die Dattelplätzchen von seiner Mutter in der mit Wachspapier ausgekleideten Keksdose, die auf dem Nachttisch stand, oder das Buch, das er gerade las.

Cal fuhr gern die baufälligen alten Häuser in der Bucht ab, Häuser mit Fensterscheiben aus Riffelglas, durchhängendem Dach und einer Sturmtür, deren Farbe Blasen gezogen hatte, Häuser, die von Hand erbaut und irgendwann verlassen worden waren, der Kessel noch auf dem Herd, das Geschirr noch in den Schränken. So ein Haus wollte er haben; er würde es herrichten, und dann würden sie die Wochenenden oder den Sommer dort verbringen können. Er wollte den Blick aufs Meer, das lange Gras, den Rübenkeller. Cal hatte ein Faible für silbrig verwittertes Holz und Spinnweben, für Federrostbetten, unter denen ramponierte Koffer mit handgeschriebenen Rezepten voller Rechtschreibfehler lagen.

Kommen Sie Ende der Woche noch mal vorbei, sagte der Mann von der Geschäftsstelle in der Harvey Road.

Nachdem die Bohrinsel gesunken war, wurde viel über Risikoeinschätzung geredet. Die Ölgesellschaften veranstalteten ein Symposium.

Den Ölgesellschaften ging es nur darum, welches Maß an Risiko akzeptabel war, das war immer so gewesen. Es war die Rede von möglichen Fehlern im System und wie sie zu vermeiden seien. Ganz ruhig, ganz ruhig. Sie rieten dringend davon ab, sich bei der Risikoeinschätzung von der Intuition leiten zu lassen. Wenn man sich vor Angst in die Hose mache, hieß es, sei das bloß Intuition, das solle man ignorieren. Die Leute sollten sich den allgemeinen Nutzen vor Augen halten, der erzielt werden könne, wenn man Risiken eingehe. Derlei verlogene Sprüche sonderten sie ab, tatsächlich aber meinten sie: Wenn du diese Arbeit nicht tust, wird jemand anders sie machen.

Sie meinten: Hier ist Geld zu verdienen.

Sie meinten: Wir werden die Wirtschaft entwickeln.

Sie meinten: Es gibt kein Risiko, also hört auf, solchen Scheiß zu reden. Bloß sagten sie nicht Scheiß, sondern: Haltet euch den Nutzen für die Allgemeinheit vor Augen.

Helen hatte keine Sekunde lang geglaubt, sie könne schwanger geworden sein. Sie kannte Cal kaum (allerdings wusste sie alles Entscheidende). Sie hatte es für völlig unwahrscheinlich gehalten, dass sie sich verlieben würde. Zu lieben war ein Fehler, den sie leicht hätte vermeiden können, wenn sie 1. nicht beschwipst gewesen wäre, 2. damals etwas über Risikoeinschätzung und die vielen Möglichkeiten, Risiken zu vermeiden, gewusst hätte, 3. nicht längst verliebt gewesen wäre.

Sie und Cal waren in ihrer ersten gemeinsamen Nacht betrunken gewesen, es war alles noch so neu, und sie mochte ihn sehr, aber von Liebe wollte sie nicht sprechen. Oder sie waren leicht angetrunken und hatten die Dattelplätzchen in null Komma nichts weggeputzt. Den Riss im Kondom hatten sie irgendwie witzig gefunden, denn wie oft passierte so was schon? Und sie waren beide Glückspilze. Sie hatten sich aufs Bett fallen lassen, so dass die Kerzenflamme hin und her waberte, und hatten einander Geschichten von ihrem fabelhaften Glück erzählt. Er hatte mit Lotterielosen hundert Dollar gewonnen. Sie war mit Glückshaube auf die Welt gekommen. Ihrer beider Kehlen waren gesegnet worden – zwei in der Mitte zusammengebundene, zum X gespreizte Kerzen vorm Hals und ein Gebet in lateinischer Sprache –, wodurch sie davor bewahrt waren, zu lügen oder Kehlkopfkrebs zu bekommen.

Ich liebe dich, sagte sie. Es rutschte ihr einfach so heraus. Es war genau die falsche Zeit im Monat für ein gerissenes Kondom, aber sie hatte nicht geglaubt, dass sie schwanger geworden sein könnte, denn so etwas passierte ihr nicht.

Cal war einfach zufällig im richtigen Moment in der Geschäftsstelle in der Harvey Road.

Na, wer kommt denn da, sagte der Dicke, als er Cal sah. Cal war zur richtigen Zeit am richtigen Ort. Und er hatte Glück. Zufällig trug er ein gebügeltes Hemd, und hinter dem Schreibtisch saß wieder derselbe Mann, und dieser Mann wollte Cal nicht mehr sehen. Bei Helen war eine Periode ausgeblieben, aber sie dachte sich nichts dabei.

Was Helen bei Müdigkeit überkommt, ist eine Art Nebel. Ein Tag am Strand nach einer langen Fahrt. Wie das Licht auf das gelbe Gras fiel; die Ränder der Halme schimmerten wie Stahl. Das Ende einer Jahreszeit. Dunst hing über den Brechern. Im Wind der Geruch, mal wahrnehmbar, mal nicht, von etwas Totem. Die ablaufende Gischt, gelblich gefärbt, dick wie Schlagsahne. Diese Jeans, die Cal trug. Wir waren jung, denkt Helen. Das klare, kalte Meer strudelte heran und zog sich wieder zurück, schloss sich wie Ketten um Cals nackte Knöchel. Und er bückte sich, tauchte die Hand ein und steckte sich die Finger in den Mund.

Jane, November 2008

Für das Zimmer und alles andere komme ich auf, sagte John. Im Hintergrund hörte Jane ein Hupen. Er stand auf einer Straße in New York, und sie saß in einer Straßenbahn in Toronto, und sie würden sich treffen. Er war auf der Heimreise, fuhr über Weihnachten nach Hause. Sie würden über das Kind reden. Und er würde ein Vier-Sterne-Hotel bezahlen.

Ich marschiere einfach in dieses Hotel rein?, fragte sie. Für sämtliche Kosten, sagte John, komme ich auf.

Als das Gespräch beendet war, fuhr sie noch ein paar Stationen weiter, fand das Hotel und stellte ihr Gepäck ab, und jetzt ist sie auf der Suche nach einem Einkaufszentrum. Sie braucht einen Food-Court. Pommes Frites und Cheeseburger und das Geräusch von Registrierkassen, im Stil einer Westernstadt oder eines Weltdorfs gestaltete Ladenfronten, Strohdächer oder Zedernschindeln, Plastik-Schalenstühle und blinkendes Neon. Sie muss mal pinkeln, und danach will sie sich in einen orangefarbenen Drehstuhl plumpsen lassen, der mit einer Metallstange an einem Tisch befestigt ist. Sie hat ein heftiges Verlangen nach etwas Fettigem und nach Lärm.

Niemand sagt mehr gescheitert, denkt Jane. Man sagt anders dazu. Es ist eine regelrechte Bewegung mit dem Ziel entstanden, das Scheitern nicht als solches zu betrachten. Die Leute wollen vom Scheitern lernen, es annehmen.

Aber Scheitern ist nicht gut, denkt sie. Wenn etwas wieder zurechtgebogen werden kann, war es kein wirkliches Scheitern.

Jane ist dabei, grandios zu scheitern. Sie hat ein Stipendium in Höhe von achtzigtausend Dollar erhalten, um an der New School in New York eine Doktorarbeit in Anthropologie über die Rituale und Praktiken moderner Spiritualität am Beispiel von New-Age-Sekten in ganz Amerika zu schreiben. Sie hatte mit ihrer Magisterarbeit, einer ethnographischen Studie über Obdachlose in New York, einiges Aufsehen erregt. Mit einem kleinen Digitalrecorder ausgerüstet, den sie unauffällig einschalten konnte, hatte sie sich ausgiebig mit Menschen unterhalten, die im Freien oder in besetzten Häusern schliefen.

Sie hatte das Material in eine schlüssige Form gebracht, denn eine Weile lang glaubte sie zu wissen, was es aussagte. Oder sie gab vor, es zu wissen. Es war notwendig, Schlussfolgerungen zu ziehen, und sie hatte es getan.

Doch sie hatte auch viel erfahren, was sie nicht in die Magisterarbeit aufnahm. Die Obdachlosen hatten ihr Angst gemacht. Manche der Armen waren rechtsgerichtet und gewalttätig. Manche waren habgierig. Sie litten unter Hunger und Kälte. Sie hatten laufende Nasen und rotzverschmierte Ärmel. Sie aßen mit offenem Mund. Sie hatten glasige Augen und waren süchtig. Sie waren Analphabeten und hatten Läuse. Oder sie waren hochintelligent und sehr auf ein gepflegtes Äußeres bedacht und glichen Heiligen. Sie konnten Geister sehen. Sie waren gerecht. Sie teilten, was sie hatten.

Sie hatten nichts. Sie fütterten die Tauben. Sie waren voller Weisheit. Sie waren voller Würmer. Sie waren voller AIDS. Sie waren ohne religiösen Halt. Sie waren glücklos. Sie waren ein Sie. Vor allem aber wussten sie, wie weit ein einzelnes Leben reicht und wie man keine Spuren hinterlässt.

Als Jane ihre Studie über die Obdachlosen abgeschlossen hatte, wurde sie von einer Ahnung erfasst, was es heißen könnte, unsichtbar zu sein, zu leben, ohne Spuren zu hinterlassen, keinen Schmerz zu verursachen. Eine Art Passivität, die auf eine Aquin'sche Vorstellung von Gnade zurückging. Man musste leer sein, um Gnade zu erfahren, leer oder unsicher, und selbst dann war einem die Gnade nicht gewiss. Das alles hatte sie in ihrer Magisterarbeit außen vor gelassen. Ihre Magisterarbeit hatte Zeichen gesetzt. Jane war nicht willens, leer zu sein.

Eine Frau, die Jane öfter befragt hatte, sah ihren toten Freund am Fußende ihres Bettes. Diese Frau war achtzig und hatte sechs Katzen sowie eine Sammlung von dreißig Puppen, die in ihren mittlerweile verstaubten Zellophanverpackungen entlang der Fußleisten der Übergangsunterkunft saßen. Die Einzimmerwohnung stank nach Katzenstreu, leeren Weinflaschen und Scheiße, denn die Frau war seit drei Tagen nicht mehr aus dem Bett aufgestanden. Ihr Unterleib war geschwollen – hart vom Krebs, sagte sie –, und sie war betrunken und hatte Mundgeruch, und ihr Freund, Archie, war in der vorigen Woche gestorben.

Hier neben mir im Bett, sagte sie und schlug auf die Decke. Die Frau hatte einen Bruder, der im Gefängnis saß, weil er einen Abendmahlskelch aus der Kirche gestohlen hatte, sie hatte Angst vor dem Satan und umklammerte Janes Hand.

Machen Sie mich stolz, sagte sie wieder und wieder.

Sie redete mit Jane, und dann fixierte sie einen Punkt über Janes Schulter und sagte: Sag nichts, Archie, solange das kleine Mädchen noch hier ist.

Jane ging zehnmal mit ihrem Recorder zu der Frau und stellte ihr Fragen, und die Frau antwortete. Natürlich wechselte Jane die Bettwäsche und erneuerte die Katzenstreu und brachte die Weinflaschen hinaus. Sie kochte Essen.

Ist das Ding da an?, fragte die Frau und sammelte sich. Machte sich bereit für ihre Lebensgeschichte. Sie war besessen von dem Abendmahlskelch, den ihr Bruder gestohlen hatte, und wollte wissen, ob sie jetzt alle in die Hölle kommen würden. Sie hatte Jane gebeten, die Katzen zu füttern, ihr Zigaretten mitzubringen und die Puppen umzusetzen.

Einmal hatte Jane eine schwarzgelockte Puppe im roten Samtkleid mit Goldlitze und passendem Sonnenschirm an den Lampenschirm auf dem Nachttisch gelehnt. Das alte, vergilbte Zellophan um die Puppe herum knisterte wie ein frisch entzündetes Feuer. Die Frau sah vom Bett aus zu, hob mühsam den Arm und deutete mit ausgestrecktem Finger in die Luft, dann ließ sie den Arm wieder sinken. Jane begriff, dass die Frau das Licht eingeschaltet haben wollte, und als sie den Lichtschalter betätigte, klappten die Augen der Puppe zu.

Die Frau starb wenig später, und Jane hörte eine Woche lang ihre Stimme auf dem Recorder, rückspulen, vorspulen, rückspulen, vorspulen, während sie die Gespräche transkribierte. Jeder einzelne raue Atemzug war zu hören.

Jane befragte auch einen Mann, der meinte, da die Sterblichkeitsrate bei den Bevölkerungen Afrikas am höchsten sei, sollte dort die toxische Industrie angesiedelt werden – jene Industriezweige, deren Giftstoffe sich im Laufe der Jahre in Lunge, Blut und Eingeweiden der örtlichen Bevölkerung ablagern, so dass die Menschen im Durchschnitt mit fünfundfünfzig Jahren eine Krebserkrankung entwickelt haben. Viele Afrikaner würden das fünfundfünfzigste

Lebensjahr ja gar nicht erreichen, so die Logik dieses völlig wahnsinnigen Vormals-Prozessanwalt-Obdachlosen. Er hatte Jane an die Brust gefasst und zweimal fest zugedrückt, als betätige er eine Hupe.

Die Obdachlosen, die sie kennenlernte, waren in einem anderen Leben alle mal berühmt gewesen, als was auch immer. Oder sie waren geistig zurückgeblieben. Oder sie waren als Kinder sexuell missbraucht worden.

Die Afrikaner würden vom Giftmüll nicht belangt werden, hatte der ehemalige Prozessanwalt behauptet. Denn zu dem Zeitpunkt, wo die Gifte zu wirken begännen, seien sie eh tot. Sie würden nie davon erfahren.

Diese Unterhaltung hatten sie an einer brennenden Mülltonne unter einer Brücke geführt, in einem Industriepark am Stadtrand von New York. Einer der Männer dort trug ein sackleinenes Gewand, auf dessen Rückseite in roter Schrift stand: Jesus erlöst uns. Er hatte heilende Hände, und als er sie Jane auf den Kopf legte, durchfuhr es sie. Eine Art Stromstoß zuckte durch ihren Schädel, und der Mann sagte, ihre Rücken- und Wadenmuskulatur seien durch schmerzhafte Erinnerungen verkrampft und ihre Kopfhaut angespannt. Er habe diese Erinnerungen gelöst, und sie werde nun für einige Tage sehr krank werden, doch das bedeute nur, dass ihr Körper diese Erinnerungen für immer abstoße.

Die Kraftausdrücke, die die von Jane befragten Obdachlosen benutzten, waren atemberaubend, und Jane systematisierte sie, zählte nach, wie oft bestimmte Wörter und Ausdrücke pro Satz auftauchten. Sie legte Tabellen an. Polyglott und euphonisch, jede Menge Abfall und Sex und Tod. Die Kraftausdrücke waren eine beiläufige Chiffrierung der Verzweiflung. Sie zeichnete Diagramme.

Das alles hatte auf dem Papier sehr gut ausgesehen, doch

jetzt, wo Jane sich mit dem New-Age-Spiritualismus in Nordamerika befasste, hatte sie die Orientierung verloren. Sie hatte ihren Digitalrecorder und einen Laptop. Sie verfügte über Methodik und Theorie. Doch der ruhige Glaube, den diese New-Age-Jünger – Jünger der verschiedensten Art – völligem Unsinn entgegenbrachten, warf sie aus der Bahn. Er entnervte sie. Was sie hier erfasste, war die unwiderlegliche Gewissheit des Subjekts, das sich von der Logik verabschiedet hat. Inmitten der so raffinierten wie rigorosen Argumentation der New Ager hatte Jane den Glauben verloren.

Jane kauft sich eine Portion Pommes Frites und hält der Reihe nach vier kleine Pappbecherchen unter einen Pumpspender, aus dem Ketchup quillt. Sie reiht die Becherchen auf ihrem orangefarbenen Tablett auf und hat das Gefühl, vor Hunger gleich ohnmächtig zu werden. Aus einer Flasche, die von den Fingerabdrücken anderer Leute glitschig ist, kippt sie Essig über die Pommes, und dann reißt sie noch zwei Tütchen Salz auf.

Kein gutes Essen für das Baby, denkt sie.

Schon den ganzen Nachmittag denkt sie über ihre Schwangerschaft und den Stand ihrer Doktorarbeit nach. Sie hat von Anfang an gewusst, dass sie das Kind bekommen will. Im ersten Monat hatte sie mehrmals Schmierblutungen, doch die Ärztin hatte gesagt, das sei kein Grund zur Sorge, sie könne ruhig weiterarbeiten.

Jane schlingt die Pommes hinunter und fährt dann mit der Rolltreppe auf Straßenniveau hoch. Das Einkaufszentrum ist von Weihnachtsmusik erfüllt, überall stehen künstliche Tannenbäume, und ein riesiger Elch ist mit einem Korb Süßigkeiten unterwegs. Der Elch reicht Jane eine Zuckerstange. Im Hals des Elchs, unter dem großen Maul, ist ein vollständiges Gesicht zu sehen, das Gesicht einer Frau. Ein rosa Filzstreifen, die Zunge des Elchs, führt wie eine Rollbahn zu ihrem Kinn. Es ist eine ältere Frau mit Brille und leuchtend orangefarbenem Lippenstift.

Wie ist es denn draußen?, fragt sie. Mir ist dermaßen heiß. Jane geht an einem Tattoo-Studio vorbei, in dem es so hell und sauber ist wie in einem Kühlschrank. Drinnen sieht sie einen kahlköpfigen Mann, auf dessen Schädel eine Dornenkrone tätowiert ist. Zwischen seinen Zeigefingern ist ein Gummiband gespannt, an dem ein Kuli hängt, und den lässt er immer wieder hochschnalzen und herumwirbeln. Jane spürt heftige Tritte über ihrem Schambein, also bleibt sie einen Moment stehen und schaut dem Mann mit dem Kuli zu.

Als Nächstes kommt sie an einem Pizzaimbiss vorbei, in dem ein einziger Kunde auf einem Barhocker sitzt. Sie sieht vom Bürgersteig aus zu, wie der Pizzabäcker den Teig in die Luft wirft. Der Teig fliegt aus seinen erhobenen Händen nach oben, dreht sich und dehnt sich.

Sie ist fünfunddreißig und hat keinen festen Freund. Das ist meine Chance, dachte sie, als sie vor fast sieben Monaten die beiden rosa Linien auf dem Schwangerschaftstest sah. Es war ein Ja gewesen, und sie hatte dieses Ja nicht geglaubt. Sie hatte sich das kleine Faltblatt mit Illustrationen und etwas rotgedrucktem Text vorgenommen. Er besagte, dass es zu falsch negativen, nicht aber zu falsch positiven Ergebnissen kommen könne. Sie ließ sich mit der Schulter gegen die Metallwand der öffentlichen Toilette fallen, in der sie stand, und überlegte, was das wohl bedeuten könne. Es kam ihr vor wie ein Zen-Koan.

Sie hatte das Baby vom ersten Moment an gewollt. Eine Abtreibung kam nicht in Frage. Darüber hatte sie gar nicht nachgedacht.

Jane betritt den Imbiss und bestellt ein Stück Pizza, und von dem Geruch nach backendem Teig, Tomaten und Oregano bekommt sie großen Hunger. Sie meint, an den Händen des Mannes, der ihr auf zwanzig Dollar herausgibt, Oregano riechen zu können. Entweder Oregano oder schmutzige Silbermünzen. Auch dass er schwitzt in der Hitze der nahen Backöfen, riecht sie. Der Geruch seines Schweißes vermischt sich mit dem Geruch seines Deos, das eine fruchtige Note hat, und aus irgendeinem Grunde riecht er gut.

Die Wände des Pizzaimbisses sind verspiegelt, und als sich der einsame Kunde zu seinem Pizzastück vorbeugt, teilt sich in der Ecke, wo die Spiegel aufeinandertreffen, sein Bild, und jetzt sitzt er unzählige Male mit seinem Wollmantel und karierten Schal da und führt das Pizzastück wieder von seinem Mund weg, vertausendfacht, eine unermüdliche Armee aus ein und demselben Mann, die sich zu ihrem Essen vorbeugen muss, der Käse zieht lange Fäden, und dann lehnt sich der Mann zurück, und die zahllosen Spiegelbilder schnurren zusammen und verschwinden.

Sie und John werden sich treffen. John hat morgen ein Geschäftsessen, und danach wird er mit dem letzten Flugzeug nach Toronto kommen und vom Flughafen aus mit dem Taxi zum Hotel fahren. Er hat sich ein eigenes Zimmer reserviert. Sie würden sich zum Mittagessen treffen, hatte er gesagt. Und dann nach einer Pause: Ich freue mich darauf, dich zu sehen.

Johns Bewerbungsgespräch, 2005

Ich habe im Inneren von Öltanks gearbeitet, sagte John.

Mr. McPherson fasste sich an den Krawattenknoten. Es war eine verrückte, irritierende Krawatte. John merkte, wie seine Augen wider Willen zu ihr strebten.

Die Shoreline Group hatte John zu einem Bewerbungsgespräch eingeladen. Er hatte erfahren, dass man ihn anrufen würde, und ein paar Tage später kam der Anruf. Die Gehälter dort waren spektakulär.

John schilderte Mr. McPherson seine bisherige berufliche Laufbahn, erzählte von einer Stelle, die er in seinen Zwanzigern gehabt hatte. Sein erster Job in der Ölindustrie.

Sie sind da mit Equipment reingekrochen?, fragte Mr. McPherson.

Ja, genau.

Haben den Tank nach Rissen abgesucht.

Nach Rissen und Sprüngen, sagte John.

Nach allem, was Kosten verursachen würde, ergänzte Mr. McPherson.

Zum Verlust von Öl führen würde.

John bekam Seile um die Fußgelenke gebunden, und wenn er fertig war, klopfte er an die Wand des Tanks und wurde herausgezogen. Blieb er stecken, zerrten sie ihn heraus. In Öltanks zu klettern und sie mit Ultraschallgeräten zu überprüfen, das hatte er in Fort Mac gelernt. Man brauchte eine bestimmte Figur für diese Art von Arbeit, und John war ein gedrungener Mann, der seinen Kohlehydratekonsum im Blick behielt. Er trainierte Brust- und Armmuskulatur und lief dreimal in der Woche zehn Kilometer, doch er passte durch eine Rohrleitung. Er war das, was man gesundheitsbewusst nannte. Zur Zeit seines Bewerbungsgesprächs hatte er allerdings großen Kummer. Er erlebte ihn als einen körperlichen Schmerz, der ihm manchmal regelrecht den Atem raubte.

John hatte gehört, dass das Einkommen beträchtlich sein würde. Der Trick war, so dachte er sich, ungerührt zu wirken, wenn eine Summe genannt wurde.

Memorial University, School of Engineering, sagte Mr. McPherson. Er sprach mit Südstaatenakzent und schaute finster auf Johns Lebenslauf hinunter.

Eine halbe Stunde zuvor hatte John angeklopft und zur Antwort bekommen: Herein. Er hatte mit einer Sekretärin gerechnet, doch es gab keine. Dafür erwartete ihn ein Ausblick auf den Hafen von St. John's. Und ein stattlicher Mann, der mit dem Gesicht zur verglasten Außenwand dasaß. Einige Zeit verstrich, ehe sich der Mann vom Fenster abwandte. Eine Kunstpause. John und der Mann hatten einander über ihr Spiegelbild abgeschätzt. Das Büro schwebte über der Landschaft jenseits der Scheibe. Der blaue Wasserspender hing im blauen Himmel, und die Urkunden an der Wand legten ein Karomuster über das Hafengebiet. Ein Auto, das die Serpentinen auf dem Signal Hill hinunterfuhr, kroch wie ein Käfer über Mr. McPhersons weißes Hemd und verschwand.

Ronnie McPherson, sagte der Mann. Er drehte sich um und streckte die Hand aus. John ergriff sie. McPherson hatte einen zu festen Händedruck, der darauf schließen ließ, dass er als Motivationstrainer unterwegs war. In seinem Händedruck lag eine Art dumpfer Eifer, der nach einem unnatürlich intensiven Blickkontakt verlangte.

Ronnie, sagte John und unterdrückte den Impuls, Sir zu sagen.

Red.

Bitte?, fragte John. Sir?

Nennen Sie mich Red.

John hatte in der Ölindustrie mit der Erstellung von Sonarbildern angefangen, war in Tanks gekrochen. Wenn irgendetwas schiefging, zogen sie ihn an den Knöcheln raus. Dann hatte er an der MUN Ingenieurwissenschaften studiert. Er war auf die Ölbohrinseln gegangen, hatte als Deckarbeiter begonnen und sich zum Toolpusher hochgearbeitet.

Ronnie McPherson hatte schwarzes, von silbernen Strähnen durchzogenes Haar, relativ lang für sein Alter, es kräuselte sich über seinem Hemdkragen. Rot, wie sein Name es nahelegte, war gar nichts an ihm. Ehe er diese Krawatte angezogen hat, dachte John, muss er kurz innegehalten haben. Die Shoreline Group war auf Risikoeinschätzung und organisatorische Umstrukturierung spezialisiert. Spezialisiert auf all das gefühlsduselige Zeug aus den Achtzigern: laterales Denken, Kreativität am Arbeitsplatz, psychologische Unterstützung beim Arbeitskräfteabbau oder bei Naturkatastrophen, blaue Briefe, Pullunder und Jeans im Used-Look, eine kühne neue, sich selbst generierende Sprache, die übersprudelte und sich doch auf ein einziges, perfektes Wort reduzieren ließ: Effizienz.

John hatte sich eingelesen. Mit fünfunddreißig ist man zu alt für die Bohrinseln. In seinen Zwanzigern hatte er die Sommer damit verbracht, in Rohrleitungen zu kriechen – die Luft da drinnen konnte unmöglich gesund sein. Und er wollte auch nicht sein Leben lang Bohrmeißel verkaufen. Eine Weile war er als Handelsvertreter tätig gewesen. Bei Shoreline würde es zweifellos Wochenendseminare geben, Rollenspiele, Diagramme, Sharing, Massagen. Flipcharts, auf denen persönliche Ziele und Firmenziele definiert und, wenn sie sich deckten, mit Sternchen markiert wurden. Die Gewerkschaften wurden Red McPherson zufolge zunehmend lästig.

In einigen der Rohrleitungen, durch die John gekrochen war, hatte er sich mit angelegten Armen vorarbeiten müssen. Das Kinn auf die Brust gedrückt. Es war keine Arbeit für Klaustrophobiker. Manche der Röhren waren so eng, dass er eine Art Shimmy vollführen musste, um vorwärtszukommen. Er musste den Kopf beugen und ganz kurze Atemzüge tun. Wer Angst davor hatte, lebendig begraben zu werden, würde der Arbeit, der John in seinen jüngeren Jahren nachgegangen war, wenig abgewinnen. Jegliche Art von Tank, der Erdöl enthielt. Einmal war er im Tank eines Betriebs gewesen, der Gummibärchen herstellte.

Die Arbeit bei Shoreline würde mit Reisen verbunden sein, und John reiste ausgesprochen gern. Er wollte alles sehen.

Jemand Nahestehendes, der sehr schlecht auf ihn zu sprechen war, musste McPherson zu dieser Krawatte geraten haben, dachte John. Auf der Krawatte waren Ananasfrüchte mit Turnschuhen abgebildet, die auf Skateboards durch weiße, von silbernen Blitzen erleuchtete Wolken fuhren.

Durch Rohrleitungen zu kriechen hatte einen besonderen Vorzug: Man tat etwas für die Umwelt. So hatte John in der Ölindustrie begonnen: Er wollte etwas bewirken. Er hätte auch weiterhin nach Rissen suchen können. Doch so etwas kann man nicht ewig machen.

John war clever genug, um mehr zu sein als ein Mann mit Ultraschallgeräten am Gürtel, aber es war Sophie gewesen, die ihm einen Tritt gegeben hatte. Sophie hatte gesagt: Mach was anderes. Sophie wollte, dass er noch mal an die Uni ging. Sie lag ihm in den Ohren, ließ nicht locker. Sophie war seine

Exfreundin. Sie war der Grund seines Kummers während des Bewerbungsgesprächs bei Shoreline.

Ingenieurwissenschaften, sagte Red McPherson. Er rieb sich das Kinn. Dabei starrte er mit einer hochgezogenen Augenbraue auf Johns Lebenslauf, als wäre der Hochschulabschluss ein Hindernis, das sie irgendwie umschiffen müssten.

Es ist nie verkehrt, ein Diplom in der Tasche zu haben, hatte Johns Mutter ihm sein Leben lang gepredigt. Für sie war ein Hochschulabschluss sehr wichtig.

Gestürzter Ananaskuchen. Den Teig rührte seine Mutter immer von Hand, und dabei hielt sie John einen Vortrag über den Wert einer guten Ausbildung. Und dann kam das mit dem Diplom.

Was dir das bringen kann, sagte sie. Sie stellte die Teigschüssel ab, ballte die Fäuste und spreizte die Finger dann weit auseinander. Es eröffnet so viele Möglichkeiten.

Johns Mutter hatte immer nur eine Sorte Kuchen gebacken, nämlich gestürzten Ananaskuchen. Dieser Kuchen hatte den großen Vorteil, dass man ihn in einer Pfanne vorbereitete und auch darin backte. John sah vor sich, wie seine Mutter die Dosenananasringe in die Bratpfanne legte und den Teig darübergoss. Es war, als wäre seine Mutter während des Bewerbungsgesprächs ins Zimmer gekommen. Sie bereitete den Kuchen nach einem Rezept zu, das sie in Good Housekeeping gefunden hatte, einem Rezept, dessen Ausführung angeblich nur eine Viertelstunde in Anspruch nahm, vom ersten bis zum letzten Handgriff, und das so konzipiert war, dass man den Kuchen zur Not auch über einem Lagerfeuer oder auf dem Motor eines Autos zubereiten konnte, und in Johns Kindheit und Jugend war dieser Kuchen das kulinarische Highlight seiner Mutter gewesen. Es war ein

Kuchen, den man zur Not auch in einem Bunker zubereiten konnte.

Seine Mutter hatte gesagt: Wenn du ein Diplom hast, stehen dir alle Türen offen.

Oder sie sagte: Ein Hochschulabschluss ist etwas, worauf du zurückgreifen kannst.

Sie nähte oft unter einer einzelnen Lampe im Wohnzimmer. Die Nähmaschine ratterte, kurze Ausbrüche von Gehässigkeit. John schaltete das Deckenlicht ein, und seine Mutter presste sich Finger und Daumen auf die Augen. Dann sagte sie: Ich habe mir über deine Ausbildung Gedanken gemacht, John.

Seine Schwester Cathy arbeitete damals beim ersten A & W Schnellrestaurant, das es in der Stadt gab, dem in der Topsail Road; im obligatorischen braunen Polyesterdress mit orangefarbener Mütze brachte sie die Tabletts hinaus – sie wurden ins Autofenster eingehängt –, und wenn die Becher geklaut wurden, bekam man den Gegenwert vom Lohn abgezogen. Einmal rannte Cathy auf der Topsail Road einem Auto voller Jungs nach und brüllte: Gebt mir die Becher zurück, ihr Schweine, ich weiß, dass ihr sie habt.

John war in alle möglichen Sorten von Öltanks gekrochen, immer war es darin stockdunkel gewesen, und jedes etwas lautere Geräusch hatte in seinem Schädel nachgehallt. Die Innenwände waren rau und pockig, voller Blasen, und seine Taschenlampe zeigte ihm vor allem, wie finster es dort drinnen war. Unter seinen Füßen knirschte es, oder es war glitschig.

Als er sein Ingenieurdiplom erhielt, saß seine Mutter in der ersten von mehreren Reihen von Klappstühlen, die auf dem Rasen vor dem Arts and Culture Centre aufgestellt worden waren. Später legte seine Mutter dort draußen den Arm um ihn. Sein Hut mit der seidigen Quaste verrutschte, und

Tante Louise richtete die Kamera auf sie beide und sagte: Enger zusammen.

Überall ringsum junge Männer und Frauen mit Hüten und Roben, ihre Mütter und grauhaarigen Väter, Löwenzahn. Die Sonne eine längliche, schmale Scheibe auf dem dunklen Ententeich. Der Erste in der Familie mit einem Hochschulabschluss. Er war an die Uni gegangen, weil Sophie ihn dazu genötigt hatte. Seine Mutter sprach durch ein Kameralächeln: Mach schon, Louise.

Sagt mal Sex, rief Louise.

Jetzt hast du dein Diplom, sagte seine Mutter. Das Blitzlicht zuckte auf.

Dann gab es ein großes Familienessen, das John und seine Schwestern zubereitet hatten.

Zu uns hat sie nie was von höherer Bildung gesagt, sagte Lulu.

Und wenn, dann hieß das Sekretärinnenschule, sagte Cathy.

Lernt Maschineschreiben, sagte Lulu.

Das stimmt nicht, sagte seine Mutter.

Zu uns hat sie gesagt: Lernt einen Beruf. Krankenschwester, hat sie gesagt. Eine weiße Tracht, die Vorstellung hat ihr gefallen.

Und sie hat John nicht in die Küche gelassen, sagte Cathy. Oder Einzelhandel, sagte Lulu. Cathy und mich hat sie im Einzelhandel gesehen. Unter der Haube hat sie uns gesehen.

Ich habe sehr wohl was von höherer Bildung gesagt, widersprach seine Mutter. Ich habe es zu Cathy gesagt, ich habe es zu Lulu gesagt, ich habe es zu Gabrielle gesagt, und ich habe es zu John gesagt. Ich habe es zu all meinen Kindern gesagt.

Mr. McPhersons Stuhl drehte sich und quietschte. Der zwischen seiner Hose und der dünnen schwarzen Socke sichtbare Teil von Mr. McPhersons Bein war unbehaart und von rundlichen schillernden Narben übersät. Hatte er mal eine Ladung Schrot abgekriegt?

In so einen Öltank zu kriechen ist eine akrobatische Leistung, sagte John. Diese Bemerkung veranlasste Red McPherson dazu, seine Krawatte glattzustreichen. Er legte Johns Lebenslauf auf den Schreibtisch und setzte die Fingerspitzen darauf, als handelte es sich um ein Ouija-Brett. Dann öffnete er eine Schublade und zog einen Ordner heraus.

Und John wusste, dass er die Stelle hatte. Der Trick war, gelangweilt dreinzuschauen, wenn Mr. McPherson ihm ein Gehaltsangebot machte.

In Tanks herumzukriechen war ein übler Job gewesen, aber er hatte John eine Weile von dem verdammten Wasser ferngehalten. Vielleicht war es ehrenwert, an Umweltschutzorganisationen Bericht zu erstatten, Bodenproben zu nehmen, zu sagen, was Sache ist, aber er hatte diese Arbeit deshalb gemacht, weil er nicht aufs Wasser wollte.

Er hatte Angst vor dem Wasser.

Seine Erfahrung war: Jeder hat vor irgendetwas Angst. Finde raus, wovor alle anderen Angst haben, und tu genau das.

Dann haben Sie als Handelsvertreter gearbeitet, sagte Mr. McPherson.

Ich habe Bohrmeißel verkauft, sagte John.

Ich werde keine Spielchen mit Ihnen spielen, sagte Red McPherson.

Danke, Red, sagte John.

Ich bin gern geradeheraus, sagte der Mann. Er war in eine Zahlenkolonne vertieft und sprach wie im Traum. Die ganze Anspannung war aus seinem Gesicht gewichen. Die Grimasse, mit der er Johns Lebenslauf studiert hatte, hatte einem Schlafzimmerblick Platz gemacht. Wie alt mag er wohl sein?, fragte sich John.

Es kostet eine Million, anderthalb Millionen pro Tag, eine Ölbohrinsel zu betreiben, sagte Mr. McPherson. Wir brauchen Männer mit Know-how. Clevere Männer.

John hatte ein fotografisches Gedächtnis, was er normalerweise für sich behielt. Wenn er eine Seite einmal überflogen hatte, konnte er sie Wort für Wort rekonstruieren. Er musste nur die Augen schließen, dann sah er die Seite vor sich und konnte sie vorlesen, als wäre ihm das alles gerade selbst eingefallen. Das war nicht unbedingt clever, aber es konnte als clever durchgehen.

Clever zu sein hatte etwas mit Intuition zu tun, und die besaß John ebenfalls. Clever sein hieß: Man strengte sich nicht an und fand trotzdem eine Lösung. Man dachte darüber nach, das schon, aber die Lösung kam auf anderem Wege. Clever sein hieß: Man hatte immer Zugang zu diesem anderen Weg. Die Lösung kam durch die Hintertür, beim Kochen oder sogar im Schlaf.

Wer mit einer Mutter aufwächst, deren Spezialität gestürzter Ananaskuchen ist, lernt kochen. John hatte eine Flasche mit Trüffeln im Wert von zweihundert Dollar in der Küche stehen. Er hatte sie aus Montreal kommen lassen. Die Dinger stanken, ein geradezu anstößiger Geruch war aufgestiegen, als er den Deckel abgeschraubt hatte, dumpfig und streng.

Er hatte die Trüffeln gekauft, als er noch mit Sophie zusammen war. John probierte gern Neues aus. Er besaß diese bestimmte Art von Intelligenz und dazu ein fotografisches Gedächtnis sowie die kleine Gabe, zu wissen, dass man bekam, was man wollte, wenn man sich nur lange und intensiv genug darum bemühte. Überzeugung nannte man das. Sophie hatte ein Kind gewollt. Ich bin nicht überzeugt, hatte John gesagt, ob ich wirklich Kinder will.

Red McPherson klappte seinen Ordner zu. Man hat mir von Ihnen erzählt, sagte er. Sie gehören zu den Menschen, die einen Namen, den sie einmal gehört haben, ihr Leben lang in Erinnerung behalten.

Das ist vollkommen korrekt, sagte John. Mr. McPherson, Sir. Ihren eigenen Namen hören die Leute immer gern. Red. Aber gleichzeitig, hört man, sind Sie ein Mensch, der sich bedeckt hält, sagte Red McPherson.

Als Handelsvertreter für Bohrmeißel – seine nächste Tätigkeit nach den Tanküberprüfungen – war John weit herumgekommen. Alberta war anders als Neufundland. Davon konnte John ein Lied singen. Er kannte Leute, denen man auf einer Bohrinsel vor der Küste von Nigeria ein Messer an die Kehle gesetzt hatte. Er wusste, dass die Isländer Fisch im Boden vergruben und ihn aßen, wenn er von Würmern wimmelte. In Island setzte man auf erneuerbare Energien. Es gab dort Wasserstoffbusse und heiße Quellen. Es stank nach Schwefel, und die Leute hatten rosige Gesichter. In Alberta gab es jede Menge Machos. In Texas bekam man Steaks, so groß wie ein Kopf. Frauen waren in der Erdölbranche nur selten anzutreffen.

In Neufundland tat man seine Arbeit und hielt den Mund. Es gab dort eine eigene Kultur: Raushalten durch Klappehalten. Was man sagte, konnte zum Bumerang werden.

Und dann hatte er einen Anruf von der Shoreline Group bekommen. Sie seien eine Effizienz-Agentur und es gebe Spielraum bei ihnen. Shell gehöre zu ihren Kunden und Mobil ebenfalls. Eigentlich alle.

Wir sind ein unabhängiger Zweig, sagte Mr. McPherson. John überlegte, was man sich wohl unter einem unabhängigen Zweig vorzustellen hatte. Ihm kam der Gedanke, dass es dieser Arbeit womöglich an der Legitimität mangeln könnte, die er erwartet und auf die er gehofft hatte.

Neutral, sagte Mr. McPherson. John merkte, dass das Bewerbungsgespräch die Richtung gewechselt hatte, ehe er groß etwas hatte sagen können. Man wollte ihn haben.

Sie sind uns empfohlen worden, sagte Mr. McPherson. Der Mann drehte sich auf seinem Stuhl zum Fenster, legte die Finger wie zum Gebet aneinander und führte sie an die Lippen.

John dachte an Sophie, die wahrscheinlich noch im Bett lag. Er dachte an ihren Rücken und daran, dass er manchmal mit der Hand auf ihrem Kreuz geschlafen hatte. Und dass ihr Haar im Nacken ein bisschen feucht und warm und verfilzt war.

John war Klarträumer, und einmal hatte Sophie ihn vor dem großen Fenster im dritten Stock gefunden, das er gerade mühsam zu öffnen versuchte. Er hatte sich zu ihr umgedreht und gesagt: Ich muss da jetzt raus. Sophie hatte ihn zum Bett zurückgeführt.

Ihr Vater war auf der Ocean Ranger, sagte Mr. McPherson. Diese Krawatte war einfach irritierend. John kannte die Ölindustrie wie seine Westentasche. So eine Krawatte trug man vielleicht in Ontario. Oder irgendwo in Texas. Oder wenn man farbenblind war.

Ihr Hochschulabschluss, sagte Mr. McPherson, beeindruckt uns.

Die Ölbranche war wie das Militär – sie zog sich ihre eigenen Leute heran und erwartete, dass man nach ihren Regeln lernte. Auf der Bohrinsel galt jemand mit Hochschulabschluss als eingebildet. Wer einen Hochschulabschluss hatte, musste sich erst einmal beweisen. Man musste einen Finger verlieren oder sich das Schlüsselbein brechen, und John hatte sich das Schlüsselbein gebrochen, aber jetzt war er bei einer Firma gelandet, wo man nickte, wenn er Ingenieurdiplom sagte. Bei einer Firma, die das zu würdigen wusste.

Der Stuhl quietschte, als Red McPherson sich zu John zurückdrehte. An seinem Telefon blinkte ein orangefarbenes Lämpchen. John musste an ein Hotelzimmer in Edmonton denken, auf dessen Telefon noch sämtliche je dort hinterlassenen Nachrichten gespeichert waren. Aus irgendeinem Grund waren sie nicht gelöscht worden, und eines Abends hatte er etwa zweihundert Nachrichten abgehört, manche davon in einer Fremdsprache.

Er hatte sich gerade von Sophie getrennt. Allen Nachrichten war die Art von Stimme gemein, die man benutzte, wenn man mit einer Maschine sprach, zögernd, von leichtem Bedauern und ins Leere gehender Sehnsucht erfüllt. Kinder wollten ihren Vater sprechen. Freundinnen sagten normale Dinge mit aufreizender Stimme. Oder sie sagten profane Dinge mit normaler Stimme. Jemand sollte ein Phonoregal bei Sears abholen. Ein Mann namens Tony sollte offensiv vorgehen. Ein sehr kleines Kind sagte: Heia machen.

Der Zustand von jemandes Vater hatte sich am Abend stabilisiert. Jemandes Flugzeug hatte Verspätung. John hatte die Stirn an das kalte Glas gepresst, auf die Autos fünfzehn Stockwerke tiefer hinuntergeschaut und den Schneeflocken zugesehen, die aus dem grauen Himmel fielen; er vermisste seine Mutter und seine Schwestern, und er liebte Sophie, doch er hatte sich von ihr trennen müssen, um das herauszufinden.

Wir brauchen jemanden wie Sie, sagte Mr. McPherson.

Sein Stuhl stand auf einer harten Plastikunterlage, und eine der Rollen seines Stuhls war über den Rand gerutscht, so dass der Mann leicht geneigt dasaß. Er hielt sich an der Schreibtischkante fest und zog den Stuhl mit angestrengter Miene wieder ganz auf das Plastik.

Jemanden, der das Heft in die Hand nehmen kann, sagte McPherson. Die Firma Shoreline Group überprüfte die Arbeitsabläufe auf den Bohrinseln, und laut Mr. McPherson gab es dort eine Sicherheitskultur, die der Effizienz im Wege stand. Die, sagte er, wollen wir zurechtstutzen.

Zurechtstutzen, wiederholte John. Ganz genau, sagte Mr. McPherson.

John hatte massenhaft Bohrmeißel verkauft, und seine damalige Firma setzte voll auf das Bild der Penetration. Die ganze Terminologie war von Sex und Gewalt geprägt: Die Bohrmeißel waren hart, und der Meeresboden war nass und leistete zunächst Widerstand, gab aber schließlich nach, und ein guter Bohrmeißel kam überall rein.

Ziel der Shoreline Group wiederum war es, überflüssige Sicherheitsvorkehrungen abzuschaffen. Sie erstellte eine Kosten-Nutzen-Analyse der praktizierten Sicherheitsmaßnahmen und entwickelte Modifizierungspläne, so Mr. McPherson, deren Umsetzung sich unmittelbar auf Verschwendung und Redundanzen, auf den Nutzen für die Allgemeinheit und auf die Gewinnmargen auswirkte, denn schließlich müsse man auch die Stakeholder im Auge behalten. Es gebe Sicherheitsvorkehrungen, die den Leuten, die für reibungslose Arbeitsabläufe zu sorgen versuchten, nur die Hände banden. Die Shoreline Group brauche Männer, die eigenständig denken konnten. Mr. McPherson schrieb eine Zahl auf ein Blatt Papier, faltete es zweimal und schob es John über den Schreibtisch zu.

Ja, mein Vater ist auf der Ocean Ranger ums Leben gekommen, sagte John.

Man hatte die Brille seines Vaters in dessen Hemdtasche gefunden. Johns Vater hatte seine Brille abgenommen und sie in die Tasche gesteckt. Ohne seine Brille war er blind wie ein Maulwurf. Er musste an Deck gegangen sein, als die Bohrinsel sich neigte, seine Brille abgenommen und sie in die Hemdtasche gesteckt haben, und dann war er wohl gesprungen. Wenn er aus dieser Höhe gesprungen war, hatte sich sein Vater sicher sämtliche Knochen gebrochen. Aber vielleicht lebte er auch nach dem Aufschlag noch, denkt John. Er stellt sich das so vor, dass sein Vater noch lebte. Er hat es sich immer so vorgestellt.

Mein Vater wusste, dass die Bohrinsel sank, sagte John.

Das wäre Ihr Einstiegsgehalt, sagte Mr. McPherson.

John faltete das Blatt auseinander, und die Summe war höher, als er gedacht hatte, doch er wahrte einen neutralen Gesichtsausdruck.

Helen näht Hochzeitskleider

Helen hatte es mit Yoga versucht, sie ging joggen, und mit Anfang dreißig begann sie, in der Aquarena Wasserfitness-Kurse für Frauen über fünfzig zu geben, wobei ihr jugendliches Alter ihre einzige Qualifikation war. Sie hatte diese alten Damen ordentlich rangenommen, und sie hatte gelernt, dass Aquafitness auch nicht anders war als alles andere, man zog mühsam seine Gliedmaßen durchs Wasser, lief gegen beträchtlichen Widerstand auf der Stelle.

In den Neunzigern hatte sie angefangen zu nähen, Hochzeitskleider, Abendkleider, Ballkleider, und aus dem Hobby war ein kleines Geschäftsunternehmen geworden. Nach Cals Tod hätte sie fast das Haus verloren; es dauerte ewig, bis die Entschädigung kam. Ja, sie hätte beinahe alles verloren. Die Bank drohte bereits, aber Helen hatte das Haus behalten.

Die Familie litt Mangel, kein Zweifel. Aber Kinder brauchen nicht viel, denkt Helen. Sie hatte ihre Kinder mit leeren Taschen großgezogen. Sie wurden nicht verwöhnt. Das konnte Helen nun mit Gewissheit sagen. Sie hatte im Secondhandladen der Heilsarmee eingekauft. Kinder brauchen Essen, klar. Sie brauchen ein warmes Bett. Sie und ihre Kinder waren durchgekommen.

Meine Töchter haben keine Narben davongetragen, denkt Helen. Meine Töchter sind sparsam und geschäftstüchtig, aber sie wissen auch, wie man seinen Spaß hat. Als ihre Töchter noch klein waren, hatte Helen die Vorstellung im Kopf, dass sie ohne Schuldgefühle aufwachsen sollten. Sie hätte diese Vorstellung damals nicht in Worte fassen können. Aber das war es, was sie sich für ihre Töchter wünschte.

John neigte zum Grübeln. Er gab jeden Cent aus, den er in die Finger bekam. Die Mädchen waren wild gewesen, bis sie selbst Kinder bekamen, dann waren sie seriös geworden. Sie lasen Elternratgeber, nickten zu all den Weisheiten und sagten zu ihren Kindern: Du bist völlig in Ordnung, nur dein Verhalten war es nicht. Ich glaube, du brauchst mal eine Auszeit.

Helen hatte ihre Kinder Teufelsbraten genannt, und wenn sie frech waren, hatte sie ihnen angedroht, ihnen den Arsch zu versohlen, das Fell zu gerben, sie windelweich zu prügeln. Sie hatte ihnen durchaus mal eins mit dem Hausschuh übergezogen, wenn sie sich danebenbenahmen, und wie sie ihren Töchtern gern vor Augen hält, hatte ihnen das ja offensichtlich nicht geschadet.

Einen Tritt in den Hintern hatte sie ihnen angedroht. Eins hinter die Löffel.

Jetzt passt Helen auf ihre Enkel auf, damit ihre Töchter mal wieder ausgehen und sich betrinken können. Sie hat den Kindern Schnuller gekauft, als ihre Töchter absolut gegen Schnuller waren, und gesagt: Jetzt ist mein Kleines nicht mehr frech, hm? Sie hat gelächelt, bis die Babys zurücklächelten. Ein Baby kann schon ein paar Stunden nach seiner Geburt zurücklächeln. Und das sind nicht die Blähungen, wie es in den Büchern steht; so ein Quatsch.

Sie hat ihre Enkel zum ersten Mal mit Eis gefüttert, als sie fünf Monate alt waren, und dabei ihre kleinen Gesichter betrachtet. Sie hat zugesehen, wie sie schmatzten und der Kälte nachspürten, wie sie ihren ersten echten Zuckerstoß bekamen und wie sie nach mehr gierten, o ja, o ja.

Helen verwöhnt ihre Enkel nach Kräften. Das müssen wir Mommy nicht erzählen.

Vielleicht stimmt es, dass John ihr Liebling war. Er tanzte als Kind immer aus der Reihe. War genauso schnell dabei, jemanden zu umarmen, wie jemanden zu Boden zu ringen. Johnny war ein kleiner Raufbold. Wie oft hab ich dir das schon gesagt? Wann begreifst du das endlich? Er schrie im Schlaf, eine anhaltende, heftige Auseinandersetzung in seinem Innern. Wenn Johnny weinte, behauptete er, ihm sei etwas in die Augen geraten, und rieb sie sich heftig mit den Fäusten.

Staub von diesem blöden Teppich, sagte er und verpasste dem alten Läufer einen Tritt mit dem Turnschuh.

Cal hatte ihm eines Nachmittags auf einem privaten Flohmarkt sogenannte Jesus-Stiefel gekauft. Cal konnte nicht schwimmen, aber er instruierte Johnny vom Kai aus. Los, Johnny, du kannst das. Zwei Styropor-Pontons, für jeden Fuß einer. Dieses Quietschen, als Johnny die Füße in die Öffnungen zwängte. Es war ihr durch Mark und Bein gegangen.

Man hätte sich keinen stolzeren Vater vorstellen können. Das konnte Helen nun wirklich über Cal sagen. Cal erklärte Johnny, dass er mit diesen Stiefeln auf dem Wasser gehen könne. Die weißen Pontons hielten Johnny ein paar Schritte lang aufrecht, dann zog es ihm die Beine scherenartig auseinander, er platschte aufs Wasser, ging unter und tauchte lachend und prustend wieder auf, schlug mit den Fäusten auf die Wasseroberfläche und schwamm den abgerutschten Pontons nach, die mit dem Wind davontrieben.

Doch nach dem Tod seines Vaters hatte Johnny plötzlich Angst vor Wasser. Hielt nicht mal mehr das Gesicht unter die Dusche, wenn er es irgendwie vermeiden konnte.

Und John hat keine Kinder. John kann hart arbeiten, und wenn er trinkt, dann trinkt er richtig. Er vergisst anzurufen. Er verreist, wenn ihm danach ist, oder er ist geschäftlich unterwegs. Manchmal ist er unnahbar. Er kann problemlos lügen, wenn es ihm nützt. Jetzt gerade, denkt Helen, hält er irgendwo in New York sein Handy ans Ohr und redet mit einer Frau, die er kaum kennt, der Mutter seines ungeborenen Kindes.

Helen und Louise haben Glück, August 2008

Louise läuft also über den Strand, und ich sage, Louise, sage ich, du bist achtundfünfzig und hast Herzprobleme. Wenn du versuchst, diese Kinder zu retten, sage ich, wirst du nicht mehr zurückkommen, das garantiere ich dir.

Diese arme junge Mutter ist den Strand rauf- und runtergerannt und hat um Hilfe geschrien. Sie waren – wie alt waren sie, Louise? Acht und sechs vielleicht, sie lagen auf einer Luftmatratze, und die Strömung hat sie immer weiter rausgetragen, und dann kam Louise.

Die sind so schnell da rausgetrieben, sagte Louise.

Im Sommer fahren wir bei schönem Wetter am Wochenende immer an den Topsail Beach, sagte Helen. Machen ein Picknick, genehmigen uns ein Schlückchen.

Die Kinder haben um Hilfe geschrien, und die Mutter ist schier durchgedreht, sagte Louise.

Es war niemand anderes da, der schwimmen konnte, sagte Helen. Und im nächsten Moment läuft Louise über den Strand und ins Wasser, sie war nicht zu halten, und die Quallen hat sie einfach weggestoßen.

Die Quallen waren mir egal, sagte Louise.

Ihr wisst ja, wie das Wasser da ist, sagte Helen.

Die Kälte hat mir nichts ausgemacht, sagte Louise. Und die Leute am Strand haben dagestanden und gesagt: Wer ist denn diese alte Dame. Schaut euch das mal an, wie diese alte Dame loslegt.

Louise kam in die Zeitung, weil sie die Kinder auf der Luftmatratze gerettet hatte. Das weiße Haar glattgestrichen, ihr Zebrahandtuch, ein breites Lächeln.

Wir hatten mitgekriegt, was da im Gang war, und Louise ist aufgestanden, und ich hab sie an ihr Herz erinnert. Lass das jemand anders machen, hab ich gesagt. Aber sie ist einfach aufgestanden, über den Strand marschiert und hat sich ins Wasser gestürzt. Und dann ist sie losgekrault. Das haben wir als Kinder gelernt. Den Kopf unter Wasser, zum Atmen zur Seite gedreht, Arme und Finger gestreckt, und die Wellen sind über Louise hinweggerollt. Sie ist einfach weitergeschwommen, ein gleißendes Licht lag auf dem Wasser, und Louise war nur noch als Silhouette zu erkennen, ich konnte die Köpfe der Kinder sehen, aber ich konnte sie nicht hören, egal, wie der Wind gerade blies. Und als Louise die Kinder erreichte, hat sie sich am Rand der Luftmatratze festgehalten, sie hat wohl versucht, die Kinder zu beruhigen, oder einfach nur Atem geschöpft. Inzwischen standen am Strand alle bis zu den Knien im Wasser. Sie ist zu müde, sagte jemand, die alte Dame ist müde. Das schafft sie nicht, die alte Dame.

Das war meine Schwester, über die sie so redeten. Und ich hab gesagt: Das will ich aber schwer hoffen, dass sie es schafft! Dann kam aus der Nachbarbucht ein Schnellboot um die Landzunge herum, keine Sekunde zu früh, würde ich mal sagen, und im nächsten Moment war das Boot bei ihnen, machte eine scharfe Wende, so dass eine Welle aufgeworfen wurde, und dann haben sie den Motor abgestellt. Und alle an Bord gehievt, erst die Kinder, dann Louise.

Kleine Bußen, Oktober 2008

Barrys Handy klingelte, und er öffnete den Druckknopf eines kleinen, an seinem Werkzeuggürtel befestigten Lederfutterals. Das Telefon verschwand fast in seiner Hand.

Es gab Schreiner, die nach der Arbeit ihren Kram aufräumten, und Barry schien einer von ihnen zu sein. Er hatte auf großen Baustellen gearbeitet, übernahm aber auch kleinere Aufträge. Er hatte mit seinem Vater zusammen ein Boot gebaut, und das klang für Helen sehr nach Alter Welt, sehr romantisch. Aber sie lebten nicht in der Alten Welt. Beziehungsweise, sie lebten noch in der Alten Welt, aber es war nicht romantisch.

Wir haben alle auf diese Weise gelernt, sagte Barry. Er war ein stetiger Arbeiter, weder schnell noch langsam, und manchmal stand er mit der Hand an der Stirn da und berechnete irgendeinen Winkel. Ihr war aufgefallen, dass sein kleiner Finger ein wenig zitterte, wenn er so dastand.

Er hatte immer einen Bleistift hinter dem Ohr. Barry arbeitete allein, und bei allem, was er tat, schätzte er immer erst einmal den Arbeitsaufwand ab. Er kniete auf einem Bein, legte die Wasserwaage an, fuhr mit dem Bleistift über das Holz und steckte ihn dann wieder hinters Ohr. Seine Arbeit erforderte körperliche Kraft, und die würde ihm nicht ewig erhalten bleiben.

Helen war sich ziemlich sicher, dass Barry kein Geld auf der Bank hatte; er hatte das Gesicht eines Menschen, der hart arbeitet und ausgibt, was er verdient. Ein runzliges, sonnengebräuntes Gesicht. Und diese Augen. Es war die Sorte Augen, die einem unmittelbar auffällt, und es war schwer, sich an sie zu gewöhnen.

Helen horchte auf, als Barrys Handy klingelte. Der Klingelton war die Titelmelodie irgendeiner Fernsehserie, aber sie konnte sie nicht zuordnen. Irgendetwas aus den frühen Achtzigern, was die Kinder damals angeschaut hatten.

Sie vermutete, dass Barry katholisch war. Katholiken erkennen einander. Sie merkte es ihm an, ohne nachfragen zu müssen. An seiner Haltung und seiner Art zu reden. Er kam von der Südküste. In seinen Geschichten ging es um Opfer, die sich auszahlten, und um kleine Bußen. Er erzählte mit einer guten Portion Selbstironie und konnte Gesprächspausen zulassen. Er respektierte die Privatsphäre anderer Menschen, und er war davon überzeugt, dass Freude ein gewisses Maß an Geheimnis erfordert und dass hinter jeder nackten, gewöhnlichen Tatsache ein Geheimnis steht.

Helen konnte sich Barry mit Anfang zwanzig vorstellen, das Spülbecken voll schmutzigem Geschirr, im Küchenschrank ein Vorrat an Dosen mit Wiener Würstchen. Sie sah die Wohnung vor sich. Die Leute, die zu Besuch kamen und dann monatelang auf der Couch nächtigten, die Frauen, die sich bei ihm aufhielten, ein wenig orientierungslos oder woandershin unterwegs. Vielleicht war er mit Frauen hart umgesprungen.

Barry war Autodidakt, und sein handwerkliches Können zeichnete sich dadurch aus, dass es die allseits vorherrschende Schnelligkeit zur Kenntnis nahm, sich ihr jedoch verweigerte.

Pingelig, sagte er. Man muss sich Zeit lassen. Helen hatte ihn beauftragt, in die Wand zwischen Wohn- und Esszimmer zwei Rundbogendurchgänge einzubauen, den Kamin freizulegen und Hartholzparkett zu verlegen, außerdem sollte er die Wände streichen. Zwei Bücherregale sollten umgestellt werden. Und in der Küche wollte sie größere Fenster.

Die Fensterbretter sind morsch, sagte sie. Sie fuhr mit dem Fingernagel über das Holz, und die Farbe blätterte in kleinen Stückchen ab.

Ich bin kein Maler, erklärte Barry. Da müsse Helen noch etwas warten, ehe er das entscheide. Mal sehen.

Das Streichen können andere für Sie erledigen, sagte er. Er schaute mit zusammengekniffenen Augen an die Decke, die Hände in die Hüften gestützt.

Wenn es sein muss, sagte sie.

Helen hatte schon festgestellt, dass er ein gefragter Handwerker war. Sie sind ausgebucht?, fragte sie.

Bis Juni, sagte Barry, bin ich ziemlich eingedeckt. Und danach tu ich keinen Handschlag mehr, nicht für Geld und gute Worte. Er zwinkerte ihr zu. Es war offensichtlich, dass er verlässlich war, obwohl er es sich hätte leisten können, die Dinge nicht so eng zu sehen. Es gibt nur eine Handvoll wirklich gute Schreiner in der Stadt, sagte er.

Im Oktober zog er den Zwischenboden ein, und sie versuchte ihm nicht im Weg zu sein. Die meiste Zeit regnete es und war neblig. Kalt war es außerdem, und sie spürte die Kälte in den Handgelenken. Wenn Freunde zu Besuch kamen, stellte sie ihnen Barry vor, und er nickte kurz oder tippte sich an die Mütze, blieb aber in seine Arbeit vertieft.

Sein methodisches Hämmern war bis in den zweiten Stock zu hören, und in Helens Ohren klang es wohlüberlegt und voller Gewissheit. Nicht insistierend, aber bestimmt und unbeirrbar.

Wenn sie in ihrem Arbeitszimmer saß und nähte, vergaß sie das Hämmern über längere Zeiträume oft völlig.

Manchmal rief Barry zu ihr hoch, er gehe mal einen Kaffee trinken. Oder er mache für heute Schluss.

Ich lasse das Werkzeug hier, sagte er.

Er merkte an, was für ein schöner Abend es sei. Wies sie auf den Himmel hin.

Schauen Sie mal raus, Helen, sagte er. Eine riesengroße rote Sonne. Das war katholisch. Ein katholischer Kommentar.

Er hatte einen loyalen Zug, den Helen förmlich greifen konnte. Natürlich ging er nicht zum Gottesdienst, empfing nicht das Abendmahl. Sie waren alle keine praktizierenden Katholiken mehr, ihre Generation. Sie waren als Kinder zur Beichte gegangen, hatten sich von der Idee des Sündenfalls einschüchtern lassen, waren gefirmt worden und beteten noch immer.

Keiner von ihnen war wirklich gläubig, aber sie waren zu dem Schluss gekommen, dass irgendetwas, was immer es war, da draußen existierte, ob sie nun gläubig waren oder nicht.

Barry richtete sich auf, als er seinen Anruf entgegennahm, und schaute aus dem Fenster. An der Scheibe war mit Saugnäpfen eine Futterröhre befestigt, doch die Vögel ignorierten sie.

Er fragte: Wann soll ich dich abholen? Als er das Gespräch beendet hatte, pfiff er einen Teil der Klingelton-Melodie.

Er lebt mit jemandem zusammen, wurde Helen klar. Jemand, den er zu Terminen fährt, der auf ihn angewiesen ist. Er war nicht frei.

Das Einfallstor

Ein Fenster wurde eingedrückt, und das ist der Schlüssel, das Einfallstor für die Katastrophe. Aber das ist allgemein bekannt; und es gibt immer einen Schlüssel, es gibt immer ein Einfallstor. Eine Eiswelle hatte das Fenster eingedrückt. Die stählerne Sturmplatte war nicht ordnungsgemäß vor der Glasscheibe heruntergelassen worden, das Fenster wurde eingedrückt, und Wasser strömte auf die Schalttafel und erzeugte einen Kurzschluss. Die Männer mussten die Ballasttanks manuell fluten und wussten nicht, wie. Aber das ist allseits bekannt, also nehmen wir uns einen Moment Zeit. Schauen in aller Ruhe hin.

Stellen wir uns – einfach um es mal durchzuspielen – einen Mann vor, der mit hochgelegten Beinen dasitzt, er hat eine Kaffeetasse zwischen die Oberschenkel geklemmt, und vielleicht liest er gerade das Handbuch. Einfach um es mal durchzuspielen: Er hat das Handbuch aufgeschlagen im Schoß liegen, später wird er seine Frau anrufen, und außerdem liegt da noch ein Roman. Es ist eine lange Schicht. Später wird er in dem Roman lesen.

Wissen wir, was es auf der Bohrinsel an diesem Abend zu essen gegeben hatte? Helen weiß es nicht. Schweinekoteletts mit Apfelmus, stellt sie sich vor, und in der Warmhaltetheke große Stahltöpfe voll Kartoffelbrei, glattgestrichen, mit Paprika bestäubt und mit Petersilie dekoriert. Die Männer essen die Petersilie nicht. Das tun die Neufundländer nicht. Cal hätte es nicht getan.

Die Brötchen waren gut. Die Brötchen waren salzig und mit geschmolzener Butter übergossen, und es gab Edelstahlschüsseln voll zerstoßenem Eis, in denen kleinere Schalen mit Butterstückchen standen, jedes Stückchen zwischen zwei Blatt Wachspapier ... aber wir sollten uns mit dem Handbuch befassen. Mit dem Einfallstor.

Es war vermutlich kein Kaffee, sondern Tee. Dieser Mann hat seinen Dienst im Kontrollraum vor etwa einer Dreiviertelstunde angetreten und blättert im Handbuch. Falls es doch Kaffee ist, dann Pulverkaffee. An diesen Teil des Abends denkt Helen am liebsten – wenn der Mann im Kontrollraum seinen Pulverkaffee trinkt.

Wie überrascht wird er gewesen sein, als sich das Meer zur Faust formte und durch dieses Einfallstor in den Kontrollraum schoss. Das Meer brach zwischen 19.45 Uhr und 20 Uhr durchs Fenster. Der Mann hatte genug Zeit, um nach dem Abendessen noch seinen Kaffee zu trinken.

Das können wir uns leicht vorstellen.

Zuerst ist da die Sache mit dem Ballast.

Aber zuallererst dies: Die Pumpenmänner lernten bei der Arbeit oder per Selbststudium. Soll heißen, sie blätterten im Handbuch. Lasen es durch.

Es gab ein Handbuch, und sie lasen es. Oder sie lasen es nicht.

Wo ist das verdammte Handbuch?

Die Pumpenmänner waren ehemalige Bohrarbeiter.

Sie hatten Erfahrung als Seeleute oder Erfahrung als

Bohrarbeiter, oder sie hatten kaum Erfahrung. Hatten keine Erfahrung.

Aber sie waren für die Stabilität der Bohrinsel verantwortlich. Die Ölgesellschaft wollte, dass man bei der Arbeit lernte, denn das bedeutete, dass man so lernte, wie es die Ölgesellschaft wollte. Man sollte auf eine bestimmte Weise lernen, und diese Weise ließ sich grob als ihre Weise bezeichnen. Man lernte auf ihre Weise. Und man lernte ihre Art und Weise kennen. Was hieß: Kein Widerspruch. Es hieß: Willst du diesen Job, oder willst du ihn nicht? Es hieß: Du musst einfach nur das Handbuch lesen. Wenn du im Dienst bist, wirst du stundenlang im Kontrollraum herumsitzen, und das ist eine gute Zeit, um das Handbuch zu lesen. Später wirst du vielleicht auch mal den einen oder anderen Kurs besuchen, aber im Prinzip steht alles im Handbuch.

Es gab Bestimmungen, was die Beförderung vom Arbeiter zum Pumpenmann betraf, aber die Ölgesellschaft hielt sich nicht daran. Da mochte einer keinerlei Erfahrung als Bohrarbeiter oder Seemann haben. Aber er hatte die richtige Einstellung. Es war nützlich, wenn man studiert hatte. Oder es sprach gegen einen. Alles hing davon ab, ob man lernen wollte. Ob man Interesse zeigte. Auf die Einstellung kam es an.

Das Einfallstor und die Wasserfaust, ein Kolben, der sich durch dieses Einfallstor rammt, eine Eisfaust mit steinernen Knöcheln; das Meer ist zu einer Mischung aus Monster und Maschine geworden und rammt seine Kolbenpranke durch diese Scheibe aus bruchsicherem Glas oder weiß der Himmel was, zertrümmert sie in tausend Stücke ...

aber lassen wir das Einfallstor beiseite.

Noch ist es still im Kontrollraum.

Sehr still.

Wir wissen, was passieren wird, insofern ist es schwierig, diese Stille zu würdigen, aber nehmen wir uns einen Moment Zeit, um genau das zu tun.

Lassen wir den Mann seinen Pulverkaffee trinken. Helen stellt sich diesen Zeitraum gern vor, die Zeit, bevor alles schiefzulaufen begann. Als alles schiefzulaufen beginnt, wird ihre Vorstellung wirr. Helen verliert den Faden. Sie versucht durch die Gänge zu laufen, versucht herauszufinden, wo Cal ist, was er tut, aber sie verirrt sich. Er liegt in seiner Koje, aber irgendwie bleibt er dort nicht. Sie will nicht, dass er in seiner Koje liegt. Sie will, dass er Karten spielt. Sie will, dass er mit den anderen Männern zusammen ist. Bestimmt waren sie besorgt, aber sie hatten Vertrauen in die Bohrinsel. Vertrauen in diese monsterhaft aufragende Masse von Metall. Es ist leichter, wenn ein paar Männer um einen Kartentisch sitzen und Cal unter ihnen ist. Es ist leichter, wenn er eine Runde 120s spielt. Soweit sie weiß, hat Cal in seinem ganzen Leben kein einziges Mal Poker gespielt, und wenn er gewettet hat, dann nur um Quarters. Sie lässt ihn die Tasche voll Münzen haben. Lässt ihn ein bisschen gewinnen. Sie sieht, wie er mit der gewölbten Hand einen kleinen Berg Münzen einstreicht. Sie sieht, wie er ein Herz ausspielt, das er die ganze Zeit zurückgehalten hat.

Im Kontrollraum gibt es auch eine Schalttafel mit Blindschaltbild, in die an verschiedenen Stellen Messingstäbe eingeführt werden können, wodurch sich die dahinterliegenden Magnetventile öffnen; auf diese Weise lassen sich die Ballasttanks manuell fluten. Und jetzt kommt der Haken.

Jetzt kommt der Haken.

Mit diesem Teil hat Helen Probleme. Warum schnürt ihr dieser Teil die Luft ab? Warum brennen ihr die Augen, wenn sie an diesen Teil denkt? Es wird noch schlimmer kommen, aber die Messingstäbe machen sie fertig.

Diese Messingstäbe. Keiner wusste, wie man die Messingstäbe zu handhaben hatte. Hätte man es gewusst, wäre die Bohrinsel nicht gesunken. Sie hat das gelernt. Helen hat die Berichte gelesen, sie hat die Diagramme studiert, sie weiß, wo die Stäbe eingeführt werden müssen und wie und warum. Aber diese Männer wussten es nicht, sie wussten es nicht, sie wussten es nicht, und das hätte jedem von uns passieren können.

Eines ist gewiss: Sollte noch einmal so eine Faust durchs Fenster gesaust kommen, Helen wäre bereit. Sie wacht mitten in der Nacht auf und weiß ganz genau, wo jeder dieser Messingstäbe hingehört, und sie wird das bis an ihr Lebensende nicht vergessen. Messingstäbe, und hinter dem Blindschaltbild die Elektromagnetventile.

Der Mann im Kontrollraum hat seine Tasse Pulverkaffee und liest das Handbuch, aber jetzt kommt der Haken: In dem Handbuch steht nicht, wie der Ballast reguliert werden kann, wenn die Elektronik ausfällt.

Da kann er lange im Handbuch lesen.

Er kann es von hinten nach vorn lesen, wenn er will. Er kann es auch auf Japanisch lesen. Es wird ihm nicht sagen, was er tun muss.

Das Wasser schießt also durch das eingedrückte Fenster auf die Schalttafel und erzeugt einen Kurzschluss. Die Männer wissen nicht, ob die Ventile der Ballasttanks offen oder geschlossen sind, glauben aber, sie seien offen, und versuchen sie zu schließen. Oder umgekehrt. Die Bohrinsel bekommt starke Schlagseite. Und Helen versucht jetzt verzweifelt, Cal zu finden. Sie rennt durch die Gänge, stürmt durch Korridore, kommt an Karten spielenden Männern vorbei, und ein

Stuhl am Tisch ist leer, die Männer haben keine Gesichter, aber sie sind Cal, und sie rennt, es ist jetzt sehr laut, rennt durch die Korridore und hämmert an Türen.

Sie kann sich nicht vorstellen, wo er ist. Sie kann es sich nicht einmal vorstellen.

Ihr Profil, 2006

Und natürlich hatte sich Helen von ihren Töchtern zum Online-Dating überreden lassen. Aber ja.

Du bist doch kein Dinosaurier, sagte Lulu. Sie war dabei, ihre Mutter zu schminken. Trug einen zimtfarbenen Schimmer auf Helens Lider auf. Lulu war Beauty-Spezialistin. Sie hatte Preise gewonnen, zu Hause und im Ausland. Lulu arbeitete hart, sie war stundenlang auf den Beinen, ihre Gelenke schmerzten, und ihre Knie waren kaputt, sie hatte keine Krankenversicherung und keine Altersvorsorge, aber sie hatte ihren eigenen Salon.

Lulu ging mit Männern aus, die meist jünger waren als sie, ging in großen, stadionartigen Bars tanzen und trank bis zum Anschlag. Ihr Angebot reichte von Haarschnitten, Maniküre und Pediküre über Schlammpackungen bis hin zu Behandlungen, die einen pseudospirituellen Touch hatten, Floating zum Beispiel, und in allem, was sie tat und sagte, schwang die Botschaft mit, dass sich die Pflege des Äußeren auch positiv auf die Seele auswirken werde.

Ihre Behandlung, so war in Lulus Werbung zu lesen, könne einen Selbstfindungsprozess in Gang setzen. Lulu könne mit ihrer Behandlung bewirken, dass ein starkes und anhaltendes Interesse beim anderen Geschlecht geweckt werde. Oder auch beim eigenen Geschlecht. Sie verkaufte organische Vitamine, verschrumpelte Pilze und gewisse Tinkturen und Harze, die Helen für leicht giftig hielt. In der Perimenopause befindliche Frauen aus der ganzen Stadt schworen auf Lulus Chakra-Massage und ihren Kaktussaft. Wie Helen einem Diagramm in einer von Lulus Broschüren entnahm, gab es offenbar einen Chakrapunkt, der mitten in der Vagina saß, und sie verbot es sich, genauer darüber nachzudenken.

Lulu besuchte ihre Mutter, um deren Kühlschrank zu plündern. Sie kam weniger, um mit ihr zu plaudern, als um bei zugezogenen Vorhängen auf dem Sofa vor sich hin zu dämmern, während ihre Mutter Makkaroni mit Käse zubereitete. Lulu trank die Hausbar ihrer Mutter leer, kochte labberiges Gemüse und aß löffelweise von Helens Erdnussbutter. Helen bediente sie von vorn bis hinten. Lulu war eine Heimatlose. Sie war sexy und zierlich und faul wie die Sünde.

Mrs. McLaughlin zum Beispiel, sagte Lulu mit einem Bühnenflüstern, während sie Helens Lidschatten auftrug. Dann trat sie einen Schritt zurück und begutachtete mit verschränkten Armen ihr Werk.

Und Mrs. Buchanan, sagte sie. Erinnerst du dich an Mrs. Buchanan? Sie hat die vierte Klasse unterrichtet. Die machen beide Internet-Dating.

Lulu fuhr mit einem Schwämmchen über Helens Wangen. Du bist immer noch eine schöne Frau. Sie tupfte Helen auf die Nase.

Computer, hatten die Mädchen gesagt. Online-Dating, hatten sie gesagt. Und Helen hatte es versucht. Manchmal wacht sie mitten in der Nacht auf und vergeht fast vor Scham.

Sie hatte im Internet offen und ehrlich geschrieben. Wie dämlich. Sie war aufrichtig gewesen. Ihr Bild hatte sie nicht eingestellt; die Mädchen hatten gesagt: Kein Foto. Sie hatten gesagt: Für Fotos ist später noch genug Zeit.

Helen hatte sich bemüht, sich selbst und das, was sie bei einem Mann suchte, zu definieren. Es schien ihr wichtig, die Wahrheit über sich selbst zu wissen. Wie konnte sie in Worte fassen, dass ihr Leben einmal ein regelrechter Tumult der Freude gewesen war; wie erklären, dass sie etwas Bedeutendes verloren und dass dieser Verlust ein Loch in ihre Brust gerissen hatte, durch das der Wind pfiff. Wie konnte sie vermitteln, mit welchem Stolz ihre Arbeit sie erfüllte. Dass sie Freunde hatte. Wie darstellen, dass ihre Freunde runde Hochzeitstage feierten, den fünfundzwanzigsten, den vierzigsten, und dass sie selbstzufrieden waren in ihren Ehen, in ihrem Glück, und darin rücksichtslos, von einer Selbstzufriedenheit, die darauf angelegt schien, andere auszuschließen. Ihnen war gar nicht bewusst, dass sie selbstzufrieden waren, aber das alles hatte Helen ihnen verziehen. Sie wollte sagen, dass sie den Freunden ihr Glück natürlich gönnte. Sie wollte sagen, dass sie die Sorte Frau war, die ihr Herz nicht verschlossen hatte, und was für ein Kampf das gewesen war.

Es gab noch andere Fragen. Wie alt, wie jung. Interessen. Was hatte sie zu bieten, was konnte sie geben. Am liebsten hätte sie gesagt: Ich bin so verdammt einsam, dass es völlig egal ist, wer oder was du bist, ich werde in der Lage sein, dich zu lieben. Sie hätte gern gesagt: Mit mir wirst du eine Art von körperlicher Liebe erleben, für die du bis ans Ende deiner Tage dankbar sein wirst. Sie hätte gern gesagt: Ich bin in der Lage, diese Art von Befriedigung zu schenken. Und ich bin in der Lage, sie selbst zu erleben.

Was sie wollte, war, miteinander zu reden. Eigentlich wollte sie Sex, aber das schrieb sie nicht, sie schrieb, dass sie reden wollte. Für jemanden kochen oder (das war das Beschämendste) Händchen halten. Oder (das war das Allerbeschämendste) über Bücher sprechen. Sie schrieb, dass sie Kerzenlicht mochte. Sie schrieb, dass sie Güte und Sinn für Humor erwartete.

Das, was sie geschrieben hatte, war frei von Humor. Ganz und gar. Es war von einem verdrießlichen Ernst. Und vollkommen unehrlich.

Wäre sie ehrlich gewesen, hätte sie gefragt: Könntest du einen Nachmittag lang mein verstorbener Mann sein? Könntest du seine Kleider anziehen, ich habe sie noch alle. Würdest du sein Rasierwasser benutzen. Würdest du Export A rauchen, nur einen Nachmittag lang. Würdest du India Bier trinken und die Steaks auf dem Grill anbrennen lassen, würdest du lustig sein und Witze erzählen und der Familie ein paar Häuser weiter, der es an Lebensmitteln fehlt, welche vorbeibringen? Könntest du Cal sein? Könntest du lächeln wie Cal, dieses sanfte, ein wenig schiefe Lächeln, und Kinder großziehen so wie Cal, könntest du tapfer und galant sein und meinen Freundinnen gegenüber charmant und von allen, die dich kennen, geliebt werden, und könntest du so clever und wach sein wie Cal, und kannst du mich wieder und wieder und wieder zum Orgasmus bringen?

Helen und Cal hatten nie Händchen gehalten. Es war eines der vielen Dinge, die Helen bedauerte. Sie erkannten damals beide, dass es wichtig war, eine gewisse Distanz zu wahren. Sie waren die Sorte Liebende, die ineinander hätten versinken, völlig ineinander hätten aufgehen können, und davor mussten sie sich schützen. Sie hielten sich nicht an der Hand, sie aßen nicht vom Teller des anderen. Aber Helen hatte Cal bedient. Sie hatte ihm Kaffee gekocht und abends seine Wollhandschuhe auf die Heizung gelegt. Und an ihn gedacht, wenn er auf der Bohrinsel war.

Das Problem ist, dachte Helen, dass man sich daran gewöhnt. Man gewöhnt sich daran, allein zu sein. Man benutzt das Ende einer Gabel, um den festgebackenen Kaffeesatz aus dem Sieb der Espressomaschine zu hebeln, die man von seinen Kindern zu Weihnachten bekommen hat. Um fünf Uhr morgens der Geruch von kaltem Kaffee, äthiopischem oder somalischem, als der Kaffeesatz gegen den Plastikbeutel im Mülleimer schlägt. Wie konkret, wie real der Abfall aussieht (Kartoffelschalen, ein Klumpen nasses Hundefutter, der Kaffeesatz). Draußen tobte ein Schneesturm, der Wind war laut, und im Haus war es kalt. Es lag an den hohen Decken dieser alten Stadthäuser. Diese Häuser wurden nie warm. Das war das Problem: wie gut sie sich in ihrem Alleinsein eingerichtet hatte.

Die Nacht, in der die Bohrinsel sank, Februar 1982

Das Seltsame war: Helen hatte den Herd angelassen. Auf der hinteren Flamme stand ein riesiger Topf, denn sie wollte Suppe kochen und hatte die Hühnerknochen und ein paar Zwiebeln hineingegeben, und das Seltsame war, dass sie auf der Couch über ihrem Buch einschlief. Sie hatte die Kinder schon ins Bett gebracht und las *Früchte des Zorns*, und sie wachte auf, weil sie einen steifen Hals hatte. Im Haus war es kalt, und alle Lichter brannten. Diese kalte Helligkeit.

Helen ging in die Küche und drehte die Wasserhähne ein wenig auf, damit sie nicht einfroren. Sie fühlte sich ganz dumpf im Kopf, als sie daran dachte. Sie hatte nicht geträumt, aber sie hielt das Buch in den Händen und hatte dagegen angekämpft, dass ihr die Augen zufielen. Die Dumpfheit war ein verspannter Muskel in der Mitte ihrer Stirn.

Sie ließ ein dünnes Rinnsal aus den Hähnen laufen. Wenn die Wasserleitungen einfroren, würde sie sich mit dem Fön in den Keller stellen müssen. Die Suppe kochte wie wild, doch Helen bemerkte es nicht, und später konnte sie sich das nur damit erklären, dass sie wohl noch halb geschlafen hatte.

Unterwegs schaltete sie alle Lichter aus. Die Mädchen hatten in ihren Zimmern die Heizung voll aufgedreht, und auf dem Boden lagen Kleider, Dinky Toys und Puppen herum. Lulu schnarchte, und Helen blieb einen Augenblick stehen und lauschte, bis Lulu sich auf die Seite rollte und schlagartig verstummte.

Die Laken waren kalt, und Helen ging mit Sweatshirt und Jogginghose ins Bett. Sie begann wieder zu lesen, merkte dann aber, dass ihre Augen geschlossen waren. Sie waren von selbst zugegangen, und Helen versuchte sie zu öffnen, doch es gelang ihr nicht. Sie konnte die Worte nicht sehen, aber sie spann die Geschichte selbst weiter, damit sie die Augen nicht würde öffnen müssen. Im Roman sagte ihr jemand, sie solle das Licht ausmachen und schlafen, also tat sie es.

Doch dann war sie wieder wach. Und sie hörte Cal im Bad. Sie hörte, wie das Wasser lief und wie der Hahn mit diesem typischen Quietschen wieder zugedreht wurde, sie hörte, wie Cal sich die Zähne putzte und ausspuckte. Sie hörte, wie er die Schublade unter dem Waschbecken aufzog und in den Kosmetikartikeln herumwühlte, hörte, wie er schließlich ein Stück Zahnseide aus dem Plastikgehäuse zog, und dann dieses helle Schnippen, als er die Zahnseide zwischen den Zähnen hindurchführte. Das Wasser lief wieder und wurde abgedreht. Sie hörte, wie Cal die Schublade zumachte. Sie wollte sich an ihn kuscheln, wollte seine Wärme spüren. Ihr war seltsam fröstelig. Wohl weil sie auf der Couch eingeschlafen war. Sie lag zitternd im Bett.

Der Deckel des Abfalleimers im Bad schlug gegen die Wand und klappte wieder zu.

Komm mal her und schau aus dem Fenster, rief Cal.

Helen stand auf, setzte sich die Brille auf und trat ans Fenster. Es war vier Uhr morgens. Sie weiß das, weil sie auf den Wecker auf der Frisierkommode schaute. Diesen scheußlichen braunen Radiowecker mit den eingestaubten Lautsprecherrillen und den großen roten Digitalziffern, dessen Radio nicht mehr funktionierte. Auch der Wecker selbst funktionierte nicht mehr. Oder sie stellten ihn nicht richtig. Sie stellten ihn auf sechs Uhr morgens und hörten das klägliche Zirpen, das von der Weckfunktion noch übriggeblieben war, dann abends um sechs. Noch Tage nachdem sie ihn gestellt hatten, überraschte sie der Wecker – auf dem Weg ins Bad oder beim Wäscheeinräumen oder besonders wenn die Kinder draußen waren oder Cal und sie sich liebten.

Helen war erstaunt, dass es schon so spät war, daran erinnert sie sich noch lebhaft, denn sie hatte das Gefühl, überhaupt nicht geschlafen zu haben. Und jetzt brach schon gleich der Tag an. Das Fenster war von Eisblumen überzogen, feinen, farnartig eingerollten Ranken, gestrichelt und opak oder auch transparent. Und der Wind umtoste das Haus. Sie sah, wie der Deckel einer Blechmülltonne über die Straße und dann in das Geäst eines Baums gefegt wurde.

Doch nun kam ein Schneepflug trötend den Hügel herunter, das Licht seiner rotierenden Warnleuchte fiel auf das überfrorene Fenster, und einen Moment lang sah Helen den gräulichen Schimmer und tausende feinster Linien und Kristalle grellweiß wie eine Blitzlichtlampe gleißen, nur einen kurzen Augenblick, ein Violettweiß von solcher Helligkeit, dass es hinter ihren Augen schmerzte.

Der Schmerz saß tief in ihrem Schädel. Es fühlte sich an, als hätte das Licht sie durchbohrt, als wäre es durch sie hindurchgefahren und als hätte sich das verrückte Muster der endlos in sich selbst eingerollten Eisblumen auf ihre Netzhaut geprägt.

Es fühlte sich an wie eine Verletzung. Eine Verzückung. Viel später erst wurde ihr klar, dass es an der Schwangerschaft lag. Es war die Schwangerschaft, die sie so unglaublich schläfrig machte, als stünde sie unter Drogen, sie war einer Ohnmacht nahe, oder die Hormone hatten eine leicht halluzinogene Wirkung, oder das Licht, das in jenem Moment auf die Eisblumen fiel und sich tausendfach brach, jeder winzige Kristall ein kleiner Spiegelsaal, potenzierte sich in einer ungeheuren Intensität.

Der Topf auf dem Herd. Sie blinzelte, und hinter ihrem Lid schwebte ein Fleck in der Form der Warnleuchte nach unten, weiß mit einem violetten Hof. Es war nicht so, dass sie sich an den Topf auf dem Herd erinnert hätte, vielmehr durchfuhr es sie plötzlich, und sie wusste es. Sie hatte den Topf auf dem Herd stehenlassen. Oder vielleicht hatte sie auch den Qualm gerochen, und in einem Moment der Panik hatte irgendeine Synapsenfehlschaltung dazu geführt, dass sie den Gestank als grelles Licht wahrnahm.

Das Wasser war verkocht, die Hühnerknochen waren schwarz und das Innere des Topfes ebenso, und die Küche war voller Qualm. Der Qualm schmiegte sich unter die Decke und füllte den halben Raum wie Baumwollwatte, ein dichtes Grau, und Helen hielt die Luft an. Sie riss die Hintertür auf, der Schnee reichte bis zur Türklinke, und dann schnappte sie sich die Ofenhandschuhe, nahm den Topf und warf ihn in die Schneewehe auf der Terrasse. Er versank.

Es war vier Uhr morgens. Sie machte alle Küchenfenster auf und ließ die Hintertür offenstehen, so dass der Wind hereinpfiff. Der Schnee stob aus den Weiten des Weltalls herab, wirbelte um die nackte Glühbirne der Verandalampe, glitzerte in ihrem Licht, jede einzelne Schneeflocke in Pink- oder Blau- oder Grüntönen schimmernd. Ein reptilienartiges Zischen ertönte, als der Topf auf den Schnee traf.

Erst Wochen oder Monate später erinnerte sie sich, dass Cal gar nicht im Bad gewesen war, sie hatte ihn nur geträumt. Aber sie hatte absolut sicher gewusst, dass sie Grund zur Angst hatte. Sie hatte gewusst, dass er tot war.

Ein neuer Tag

Eine Unterrichtsstunde, November 2008

Helen ist in ihrem morgendlichen Yogakurs, und alle sind vollkommen still auf ihren Matten, horchen in sich hinein. Die ersten orangefarbenen Sonnenstrahlen dringen durch die überfrorenen großen Fensterscheiben, werfen längliche, ungleichmäßig gemusterte Rechtecke auf den gefliesten Boden. Schmerzdurchzuckte Konzentration. Ein Kurs mit lauter glänzenden, schmerzdurchzuckten Frauen und einem schwulen Highschool-Jungen, der ein Stirnband aus Elasthan trägt und blaugefärbtes Haar hat.

Lulu hat Yoga gesagt, also macht Helen seit einiger Zeit Yoga. Es riecht nach Schweißfüßen und Bohnerwachs, und gelegentlich ist das kurze Quietschen eines nackten Fußes auf einer der königsblauen Matten zu hören, die mit einem klatschenden Geräusch ausgerollt werden und diesen Geruch nach Staub und Schweiß verbreiten.

Breitet die Arme aus und dreht die Handflächen zum Himmel, sagt die Kursleiterin, damit ihr den Atem empfangen könnt. Ihr werdet eure Herzen darbieten, sagt sie. Helen spürt, wie ihr Herz pocht, und versucht so auszusehen, als böte sie es dar. Sie schaut sich verstohlen um. Einige der Frauen schauen bedeutungsvoll drein; sie scheinen ernsthaft ihr Herz darzubieten.

Und streckt euch, streckt euch nach dem Himmel, werden sie aufgefordert. Die Kursleiterin atmet hörbar ein, und die Gruppe atmet ebenfalls ein. Die Kursleiterin atmet aus. Alle atmen aus.

Denkt an all das, was ihr gelernt habt, sagt die Kursleiterin. Wir wollen während des Dehnens Dankbarkeit üben. Sie üben schweigend Dankbarkeit.

Dreht den linken Fuß nach innen, sagt die Kursleiterin, als sie findet, dass sie vorerst dankbar genug waren. Und kehrt in eure Mitte zurück. Ein Muskel in Helens Hintern hat sich verkrampft. Das passiert ihr jedes Mal.

Wendet euer Herz, sagt die Kursleiterin, dem Himmel zu. Helen hält die Stellung. Sie sollen über ihr Leben philosophieren, während sie sich dehnen. Dehnen allein reicht der Yogalehrerin nicht. Sie sollen all ihre bisher erlangte Weisheit aufbieten. Und halten. Yoga hat eine spirituelle Seite, hatte Lulu Helen erklärt. Und Helen denkt: Eine rutschige, hefig riechende Religion, die mit kirchlichen Kellerräumen und Gemeindesälen, mit Schmerz und Entspannung zu tun hat.

Lotossitz mit Drehung, sagt die Kursleiterin. Schaut über eure linke Schulter. Sie drehen sich alle gleichzeitig nach links und schauen nach hinten.

Folgendes hat Helen gelernt: Man kann so müde sein, dass man sich nicht nach dem Himmel strecken, nicht atmen kann. Man kann nicht einmal reden. Man kann nicht ans Telefon gehen. Man kann nicht abspülen oder tanzen oder kochen oder auch nur den eigenen Reißverschluss zuziehen. Die Kinder machen einen unglaublichen Radau. Sie toben herum. Sie hören Musik in ohrenbetäubender Lautstärke oder liegen auf der Couch und gucken Soapoperas an. Sie streiten sich und machen Sachen kaputt und verlieren ihre Unschuld oder die Orientierung. Sie brauchen Geld, und sie brauchen das Auto. Immer ist ein Schuh verschwunden. Man sucht in den Büchertaschen, man sucht im Schrank, es ist immer ein Schuh. Verschwunden.

Lotossitz mit Drehung, in die andere Richtung schauen, sagt die Kursleiterin. Helen lässt den Schmerz in den anderen Oberschenkel ziehen, und er ist eine sonore Stimme. In ihrem Oberschenkel sitzt eine Stimme voller Anklage, und sie wird immer lauter. Ein Nachmittag im April, denkt Helen, so kalt, dass sich im Wassernapf des Hundes eine dünne Eisschicht gebildet hatte, die Kinder hatten vor der Kirche ein großes Stück Noppenfolie gefunden, und die banden sie sich an die Arme – Lulu und Cathy – und sprangen dann den ganzen Nachmittag wie flügelschlagende verletzte Vögel herum. Sie brauten aus Senfgurken, Spülmittel und getrocknetem Gras in Einmachgläsern Tränke. Ihre Nasen liefen, und der Himmel sah aus, als würde es bald schneien, und dann schneite es.

Katzenstreckung, sagt die Kursleiterin. Und während ihr Brust und Herz öffnet, fragt euch: Bin ich dankbar?

Sie gehen auf Hände und Knie und strecken das Kinn zur Decke. Sie strecken den Hintern in die Höhe, und dann wölben sie den Rücken. Die Hintern in der Reihe vor Helen sind sehr unterschiedlich. In glänzendes Elasthan gezwängt, sehen sie mager und wie geschmiedet aus, oder formlos und eingedellt wie Sitzsäcke. Helen ist dankbar für diese Frauen und ihre ehrlichen, rackernden Hintern. Helen ist dankbar dafür, dass sie mehr oder weniger in Form geblieben ist.

Sie ist dankbar, dass ihre Kinder ihren Weg gemacht haben. Ihre Töchter haben sich betrunken, sie haben gekifft.

Es gab immer irgendeinen Priester, der etwas anzumerken hatte. Eine Lehrerin. Und später gab es Leute, die Kokain sagten, Promiskuität. Aber das war alles maßlos übertrieben. Als Nächstes soll ich das Gleichgewicht halten, denkt Helen.

Diagonale Katze, sagt die Kursleiterin. Das Gleichgewicht zu halten ist die Grundlage des Yoga.

Und ich bin dankbar, denkt Helen, für die Blockbuster, die wir im Sommer immer im Einkaufszentrum angeschaut haben. Für die lauten Soundtracks, ständig explodiert irgendetwas, fliegt in die Luft, wird in tausend Einzelteilen in den Himmel geschleudert. Wie die Bruchstücke aus Holz und Metall langsam zu Boden stürzten und Flammen und Qualm sich auf der großen Leinwand ausbreiteten, das hatte ihr gefallen. Und die dröhnende Musik und die Eimer mit Popcorn und dass es noch hell war, wenn sie aus dem Kino trat. Helen und die Kinder waren immer im Bus zum Kino gefahren, und die Kinder rannten im Gang auf und ab und schwangen sich um die Haltestangen herum. Sie nahm alle Nachbarskinder mit, die mitkommen wollten, sofern sie ihr eigenes Geld dabeihatten. Anderthalb Stunden gemeinsam im Dunkeln, und wenn die Kinder und sie in einer Reihe nebeneinandersaßen und die Lichter ausgingen, fühlten sie sich verbunden. Sie war dankbar für all die kleinen Fluchten.

Und jetzt Diagonale Katze anders herum, sagt die Kursleiterin. Sie strecken einen Arm und ein Bein aus. Helens linke Pobacke verkrampft sich, wird hart und schmerzt. Ihr Arm beginnt zu zittern. Der Highschooljunge pfeift leise. Nur den Teil einer Melodie, sie erkennt sie sogar, es ist etwas von Nirvana.

Die Zunge an den Gaumen pressen und durch die Nase atmen, sagt die Kursleiterin, öffnet eure Brust und bietet euer Herz dar. Ihr werdet jetzt euer Herz darbieten.

Helen ist für jedes ihrer Kinder dankbar. Doch besonders dankbar ist sie zurzeit für Gabrielle. Ihre jüngste Tochter kommt über Weihnachten nach Hause. Sofern John ihr ein Flugticket besorgt. Die sind durchaus mal ausverkauft, diese Tickets. Sie liegt ihm schon die ganze Zeit in den Ohren. Kauf das Flugticket für deine Schwester.

Helen muss an das Kinderbettchen denken. Sie musste mal ein Kinderbett zusammenbauen – das für Gabrielle –, war allein und hatte sich bereits in dieser Metallschiene, in die man das Seitenteil einführt, die Haut zwischen Daumen und Zeigefinger eingeklemmt, noch dazu gelang es ihr nicht, das Mobile, das »Twinkle, Twinkle, Little Star« spielte, abzustellen. In dem Aufziehmechanismus hatte sich irgendwas verklemmt, und das Lied lief endlos weiter.

Das Kinderbett ließ sich nicht zusammensetzen – das mit A bezeichnete Teil passte nicht in die ebenfalls mit A bezeichnete Nut in dem Metallwinkel –, also nahm Helen den Hammer und verbog den Winkel ein wenig, und dann begann sie wie wild dagegenzutreten.

Sie trat zu, bis sie überzeugt war, dass sie sich einen Zeh gebrochen hatte, und dann lehnte sie das Gitter gegen den Türrahmen und sprang darauf, so dass zwei der Holzstäbe zersplitterten, und das Mobile warf sie an die Wand, was dazu führte, dass »Twinkle, Twinkle, Little Star« langsamer lief und die Töne nur noch schleppend aufeinanderfolgten.

Es war Aufgabe des Vaters, das Kinderbett zusammenzubauen, es war Cals Aufgabe, und jetzt hatte sie gar kein Kinderbett mehr. Kniend hämmerte sie mit den Fäusten auf das Ding ein, brüllte es an, Cals Aufgabe! Sie schmiss den Hammer an die Wand, und er hinterließ ein Loch im Rigips. Sie lernte, keinen Hammer mehr an die Wand zu schmeißen. Es war eines der Dinge, die sie gelernt hatte, und sie war dankbar dafür.

Sie hatte in der Ecke des Schlafzimmers gestanden und mit weiß Gott was für einem Gesichtsausdruck auf das zertrümmerte Kinderbettchen geschaut. Vielleicht war es der gleiche Gesichtsausdruck, den sie jetzt hat, das stumme Jaulen der gedehnten Bauchmuskulatur.

Helen ist dankbar, dass ihre Töchter ehrlich zu ihr sind. Ihre Töchter erzählen ihr alles. Sie tun das, weil Helen nicht urteilt. Sie hat sie immer tun lassen, was sie wollten. Helen will nicht, dass sie vorsichtig sind, doch sie sind es. Was Helen an sich zweifeln lässt, ist die verdächtige Ruhe, die sie ausstrahlen, wenn sie alle zusammen in der Küche sitzen. Sie sorgen sich um sie, und das gefällt ihr nicht.

Spreizt die Finger, sagt die Kursleiterin, damit ihr eine stabile Basis habt. Wir machen mit den Kriegerstellungen weiter. Wer für die Kriegerstellungen noch nicht bereit ist, macht mit, soweit er kann.

Ich bin bereit, denkt Helen, für die Kriegerstellungen.

Den Rücken ganz lang machen, sagt die Kursleiterin. Lulu und Cathy sind größer als Helen, und während ihrer Highschoolzeit jobbten sie, ohne dass Helen sie dazu aufgefordert hätte, und gaben ihr Geld für die Miete. Sie kellnerten oder babysitteten. Sie arbeiteten im Hotel Newfoundland. Sie trugen Uniformen und verdienten hervorragend, und mit dem Geld, das ihnen blieb, konnten sie machen, was sie wollten. Sie studierten. Zur Hochschulausbildung hatten sie eine ganz pragmatische Einstellung: Sie würde ihnen Türen öffnen. Sie hatten nicht erst herausfinden müssen, was sie tun wollten, sie waren bereit, das Gleiche zu tun wie alle anderen auch, aber innerlich bewahrten sie sich stets eine Art anarchische Wildheit.

Als Cathy an der Highschool war, stand eines Tages ein Polizist bei Helen vor der Tür, mit Cathy, die so betrunken war, dass sie kaum stehen konnte. Ein junger Polizist, der Cathy stützte, während die Warnleuchte rote und blaue Lichtstrahlen aussandte, die in der gesamten Nachbarschaft zu sehen waren. Und Helen konnte nichts anderes denken als: Gott sei Dank. Gott sei Dank. Gott sei Dank. Gott sei

Dank. Vier Uhr morgens, und sie war sämtliche Straßen abgelaufen, in jede Bar gegangen, in Jogginghose und einer Strickjacke, die unter der Skijacke hervorlugte, hatte all die Leute gesehen, jung und betrunken, mit mürrischen Gesichtern und Sex in den Augen, und sich gefühlt, als hätte sie ein Plakat umhängen, auf dem ganz groß stand: Jemandes Mutter. Doch Cathy war nirgends zu finden. Helen hatte herumtelefoniert und war durch die Eiseskälte gelaufen, die Sterne standen am Himmel, und es schneite.

Und dann der Polizeiwagen, und Helen war sich sicher ... denn sie hatte schon einmal auf diese Weise Nachricht erhalten, und es war genauso gewesen, die frostige Luft, die Helligkeit des Neonlichts in der Küche, das abgrundtiefe Grauen ... doch Cathy war mehr oder weniger selbständig hinten aus dem Polizeiwagen ausgestiegen; sie war betrunken, und ihre Jeans waren am Knie zerfetzt, aber sie lebte.

Sie hat unten am Hafen in einer Schneewehe gelegen und geschlafen, sagte der Polizist. Helen hielt Cathy an den Schultern ihrer Jeansjacke: ihre blasse Haut, das schwarze Haar, die zerrissenen Jeans – wie komisch das alles schien, nun, da sie in Sicherheit war.

Danke, sagte Helen zu dem Polizeibeamten, ich bin Ihnen wirklich sehr dankbar. Das blutige Knie, die zerlaufene Wimperntusche auf dem blassen, sommersprossigen Gesicht ihrer fünfzehnjährigen Tochter. Es war die Tochter mit den unglaublich blauen Augen und der geradezu unheimlichen Begabung für Mathematik. Einer scharfen Intelligenz, die sie manchmal verlegte wie einen Ohrring oder einen Schlüssel.

Das Geschehnis wurde völlig durch seinen Ausgang überlagert. Es war vorbei. Cathy war in Sicherheit. Schon hatte das Ganze etwas Rührseliges, mit der herben Note des

Um-ein-Haar-Schiefgegangen, es war bereits zu einer Geschichte geworden, die sie später einmal kichernd erzählen würden: Dieser arme junge Polizist, wie der geguckt hat! Und deine Mutter, hörte sich Helen im Geiste später einmal sagen, marschiert doch glatt in diese Bar hinein. Sie konnte sich vorstellen, wie sie bei einem Familienessen in der dritten Person von sich erzählen würde: Deine Mutter marschiert doch glatt in der Jogginghose in diese Bar, völlig panisch, außer sich vor Angst, und als Nächstes steht die Polizei vor der Tür, und die halbe Nachbarschaft steht am Fenster und gafft.

Dann bring ich meine Kleine mal ins Bett, dachte Helen. Cathys Stirn schlug an Helens Schlüsselbein. Sie schwankten leicht. Oder die Deckenlampe, die an einer Kette hing, schwankte leicht. Cathy hob den Kopf, diese Augen, und noch ehe Cathy ein Wort sagte, wusste Helen es.

Ich bin schwanger, sagte Cathy. Und Helen schlug ihr ins Gesicht. Der Abdruck ihrer Hand.

Die Mädchen hinterließen Haare im Waschbecken und im Abfluss, und wenn sie sich die Beine rasierten, blieb ein schaumig grauer Rand in der Badewanne zurück, sie telefonierten endlos, und dann ihre Partys, morgens der Geruch nach kaltem Zigarettenrauch und Bier, alle Fenster aufgerissen, so dass die eisige Luft hereinkam.

Und sie stritten sich, die Mädchen, sie zankten. Eine Haarbürste flog an die Wand; eine lieh sich etwas von einer anderen, ohne vorher zu fragen. Wo ist mein neuer Pullover? Sie hat meinen Pullover genommen.

Aber wehe, jemand Außenstehendes machte eine abfällige Bemerkung. Wenn irgendjemand, der nicht zur Familie gehörte, etwas über eines der Mädchen sagte, verteidigten die anderen sie mit Zähnen und Klauen. Sie kümmerten sich umeinander. Da war immer die Sorge, sie könnten mit betrunkenen Jungs mitfahren, sie könnten krank werden oder keinen Begleiter für den Abschlussball finden. Oder sie wünschten sich etwas Teures zu Weihnachten oder zum Geburtstag, oder ein Lehrer war ungerecht, der Schulverweis drohte, oder sie suchten einen Job, oder jemand wollte sie heiraten. Und dann, ohne Vorwarnung, waren sie weg. Sie waren alle in ihr eigenes Leben hineingewachsen, und es wurde sehr still. Helen hatte gedacht, sie würde sich mühsam aus dieser Stille herauskämpfen müssen, doch sehr bald war sie sogar froh darum.

Richtet eure Wahrnehmung auf euren Unterleib, sagt die Kursleiterin. Entspannt die unteren Rippen. Dann langsam das Becken aufrichten. Einatmen und mit Oberkörper und Armen in die Rückbeuge gehen. Diese Stellung vereint Geist, Körper und Seele. Sie fördert eine tiefe Entspannung. Vergesst nicht, beim Ausatmen euer Herz darzubieten. Bei dieser Übung geht es nicht um Körperkraft, sondern um eure Lebenskraft. Sie ist ein Schlüssel zum Selbst, und sie wird euch dankbar machen für alles, was ihr habt, außerdem stärkt sie die Bauchmuskulatur. Und atmen.

Glasscherben, 1987

Als John vierzehn war, erhielt Helen einen Anruf aus dem Krankenhaus; man fragte sie, ob sie John O'Maras Mutter sei, und sie antwortete, ja, das sei sie. Man rufe aus dem Janeway Hospital an, hieß es daraufhin, und es gehe John gut, allerdings habe er einige Schnittwunden, die gerade genäht würden.

Nicht eben wenige, sagte die Krankenschwester, die Helen schnaufend durch den Krankenhausflur nacheilte. John war mit seinen Kumpels Neal Yetman und John Noseworthy bei Zellers in der Topsail Road gewesen, und die beiden hatten beschlossen, ein paar Kassetten zu klauen, die sie in ihren Kapuzen versteckten. Und John, ihr John, klaute mehrere kleine Schokoladenosterhasen. Er steckte sie sich in die Socken, doch schon war ein Wachmann zur Stelle, und John flitzte durch den Gang und bog um eine Ecke. Eine Alarmglocke schrillte durch den ganzen Laden, von allen Seiten kamen Wachleute, drei oder vier, und im letzten Moment veränderten sich ihre Rufe irgendwie, die Stimmen klangen anders oder sie sagten etwas anderes, aber John hörte es nicht. In der Erregung des Augenblicks stürmte er blindlings weiter, und dann rannte er frontal durch eine Glastür.

Er krachte durch die Scheibe, und um ihn herum wirbelten dreieckige Glasscherben durch die Luft, blitzten und glitzerten in der Sonne, ehe sie mit der Spitze zuerst auf den Bürgersteig trafen, und dann zerbarst jede der großen Glaszacken noch einmal in tausend Stücke, und John zog sich ein paar üble Schnittwunden unter dem Arm und an den Beinen zu, aber, sagte die Krankenschwester, es sehe schlimmer aus, als es sei, eigentlich seien es nur ein paar Kratzer, sie sagte es, während sie Helen hinterherlief, die durch den Korridor stürzte – es sieht wirklich viel schlimmer aus, als es ist –, aber sein Gesicht sei, Gott sei Dank, okay. Er war durch die Glasscheibe gerannt, ohne sich dabei im Gesicht zu verletzen.

Nach dieser Geschichte musste John Rasen mähen. Helen bestand darauf. Und er strich Zäune. Er mähte jeden Rasen, der ihr nur einfiel.

Die Mädchen machten ihr keinen Ärger, und sie sprangen für John in die Bresche, wann immer sie konnten. Die Mädchen logen für ihn und liehen ihm Geld, und nachts schlichen sie sich fort, um ihn heimzuholen, wenn er betrunken war, damit Helen sich nicht sorgte, sie putzten das Haus, wenn John eine Party gefeiert hatte, und machten seine Schularbeiten, und trotzdem hatte Helen mit John keine ruhige Minute.

Besuch, Juni 2008

Ihr müsst euch das mal überlegen, hörte Helen John sagen. Er war zwischen zwei Reisen zu Hause und griff gerade nach einer Blätterteigpastete. Es gibt Sicherheitsvorschriften, die so konzipiert sind, dass die Leute nicht denken müssen. Sie müssen nicht denken.

John, sagte Cathy. Sie waren bei Helen, zu einer kleinen Feier anlässlich des Highschool-Abschlussballs ihrer Enkelin Claire.

Das war doch erst gestern, hatte John etwas früher gesagt. Er hatte Claire gezeigt, wie groß sie am Tag ihrer Geburt gewesen war, hatte die Hände vor sich gehalten, wie um die Maße einer geangelten Forelle anzuzeigen.

Ein echter Winzling, hatte er gesagt.

Willkommen in der Gegenwart, sagte Cathy zu John. Sie versetzte ihm ein paar Stöße mit den Füßen und der Hüfte, bis er vom Küchenstuhl rutschte. Im Esszimmer war üppig aufgetischt.

John hatte gekocht. Blätterteigpasteten mit karamellisierten Zwiebeln, Apfel und Brie. Die dicksten Jakobsmuscheln, die er hatte finden können, in Parmaschinken gewickelt. Winzige Rote Bete, die er halbiert und mit Ricotta gefüllt hatte. Eigentlich hatte er Kaninchen machen wollen, doch seine Schwestern wollten kein Kaninchen, also ließ er Helen einen Truthahn zubereiten.

Jemand redete über den Natriumgehalt in der Nahrung des durchschnittlichen Neufundländers.

Ich mein ja nur, sagte Cathy. Guckt euch mal an, wie John mit dem Salz wütet.

Gekochtes Gemüse ohne Salz, sagte Lulu und verdrehte die Augen. Sie drängten sich alle in der Küche, weil Claire gleich in ihrem Ballkleid herunterkommen würde. Cathys Tochter Claire – jetzt hatte sie tatsächlich schon die Highschool hinter sich.

Die kleineren Enkel spielten draußen Straßenhockey, die Haustür ging ständig auf und knallte wieder zu, und es roch nach frischer Luft.

Helen drückte den kleinen Gummiballon der Bratenspritze zusammen, nahm das blubbernde Fett auf und verteilte es über den Truthahn. Ihre Brille war beschlagen. Sie schob den Bräter wieder in den Ofen und hob die quietschende Ofentür mit dem Fuß an.

Ich habe einen Schreiner bestellt, sagte sie. Er soll neue Böden verlegen, und die Wände lasse ich auch streichen.

Mom, sagte Lulu. Das ist ja super.

Helen schlug den Edelstahllöffel, mit dem sie gerade umgerührt hatte, gegen den Topfrand und drehte sich zu ihren Kindern um, silbern und blau gemusterte Ofenhandschuhe an den Händen. Die Zierleisten sollen in einer Farbe namens Segelweiß gestrichen werden, sagte sie, und das Esszimmer in Latte, wie sich das heute nennt.

Man sieht das inzwischen anders, sagte Claire, das mit dem Salz. Da stand sie, in der Tür. Sie trug ein rosa Kleid mit glänzendem Oberteil und einem Rock, der aus vielen Lagen und Bahnen in unterschiedlichen Rosatönen bestand, bestickt mit Glitzerperlen. Sie schwankte etwas in ihren neuen Stöckelschuhen. Helen presste ihre noch in den Ofenhandschuhen steckenden Hände zusammen, um nicht zu applaudieren.

Den Lippenstift mag ich nicht, sagte Claire. Sie schürzte die Lippen.

Oh, aber Lippenstift muss sein, sagte Cathy. Trag ihn für mich.

Will ich aber nicht.

Das ist das i-Tüpfelchen, sagte Cathy. Ein kleiner Farbakzent.

Du bist wunderschön, sagte Helen. Das ist gar kein Ausdruck, sagte John.

Cathy schlug sich die Hand vor den Mund. Wie kann das nur sein?, jammerte sie. Wie bist du bloß so schnell groß geworden?

Ich lass den Lippenstift drauf, sagte Claire. Aus irgendeinem Grund bringt dieser Lippenstift Mom völlig um den Verstand.

Cathy brach in Tränen aus und hastete mit hochgezogenen Schultern und gesenktem Kopf aus der Küche. Sie hörten, wie oben die Badezimmertür zuknallte. Dann ging sie wieder auf, und Cathy schrie zu ihnen hinunter: Ich will doch nur, dass sie hübsch aussieht. Ist das vielleicht ein Verbrechen? Die Tür knallte wieder zu.

Ich lass den Lippenstift doch drauf, schrie Claire zur Decke hoch. Die Toilettenspülung ging, und sie klang irgendwie trübselig. In der Küche war es still. Helen hatte alle Gasflammen ausgedreht, selbst das Blubbern des kochenden Wassers war verstummt, und sie konnten im Garten einen Vogel tschilpen hören.

Cathy kam wieder herein, goss die Kartoffeln ab und machte sich mit dem Stampfer ans Werk. Sie zerdrückte die Knollen. Lulu reichte ihr ein in Folie eingeschlagenes Stück Butter.

Ich bin einfach so stolz auf sie, sagte Cathy. Auf ihren Notenschnitt.

Ich weiß, sagte Lulu.

Sie hat einen Abschluss mit Auszeichnung gemacht.

Ja, das hast du uns erzählt.

Ich weiß nicht, wo sie das herhat.

Ich weiß ganz genau, wo sie das herhat, sagte Helen.

Er ist mir egal, sagte Cathy, dieser gottverdammte Lippenstift.

Ich hab ihn doch draufgelassen, sagte Claire. Mom? Guckst du mal? Ich hab den Lippenstift noch drauf.

Eine plötzliche, hörbare Stille trat ein, während sie die Siebzehnjährige betrachteten, ihre Schönheit auf sich wirken ließen. Sie alle nahmen diesen Augenblick ganz bewusst wahr, erlebten ihn als bedeutungsschwanger. Und mitten in diesem inhaltsschweren Moment fing John wieder von der Ölbranche an.

Also, sagte John, was ich sagen wollte: Das Problem heutzutage ist, dass die Jungs nicht mehr nachdenken müssen. Und das kann gefährlich sein. Diese neue Sicherheitskultur ist nicht gut für die Industrie. Die führen sich auf wie alte Weiber.

Er hörte einfach nicht auf, über die Bohrinseln und Sicherheitsbestimmungen und all diese Dinge zu sprechen, die keiner hören wollte.

Sicherheit ist etwas Gutes, sagte Helen.

Schweigen. Claire fummelte an ihrer Korsage herum, und eine Sicherheitsnadel fiel auf den Tisch.

Habt ihr die Nadel fallen hören?, fragte Claire.

Ich will keinen Streit anfangen, sagte Helen.

Dann tu's nicht, Mom, sagte Cathy. John weiß, dass Sicherheit wichtig ist.

Ich wollte doch bloß sagen, sagte John.

Halt die Klappe, John, sagte Cathy.

Was ich sagen wollte –

Warum hältst du nicht endlich die Klappe?

Okay, Sekt, sagte John. Sekt darf ich ja wohl sagen?

Es war Frühling und noch kalt draußen, aber die Sonne schien, und Claire war in einem Schönheitssalon gewesen und roch nach Kosmetika.

Komm, eins mit deiner Großmutter zusammen, sagte Cathy. Helen legte den Arm um das Mädchen und zog es an sich.

Zerknitter mich nicht, sagte Claire.

Der Sektkorken knallte, flog an die Decke und fiel auf den Tisch.

Weißer Schaum schoss sprudelnd aus der Flasche, und Cathy hielt ein Glas hin, doch John schloss die Lippen um die Flaschenöffnung, und seine Wangen wölbten sich.

Es klingelte.

Er ist da, sagte Claire. Sie wedelte mit den Händen vor ihrem Gesicht herum, als wäre sie überhitzt, und ihre Augen tränten. Unter dem Tränenfilm wurde das Blau ihrer Augen zu Ultramarin. Es klingelte erneut. Sofort wurde sie sachlich. Könnte vielleicht jemand an die Tür gehen?, sagte sie. Sie setzte das Glas an die Lippen und kräuselte die Nase, weil der Sekt so perlte.

Ruinier nicht dein Make-up, sagte Cathy. Sie ruiniert ihr Make-up. Sagt ihr, dass sie ihr Make-up nicht ruinieren soll.

Ruinier nicht dein Make-up, Schatz, sagte Helen.

Ich ruiniere mein Make-up nicht. Sie wandten sich um, alle auf einmal, um Claires Begleiter zu begrüßen. Doch es war Mrs. Conway, eine Nachbarin.

Ich wollte doch mal schauen, wie du aussiehst, sagte Mrs.

Conway. Claires Begleiter war noch nicht erschienen. Die Unterhaltung schaukelte sich wieder zu ihrer ursprünglichen Lautstärke auf. Helen schaute zu der Uhr am Herd hinüber. Auf dem Weg zur Toilette warf sie einen prüfenden Blick aus der Haustür und blieb kurz stehen, um den Kindern beim Hockeyspielen zuzuschauen.

Ihr Enkel Timmy im Tor. Patience im Begriff zu schießen. Der Puck sauste los und traf Timmy mit voller Wucht, er beugte sich darüber, fiel auf die Knie und rührte sich nicht. Alle auf der Straße blieben stehen. Timmy fasste an seinen Helm, als wäre sein Kopf zu schwer für seinen Hals. Dann knieten sie beide, Timmy und Patience. Ihre Hand auf seiner Schulter, ihr Kopf ganz nah zu seinem gebeugt. Sie redeten miteinander. Hinter ihnen näherte sich ein Auto, Scheinwerfer in der Abenddämmerung. Sie knieten im Licht, ernst und innig und voll kindlicher Unschuld.

Dann stand Timmy auf und hob seinen Schläger, als wollte er ihn mit voller Wucht auf Patience' Schädel niedersausen lassen. Er hob den Schläger so rasch, dass Helen den Atem anhielt: über den Kopf, mit beiden Händen. Helen riss die Tür ganz auf, um zu rufen, aber Patience sprang unter schallendem Gelächter zur Seite, und der Schläger krachte auf den Asphalt und zerbrach in zwei Teile. Die Kinder schoben die Tore zur Seite, das Auto fuhr vorbei, und sie stellten die Tore wieder zurück.

In der Küche wurde die Unterhaltung immer lauter und fröhlicher, es wurde mehr gelacht. Mrs. Conway erzählte von einem Gichtanfall. Sie hatte einen Gichtanfall erlitten, konnte buchstäblich nicht mehr laufen, und dann hatte sie sich auch noch die Hüfte ausgerenkt. Alle lachten.

Erst der Fuß und dann die Hüfte, sagte Mrs. Conway. Sie brüllten vor Lachen. Jemand schlug auf den Tisch.

Und das im Einkaufszentrum, quiekte Mrs. Conway. Beim Einkaufswagenschieben. Was ich mache, das mache ich gründlich, sagte Mrs. Conway.

Helen sah die Straßenlampen anspringen. Mit einem kurzen Flackern gingen sie an, fast alle zugleich. Nur ein oder zwei Nachzügler gab es. Dann näherte sich ein Taxi, die Kinder schoben die Tore wieder zur Seite, und Helen trat einen Schritt vom Fenster zurück – da stand er, der junge Mann, im Anzug, er bezahlte das Taxi, und Helen konnte ihn im Licht der Innenbeleuchtung sehen, er war – wie viel? – eine halbe Stunde zu spät? Nicht einmal. Zwanzig Minuten. Sie sah, wie er auf einen Zettel und dann zum Haus hinüberschaute, ging zurück in die Küche, und schon klingelte es.

Die Unterhaltung in der Küche stockte. Wurde leiser, kaum noch mehr als ein Flüstern, während John an die Tür ging.

Und dann war er da. Er trat in eine überfüllte, stille Küche und sah Claire, die sich gerade einen Kräcker mit Käsewürfel in den Mund schieben wollte, eine gewölbte Hand vorm Kinn, um die Krümel aufzufangen. Claire senkte den Kräcker. Wie pink dieses Kleid ist, dachte Helen. Es hatte anderthalb Monate gedauert, die ganzen Perlen aufzusticken. Alle warteten darauf, dass der junge Mann sagte, wie schön Claire sei, doch er ließ noch ihren Anblick auf sich wirken, die überfüllte Küche, den Kräcker mit dem leuchtend orangefarbenen Käsewürfel und die Stille.

Du bist wunderschön, platzte er dann heraus, und alle lachten. Mrs. Conway führte ihr Gichtgewatschel vor – quer durch die Küche, und dabei schlürfte sie Sekt –, und Helen forderte alle auf, sich zu bedienen.

Es kann losgehen, sagte sie.

Johns Überlebenstraining, 1992

Wie alle Männer, die auf einer Bohrinsel arbeiteten, musste auch John in den Simulator. Er trug einen Überlebensanzug. Er musste sich anschnallen. Eine kleine Treppe führte in den Rumpf eines Hubschraubers, in dem Sitze am Boden befestigt waren. Man musste ein Fenster einschlagen. Man zog am Zugband und drückte sanft mit beiden Händen gegen die Scheibe, so dass sie davontrieb. So war es gedacht. Man drückte sanft oder man trat mit voller Wucht gegen die Scheibe.

Ihm brach der Schweiß aus. Der Überlebensanzug war zu warm, die Gummistiefel zu schwer. Es war ein großer Anzug, der Ventilationsschlitze mit Reißverschlüssen hatte, doch John hatte sie alle zugezogen. Er hatte die Klettverschlüsse der Polypropylenmanschetten zugemacht. Der Anzug klebte ihm an Waden und Rücken, und er scheuerte am Hals. John schnallte sich auf dem Hubschraubersitz an.

Der Ausbilder hieß Marvin Healy. Marvin schob den Zeigefinger unter den Sicherheitsgurt, zog ihn von Johns Bauch weg und ließ ihn zurückschnalzen. Dann klopfte er John auf die Schulter.

Schön angeschnallt, sagte Marvin.

Er schaute zu John hinunter und sah zweifellos die Schweißrinnsale auf dessen Stirn und Schläfen. John wusste, was folgen würde: Der Hubschrauberrumpf würde versenkt werden, und durch alle Ritzen würde Wasser in das Kunststoffgehäuse eindringen, es würde langsam steigen, Füße, Beine, Leistengegend, Brust und Hals bedecken, und dann würde das Gehäuse gekippt werden, so dass John kopfüber im Sitz hing, und sein Gesicht und Hals und alles andere würden unter Wasser sein.

Diese zig Kubikmeter des Schreckens an seinem Gesicht zu spüren, das war es, was ihn fertigmachte. Sie umschlossen ihn, erdrückten ihn, waren kaum zu ertragen, und es war nur eine Frage von Sekunden, bis sie das Leben aus ihm herauspressen würden. Man musste darauf vertrauen, dass die anderen einen herausziehen würden. Beim letzten Mal war er bewusstlos geworden.

Das Bewusstsein zu verlieren war leicht, es wiederzuerlangen schwierig. Das Bewusstsein wiederzuerlangen erforderte Intuition und Vertrauen. Doch Vertrauen lässt sich nicht erzwingen. Scham, ein Gefühl des Scheiterns, Erbrechen, das alles ging mit der Wiedererlangung des Bewusstseins einher. Man kam zu sich und war mit allem konfrontiert, was nicht mit einem stimmte. Man war wie umgestülpt, das Intimste war nach außen gekehrt.

Der Ausbilder hatte sich als Mr. Healy vorgestellt, und er nannte die Männer alle beim Nachnamen, gefolgt vom Vornamen. O'Mara, John. Als läse er die Namen von seinem Klemmbrett ab.

Mr. Healy sagte: Ich brauche einen Freiwilligen. O'Mara, John meldete sich nicht.

Mr. Healy hielt einen Vortrag über Sicherheit und erklärte, die einschlägigen Kenntnisse würden das Leben eines jeden grundlegend verändern, was zunächst vielleicht nicht augenfällig sei, doch werde früher oder später – das versprach Mr. Healy – die entsprechende Gelegenheit kommen, denn in jedem modernen Leben trete eine solche Gelegenheit mindestens einmal auf, und zwar ohne Vorwarnung oder Fanfarenstoß, und dann sei Sicherheitskompetenz unabdingbar. Die Männer würden dankbar dafür sein, prophezeite Mr. Healy.

Auf dem Wasser ist der normale Überlebensanzug der

beste Freund des Menschen, sagte Mr. Healy. So einfach ist das. Während Mr. Healy dozierte, fiel John ein, wie in der Grundschule eine Nonne über einen Jungen gesprochen hatte, der in der Nähe des Trinkbrunnens gestorben war, ein Drittklässler wie John. John hatte hinter Jimmy Fagan gestanden und darauf gewartet, selbst trinken zu können.

Plötzlich hatte sich der Junge seitlich an den Kopf gefasst und war zur Treppe getaumelt, wo er sich am Geländer festklammerte wie auf rauer See. John erinnerte sich an den kleinen Hahn, aus dem das Wasser sprudelte, wenn man den Hebel drehte, und daran, wie der Junge, Jimmy Fagan, den Mund in den silbrignassen Bogen gehalten hatte.

Eine schlichte Seele, hatte die Nonne gesagt. Daran erinnert sich John noch. Das war es, wonach sie streben sollten: Schlichtheit. So wie er es verstanden hatte, ging Schlichtheit mit einer Art Vergessen einher: Man sollte vergessen, dass man von Bedeutung sein könnte. Dass irgendetwas von Bedeutung sein könnte.

Die Wasseroberfläche in dem Becken hinter Mr. Healy gleißte im Deckenlicht, kräuselte sich und glättete sich wieder.

Sie sollten nach einem Vergessen streben, das dem Gletscherschliff ähnelte, von dem John in jenem Jahr im Erdkundeunterricht gehört hatte. Ein Wegschaben von allem, was nicht schlicht war.

Einer muss der Erste sein, sagte Mr. Healy. Er wippte zweimal auf den Fußballen. Seine weißen Turnschuhe hatten etwas unangenehm Feminines. Marvin Healy machte Krafttraining, seine Brustmuskulatur war die eines Comic-Rächers, seine Haut war gebräunt und sein Haar von einem leuchtenden Silbergrau. Es war die Art von Grau, die man gern mit Weisheit assoziiert.

Ich brauche einen Freiwilligen, sagte Mr. Healy. Nur zwei

der zehn Männer im Kurs konnten schwimmen. Aber sie meldeten sich nicht. Sie blieben stumm.

O'Mara, John, sagte Marvin Healy. Sein Blick schweifte über die Namensliste auf seinem Klemmbrett. Mr. Healy hatte im Laufe des Kurses immer wieder persönliche Erfahrungen eingebracht, manchmal in Form von lehrreichen Anekdoten – zum Beispiel hatte er den Männern von seiner Vogelphobie erzählt. Einmal sei er aus einer Tankstelle in Bay Roberts gekommen und habe auf dem Fahrersitz seines Cabrios eine Möwe vorgefunden. Er sei ins benachbarte Mary Brown's gegangen und habe eine Riesenportion Pommes Frites gekauft, mit denen er die Möwe aus dem Auto locken wollte. Er hatte gerufen und mit der Zunge geschnalzt, hatte fast eine halbe Stunde ohne Kopfbedeckung in der Sonne gestanden und die Möwe angebettelt, geflüstert und gebetet und Pommes Frites geworfen, und der Vogel hatte ihm völlig ungerührt dabei zugesehen. Dann hatte Mr. Healy etwas an seinen Hosenbeinen gespürt, und als er hinunterschaute, sah er gut fünfzig Möwen zu seinen Füßen, die sich immer näher an ihn herandrängten. Was man daraus lernen könne, sagte er seinem Kurs, sei, dass man nicht in Panik geraten dürfe.

Mr. Healy gab jemandem im Büro ein kurzes Handzeichen, und das Hubschraubergehäuse versank im Becken. Wasser gehorcht einem einzigen Imperativ. Jeder Tropfen stürzt sich unentwegt auf sich selbst. Wasser will nichts anderes, als von sich selbst zu zehren. Es durchflutet sich selbst, wird immer schwerer und schneller, selbst wenn es sich nicht bewegt.

Am Grund des Beckens befanden sich Taucher in schwarzen Gummianzügen, und ihre Körper waberten unter der Wasseroberfläche, mal dünn wie abgebrannte Streichhölzer, mal breit und stämmig.

Ohne einen gutsitzenden Überlebensanzug konnte im Nordatlantik niemand länger als fünf Minuten überleben, auch wenn er schwimmen konnte. Und die Chancen, einen Hubschrauberabsturz zu überleben, waren selbst mit Überlebensanzug gleich null. Das wusste jeder. Sie alle wussten es. Doch jeder, der auf eine Ölbohrinsel ging und seine Stelle dort behalten wollte, musste sich bei einem simulierten Hubschrauberabsturz aus der Kabine befreien.

John und sein Kunststoffgehäuse wurden in das Becken hinuntergelassen. Das Wasser strömte schneller herein, als je irgendetwas irgendwohin geströmt war. Das war eine Eigenschaft von Wasser – es konnte sich schneller bewegen, als man dachte. Von einer Sekunde auf die andere. Wasser drang ein, Johns Kopf tauchte unter, er trat gegen die Tür.

Er dachte noch daran, die Gurte zu lösen, was mehr war als beim vorigen Mal, dann verlor er das Bewusstsein. Was bloß bedeutete, dass er das Ganze ein weiteres Mal würde durchexerzieren müssen.

Ein Sturm, 1980

Manchmal fällt Helen ein, wie damals der Hund verschwand, eine halbe Stunde bevor der Sturm losbrach. Es regnete Bindfäden, bei völliger Windstille. Hunderttausende von Bindfäden, die durchscheinende Vorhänge bildeten, eine durchscheinende Wand. Die Bäume entlang des Rasens wackelten und wankten hinter dieser Wasserwand, als wären sie von Götterspeise umgeben. Der Schuppen zitterte. Die Regentropfen sprangen von den Steinplatten. Sie trafen so hart auf, dass sie hätten Funken schlagen können. Das Wasser im Napf des Hundes lief über. Es wurde dunkel, und der

Hund hasste Regen. Eines der Kinder hatte vergessen, die Hintertür zuzumachen.

Cal zog Gummistiefel und das Ölzeug an, das er auf der hinteren Veranda hängen hatte, und griff nach der Taschenlampe. Der kleine Lichtkreis, den sie warf, tanzte über das Gras. Er stieg in den Pick-up und ließ den Motor an. Manchmal reichte das Geräusch des Motors, um den Hund herbeizulocken. Die Scheinwerfer gingen an, und in ihrem Licht sah man den Regen schnell und senkrecht herunterprasseln, wie lauter Nähnadeln.

Helen konnte das Haus nicht verlassen, weil die Kinder schliefen. Es blitzte, und das Schlafzimmer wurde von einem grellen Licht erleuchtet, das blaustichig war oder übermäßig weiß. Sie trat ans Fenster, um hinauszuschauen – das Licht der Blitze erhellte den Regen, es entzog dem grünen Rasen die Farbe, so dass er grau aussah, und ließ die weiße Kirche aufleuchten, die in der Ferne auf dem Hügel stand. Das Meer wurde grau, und die wilde Gischt auf den Wellen war ultraviolett. Es war ein Peitschenschlag unnatürlichen Lichts, das zu lange anhielt, schließlich flackerte und wieder von Land und Meer abzog, so dass es dunkler war als zuvor. Der Donner grollte von fern. Er schien von Bell Island zu kommen, von jenseits des Meers. Er rollte bis zum Rasen heran, auf den Rasen, und entlud sich krachend direkt vor dem Fenster. Die Scheiben in den morschen, alten Rahmen schepperten. Es war das Haus an der Bucht, das sie schließlich gekauft hatten, hier waren sie im Sommer immer, wenn Cal nicht auf der Bohrinsel war.

Helen war eingeschlafen, ohne sich bewusst hingelegt zu haben, und sie erwachte, als Cal zurückkam. Er lehnte sich an den Türrahmen und weinte.

Ich denke immer wieder, sagte er. Dass er irgendwo

festsitzen muss und nicht heimkommen kann. Er mag doch Regen nicht. Helen ging zu Cal, um ihn in den Arm zu nehmen, aber er wehrte sie ab.

Ich bin klatschnass, sagte er.

Sie hatten sich wegen dieses Hundes gestritten. Hatten darüber gestritten, ob er auf dem Bett schlafen durfte. Cal ließ Gabeln mit feuchtem Hundefutter im Spülbecken liegen, und der Geruch verursachte ihr Brechreiz. Er ließ sich von dem Hund das Gesicht ablecken. Er fütterte ihn am Esstisch. Cal hielt ein Stück gegrilltes Steak über den Kopf des Hundes, und der Hund schaute hoch und rührte sich nicht.

Guckt euch das an, sagte Cal, guckt mal. Nicht bewegen, sagte er leise.

Der Hund blieb reglos sitzen, dann stieg ein dünner, hoher Laut aus seiner Kehle auf, und er hob eine Pfote, setzte sie wieder ab, hob die andere Pfote, setzte sie wieder ab.

Nein, sagte Cal. Und der Hund erstarrte wieder. Helen fand das alles unerträglich. Dann fiel das Stück Fleisch herunter, und der Hund schnappte es aus der Luft, biss zweimal feucht und kräftig zu, und das Fleisch war weg. Cal war von dieser kleinen Darbietung so begeistert, dass er seinen Stuhl vom Tisch zurückschob und sich auf die Schenkel klopfte, und der Hund sprang ihm auf die Beine und legte den Kopf an Cals Hals, sie knurrten sich gegenseitig an, und Helen sagte: Nicht am Esstisch.

Cal schälte sich aus seinen nassen Kleidern und legte sich zu ihr ins Bett, seine Beine waren eiskalt und seine Füße auch. Doch im nächsten Moment warf er die Decke jäh wieder ab und ging, Helen hörte die Hintertür zuschlagen, der Motor wurde angelassen, und Cal fuhr weg.

Er kam im Morgengrauen wieder, und nun zog Helen sich an und machte sich ihrerseits auf die Suche nach dem

Hund. Eine Stunde lang lief sie herum. Ihre Kleider waren durchnässt, kaum dass sie das Haus verlassen hatte. Ihre Jeans klebte an Oberschenkeln und Waden.

Der Fluss war angeschwollen, braun und aufgewühlt, und es trieben umgestürzte Bäume darin, deren gesplittertes Holz in der Dunkelheit sehr gelb aussah. Der Fluss strömte schneller, als sie es je gesehen hatte, er hatte sich über die Ufer gedrängt, floss in dichtem Schwall über den Felsen, von dem sonst immer die Kinder sprangen, und er war gefährlich. Helen blieb stehen, um an einer Wildrose zu riechen, deren Blütenblätter von großen Regentropfen bedeckt waren und nach Zimt und jener dunklen Süße dufteten, die Wildrosen eigen war.

Der Hund ist bestimmt tot, dachte sie. Es war verrückt, wie sehr Cal diesen Hund liebte. Er wurde oft für einen Nova Scotia Duck Tolling Retriever gehalten, aber tatsächlich war er eine Promenadenmischung, rötlichbraun mit eingerolltem Schwanz, und nach ein paar Sommern sahen sie in der Nachbarschaft eine Menge Hunde mit solch einem Schwanz. Es war ein kleiner hübscher Hund, doch wenn Helen versuchte, ihn an der Leine auszuführen, riss er ihr schier den Arm aus. Ein wahres Energiebündel. Wenn er in den Garten hinauswollte, bellte er die Hintertür an, sprang daran hoch und kläffte.

Als Helen zum Haus zurückkam, stand der Rasen unter Wasser, nur die Spitzen der Grashalme tüpfelten die glänzende Oberfläche, und der Regen hatte nachgelassen. Es regnete zwar noch, aber lautlos, und in der Wasseroberfläche auf der Wiese spiegelten sich Sonne und Wolken und blauer Himmel. Der Rauch des Holzofens hing in der Luft. Alles roch frisch. Die Kinder waren aufgestanden, und Cal machte Rührei; er drehte sich nicht um, als sie hereinkam.

Er muss tot sein, sagte Cal, das weiß ich. Aber ich kann es mir nicht vorstellen.

Wir suchen ihn noch mal alle zusammen mit dem Auto, sagte Helen.

Wenn er noch am Leben wäre, dann wäre er längst wieder hier. Cal gab das Rührei auf kleine Plastikunterteller, auf denen Big Bird abgebildet war. Er hatte einen Teller mit Toast im Ofen stehen, und den holte er jetzt heraus, ohne daran zu denken, dass er heiß war. Er ließ ihn auf den Herd fallen, packte sein Handgelenk und schüttelte heftig die Hand.

Scheißteller, sagte er.

Er verteilte das Rührei, gab jedem eine Scheibe Toast und schenkte den Kindern Saft ein, dann goss er Kaffee in zwei Tassen.

Alles ins Auto, sagte Helen.

Lass sie doch erst frühstücken, sagte Cal.

Alles ins Auto, sagte sie. Die Kinder kletterten in den Pick-up, Helen stieg ein, machte die Tür zu und kurbelte das Fenster herunter. Das ganze Land dampfte.

Anschnallen, sagte sie. Die Sonne war heißer geworden, Dampf trieb in Fetzen über die Straße, und eine Nebelbank hing tief über der Bucht. Auf der Straße riefen sie alle nach dem Hund. Cal fuhr langsam, und dann schrie Cathy auf.

Da ist er, schrie sie.

Zuerst rührte sich der Hund nicht, er schien wirklich tot zu sein, doch dann hob er den Kopf, und Cal hielt an. Sie rannten die steile Böschung hinunter und sahen, dass er verletzt war. Er lag in einer Wasserlache in der Kälte, war völlig durchnässt, sah aus, als könnte er noch sterben, obwohl sie ihn gefunden hatten. An seinem einen Hinterlauf hatte er eine so tiefe Fleischwunde, dass der gelblichweiße Knochen zu sehen war, er zitterte heftig und konnte sich kaum bewegen, und Cal hob ihn hoch und redete mit ihm.

Ist ja gut, sagte Cal. Wir lassen dich nicht sterben.

Cal fuhr mit ihnen allen im Auto zum Tierarzt, und abends fuhren sie zurück nach Hause. Sie hatten ewig gebraucht, um nach Carbonear zum Tierarzt zu gelangen, und sie ließen den Hund über Nacht dort. Sein Hinterlauf war gebrochen, doch er hatte keine inneren Verletzungen, und das Ganze würde sie zweihundert Dollar kosten.

Es war schon dunkel, als sie heimkamen, und Cal machte das Licht an. Er hatte die schlafende Lulu auf dem Arm. Helen und er brachten die Kinder ins Bett. Dann gingen sie wieder hinunter, wo immer noch das Rührei auf den gelben Big-Bird-Tellern lag, daneben die drei kleinen Gläser mit dem unangetasteten Orangensaft. Sie standen beide da und betrachteten den Tisch. An der Decke hing eine nackte Glühbirne.

Das Rührei, die Big-Bird-Teller, der Orangensaft und dieser typische Geruch, nachdem es geregnet hat – einen Moment lang, so erinnert sich Helen, kam es ihr vor, als hätte sie eine nachgestellte Szene in einem Museum vor sich, ein Tableau aus einem vergangenen Leben: ländliches Neufundland, ca. 1980.

Johns Freundin, 2005

John hatte zwei Beziehungen von der Sorte gehabt, die er als ernsthaft bezeichnen würde. Mit beiden Frauen war die Kinderfrage aufs Tapet gekommen. Beide hatten sich in der Annahme in ihn verliebt, dass er sich letztlich schon würde überreden oder anderweitig dazu bringen lassen, Vater zu werden.

In beiden Fällen hatte eine bittere Diskussion das Ende der Beziehung herbeigeführt. Bei Sophie war das in ihrer Souterrainwohnung geschehen, deren Küche sie gerade mit einer parfümierten Farbe hellgrün gestrichen hatten. Der Geruch nach Pfefferminze sollte John fortan immer an die späte Stunde und die kahlen Wände erinnern und daran, wie Sophie mit dem Rücken an einer der Wände heruntergerutscht war, so dass ein Streifen in der feuchten Farbe zurückblieb. Sie kauerte mit hochgezogenen Schultern auf dem Boden, die Ellbogen zwischen den Knien, die Handgelenke locker, so dass die Hände schlaff vor ihrem Gesicht hingen.

Ein heftiges Schluchzen schüttelte sie, doch es war kaum etwas zu hören. John versuchte sie zu streicheln, ihr übers Haar zu fahren, doch sie schlug seine Hände weg. Sie schaute zu ihm hoch, das Gesicht von Rotz und Tränen glänzend, errötet, grimmig.

Du wirst allein bleiben, sagte sie. Ein einsamer, exzentrischer Alter ohne einen Menschen, der dir den Stomabeutel wechselt, ja, nicht mal eine Katze wirst du haben, oder du hast dreißig Katzen, die dir den Küchenboden vollscheißen. Du wirst nach Einsamkeit stinken.

Er verließ die Wohnung ohne ein weiteres Wort. Während sie gestrichen hatten, war es draußen dunkel geworden. Der Himmel hatte seine Schleusen geöffnet. Der Regen prasselte auf den Gehweg, unter den Straßenlampen sah man die Tropfen hochspringen. Er bildete kleine Rinnsale entlang des Bordsteins, staute sich vor einer Getränkedose, schoss dann an ihr vorbei, riss braunes Laub mit. Er überströmte die Straße wie flüssiges Glas, in dem sich grell das Scheinwerferlicht spiegelte. Johns Socken waren durchnässt. Er verspürte weder Reue noch Trauer. Er war beschwingt.

Er hatte Sophie geliebt; oder jedenfalls hatte er sich an ihren Kochkünsten und dem Dope erfreut, das sie in ihrem Schlafzimmerschrank anbaute. Einem großen Schrank mit Natriumdampflampen. Der strenge Pflanzengeruch und das Kitzeln der Blätter, wenn man in den Schrank trat. Die Büsche waren fast so groß wie Sophie, und schon ein halber Joint brachte einen schier um den Verstand. Sophie hatte eine Art, an den Blättern zu reiben und sich dann die Finger zum Riechen unter die Nase zu halten, die John erotisch fand. Sie behauptete, bestimmte Dinge am Geruch der Blätter zu erkennen. Sie redete von den Pflanzen, als hätten sie ein Seelenleben, und er stellte das nicht in Frage, denn er hatte Angst vor ihrer Reaktion. Sophie verfügte über ein esoterisches Vokabular rund um Wattzahlen, Samen und Wasser, und sie pflegte diese Pflanzen mit einer Haltung, die an Respekt grenzte.

Sie verkaufte ihr Gras zu erschwinglichen Preisen; das war ihr wichtig. Sie mochte den geselligen Aspekt ihres Kontakts mit Kunden. Mochte die mit Arbeitslosen, Universitätsprofessoren oder ehemaligen Anwälten an verschwiegenen Orten verbrachten faulen Stunden. Sie redete mit ihnen über Politik und Wege, die Welt zu verbessern.

Es hatte John gefallen, wie sie den Tisch deckte: klobige, angelaufene Kandelaber, eine handgewebte mexikanische Tischdecke mit einem schrillen pinkfarbenen Streifen in der Mitte. Sie stand auf modische Drinks und gut abgehangenes Wild voll winziger Knochen, das sie gern im Teigmantel zubereitete. Manchmal aß sie auch wochenlang vegetarisch. Ab und zu war ihr ganzer Küchentisch mit trocknenden Pfifferlingen bedeckt gewesen. Sie kaufte in winzigen Naturkostläden ein und erstand dort Getreidesorten und Gewürze, von denen John noch nie gehört hatte. Und sie redete davon, ein Barbershop-Quartett zu gründen. Wenn sie eine besondere Gabe besaß, dann war es ihr Sinn für Harmonie. Sie war intelligenter als John und hatte so eine Art, die Augen zusammenzukneifen, wenn sie darauf wartete, dass er etwas begriff.

Aber ein Kind – dieses Verlangen nach einem Kind war wie ein Dämon. John hatte damals gedacht, dass sie eigentlich einen Priester oder sonstigen heiligen Mann bräuchten, um diesen Dämon zu exorzieren. Er hatte das Gefühl, ihm sei ein kurzer Blick darauf gewährt worden, wie Sophie einmal sein würde: in sich zusammengesunken, die Augen verquollen, vor der frischen grünlichen Farbe wie ein Zombie. Von Sophies nacktem Rücken in ihrem schwarzen paillettenbesetzten Kleid, dem Klang ihrer Flöte am späten Nachmittag – den Dingen, die er an ihr so liebte – war das Welten entfernt. Sie wollte sich versklaven und ihn gleich mit. Ihre ganze Eleganz wollte sie aufgeben für etwas Brüllendes, Blutsverwandtes. Beim Anblick von Blut wurde John schlecht. Auf dem Weg von ihrer Wohnung zu seinem Auto wurde John nass bis auf die Knochen. Er wartete darauf, dass es im Auto warm wurde. Es roch nach dem durchnässten Tweedmantel, den er anhatte. Ihm war, als wäre Sophie weggespült worden.

Und sie rief ihn nicht an, obwohl er damit gerechnet und sogar erwogen hatte, seine Nummer zu ändern.

Zwei Monate später sah er sie auf der Straße, bei einem Typ eingehängt, der eine Gitarre auf dem Rücken trug. Sie schien hocherfreut, ihn zu sehen. Von Grimmigkeit keine Spur mehr. Sie drückte ihn mit einem Arm an sich, ohne sich von dem Musiker zu lösen. Dann stellte sie John als wirklich tollen Freund vor, machte jedoch keinerlei Angaben über den Musiker, der sie wegzuziehen versuchte.

Wir sind spät dran, erklärte Sophie John. Sie zuckte mit den Achseln, als wäre Zuspätkommen eine Marotte, die sie mit dem Musiker teilte, eine liebenswerte Schwäche, der sie als Paar unerklärlicherweise verfallen waren.

Nach dieser zufälligen Begegnung erfasste John ein kurzer, aber heftiger Liebeskummer. Er sah, was er verloren hatte: Da war dieser kratzige Schal, den sie um den Hals trug; sie war schlaksig und zu groß; sie hatte eine Kamera und war stets darauf bedacht, irgendetwas festzuhalten, und einmal hatte er gesehen, wie sie aus der Folie einer Zigarettenschachtel einen Origami-Schwan faltete. Er war zweiunddreißig – was sprach denn gegen Kinder? Er ertappte sich dabei, wie er Babytragen begutachtete. Was ihn ängstigte, war die Tatsache, dass Babys nicht tragbar waren. Jedenfalls nicht tragbar genug. Er zermarterte sich das Hirn, doch er konnte sich nicht an den Namen des Musikers erinnern.

Nach Sophie stellte John fest, dass es ihm Spaß machte, mit jüngeren Frauen zu schlafen. Fünf, zehn Jahre jünger. Diese jungen Frauen hatten es nicht eilig mit dem Schwangerwerden, vielmehr verhüteten sie geradezu militant. Er liebte ihre Facebook-Seiten, ihre pinkfarbenen Handys, ihre Baumwollslips, die eher sportlich und gutgelaunt wirkten als sexy, mit mäßig witzigen Schriftzügen auf dem Hintern. Er liebte es, wie sie mit ihren auf Armeslänge vor sich gehaltenen Kameras Hunderte von Fotos von sich schossen, liebte ihre Mike's Hard Lemonade und ihre nächtlichen Gelage mit Chips, Salatdressing und Bratensauce, die leeren Bierflaschen auf den ausgebleichten, bei der Heilsarmee erworbenen Resopal-Chrom-Tischen, die sie regelmäßig für ein Vermögen bei eBay zu verkaufen drohten. Er mochte ihr Lipgloss mit Geschmacksnoten aus der Kindheit (Wassermelone, Bubblegum) und wie schnell sie eine Liebesbeziehung oder eine Auseinandersetzung analysiert hatten.

Sie waren schnell/langsam beim Sex, schüchtern und unermüdlich zugleich, nörgelig nur auf eine parodistische Weise, und vor allem waren sie großzügig. Letztlich schien es nicht um sie zu gehen. Es war, als hätten sie alle Dale Carnegie gelesen und beabsichtigten nun, durch Freundlichkeit weiterzukommen. Er stellte fest, dass kein Mangel an ihnen herrschte, und er konnte nicht genug von ihnen kriegen.

Johns Eltern hatten sich an der Bucht umgesehen und schließlich in der Nähe eines Sees Land gekauft, und dort verbrachten sie fortan die Wochenenden. John hatte die friedliche Intensität jener Kindheitsabende gemocht, wenn seine Mutter und sein Vater an der Anlegestelle saßen und aus Plastikgläsern oder Emaille-Campingtassen Roggenwhiskey mit Eis tranken. Der Häkelbikini seiner Mutter, ihre gebräunte Haut. Seine Eltern sahen ihm beim Angeln zu und tranken, manchmal unterhielten sie sich ein bisschen, manchmal nicht. Wenn sie mit ihm redeten, dann leise, denn sie wussten, dass ihre Stimmen über der reglosen Wasseroberfläche weit trugen. Er konnte hören, wie sich am anderen Ende des Sees die Angelschnur eines Nachbarn abwickelte, wie sie durch die Luft schnellte.

Seine Eltern waren mehr eins als separat gewesen. Sie waren zusammengewachsen, waren sich gleich. Für sich selbst wollte John das nicht.

Helens Verabredung, 2006

Und nach zahlreichen E-Mails hatte Helen dann also eine Verabredung. Sie hatte geschrieben, sie werde einen dunkelroten Mantel tragen und an der Bar sitzen, und es war schrecklich, als sie allein mit ihrem Gin Tonic dasaß.

Alle Blicke waren auf sie gerichtet, alle wussten, dass sie eine Schwindlerin war. Dass sie nicht in eine Bar gehörte. Sie war ein Stück Fleisch, das an einem Haken hing und auf einen Käufer wartete. Nachmittags war sie bei Halliday's gewesen, und als der Metzger die Tür des Kühlraums geöffnet hatte, war ihr ein Tierkörper ins Auge gefallen, der an einem Haken hing und wohl einmal eine Kuh gewesen war.

Sie hatte die eisige, mineralische Luft gerochen. Den rostigen Geruch gefrorenen Bluts, hatte die Stränge gelben Fetts gesehen. Der Metzger war wieder herausgekommen, hatte die Hände gegeneinandergeschlagen und sie gerieben, und dann hatte er ihr das Steak auf dem stählernen Schneidebrett mit der elektrischen Säge in Würfel geschnitten. Kleine steife Würfel mit Frostfasern in dem rotvioletten Fleisch, und jetzt erkannte Helen, dass sie das gewesen war, ihr eigenes Herz, das unter dem Sägeblatt hin- und herglitt.

Ihr Herz hämmerte in ihrer Brust, doch es wäre gelogen zu behaupten, sie hätte sich nicht beschwingt gefühlt. Keine von ihren Freundinnen hätte sich das getraut, auf diesem Barhocker sitzen zu bleiben und zu warten. Sie kannte niemanden, der das fertiggebracht hätte.

Die arme junge Barkeeperin – sie gab sich solche Mühe, dreinzuschauen, als wäre nichts Seltsames an Helen. Sie versuchte dreinzuschauen, als hätte sie noch nie etwas von Einsamkeit, Verfall, Verwesung und Maden gehört oder von etwas Langsamerem und Würdeloserem, nämlich diesem im mittleren Alter aufkommenden Bedürfnis nach Berührung. Die Barkeeperin redete übers Wetter und über ihre Kurse an der Uni, sie machte Smalltalk, und Helen fragte immer wieder: Bitte?, denn sie konnte keinem Gedankengang mehr folgen, sie hatte zu viel Angst.

Wenn Gäste die Bar betraten, kamen jedes Mal Schnee und Kälte mit herein, denn es schneite heftig; bei diesem Wetter würde es Verkehrsprobleme geben. Von ihrem Platz aus hatte Helen die Tür im Blick, und sie zählte sieben Männer, die Heathcliff hätten sein können.

Der Mann, auf den Helen wartete, nannte sich Heathcliff, er war eigentlich Versicherungsvertreter, doch irgendjemand hatte ihm mal gesagt, dass Frauen literarisch angehauchte Männer mochten. Sie halten einen dann für sensibel, hatte er Helen geschrieben.

Das alles hatte er Helen anvertraut, unter großzügigem Gebrauch von Emoticons. Drei Monate lang hatten sie einander täglich geschrieben, Helen und Heathcliff.

Neunzehn Leute betraten die Bar, während Helen wartete, und sieben von den neunzehn hätten er sein können. Es gab sieben potentielle Heathcliffs, und sie alle tranken etwas und gingen wieder, und keiner schaute sie an. Sie saßen für sich, ohne den Mantel auszuziehen, die Barkeeperin stellte ihnen ein Getränk hin, und sie beugten sich beim Trinken über das Glas, als hätten sie Angst, dass es ihnen jemand wegreißen könnte.

Oder sie zogen den Mantel aus, und ein Geschäftskollege gesellte sich zu ihnen, und sie tranken eilig, da ihre Frau zu Hause wartete. Die Frau wartete mit dem Essen. Sie ließen sich ein Glas für ihr Bier geben, doch sie tranken nicht aus dem Glas, sie tranken aus der Flasche, und dann stellten sie die Flasche sehr entschieden ab und schlüpften wieder in ihren Mantel.

Ein Mann in einem Mantel mit Fischgrätmuster, weinrotem Schal und Lederhandschuhen lehnte sich neben Helen an die Bar, und natürlich dachte sie, er sei es.

Was für ein Wetter, sagte er.

Wird es ungemütlich draußen?, fragte sie. Die Barkeeperin stellte ihm ein Glas Whisky hin, und er zog einen Schein aus einem Geldbündel und sagte zu ihr: Ich möchte, dass du mir etwas feierlich versprichst. Gib mir keinen zweiten, egal was ich tue.

Das Mädchen verdrehte die Augen, und Helen merkte, dass die beiden flirteten, obwohl der Mann dreißig Jahre älter war. Dem Mädchen machte es Spaß zu flirten. Sie konnte nicht älter als zwanzig sein, und absurderweise erwärmte diese Flirterei Helen das Herz. Es war, als schlössen die beiden sie ein, als verdrehte das Mädchen die Augen für sie – witzig, oder, dieses scheußliche Wetter und der Alte, der sein Glas jetzt in einem Zug leerte und es ganz bedächtig wieder absetzte. Sein Handy klingelte, und er zog es aus der Tasche, schaute auf die Nummer, schaltete es aus und steckte es wieder ein.

Meine Frau, sagte er. Er schüttelte sich kurz, und das Mädchen hinter dem Tresen grinste. Er war einer jener Männer, die erwarteten, dass man in der Bar wusste, was sie üblicherweise tranken. Es war nicht Heathcliff, denn Heathcliff hatte keine Frau.

Der Mann atmete tief aus, und Helen roch den Scotch und ein Pfefferminzbonbon und darunter etwas Übles. Ein Hauch von Pfefferminz und Scotch und dann ein bitterer Geruch, der Geruch eines unentrinnbaren, langen Büronachmittags, ausgefüllt mit irgendeiner unentrinnbaren, unappetitlichen Tätigkeit.

So, meine Liebe, sagte der Mann. Dann gib mir mal noch einen. Das Mädchen verschränkte demonstrativ die Arme, schloss die Augen und reckte das Kinn nach oben, zelebrierte Sprödigkeit. Sie gab sich eisern.

Pass bloß auf, sonst komm ich zu dir rüber und helf ein bisschen nach, sagte der Mann.

Das Mädchen stieß einen theatralischen Seufzer aus und schenkte ihm seinen Drink ein.

Wobei mir das gar nichts ausmachen würde, ein bisschen nachzuhelfen, sagte der Mann. Er lächelte. Er war nicht Heathcliff.

Und dann begriff Helen, dass Heathcliff gekommen und wieder gegangen war. Sie akzeptierte diesen Gedanken nur langsam. Sie war erschüttert.

Heathcliff war hereingekommen, hatte sie gesehen und nicht attraktiv gefunden. Es war so fern von allem, was ihr als anständiges Verhalten galt, dass sie es kaum fassen konnte, obwohl es zugleich eine Instanz in ihrem Innern gab, die dieses Verhalten sehr gut kannte. Sie ging auf die Toilette, kniete sich vor die schmutzige Kloschüssel und kotzte. Der Toilettenboden war voller Schneematsch, und ihre Nylonstrümpfe waren an den Knien sofort durchnässt; ein winziges Steinchen bohrte sich schmerzhaft in ihr Knie. Was sie erbrach, war die Überzeugung, das Älterwerden spiele keine Rolle. Denn es spielte sehr wohl eine Rolle. Eine sehr große sogar, und es ließ sich nicht aufhalten, und bei diesem Gedanken revoltierte alles in ihr.

Helen hatte eine Mail bekommen, in der es einzig und allein um die schmerzhafte Entfernung einer Warze an Heathcliffs Fußsohle ging. Sie hatte ihn bedauert. Er hatte Angst davor gehabt, und sie hatte ihm hinterher sofort geschrieben und gefragt, wie die Laserbehandlung verlaufen sei.

Sie hatten sich erotische Mails geschrieben. Helen hatte ihm gewisse Phantasien gestanden. Er hatte geschildert, was er mochte. Sie war blumig und subtil gewesen, er sehr direkt und klischeehaft.

Die Eingangstür der Bar knallte. Der Wind hatte sie zugeschlagen.

Heathcliff schrieb ihr nie wieder, und Helen ihm auch nicht. Doch die groteske Banalität und zugleich äußerste Intimität der Warzenmail verfolgte sie noch monatelang.

Zurück in der Arbeitswelt, neunziger Jahre

Es folgte – nach Cals Tod, als die Kinder etwas größer geworden waren – ein Bürojob, und Helen musste lernen, mit dem Computer umzugehen. Die anderen Angestellten waren alle zwanzig Jahre jünger. Verdammte Buchprüfung, verdammte Buchprüfung. Zehn Jahre lang hatte sie einen Chef, der ihr durch den Flur zurief: Da kommt ja die alte Schrulle. Trevor Baxter war Amerikaner, und er hielt das für witzig.

Helen hasste Computer. Sie tat nichts anderes mehr als arbeiten und schlafen. Sie schlief im Auto ein, während sie darauf wartete, dass es warm wurde. Sie schlief beim Schlangestehen auf der Bank ein, und ihre Brieftasche fiel ihr aus der Hand. Sie sei depressiv, sagte der Arzt. In den Wechseljahren. Er verschrieb ihr transzendentale Meditation. Er verschrieb ihr Beichte und Abendmahl. Wie wäre es mit einer Reise, schlug er vor.

Trevor Baxter sagte: Da kommt ja die alte Schrulle, fünf Minuten zu spät, wie ich sehe. Stand in der Tür seines Zimmers und schaute auf die Uhr.

Die alte Schrulle kommt mal wieder zu spät, dröhnte er.

Helen beschwerte sich nicht, denn sie wusste, dass seine Frau ihn gerade verlassen hatte und sein Herz ein einziges Krebsgeschwür war. Er könne nicht einmal ein Ei kochen, hatte er ihr einmal, an seinem Schreibtisch sitzend, unter Tränen erzählt. Wenn er die Wäsche aus dem Trockner hole, finde er die zusammengehörigen Socken nicht. Er wandere allein durch das leere Haus, könne nicht schlafen. Er habe seit Monaten nicht mehr geschlafen.

Die Kinder sind auf ihrer Seite, erzählte er Helen. Die Kinder redeten kaum mit ihm. Seine Schwägerin habe ihn im Supermarkt niedergemacht, schrill und bitterböse.

Elender Knicker, hatte sie gezischt.

Trevor Baxter war in Armut aufgewachsen. Er dulde das nicht. Dieses hemmungslose Geldausgeben. Er wisse, was ein Dollar wert sei. Die mit der Kreditkarte loslassen?, hatte er geschnaubt. Nicht solange ich lebe.

Eines Tages war Trevor nach Hause gekommen, und der Esstisch war weg, die Stühle ebenso und die Hälfte des Bestecks. Bei manchen Sachen fiel ihm erst nach Wochen auf, dass sie fehlten. Seine Frau hatte den Korkenzieher mitgenommen. Die Ofenhandschuhe. Den Salzstreuer, der in der Familie seines Vaters über vier Generationen weitervererbt worden war. Er hatte sein Geld für sie beide verdient, so hatte er das immer gesehen. Also hatte sie die Hälfte von allem mitgenommen. Und er konnte nichts dagegen tun. Sie hatte die Hälfte mitgenommen, aber er hatte alles verloren. So sah seine Rechnung aus.

Natürlich bemitleidete Helen ihn, doch unter dem Mitleid saß eine gewaltige Irritation.

Du hattest jemanden, hätte sie ihm am liebsten ins Gesicht geschrien. Sie wollte auf ihn einprügeln. Ihm ins Gesicht schlagen und mit jedem Hieb sagen: Du hattest jemanden. Du hattest jemanden.

Dann gehen wir mal wieder an die Arbeit, sagte Trevor Baxter.

Helen schob ihm die Schachtel Kleenextücher rüber, und er nahm eins und schnäuzte sich laut und nass, bewegte seine graue, haarige Nase in dem Taschentuch hin und her, wischte sie von beiden Seiten. Helen sah, dass er hässlich war, der hässlichste, ungestalteste Mann, den sie je gesehen hatte, er würde für immer alleine bleiben, und Helen ebenso.

Später am Vormittag riss er dann wieder die Tür auf und rief durch den Flur: Wo bleibt die alte Schrulle mit meinem Memo?

Die Mädchen im Büro waren jung, und sie hielten Helen für einen gerechten Menschen. Helen konnte einen Streit mit einer Neigung des Kopfes schlichten, sie ging würdig und intuitiv mit all den kleinen Verletzungen, Unzulänglichkeiten und Gefühlsausbrüchen um, die wie Grasbrände in so einem Büro aufflammten, und sie war es auch, die für die Brautpartys sammelte. Helen hatte etwas, was sie nicht hatten, etwas, was sie anstrebten, aber nicht hätten benennen können. Sie wären entsetzt gewesen zu hören, dass es sich dabei um Erfahrung handelte. Erfahrung wollten sie nicht. Helen war traurig, und die jungen Frauen verstanden diese Traurigkeit nicht, doch sie respektierten sie. Helen hatte aus heiterem Himmel einen schweren Schicksalsschlag erlitten, und sie hatte Narben davongetragen. Sollte ihnen je etwas Vergleichbares zustoßen, würden sie so daraus hervorgehen wollen wie Helen. Sie war nicht streng, gab keine Ratschläge, urteilte nicht. Helen, so dachten die Mädchen im Büro, war das, was ihre Großmütter eine Dame genannt hätten.

Diese jungen Frauen hatten den Feminismus um ein halbes Jahrzehnt verpasst. Sie stellten sich unter einer Dame eine Frau vor, die ein gewisses Maß an spiritueller Erleuchtung erlangt hatte, vollendet in allen Haushaltsdingen war, von denen sie sich letztlich jedoch fernhielt, und zudem romantisch und großzügig. Helen bewies Großzügigkeit in allem, was sie tat, und die Mädchen im Büro sahen, dass ihr das nichts nahm. Die Mädchen wussten, dass Helens Mann auf der Ocean Ranger ums Leben gekommen war, aber sie brachten das nicht mit der Frau zusammen, die im Büro die Lohnabrechnung machte.

Eines Tages kam Joanne Delaney in Helens Zimmer und machte die Tür hinter sich zu. Joanne Delaneys Augen funkelten.

Wir haben beschlossen zu streiken, sagte sie. Das ganze Büro. Alle sind dabei. Wir lassen es nicht mehr zu, dass er so mit Ihnen redet, Helen. Wir tun das für uns alle.

Während Joanne Delaney noch sprach, rief Trevor Baxter: Wo ist die alte Schrulle? Wo ist sie?

Doch Helen nahm die Sache in die Hand. Nur keine Aufregung, sagte sie. Ich weiß ihn schon zu nehmen.

Wer da? 1995

Streiten wir uns jetzt um eine Salatschüssel?, fragte Cathy. Es gab zwei große Salatschüsseln, die identisch waren. Cathy angelte eine davon hinten aus dem Schrank und wischte mit einem Stück Küchenkrepp den Staub heraus.

Kann ich die haben, Mom?

Nimm doch gleich alles mit, sagte Helen. Claire war fünf und kam in den Kindergarten, und Cathy hatte eine neue

Wohnung. Sie waren alle zusammen hingegangen und hatten sie sich angeschaut, und es war ein richtiges Drecksloch. Ein Kunststoffteppichboden, der nach Käsefüßen roch, und durch die Wand konnte man hören, wie nebenan eine Schublade aufgezogen wurde und Besteck klapperte.

Hier kannst du ja keinen Furz lassen, hatte Helen gesagt. Ohne dass es die ganze Welt mitbekommt.

Cathy hatte die Abendschule besucht und die elfte Klasse nachgeholt, und dann hatte sie sich an der Memorial University eingeschrieben. Sie hatte Krankenpflege studiert. Helen hatte Krankenpflege gesagt, und Cathy hatte Krankenpflege belegt. All die Bücher, über den ganzen Esstisch verteilt.

Abends kochte Helen, und danach spülte sie ab, während Cathy lernte. Helen brachte Claire ins Bett.

Sie und Claire lasen zusammen *Gute Nacht, lieber Mond* und *Thomas und seine Freunde*, sie lasen *Beverly Cleary* und *Amelia Bedelia* und *Mini-Krimis*. Und immer wieder lasen sie *1001 Klopf-Klopf-Witze*. Klopf Klopf! Wer da? Feuer! Feuer wer? Ja, wo brennt's denn? Oder: Klopf Klopf! Wer da? Theo! Theo wer? Tee oder Kaffee?

Elternkompetenz. Als Helen ihre Kinder großzog, hatte es diesen Begriff, soweit sie wusste, noch gar nicht gegeben.

Helens Verständnis von Elternkompetenz ließ sich in einem Satz zusammenfassen: Weil ich es sage.

Helen nahm keine Beruhigungsmittel. Ihre Kinder würden es nie erfahren, aber Helens Verständnis von Elternkompetenz sah so aus: Sie war für ihre Kinder da. Ihr Arzt hatte gesagt: Tabletten, aber Helen hatte gesagt: Nein. Helen war da, morgens, mittags, abends, nachts. Das war ihr Verständnis von Elternkompetenz. Sie hatte sterben wollen. Sie starb nicht.

Die Gemeindeschwester hatte zu der schwangeren fünfzehnjährigen Cathy gesagt: Adoption. Hatte sie wissen lassen, dass die katholische Kirche Mädchen in ihrer Situation Hilfe anbot. Sie sagte nicht Abtreibung. Abtreibung sagten die Gemeindeschwestern damals nicht.

Sie hatte mit Cathy gesprochen, dabei aber Helen angeschaut.

Die anderen Kinder waren in dieser Zeit im Haus herumgeschlichen. Es gab eine Phase, da waren sie still, wenn sie in ihren Zimmern waren. Still, wenn sie am Esstisch saßen. Still, während Cathy sich hinter der Klotür übergab. Sie hörten sie würgen, hörten, wie das Erbrochene in der Kloschüssel auftraf, und dann begann das Wasser im Kessel zu kochen, und es klang wie ein Tosen. Gabrielle wollte wissen, was los war. John begann seine Erbsen aufzuspießen. Die Zinken klirrten auf dem Teller. Dann ließ er die Gabel mit einem Scheppern fallen.

Helen arbeitete an einem Hochzeitskleid für Louises Schwiegertochter in spe, und John lümmelte sich an den Türrahmen. Sie ließ den gesamten Saum durch die Maschine laufen, und erst als die Nadel abbrach, setzte Helen die Brille ab und fragte: Was hast du mir zu sagen?

Nichts, sagte John.

Ich tue mein Bestes, sagte sie. John stieß sich mit sichtlicher Anstrengung vom Türrahmen ab und ging, und dann knallte die Fliegengittertür zu.

Wo gehst du hin, rief sie ihm nach. Aber er war schon weg. Cathy hatte ihr Kind bei Helen großgezogen, und jetzt hatte sie eine eigene Wohnung. Helen redete von den Kosten, aber sie wussten beide, dass es nicht ums Geld ging. Das ist der Dank, dachte Helen. So bedankt man sich heutzutage. Weil es meine Schüssel ist, dachte Helen, deshalb. Weil ich das verdammte Recht habe, zwei identische Salatschüsseln zu haben, wenn ich zwei identische Salatschüsseln haben will. Weil ich es sage. Aber das sagte sie nicht.

Ich habe irrtümlich das Ultraschallbild zu sehen bekommen, hatte Cathy ihr vor Claires Geburt erzählt. Sie rief aus dem Krankenhaus an. Stand in einem dieser dunklen Korridore an einem stinkenden, bazillenverseuchten Münzfernsprecher.

Ich habe es gesehen, sagte Cathy. Eigentlich sollte ich es nicht sehen, aber die Arzthelferin hat den Bildschirm in meine Richtung gedreht.

Sie hatte nicht gewollt, dass Helen bei der Geburt dabei war.

Ich möchte aber dabeisein, hatte Helen gesagt.

Das will ich nicht, Mom.

Warum denn nicht?

Weil ich es sage, deshalb.

Die Aufregung, als der Geburtstermin nahte. Helen wollte dabeisein, aber Cathy blieb hart.

Warum können wir das Kind denn nicht zusammen großziehen?, hatte John gefragt. Keiner sagte etwas. Ich meine, weil, wir sind doch schließlich eine Familie, oder? Ist das Kind denn nicht mit uns verwandt?

Cathy schenkte sich gerade Wasser ein, und es lief über und durchtränkte das Tischtuch, doch sie goss immer weiter. Was machst du denn, sagte Helen. Das war Elternkompetenz: die Kinder tun lassen, was sie tun mussten.

Das ist alles so schon schwierig genug, sagte Cathy.

An dem Abend, als Cathy aus dem Krankenhaus anrief, nähte Helen gerade Pailletten auf das Hochzeitskleid, von Hand, das ganze Oberteil war mit Pailletten übersät. Cathy war nicht von der Schule nach Hause gekommen, und es war schon dunkel draußen. Es schneite, und John hörte laut Pink Floyd, deren Musik Helen nicht leiden konnte. Lulu war beim Eiskunstlauf. Gabrielle bei den Brownies. Das Licht der Lampe traf auf eine Paillette, eine kleine Stichflamme auf dem Stoff. Helen hatte das Telefon neben sich stehen, und sie spürte, dass es klingeln würde, kurz bevor es tatsächlich klingelte.

Die Fruchtblase ist geplatzt, sagte Cathy. Ich wünschte, du wärst hier.

Ich auch, sagte Helen.

Ich brauche jetzt meine Mutter, sagte Cathy.

Ich komme.

Nein, komm nicht, sagte Cathy. Ich muss da allein durch. Und dann hatte Helen bis sieben Uhr früh nichts mehr gehört. Helen hatte nicht gesagt: Bitte behalte das Kind. Sie war die ganze Nacht aufgeblieben und hatte nicht gesagt: Bitte behalte das Kind. Sie hatte an dem Hochzeitskleid weitergearbeitet. Als John morgens herunterkam, saß Helen immer noch auf ihrem Stuhl.

Das Kind ist da, sagte Helen.

Was ist es denn, wollte John wissen.

Ein kleines Mädchen, sagte Helen. John ging in die Küche, und sie hörte, wie er einen Teller aus dem Schrank nahm, den Toaster herunterdrückte, den Kühlschrank aufmachte, und dann hörte sie, wie der Teller zu Bruch ging.

Lulu kam ins Zimmer.

Hat sie das Kind jetzt gekriegt?, fragte sie. Sie trug ein Babydoll, gähnte und rieb sich mit dem Handballen das Auge. Geht's ihr gut?

Ja. Es geht beiden gut.

Nach dem Anruf am frühen Morgen folgte kein weiterer Anruf, also bestellte Helen ein Taxi. Nicht, dass Cathy noch eine Adoptionserklärung unterschrieb. Helen musste hin. Sie würde eingreifen. Überzeugungsarbeit leisten.

Das Taxi stand schon vor der Tür, da klingelte das Telefon, und Cathy sagte: Sie hat Dads Ohren, Mom.

Ich komme, sagte Helen.

Ich behalte sie, Mom.

Wirklich, mein Schatz?

Sie hat einen richtigen Wuschelkopf.

Cathy und Claire hatten bei Helen gewohnt, und Helen liebte ihre Enkelin auf eine ganz entspannte Weise. Sie las ihr jeden Abend vor. Sagte zu Cathy: Geh aus, amüsier dich. Helen war nie streng zu Claire gewesen, dazu hatte es keinen Anlass gegeben. Sie nähte ihr gesmokte Kleider. Ihre eigenen Töchter hatte sie wie Jungs angezogen. Sie sollten sich behaupten können, das war wohl der Hintergedanke gewesen. Sollten gewappnet sein. Sie waren Mädchen mit Grasflecken an den Knien und Schmutz unter den Fingernägeln gewesen.

Doch für Claire kaufte sie weiße Spitzensöckchen. Sie nähte ihr drei Kleider nach demselben Schnittmuster, eins in Hellgelb, eins in Hellrosa und eins in Hellblau, mit Bubikragen und einer Schleife auf dem Rücken, das Smoken dauerte ewig, und zu den Kleidern kaufte sie Claire schwarze Lackschühchen. Einer der schlimmsten Streits, die sie und Cathy je hatten: Helen ließ Claire die Ohren durchstechen, als das Mädchen drei war. Zwei goldene Ohrstecker.

Sie hatten bestimmt miteinander gesprochen. Helens erwachsene Kinder hatten sich bestimmt zusammengesetzt, als Claire fünf war, und das alles besprochen. Hatten Cathy ins Gewissen geredet, sie solle ausziehen. Wer wollte schon irgendwann gezwungen sein, sich um eine alte Frau zu kümmern. Bestimmt hatten sie so geredet.

Sie wird dich aussaugen, Cathy, hatte Lulu gesagt. Jetzt ist es ja noch okay, aber in zehn, fünfzehn Jahren kommst du da nicht mehr weg.

Geh, solange es noch möglich ist, hatte John bestimmt gesagt. Und sicher war es John gewesen, der Cathy vorgeschlagen hatte, eine eigene Wohnung zu nehmen. John gab Cathy schon seit einiger Zeit Geld. Er machte das Ganze erst möglich.

Es war eine gewaltige Kränkung gewesen. Das einzige, was noch größer war als diese Kränkung, war Helens Wunsch, sie vor ihren Kindern zu verbergen.

Ich bin es leid, dir ständig hinterherzuräumen, sagte sie zu Cathy. Oder: Schön, dass ich endlich wieder mehr Platz habe.

Helen hatte Angst vor dem Alleinsein. Sie ging wegen Kurzatmigkeit zum Arzt, und der sagte: Inhalator. Er sagte: Mildes Beruhigungsmittel. Schlaftabletten. Helen hatte Angst vor Einbrechern. Sie hatte Angst vor Gespenstern. Und wenn es zu einem medizinischen Notfall kam? Klopf Klopf. Wer da? Niemand.

Doch zu Cathy sagte Helen nichts.

Sie sagte: Nimm die Schüssel. Ja, du kannst die Schüssel haben.

Wir wohnen doch nur zwei Straßen weiter, sagte Cathy. Um die Ecke.

Helen war im Keller und sichtete altes Geschirr, und Cathy kam herunter und stellte sich zu ihr. Im Keller roch es feucht, mineralisch. Die Wände waren aus Stein, und es standen muffige alte Rucksäcke herum, mit denen sie alle schon auf Reisen gegangen waren, ein Stapel Koffer, Kartons mit Weihnachtsschmuck. Den größten Teil von Cathys Sachen hatten sie schon Anfang der Woche in die neue Wohnung gebracht, und Helen kramte gerade in einer Kiste nach einem Bratenwender. Sie wollte nicht, dass Cathy sich einen neuen kaufte, wenn sie selbst einen überzähligen hatte.

Das wäre doch Verschwendung, sagte sie.

Helen suchte schon seit Tagen nach dem Bratenwender. Sie hatte einen Schlüsselanhänger in Form eines in Plastik eingeschlossenen Marihuanablattes gefunden und eine Cordhose, die Cathy mit sieben getragen hatte – zweifarbig, lila und weinrot. Cathy konnte es nicht fassen, wie klein die Hose war. Eine Disney-Tasse aus Plastik tauchte auf, in der Sprenkel auf und ab schwebten, wenn man sie neigte, und winzige Plastikschuhe und Aschenputtel in ihrem Ballkleid. Der Bratenwender lag neben Helen auf dem Betonboden. Er war voller Rostflecken. Helen kniete, sie hatte etwas in der Faust und presste die Faust an ihre Brust.

Sie öffnete die Hand. Es war eine Filmrolle. Sie hatte einen noch nicht entwickelten Film gefunden.

Weiß der Himmel, von wann der ist, sagte sie zu Cathy.

Später holte Helen in der Drogerie den Umschlag mit den Abzügen ab, und dann saß sie im Auto und ließ sich Zeit mit dem Öffnen. Sie saß einfach nur da und beobachtete eine Frau, die ein Kleinkind im Einkaufswagen sitzen hatte, ihre Plastiktüten flatterten im Wind, und auf Helens Windschutzscheibe pladderten große Regentropfen. Dicke runde Platscher.

Auf den ersten beiden Bildern waren Espen zu sehen. Nur die Wipfel und viel leerer fahlblauer Himmel.

Das dritte Bild zeigte Cal auf der Regatta. Er trug ein verwaschenes Kapuzensweatshirt und hatte die Cord-Babytrage auf dem Rücken.

Wer war das? War das John, der in der Trage saß? Es musste John sein. Cal hatte eine schwarze Sonnenbrille auf, er war von Menschen umgeben, hinter ihm Sonne und Wasser, und über das Bild verstreut rosafarbene Lichttupfer, weil das Sonnenlicht im falschen Winkel auf die Linse gefallen oder weil der Film so alt war.

Ein dreifacher Lichttupfer, rosa, gelb und weiß, kam aus der Sonne geschwebt. Cal hielt einen Stab mit rosa Zuckerwatte, die an den Rändern überbelichtet und weiß wie eine Glühbirne war.

Und natürlich lernte Cathy jemanden kennen. Mark Hamlin wohnte ein Stockwerk unter ihr. Schulterlanges Haar, ein promovierter Musikologe. Helen mochte ihn vom ersten Augenblick an.

Helen und Louise in Florida, 1998

Louise stellte ihrem Mann vierzehn Portionen Eintopf in die Tiefkühltruhe, jeder Behälter mit einem Stück Kreppband beklebt, auf dem das Auftaudatum stand. Helen und sie fuhren nach Florida. Sie schlürften Drinks am Pool, machten Strandspaziergänge, lasen den ganzen Tag. Sie kochten selbst, denn sie hatten ein Apartment mit einer kleinen Küche gemietet, und sie kannten jeden. Die Neufundländer fuhren im Winter alle nach St. Pete's. Die Murrays waren zur gleichen Zeit wie Louise und Helen da, und die O'Driscolls und die Roaches auch. Meredith Gardiner war ebenfalls da, sie hatte einen reichen Witwer mit einer Eigentumswohnung kennengelernt. Meredith lud sie beide zum Abendessen ein.

Helen und Louise lagen einfach am Strand, das Wasser war warm, und sie wurden sehr braun. Sie kauften für ihre Enkel ein, Shorts im Set, Schnorchel, Taucherbrillen und durchsichtige Plastikschuhe mit roten Lämpchen im Absatz.

Eines Tages nahm Louise eine Auffahrt und schrie: Was machen denn diese Idioten?

Es war dunkel geworden, und zahllose Scheinwerfer kamen auf sie zu, schwenkten zur Seite, ein lautes Schrappen an der Betoneinfassung, Funken sprühten, Hupen gellten.

Du bist auf der falschen Fahrbahn, schrie Helen zurück. Louise trat gleichzeitig auf Gaspedal und Bremse, und sie drehten sich drei- oder viermal um die eigene Achse, schleuderten auf den Mittelstreifen, das rechte Vorderrad sackte jäh nach unten, so dass Helen mit dem Kopf gegen die Windschutzscheibe knallte, und dann holperte oder bockte das Auto, schien mit dem Heck gegen irgendetwas geschlagen zu sein. Lautes Hupen auf der Straße, und jetzt stand ihr Wagen richtig herum. Sie fuhren Schlangenlinien, das Hupkonzert setzte sich fort, und als Helen zurückschaute, sah sie, dass es zu mehreren Auffahrunfällen gekommen war. Louise fuhr einfach weiter, verlangsamte das Tempo nicht. Man kann auf diesen Highways nicht einfach langsamer werden. Sie wurde erst langsamer, als sie auf den Parkplatz eines Fastfood-Restaurants einbogen – was war es, ein McDonald's oder Arby's oder Wendy's? Irgendsowas, und dann saßen Helen und Louise einfach nur im Auto, das sich immer noch langsam zu drehen schien. Helen klappte die Sonnenblende herunter und schaute in den Spiegel, aus dem Haar tropfte ihr Blut auf die Stirn, und sie war sehr bleich.

Noch Monate später wachte Helen manchmal mit dem Gefühl auf, ihr Bett drehe sich wie ein Spielplatzkarussell in einem leeren Park bei leichtem Wind. Sie erinnerte sich aus ihrer Kindheit an dieses Gefühl: wie sie sich mit beiden Händen festgehalten und den Kopf nach hinten gelegt hatte, so dass sich über ihr die Baumwipfel wie ein Rad gemächlich drehten, mit den Wolken in der Mitte.

Eine andere Unterrichtsstunde, 1998

Jetzt, sagte der Fahrlehrer, sollten Sie sich einfädeln. Mach ich doch, sagte Helen. Ich bin dabei, mich einzufädeln. Dann sollten Sie auch den Blinker setzen, sagte der Fahrlehrer.

Helens Bluse war nass unter den Armen und klebte ihr am Rücken. Die anderen Autos gleißten in der Sonne. Die Sonne knallte auf die Chromteile und auf die roten und blauen Kühlerhauben.

So ist es recht, sagte Jim Picco, der Fahrlehrer. Es ist ganz einfach. Für fortgeschrittene Fahrschüler.

Helen wurde nach vorn geschleudert, und der Gurt schnitt in ihren Oberkörper und warf sie wieder gegen die Rückenlehne.

Das war …, sagte Jim. Ich musste auf die Bremse treten, weil Sie auf den Telefonmast zugesteuert sind. Fahren Sie rechts ran.

Ich kann das nicht, sagte Helen.

Sie sind von der Spur abgekommen.

Ich bin zu alt.

Sie können nicht einfach so von der Spur abkommen.

Haben Sie eine Ahnung, sagte Helen.

Jim hob das Becken etwas an und zog die Bügelfalten seiner Hose gerade. Er zupfte an seinen Manschetten, nestelte die eine unter dem Jackettärmel hervor. Dann rollte er den Kopf ein wenig, um den Nacken zu entspannen, und umfasste seine Knie. Nehmen Sie sich einen Augenblick Zeit, Mrs. O'Mara, sagte er. Dann setzen Sie den Blinker, überprüfen den toten Winkel und schauen in den Rückspiegel. Und fädeln sich in den Verkehr ein.

Jim Picco hatte borstige graue Stoppeln auf dem Kinn,

und es schien Helen, als hätten sie sich vor Angst aufgestellt, denn vorher waren sie ihr nicht aufgefallen.

Er rieb sich mit beiden Händen fest über die Oberschenkel.

Ich wäre dann so weit, sagte er. Sie auch?

Helen setzte den Blinker, wie Jim es gesagt hatte. Sie legte den Gang ein. Jim schaute nach hinten, wandte sich wieder nach vorn, rollte die Schultern und sagte, sie könne losfahren, und sie trat aufs Gas, allerdings zu sehr, außerdem hatte sie in den Rückwärtsgang statt auf Drive geschaltet, so dass sie mit quietschenden Reifen nach hinten schossen und dann mit einem Ruck stehenblieben. Helen wurde wieder in den Gurt geschleudert und Mr. Picco ebenfalls, wie sie sah.

Mrs. O'Mara, sagte er. Darf ich Helen sagen?

Ja, sagte sie.

Helen, wir müssen vorwärts fahren.

Tauziehen, 1978

Cal war in der anderen Mannschaft. Die Eltern hoben das schwere Tau aus dem Gras, witzelten herum und reihten sich hintereinander auf, wobei sie auf fremde Ellbogen und ihre eigenen Füße achteten. Pass auf, wo du hintrittst.

Helen stand hinter Felix Browns Vater. Die Schulsekretärin, die ein Kind mit zerebraler Kinderlähmung in der ersten Klasse hatte, stand hinter Helen. Die Sekretärin war ein echtes Muskelpaket. Dann waren da noch Monique Leblanc, die mädchenhafte Hilflosigkeit zur Schau trug, sowie Maggie Ferguson und ihr Mann Brad. Die Zwillinge der Fergusons standen an der Seitenlinie, um ihren Eltern zuzuschauen. Die beiden hatten Getränkedosen in der

Hand und Strohhalmgetränkebrillen auf der Nase. Sie saugten beide gleichzeitig, und die orangefarbene Limonade schoss durch den transparenten Halm nach oben, über das eine Ohr, um beide Augen herum und dann über das andere Ohr nach unten in den Mund. Die Eltern plapperten und kicherten, rempelten und stießen mit den Schultern gegeneinander.

Der Himmel war strahlend blau und von Schäfchenwolken übersät, und die gelben Butterblumen im Schatten am Rand der Wiese glänzten, als wären sie lackiert. Die Sonne brannte auf die Köpfe der Eltern und scheckte die Wiese smaragdgrün und limonengrün, nur unter den Bäumen war das Grün ganz dunkel. Fast schwarz. Der erste warme Tag im Jahr. Es roch nach siedenden Wiener Würstchen und durchweichten Brötchen.

Die andere Seite zog probeweise einmal am Tau, und auf Helens Seite stolperten alle ein, zwei Schritte nach vorn und zogen dann ebenfalls. Helen konnte es nicht fassen, dass Cal in der anderen Mannschaft war.

He, was machst du denn da drüben?, rief sie. Warum ist mein Mann auf der anderen Seite? Doch Cal hörte sie nicht. Ein schriller Pfiff ertönte. Eltern, bitte auf die Flagge warten, sagte die Sportlehrerin. Und Ruhe, wenn ich bitten darf. Sie sagte es in süffisantem Ton, und die Kinder fanden es herrlich, ihre Eltern so zurechtgewiesen zu sehen, sie kugelten sich vor Lachen.

Johns erster Sporttag. Er war im Kindergarten und hatte bereits einen Preis im Dreibeinrennen gewonnen.

Früher am Morgen hatte es noch so ausgesehen, als würde das Ganze abgeblasen werden. Es war tagelang kalt und bedeckt gewesen. Nebel war wie flüssiger Beton den Signal Hill hinuntergekrochen.

Doch im Radio hatte es geheißen, der Sporttag werde überall in der Stadt abgehalten, eine Liste der beteiligten Schulen wurde heruntergerasselt und die Mitnahme von Sonnenhüten und Snacks empfohlen.

Im Laufe des Vormittags klart es auf, hatte es geheißen. Nachmittags zwanzig Grad und sonnig.

Helen hatte frühmorgens im Garten Wäsche aufgehängt, und da war der Duft des Flieders sehr stark gewesen, und sie hatte gespürt, dass der Wind sich drehte. Die Blätter des Ahorns hatten aufgeleuchtet. Alles kann sich im Handumdrehen verändern, hatte sie gedacht. Ohne ersichtlichen Grund.

Als Helen an diesem Abend John ins Bett brachte, fragte er: Träumt man eigentlich noch, wenn man tot ist?

Sie las ihm gerade eine Geschichte vor, und nun legte sie sich das Buch auf die Brust und machte die Augen zu. Sie hatte sich den Hals verrenkt und wusste auch genau, wie. Der schrille Pfiff der Trillerpfeife hatte die dunstige Luft zerrissen, und Helen war überrascht gewesen, wie heftig die andere Seite zog. Die Eltern im anderen Team zogen mit aller Macht, und Helen verlor das Gleichgewicht. Sie beschloss gegenzuhalten. Und sie gab alles. Sie stemmte die Fersen ins Gras, in die matschige Erde. Sie biss die Zähne zusammen, zog, so fest sie konnte, ließ nicht locker.

Ihr Team lehnte sich ins Tau, in dessen Mitte ein Knoten war, den es über einen Pylon zu ziehen galt, und dieser Knoten bewegte sich ganz langsam in ihre Richtung.

Helen und die anderen Eltern auf ihrer Seite lehnten sich nach hinten, die Knie gebeugt, den Hintern fast auf dem Boden, und plötzlich fand sie es witzig, dass Cal in der anderen Mannschaft war. Was machte er da drüben? Wie waren sie voneinander getrennt worden? Sie beugte sich etwas zur Seite und sah sein Gesicht. Seine Augen waren zusammengekniffen und die Oberlippe verzerrt, so dass man seine Zähne sehen konnte. Und wie er den Kopf zurückgeworfen hatte – sie krümmte sich vor Lachen. Wellen von Gelächter durchliefen ihren ganzen Körper, und jetzt musste sie doch lockerlassen. Sie gab auf, denn sie war ganz schwach von ihrem lautlosen Lachkrampf, und irgendwie hatte sie sich dabei auch den Hals verrenkt.

Helen war das egal gewesen. Die gegnerische Seite gab dem Tau etwas Spiel, so dass Helen und ihr Team umkippten, und die Kinder jubelten und hüpften herum und riefen Mommy oder Daddy. Helens Team wurde wieder hochgezogen, kippte in die andere Richtung um, und der Knoten bewegte sich über den Pylon langsam in die entgegengesetzte Richtung.

Die Trillerpfeife schrillte, und die orangefarbene Fahne sauste flatternd nach unten. Als Helen das Tau losließ, kribbelten ihre Hände. Sie musste die Fäuste ein paarmal öffnen und schließen.

Helens Augen waren zu, das Buch lag offen auf ihrer Brust, und sie sagte zu John: Wenn man tot ist, ist man tot. Dann gibt es nichts mehr. Gar nichts mehr.

Sie hatte vergessen, dass sie mit einem Fünfjährigen sprach. Ihr war nicht bewusst, dass sie laut gesprochen hatte.

Gar nichts, wiederholte John. Sein Erstaunen erfüllte das Zimmer. Es war, als wäre der Tag mit seinem grellen Sonnenschein, den hellen, wispernden Blättern, den giftiggelben Butterblumen, den Preisen und der freudigen Erregung von einem rauen Wind ins Zimmer geblasen worden und dann an ihnen vorbeigefegt. John stützte sich auf einen Ellbogen und starrte geradeaus in die Dunkelheit und Leere.

Der Schaltwagen, November 2008

Lulu hatte sie dazu gebracht, einen Schaltwagen zu kaufen, weil man für Schaltwagen einen Preisnachlass erhielt und sie nicht so viel Benzin verbrauchten.

Denk an die Umwelt, Mom!

Helen fährt von ihrem Yogakurs nach Hause, sie steht auf dem Long's Hill vor der roten Ampel, und ein Bus klebt ihr an der Stoßstange. Die verdammte Umwelt ist ihr so was von egal. Grün. Es ist grün. Sie tritt voll aufs Gas, würgt den Motor ab, und das Auto rollt zurück, woraufhin der Busfahrer auf die Hupe drückt. Er hupt und hupt. Sie lässt den Motor erneut an und tritt voll aufs Gas. Lässt die Kupplung kommen, das Knirschen von Metall, verbranntes Gummi, der Motor geht aus, und das Auto rollt nach hinten. Handbremse, Herrgott noch mal, Handbremse, und dieser blöde Bus könnte ihr doch wenigstens ein paar Zentimeter Platz lassen! Doch er fährt ganz dicht auf, und dann hupt er wieder.

Helen fährt mit einem Ruck an, etwas rastet ein, quietscht erbärmlich. Zweiter Gang, fällt ihr ein, zweiter Gang. Na los, du blödes Teil, jetzt fahr. Handbremse! Lösen! Zwei Hüpfer, und dann fährt der Wagen. Alles in Ordnung. Die nächste rote Ampel überfährt Helen rasant.

Gestern Abend kam in den Nachrichten ein Bericht über zwei Frauen, die im Magic Wok die Zeche geprellt hatten, doch die Kellnerin war ihnen nachgelaufen und hatte sie noch erwischt. Die Frauen hatten vor laufender Kamera erklärt, sie verspürten keinerlei Reue.

Ich bereu gar nix, hatte die eine gesagt. In Handschellen waren sie aus dem Gerichtsgebäude geführt worden. Knallhart. Helen saß an der Nähmaschine, unterbrach die Arbeit jedoch, um sich das anzuschauen. Und dann weiter bis zum Ende der Naht, im Zickzackstich.

Jemand hatte Island bei eBay angeboten. Märkte brachen zusammen, Harper und Dion, Obama und McCain, Gespräche über Afghanistan, Gespräche über Gaza. Die Vormacht des keltischen Tigers bröckelt.

Helen bereut etwas, und zwar den Schaltwagen. Ein silberner Yaris. Nagelneu.

Beim Fernsehen am Abend zuvor hatte Helen den Faden durchgebissen und das kleine Samtkleidchen aufs Bügelbrett gelegt, um die Säume zu plätten. Patience' älteste Schwester Elizabeth hatte ein Kind bekommen, und Helen nähte der Kleinen zu Weihnachten ein rotes Samtkleidchen. Weißer Spitzenunterrock. Passende Mütze. Drei Tage war das Kind jetzt alt, ein dichter schwarzer Krauskopf und rosa Fingernägel. Elizabeth hatte Helen das Kind in die Arme gelegt. Ach je. Na, mein Kleines? Was bist du für eine Hübsche! Wenn sie mit dem Saum fertig war, würde sie das Geschenk für das Baby rasch rüberbringen.

Reine Gewohnheit, hatte Lulu gesagt. Schaltwagen fahren macht Spaß.

Helen muss daran denken, wie Lulu einmal mit sechzehn nach Hause gekommen ist, die Treppen hochging und leise die Badezimmertür hinter sich zumachte. Wie hieß noch ihr damaliger Freund, diese Nulpe? Aaron Soundso. Oder Andrew. Helen hatte ihn nicht leiden können. Diese gemeine Bemerkung, die er einmal gemacht hatte. Helen hatte an die Badezimmertür geklopft und gewartet. Sie hatte die Stirn an die Tür gelehnt und Lulus Namen gesagt. Es war eine Bemerkung über abgepackten Käse gewesen. Andrew Soundso, ganz beiläufig hatte er angemerkt, dass es bei ihm zu Hause nie abgepackten Käse zu essen gab.

Der besteht doch nur aus Zelluloid und Holzspänen, hatte er gesagt. Und zwar genau in dem Moment, als Helen eine Familienpackung No-Name-Parmesan auf den Tisch gestellt hatte. Cathy hatte nach dem Behälter gegriffen, ihn über ihre Spaghetti geleert und noch ein paarmal fest mit der Hand auf den Boden geschlagen. Cathy hatte Aaron – oder Andrew – auch nicht leiden können.

Helen legte die Hand auf die Badezimmertür, als wolle sie durch das Holz die Stimmung ihrer Tochter erfühlen. Dann drehte sie den Türknauf und ging hinein. Lulu wischte sich gerade mit einem feuchten Waschlappen über das Unterlid, um ihren schwarzen Eyeliner zu entfernen, und sie war stockbesoffen. Sie zog am Lid, bis das Auge nur noch ein Schlitz war.

Hat Aaron dich nach Hause gebracht?, fragte Helen.

Andrew.

Hat Andrew dich nach Hause gebracht?

Andrew hatte an diesem Abend jemand anderen nach Hause gebracht. Nicht Lulu mit ihrem weißen Nagellack, weißen Lippenstift und mattschwarz gefärbten dunklen Haar. Der Ring in ihrer Nase, das Tarantel-Tattoo auf ihrer Schulter. Später hatte sie sich den Schädel so rasiert, dass er wie ein Rollbraten aussah, lauter kleine Viertel, und jedes war anders eingefärbt, außerdem hatte sie sich mit Sicherheitsnadeln regelrecht gespickt, und eine Weile lang hatte sie einen BH über ihrer Kleidung getragen, steif von Metallic-Farbspray und mit großen Plastikdiamanten besetzt, wie eine Comicfigur sah sie aus.

Lulu war in jener Nacht sturzbetrunken gewesen, hatte es aber nicht zugeben wollen. Diese Sturheit war ein Erbteil von Cals Seite. Ein Ignorieren der letzten Konsequenz, die Weigerung, nach einem heillosen Besäufnis die Waffen zu strecken. So gelang es Lulu, nicht zu lallen. Sie zog das Unterlid weit nach unten, um sich abzuschminken, und das Auge war blutunterlaufen und glasig, das Unterlid stark gerötet. Aber was konnte Helen schon tun – man musste die Mädchen mit Alkohol experimentieren lassen, musste zulassen, dass ihr Herz in den Staub getreten und bespuckt wurde; sie mussten ihre Erfahrungen machen.

War Lulu gefährdet gewesen?

Das Auge wanderte im Spiegel zu Helens Gesicht – wie traurig und stoisch sah Lulu aus in ihrer Entschlossenheit, möglichst nüchtern zu wirken, derweil das Wasser ins Becken rauschte.

Hattest du einen schönen Abend?, fragte Helen.

Worauf das Auge (das andere war zugekniffen) wieder sich selbst betrachtete, Lulu den Waschlappen ablegte und blinzelte. Ihre Antwort war in erster Linie an sich selbst gerichtet, tröstend und fordernd zugleich: Ja, es war gut. Und: Ich komm schon wieder auf die Reihe.

Und so war es gewesen. Lass die Kupplung kommen, Mom. Spürst du dieses Vibrieren? Wenn es so vibriert, musst du die Kupplung kommen lassen.

Lulus Punklook war über Nacht verschwunden. Jetzt trägt sie Stöckelschuhe und Tweedkostüme, denkt Helen, während sie den verdammten Yaris hochschaltet; Lulu geht ins Fitnessstudio und lässt beim Kaugummikauen Blasen im Mund zerplatzen. Alles, was sie tut, tut sie selbstsicher und entschieden. Einmal hat sie einen Abendkurs über Trockenmauerbau besucht.

Es gibt Dinge, die man nur lernen kann, indem man sie tut, hatte Lulu ihrer Mutter erklärt. Dinge, die man nicht lernen kann, ohne einen Daumennagel zu verlieren oder ehrlich zu sein, wenn eine Lüge angebracht wäre. Sie hat eine

Reihe von Beziehungen gehabt und ist auch immer wieder über längere Zeiträume allein gewesen.

Lulu hat so einen bestimmten Gesichtsausdruck – gerunzelte Stirn, aufeinandergepresste Lippen –, der bedeutet, dass sie gerade über etwas nachdenkt, was mit Geld zu tun hat. Sie arbeitet als Friseurin, weil ihr das Spaß macht, aber ihr Geld verdient sie im Wellnessbereich. Ab und zu geht sie auf Einkaufstour und kommt mit kistenweise Fango, Luffaschwämmen und Lotionen zurück, die auf die empfindlichsten Körperteile aufgetragen und wieder abgezogen werden. Sie tut Dinge mit heißem Wachs, die sie Helen nicht erklären möchte. Frag besser gar nicht, Mom.

Ihre Spezialität ist die Massage. Lulu glaubt, dass jeder Kummer, jede seelische Wundheit und Verletzung sich im Fleisch ablagert und mit warmem Babyöl und kräftigen Schlägen behoben werden kann. Schnelle, unbarmherzige Karatehiebe auf die grauen Hintern, Oberschenkel und Waden von Männern und Frauen, die sich der Steifheit des mittleren Alters ergeben haben. Lulus Daumen sind in der ganzen Stadt bekannt. Was sie mit ihren Daumen bewerkstelligen kann. Leute mit Schleudertrauma schwören auf sie. Athleten mit abstrusen Verstauchungen, Frischgeschiedene mit unkontrollierbaren Weinkrämpfen. Lulu knetet das feste Fleisch wütender breiter Schultern und bringt sie dazu, sich zu entspannen. Sie hat drei Sonnenbänke, deren obere Hälften sich wie Sargdeckel auf ihre nackte Kundschaft herabsenken. Man verlässt ihren Wellnesssalon goldbraun und weichgerubbelt, nach Fichte duftend, sämtlicher bitterer Sorgen und toter Zellen entledigt.

Gabrielle und Cathy klagen, wenn Lulu trinke, verwandele sich ihre Extravaganz in Unausstehlichkeit; sie werde überheblich und gnadenlos offen. Trotz Lulus harter Kanten können ihre Schwestern sie leicht belügen, denn sie rechnet einfach nicht damit. Lulu erwartet immer nur das Beste von den Menschen. Sie erwartet, dass sie großzügig sind, die Wahrheit sagen und hart arbeiten.

Ihre Schwestern nehmen Lulus Wutausbrüche und kleine Gehässigkeitsanfälle hin, weil sie ihnen mit Geld und Rat zur Seite steht und sie in erster Linie deshalb herumkommandiert, damit sie aus allem das Beste für sich herausholen. Helens Töchtern ist gemein, dass sie eisern auf die Einhaltung ihrer Regeln bestehen. Helens Töchter setzen sich durch. Und John ... John kommt über Weihnachten nach Hause.

Bald hab ich auch ein Kleines wie dich, sagt Helen zu dem Kleidchen für Elizabeths Baby. Ich kriege ein nagelneues Enkelkind.

Geschäftsessen in New York, November 2008

Die einzige Frau an einem Tisch voller Männer hebt mit vollem Mund ihre Schneckengabel, von der eine nasse graue Weinbergschnecke hängt. Sie hat noch eine Schnecke im Mund, und ihre Lippen glänzen feucht. Zu seiner Überraschung findet John das erotisch. Butter. Es ist die Knoblauchbutter, von der ihr Kinn so fettig ist, und jetzt versucht die Frau etwas zu sagen, doch sie hat den Mund noch voll. Sie wedelt mit der aufgespießten Schnecke, um die Männer zum Schweigen zu bringen. Es ist Natalie Bateman von Neoline Inc., sie präsentiert eine Werbekampagne für die globale Ausweitung von Offshore-Bohrungen. Johns Firma hatte das Projekt ausgeschrieben, und Neoline Inc. hat den Zuschlag bekommen.

Butter und der Schweiß eines gekochten Organismus, ganz Muskel. John versucht an ein Organ im menschlichen Körper zu denken, das die gleiche Größe hat wie eine Schnecke. Natalie hüpft auf ihrem Stuhl auf und ab und schwenkt die kleine Gabel. Die Männer warten. Verfallen in gespanntes Schweigen, einer nach dem anderen.

John muss an den Heimlich-Handgriff denken. Er hat einmal einer Sechsundsiebzigjährigen eine Rippe gebrochen, weil er dachte, sie sei am Ersticken. Winnipeg. Das war in Winnipeg gewesen. Sie habe bloß gelacht, sagte ihre sechzigjährige Tochter.

Das war ihr Lachen, Sie hirnamputierter Trampel!, rief die Tochter.

John hatte einen Stuhl umgeworfen und das Tischtuch auch gleich mitgerissen, und die Kellner sahen alle zu, das Geschirr fiel zu Boden, und er wandte den Heimlich-Handgriff an, weil hier jemand im Begriff war zu ersticken. Der Tod hatte die Faust schon um den dürren Hals der alten Frau geschlossen, doch John war zur Stelle, um einzugreifen.

Sie Rowdy!, rief diese Schreckschraube von einer Tochter. Die schwarzen orthopädischen Schuhe schlugen schlaff gegen seine Waden. Die Frau konnte nicht mehr als fünfunddreißig Kilo wiegen. Daneben ein Mann mit in den Kragen gestopfter Serviette, Messer und Gabel aufrecht in den Fäusten. Ein Bild der Empörung, wie er da mit offenem Mund stand, von säuerlicher Ehrfurcht wie gelähmt. Später gab ebendieser Mann John seine Karte. Anwalt und Zeuge, sagte er. Das war keine Serviette gewesen am Kragen des Mannes, sondern ein Halstuch.

Die Tochter hatte gedroht, John zu verklagen. Er habe eine Sechsundsiebzigjährige tätlich angegriffen. Eine fehlgeleitete Bemühung, entstanden aus dem aufrichtigen

Wunsch, etwas Gutes zu tun. Lachen. Dieses Geräusch war ein Lachen gewesen: hässliche, röchelnde Freudenkrächzer hatten sich in ihrer Kehle verfangen wie Gräten.

Natalie Bateman legt sich die Finger über den Mund, kaut und kaut und rollt dabei komödiantisch die Augen, denn ein ganzer Tisch voller Männer wird von einer kleinen Gabel aufgehalten. Ihre Augen tränen, sie trinkt einen Schluck Sekt, und John sieht, dass sie schön ist. Sie erinnert ihn an jemanden. An jemanden, der ihm wichtig ist.

Natalie sagt: Wir planen eine Serie von Werbespots aus der ganzen Welt, jeweils landestypisch, extrem landestypisch, mit hochkarätigen Cocktailpartys, Dachpartys, Strandpartys. Bondi Beach zum Beispiel, mit Untertiteln, absolut international, das Ganze, die ethnische Schiene, Sie wissen schon, globale Verbundenheit. Zoom, wir sind in Thailand, Zoom, wir sind in Alaska, Zoom, wir sind in Nigeria. Zoom, Zoom, Zoom, verstehen Sie, die Kamera ist in Sekundenschnelle überall auf der Welt, und alle feiern zusammen, bla bla bla, das hat Pep, das hat Style, und das Ganze endet mit einem Sonnenuntergang. Natalie schiebt sich die Schnecke in den Mund und presst die Lippen fest aufeinander, mit der einen Hand schwenkt sie die kleine Gabel, die andere hält sie sich vor den Mund. Moment, Moment, sie fährt fort: Diese Dinger, diese Bohrtürme oder wie die Dinger heißen, die Plattformen auf dem Meer, verblassen zu Silhouetten, und dazu natürlich Musik. So was Wagnermäßiges.

Es ist ein langer Tag gewesen, John hat einen Kater, und die Frau mit der Schneckengabel am anderen Ende des Tisches – Natalie – erinnert ihn an jemanden. Er beobachtet, wie sie die Nase kräuselt, wenn sie aus dem Sektglas trinkt. Das Prickeln des Sekts kitzelt sie, und jetzt weiß er es: Natalie erinnert ihn an eine Nonne, die ihn an der Highschool unterrichtet hat. Natalie besitzt eine Art Güte, denkt er, trotz dieses ganzen Werbeschwachsinns. Güte.

Woran sich John aus der Highschool entsinnt: eine Nonne mit Kreidestaub auf der blauen Polyestertracht. Sie reichte ihr bis zum Knie, diese Tracht – dazu eine gestärkte weiße Bluse und auf dem Kopf ein kurzer Schleier. John steht noch vor Augen, wie sie sich zu ihm vorbeugte, die Hände auf seinem Pult, nachdem all ihre vorigen Versuche nicht gefruchtet hatten.

Sie hatte etwas an die Tafel geschrieben, und der ganze Habit hatte an einem Stück gewackelt, über ihren festen Schuhen und Strümpfen. Den Lösungsweg hatte sie angeschrieben, und für John war es wie Wasserskifahren. Sie zog ihn hinter sich her, und ihm tat jeder Muskel in seinem Kopf weh, die Skier schlugen hart auf dem Wasser auf, und es war einfacher loszulassen, oder vielmehr hatte er gar keine andere Wahl und sank, während die Nonne weitermachte. Dann wandte sie sich um und sah, dass sie ihn verloren hatte. Sie legte die Hände flach auf sein Pult und beugte sich zu ihm vor.

Pythagoreische Geometrie. John verstand, dass es unendliche theoretische Ebenen gab, die mit A und B bezeichnet werden konnten. Die Nonne hatte ein paar steife weiße Haare auf dem Kinn. Sie war maskulin und gütig. Mathematik konnte sie ihn nicht lehren, da war John ein hoffnungsloser Fall. Doch bei ihr erfuhr er, wie Güte entstand. Das war es, was sie ihm in den Schädel gejagt hatte. Den Willen, gut zu sein, sich um seine Schwestern zu kümmern, um seine Mutter, seinen Hund.

Sie beugte sich zu ihm vor und blickte ihm fest in die Augen. Das Knallen einer Schließfachtür hallte durch die leeren Schulkorridore.

Und dann begriff er sie, die Lösung. Er behielt sie gerade lange genug, um die Prüfung zu schaffen. Es war sonnig draußen, und die Bäume waren voll kleiner junger Blätter, ein unschuldiges Grün, das im Laufe des Sommers dunkler werden sollte.

Der Sommer begann heiter, und vieles würde geschehen, denn die Highschoolzeit würde enden, doch noch war nichts geschehen. John und seine Klassenkameraden waren in der Warteschleife. Warteten darauf, dass etwas geschehen würde.

Die alte Hexe erschien John nach wie vor im Schlaf, aber nicht mehr so oft, und er nahm es hin. Es gab grauenhafte Traurigkeit auf der Welt, und man musste ihr ins Auge blicken.

Natalie Bateman schlürft ihren Sekt und schließt die Augen. Sie hat so eine Art, sich ernst das Haar hinter die Ohren zu streichen, die sie grundehrlich wirken lässt. Es ist, denkt John, als hätte diese Nonne an der Highschool – er öffnet unbewusst den Mund, als Natalie eine weitere Schnecke mit den Zähnen von der Gabel zieht, und schließt ihn wieder, als sie ihren Mund schließt, ihre vollen, feuchten Lippen –, als hätte diese Nonne seine Stirn geöffnet und eine Kapsel der Geometrie und Güte hinter den Knochen gesetzt. Er hatte die Intensität und Absicht ihres Blicks geradezu schmerzhaft empfunden. Sie unterrichtete Mathematik, aber John hatte erkannt, dass es keine Mathematik war. Es war Religion. Sie schrieb an die Tafel und bedeckte sich mit weißem Staub, dem Rückstand der Lösungen. John erkannte, dass die Lösungen wie Geister waren, jedoch gewisse materielle Eigenschaften besaßen; sie waren durch die Nonne hindurchgejagt, und nun war sie von dem reinen weißen Rückstand der Lösungen bedeckt.

Und John dachte: Das sollte sie nicht dürfen, ihm einfach so die harte Kapsel der Liebe in den Kopf zu pflanzen.

Nachher barst ihm noch der Schädel. Doch er hatte es so gewollt. Er hatte um Gnade gebeten. Und die Nonne hatte sich zu ihm vorgebeugt und gesagt: Ach, Schätzchen. Das sagte sie zu allen Schülern, die ihr vergeblich zu folgen versuchten. Und dann hatte sie ihre Entscheidung getroffen, und John hatte es gesehen. Er hatte es in ihren Augen gesehen, und plötzlich wusste er Bescheid. Das Wissen fiel bei der Prüfung aus seinem Gehirn auf das Blatt, und als er den Prüfungsraum verließ, war es fort.

Natalie Bateman verteilt Informationsmaterial, schwarzglänzende Mappen, die sich raffiniert auseinanderklappen lassen, mit Fächern und vielerlei Unterlagen – acht mal zehn Zentimeter große Hochglanzfotos von Drehorten und die Biographien der relevanten Personen, Designer, Schauspieler, Regisseure, Location Scouts. Eine Aufgliederung von Liefergegenständen, Budgetentwürfen und Storyboards ist auch dabei.

Die Sonne geht unter, und John wirft einen Blick auf die Uhr. Um 21 Uhr wird er im Flugzeug nach Toronto sitzen. Er hat noch einiges zu tun. In einem Schaufenster hat er ein kaum handgroßes T-Shirt gesehen. I-Herz-New York.

Zuhause

Helen, unsichtbar, November 2008

Helen ist im Secondhandladen, bei Value Village, und ihr Handy summt an ihrer Hüfte. Louise ruft an, um ihr zu erzählen, dass die Polizei auf dem Parkplatz neben ihrem Haus für den Einsatz bei Demonstrationen trainiert.

Die bereiten sich auf Demos vor, sagt Louise. Das machen sie jedes Jahr. Könnte sein, dass das Krankenpflegepersonal streikt. Die Hälfte der Polizisten ist mit Krankenschwestern verheiratet. Die haben Schutzschilde und diese Helme mit Visier, und sie rücken in geschlossener Front vor. Und wenn die Krankenschwestern außer Kontrolle geraten, ziehen sie ihnen mit ihren Knüppeln eins über. Ich sitze bloß hier im Auto, um ihnen zuzuschauen. Diese Pferde, Helen, so schöne Tiere.

Louises Sohn ist Polizist. Sean, Louises Sohn, ist ein Langstreckenläufer mit silbergrauem Haar, der das Haus putzt und seiner Frau jeden Morgen den Kaffee ans Bett bringt. Sherry Aucoin. Und er kümmert sich klaglos um seine Mutter. Sean schippt im Winter Schnee für Louise, besorgt ihre Medikamente und richtet ihr den Computer ein. Er erledigt Installationsarbeiten für sie, repariert den Bewegungsmelder über der Hintertür und streut Salz auf ihrem Gartenweg.

Was die machen, Helen, sagt Louise. Ist: trommeln.

Ich schau mir gerade einen Kaschmirpullover an, sagt Helen.

Die hauen mit den Gummiknüppeln auf ihre Schutzschilde, und das klingt wie lautes Trommeln, richtig beängstigend, sagt Louise. Das ist wirklich spannend.

Diese Gesprächsminuten kosten mich Geld, sagt Helen. Sie dreht sich zur Seite, um besseren Empfang zu bekommen. Ich habe dieses Handy für Notfälle.

Gehen wir heute Küchenschränke anschauen?, fragt Louise. Helen hat an dem Pullover unterm Arm einen Fehler entdeckt. Der Pullover ist rosa, mit Perlen bestickt und sehr weich. Sie vergräbt ihr Gesicht darin und riecht Parfum. Jemand hat diesen Pullover angehabt, denkt sie.

Ich verschwende jetzt keine Handyminuten mehr, Louise, sagt Helen. Treffen wir uns in einer Stunde im Baumarkt. Sie beendet das Gespräch.

Weiter hinten im Gang steht eine große, gebeugte Frau, deren dauergewelltes schwarzes Haar so spärlich ist, dass die weiße Kopfhaut darunter durchscheint. Die Frau probiert gerade einen Mantel an. Sie schaut an sich herunter, streicht mit der einen Hand den Pelz glatt und hält mit der anderen den Kragen zusammen.

Sehr schön, sagt Helen. Die Frau fährt mit einer schwungvollen Handbewegung über den Mantel und nimmt eine Pose ein. Dann lässt sie den Arm wieder sinken.

Seit September sind bei uns draußen acht Leute gestorben, sagt die Frau. Ich bin aus Flower's Cove, auf der Nördlichen Halbinsel. Das sind ganz schön viele für so einen kleinen Ort. Ich bin mit meiner Freundin Alice hier, und ich hab mir gedacht, das ist doch mal ein schöner Mantel. Sie lässt die Hand noch einmal kurz über den Pelz gleiten.

Er sieht sehr warm aus, sagt Helen.

Kaufen wir diese Sachen, damit es uns besser geht?, fragt die Frau. Sie tritt ganz nah an Helen heran. Die schlaffen

Hautsäcke unter ihren wässrigen Augen sind mit feinen weinroten Linien geädert. Einer ihrer Zähne ist golden eingefasst, und ihr Atem riecht nach Spearmint-Kaugummi.

Ich nehme mal an, in Flower's Cove braucht man einen warmen Mantel, sagt Helen. Sie hat den Ärmel des rosa Pullovers in der Faust zusammengeknüllt.

Der Priester war der letzte, flüstert die Frau. Sie dreht sich zu dem Kleiderständer um und beginnt, die metallenen Kleiderbügel rasch über die Stange zu schieben, bis sie bei etwas Leuchtendrotem innehält. Ein Herzanfall an der Kirchentür.

Er war aus dem Dorf. War dort geboren.

Tatsächlich? Wie furchtbar, sagt Helen.

Wenn ich so klein wäre wie Sie, sagt die Frau. Sie deutet mit einem Kopfnicken auf den Pullover in Helens Hand. Würd ich mir den gönnen. Sie geht rasch einige weitere Kleiderbügel durch, bis sie zu etwas Silbernem kommt, das im Licht aufglitzert.

Denn das Leben ist kurz, sagt sie. Das Leben ist sehr, sehr. Sie zieht die silberne Bluse vom Bügel und legt sie in ihren Einkaufswagen.

Helen muss daran denken, wie Louise gesagt hat: Das haut mich nicht um. Was Louise nicht umgehauen hatte, war ein Maulwurfsgrau, das Helen ihr letzte Woche im Baumarkt gezeigt hatte. Sie hatten sich die Farbproben angeschaut, waren den ganzen Stapel durchgegangen, und Helen hatte gesagt, sie wolle etwas Frisches, Sauberes. Sie hielt die Probe mit ausgestrecktem Arm vor sich.

Louise setzte ihre Bifokalbrille auf, die sie um den Hals hängen hatte. Sie schauten beide an die Decke, um zu überprüfen, in was für einem Licht sie die Farbprobe gerade betrachteten. Dann schüttelte Louise den Kopf und setzte die Brille wieder ab.

Das haut mich nicht um, sagte sie.

Helen denkt an ihre Enkelin Claire, die vor ein paar Tagen zu Besuch gekommen ist. Claire hatte geklingelt und gewartet, den Blick auf die Straße gerichtet, das Haar sonnenbeschienen, und dann hatte sie sich wieder umgedreht und das Gesicht an das Türfenster gelegt, die Augen mit den gewölbten Händen beschirmt, die Nase plattgedrückt und weiß. Sie hatte Helen direkt angeschaut, ohne sie zu sehen.

Helen war unsichtbar. Claire schaute Helen direkt an und sah nichts.

Und jetzt denkt Helen an Barry, der gerade in ihrem Wohnzimmer arbeitet. Der haut mich um, denkt sie. Jähes Erstaunen packt sie. Wie eine Faust, die sich um ihr Herz schließt. Sie empfindet Lust. Aber auch etwas Vielschichtigeres und Gefährlicheres als Lust.

Gemeinsamkeit, denkt sie. Die Sehnsucht danach.

Gönnen Sie sich was, sagt die Frau und deutet mit einem Kopfnicken auf den Pullover in Helens Hand.

O nein, das kann ich nicht, sagt Helen. Sie hängt den Pullover wieder auf den Bügel.

Séance, November 2008

John hat das feuchtfröhliche Geschäftsessen verlassen und läuft jetzt ein paar Blocks weiter zu seinem Hotel. Vor einem Geschenkeladen sieht er vier mit Sand beschwerte, aufblasbare George-W.-Bush-Punchingbälle, die im Wind schwanken, aneinanderprallen, umgebogen werden. Es hat angefangen zu schneien. John soll ein Flugticket für Gabrielle besorgen, aber er braucht einen Kaffee. Er braucht immer eine Pause, ehe er sich von Geld trennt.

John braucht eine Pause, um über das Kind nachzudenken.

Es ist sehr, sehr kalt in New York.

Er tritt in einen Coffeeshop, wo die Angestellten Headsets und Schirmmützen tragen. Sie dirigieren die Wartenden, damit es schneller vorwärtsgeht, zeigen auf eine der Angestellten hinter der Theke und sagen: Inez ist jetzt für Sie da. Oder: Jasmin am Ende der Theke ist jetzt frei.

Eine Frau fragt, ob sie sich zu John setzen darf, denn es ist voll im Coffeeshop. Sie öffnet den Reißverschluss ihrer Jacke und seufzt so tief, dass sie dabei in sich zusammenfällt wie ein Kuchen.

In New York sind die Weihnachtsvorbereitungen in vollem Gange, und ein Modeschaufenster auf der anderen Straßenseite ist mit Schaufensterpuppen in roten Abendkleidern, einem goldenen Kamin und einer Pyramide aus goldenen Schachteln dekoriert. In der Scheibe gespiegelte gelbe Taxis ziehen wie riesige Karpfen vorbei.

Die Frau, die John gegenübersitzt, erzählt ihm, sie verdiene ihr Geld als Medium. Eine kräftezehrende Arbeit, sagt sie. Sie schaut zu der Theke hinüber, wo Milch und Sahne stehen, und sagt, sie brauche noch Zucker und gehe ihn sich rasch holen. Doch stattdessen kneift sie die Augen zusammen und rührt sich nicht.

Ich spüre eine Schwingung, sagt sie. Von Ihnen geht eine Schwingung aus.

Ich hole Ihnen den Zucker, sagt John. Das war es doch? Zucker?

Ich glaube, Sie haben jemanden verloren, sagt die Frau. Sie steht auf. Sie ist im Begriff, sich zu John und allem, was er ist, zu erklären, doch dann rast ein Krankenwagen durch die Straße und lenkt sie ab. Die Sirene gellt, und die rote

Warnleuchte taucht die Frau in ihr Licht, einmal, zweimal, vorbei.

John denkt an die Männer und Frauen, die im Flugzeug nach Singapur schliefen, während durch die Fenster das rote Sonnenlicht hereinfiel. Die Münder offen; auf den Gesichtern konzentrierte, hart erkämpfte Selbstvergessenheit. War das erst gestern gewesen? Die Welt unter ihnen schien wie ein Traum, den sie alle zusammen ersponnen.

Ich geh schnell den Zucker holen, sagt die Frau. Sie trägt, wie John jetzt sieht, eine verwaschene schwarze Jogginghose, rissige Plastiksandalen mit weißen Sportsocken und eine fliederfarbene, an den Bünden schmutzige Daunenjacke. Als sie zurückkommt, bewegt sie ein Tütchen Zucker zwischen Daumen und Zeigefinger hin und her.

Sie halten Zwiesprache mit den Toten, sagten Sie, knüpft John an.

Die Frau kippt den Zucker in ihre Tasse und zieht ruckartig am Faden des Teebeutels. Die Geistwesen kommen zu mir. Sie lächelt John an und reibt sich über dem Dampf des Tees die Hände.

Zünden Sie Kerzen an?, fragt er. Er denkt an Jane Downey im Hyatt Hotel in Toronto. John hat ihr eine Suite gebucht, und für sich hat er ein Zimmer reserviert. Ein eigenes. Ob sie miteinander schlafen werden? Er hat noch nie Sex mit einer Schwangeren gehabt. Jane Downey hat gesagt, er könne fühlen, wie sich das Baby bewegt.

Du musst bloß die Hand auf meinen Bauch legen, hat sie gesagt.

Ich brauche keine Kerzen, sagt die Frau in dem Café zu John. Er riecht ihren Himbeertee.

Hören Sie Stimmen?, fragt John.

Die Geistwesen zeigen sich mir, sagt die Frau.

Und Sie halten Séancen ab.

Séance ist ein altmodisches Wort, sagt die Frau. Man nennt das heute Channelling.

Und Sie nehmen Geld dafür?, fragt John.

Die Frau zieht den Teebeutel aus der Tasse und legt ihn auf einen Stapel Servietten. Sofort breitet sich ein roter Fleck darauf aus. Ich muss mir das bezahlen lassen, sagt sie.

John zieht eine Scheckkarte aus der Brieftasche, setzt sie mit dem schmalen Ende auf dem Tisch auf, dreht sie ein paarmal um, pult sich damit in den Zähnen herum; dann wird ihm bewusst, was er tut, und er steckt sie wieder ein. Er kann an nichts anderes denken als an das Kind. Und ihm gehen verrückte Gedanken durch den Kopf. Er denkt: Ich könnte Jane doch heiraten. Oder: Geh einfach nicht hin, dann löst sich das alles in Luft auf.

Er denkt daran, dass es in der Woche, die er mit Jane in Island verbracht hat, vierundzwanzig Stunden lang hell war, und er hat die verrückte Idee, dass Jane durch das Licht schwanger geworden sein könnte. Das Licht hat mit ihnen beiden etwas angestellt. Sie benebelt. Sie waren gewandert, hatten Lamm gegessen und dazu Wein getrunken, hatten glitzernde, aufgebrochene Lavabrocken in orangefarbenem Licht liegen sehen und Geschichten über die Berserker gehört, zu denen sich Jane Notizen machte, während der Fremdenführer erzählte.

Es interessiert mich einfach, wie das abläuft, sagt John zu der Frau im Coffeeshop.

Bei Ihnen liegt alles an der Oberfläche, sagt sie. Ich sehe schon jetzt einiges. Dinge aus Ihrer Vergangenheit. Dinge in Ihrer Zukunft.

Was für Dinge?, fragt John.

Die Frau zuckt die Achseln. Formen, sagt sie. Farben. Ich

sehe Traurigkeit und Verlust. Und zwar ohne, dass ich mich bemühe.

Nicht schlecht, sagt John. Dafür, dass Sie sich nicht bemühen.

Sie blickt von ihrer Tasse auf, und John sieht, dass sie grüne Augen hat. Sie hat einen durchdringenden, theatralischen Blick. Milchig weiße Haut und dichte, geschwungene Augenbrauen. Sie muss schön gewesen sein, als sie noch jünger war.

Da kommt etwas auf Sie zu, sagt die Frau. John zieht einen Zwanziger aus der Brieftasche und schiebt ihn zu der Hellseherin hinüber.

Was denn?, fragt er. Jane konnte unendlich großzügig sein, erinnert er sich. Oder vielleicht bringt er sie auch mit allen Frauen überall durcheinander. Er und Jane haben eine Woche miteinander verbracht. Jane war knochig. Mager. Zimtbraunes Haar, wilde Locken.

John hat es stets zu vermeiden gewusst, Vater zu werden.

Es hat List und ein gewisses Maß an Hinterhältigkeit erfordert. Und Zielbewusstheit, wo träumerische Hingabe angebracht gewesen wäre. Er hat aufgepasst. Hat das, was er wirklich vom Leben will, auch im Moment des Orgasmus nicht aus dem Blick verloren. Er hat sich fest an der Kandare gehalten.

Ich werde Ihnen sagen, was Ihre Zukunft birgt, sagt die Hellseherin. Sie hat das Geld nicht angerührt. Der Schein liegt mitten auf dem Tisch. Als die Tür aufgeht, bewegt er sich ein wenig zur Seite.

Vielleicht, denkt John, will ich gar nicht wissen, was die Zukunft bringt. Er hat viel über das Wesen der Zeit nachgedacht, darüber, dass das Leben viel zu schnell vorbei sein kann, wenn man nicht aufpasst. Die Gegenwart löst sich unentwegt in die Vergangenheit auf, das ist ihm schon vor langem klargeworden. Die Gegenwart löst sich auf. Sie wird verbraucht. Die Vergangenheit ist bösartig und gefräßig, kann binnen Sekunden alles verschlungen haben.

Das ist das Geheimnis der Gegenwart. Sie ist bereits von der Vergangenheit infiltriert; die Vergangenheit hat ihr Lager aufgeschlagen und Soldaten losgeschickt, die mit Zahnbürsten das Jetzt wegschrubben, und je mehr man darüber nachdenkt, desto schneller löst sich alles auf. Es gibt keine Gegenwart. Es gab nie eine Gegenwart. Oder anders gesagt: Mein Leben könnte auch ohne mich weitergehen.

John hat es genossen, in Reykjavík eine tolle Frau zu lieben. Keine Frage. Die Sonne schien den ganzen Tag und die ganze Nacht. Und er hat nicht aufgehört, daran zu denken.

Im Rückblick scheint es John, als habe er mit Jane in der Gegenwart gelebt. Die ganze Woche hat sich im Präsens abgespielt. Vielleicht ist das die Liebe. Das sind so die verrückten Gedanken, die ihm durch den Kopf gehen.

Er und Jane waren zur Blauen Lagune gefahren und hatten sich weißen Schlamm ins Gesicht geschmiert, weil man ihnen gesagt hatte, das habe eine heilende Wirkung. Sie hatten darüber gelacht, weil sie das Gefühl hatten, dass es nichts zu heilen gab. Sie erklärten beide, sie hätten sich nie besser gefühlt.

Zieh doch zu mir in mein Apartment, hatte John zu Jane gesagt. Ich lade dich ein. Weil sie Spaß hatten und weil die Sonne unablässig schien und nur gegen vier Uhr morgens ein wenig verblasste und weil es sonst nicht viel zu tun gab. Er hatte zugesehen, wie sich der Wasserfall über Janes Kopf und ihre hochgestreckten Hände ergoss, wie das hinabfließende Wasser einen schimmernden Film auf ihrem Gesicht bildete, ihr Mund offen, die Haare angeklatscht und glänzend. Ihre Brustwarzen unter dem leuchtenden roten Badeanzug. Der Schwung ihrer Hüften. Er hatte den Schatten ihres Nabels gesehen. Das herabstürzende Wasser hatte ihnen den weißen Schlamm in Rinnsalen vom Gesicht gespült.

Dichter Dampf stieg auf, wurde auseinandergetrieben, und in der Luft hing Schwefelgestank, den man einen Augenblick lang vergaß, ehe ihn der Wind mit doppelter Intensität wieder zurückbrachte.

Anthropologie, sagte Jane.

Das war noch mal was?, fragte er.

Die Wissenschaft vom Menschen, sagte Jane. Rituale, Symbole, magisch-religiöse Bräuche, Klasse, Geschlecht, Verwandtschaft, Tabus. Wie wir reden und uns bewegen. Was wir essen und trinken und träumen und was wir mit unserer Scheiße machen. Wie wir vögeln und wie wir unsere Kinder aufziehen. All das.

Hier ist Jane, hatte sie am Telefon gesagt. Als müsste er sich erinnern.

Sie haben in der Vergangenheit jemanden verloren, sagt die Hellseherin. Dann greift sie nach Johns Hand. Ihre Fingernägel graben sich in sein Handgelenk, so fest, dass sie seine Haut einritzen. Als erlitte sie einen kleinen Anfall. Ihre Augen haben sich nach innen gedreht, und ihre Lider zittern. Das Weiße ihrer Augäpfel. Das Ganze dauert ungefähr zwanzig Sekunden. Dann erschlaffen ihre Gesichtsmuskeln. John sieht etwas Speichel in ihrem Mundwinkel. Ihre Pupillen sind erweitert.

Die Hellseherin presst sich Daumen und Finger auf die Augen und neigt den Kopf. Als sie schließlich wieder aufblickt, wirkt sie desorientiert. Oder Sie werden jemanden verlieren, sagt sie.

Sie merkt, dass sie immer noch Johns Handgelenk hält, und lässt es los.

Hochzeitskleider, November 2008

Helen hat einen Auftrag, der bis zum neuen Jahr fertig sein muss. Jedes ihrer Kleider ist ein Einzelstück. Es sind schlichte, schmeichelnde Kleider. Ihre Kundinnen sind meist zwischen Mitte vierzig und Ende fünfzig, und sie wollen weder die jungfräuliche noch die neckische Variante. Und genauso wenig wollen sie die steifen Kostüme, die sie in den vergangenen zwanzig Jahren in Konferenzräumen getragen haben. Ihre Kundinnen sind Radiologinnen oder Ingenieurinnen oder Chirurginnen, oder sie arbeiten an der Universität.

Spitze jagt ihnen eine Höllenangst ein. In Spitze oder irgendetwas Weichem würden sie sich wieder jung und hübsch fühlen. Und das ist hochriskant. Denn dadurch würde ihnen bewusst werden, dass sie sich der Liebe ergeben haben; sie müssten ihre Skalpelle und Hämmer und Kettenhemden ablegen.

Hochzeiten sind teuer geworden. Die Blumen sind tropisch, wächsern, wie geschwollen und irgendwie anthropomorph. Die Videofilmer sind junge Männer, die in Montreal oder Nova Scotia auf der Kunsthochschule waren, junge Männer mit längerem Haar. Helen hat den Eindruck, dass sie eine sanftere, lyrischere Art von Punk hören. Die Sorte junge Männer, deren Nicken mit dem, was man gerade zu ihnen sagt, zeitlich nie ganz zusammenpasst. Sie nicken geistesabwesend, kurz bevor man seine eigentliche Aussage macht, wie um einem zu bedeuten, man solle sich beeilen.

Helens Kundinnen sind meist Freundinnen von Freunden, und oft geht sie selbst zu den Hochzeiten. Ihre Einstellung zu den Hochzeitskleidern, die sie näht: Sie sind heilig. Sie bedeuten Helen viel. Die Kleider für die Abschlussbälle weniger, auch wenn Helen die smaragdgrünen, magentafarbenen, roten und kobaltblauen Stoffe, die dieses Jahr hereingekommen sind, wunderbar findet. Bei den Ballkleidern geht es um tiefe Ausschnitte und gebauschte Röcke. Die Ballkleider sind zu gleichen Teilen angeberisch, unschuldig und nuttig, was einer gewissen Ironie nicht entbehrt.

Aber die Hochzeitskleider bedeuten ihr viel. Jeder einzelne Stich. Gebrochenes Weiß, Korallenrot, Perlgrau, nichts Glänzendes, Kleider, die sich mitbewegen, bequem und strapazierfähig sind und die mehr bedecken als zeigen.

Heute näht Helen in der Küche, und Barry arbeitet an dem Holzboden im Wohnzimmer. Am Anfang hat sie ihm mittags öfters angeboten mitzuessen, aber er hat ihr erklärt, dass er seine Arbeit nicht gern unterbricht.

Ich esse erst, wenn ich fertig bin, sagte er.

Es ist ein Grundsatz von Barry, zu arbeiten, bis sein Tagwerk vollbracht ist. Ihm gefällt die Vorstellung, auch über die Mittagspause durchzuackern.

Da bin ich stur, sagte er.

Er drückt etwas Dichtungsmasse in einen Riss im Türrahmen und streicht sie mit dem Daumen glatt. Helen sitzt an der Nähmaschine und sieht zu, wie Barrys Daumen über den Riss gleitet. Jemand ruft ihn auf dem Handy an, denkt sie, der oder die irgendwohin gefahren werden will. Jemand fühlt sich berechtigt, darum zu bitten, es zu verlangen. Es muss eine Geliebte oder seine Frau sein.

Sie sieht zu, wie Barrys Daumen die Dichtungsmasse in den Riss drückt, und denkt wieder, was jede erwachsene Frau denkt – dass sie immer noch die Sechzehnjährige von einst ist.

Es ist kein Gedanke. Helen wird sechzehn, sie ist sechzehn: diese Scheuheit, dieses Staunen. Es überkommt sie kurz. Und verschwindet wieder. Sie ist neunundvierzig, fünfzig, sie ist zweiundfünfzig. Sechsundfünfzig. Das Leben hat sie verraten, Arthritis in den Handgelenken.

Wie sehr sie sich danach sehnt, berührt zu werden. Denn was folgt, wenn man nicht berührt wird, das hat Helen festgestellt, ist mehr desselben: nicht berührt zu werden. Und was folgt, wenn man länger nicht berührt wird, ist das schmutzigste und banalste Geheimnis überhaupt: Man vergisst, es sich zu wünschen.

Man vergisst es, denkt sie. Man vergisst es auf einer so tiefen Ebene, dass das Verlangen ausgelöscht wird. Eine umfassende, wesensverändernde Stumpfheit breitet sich in einem aus.

Die einzig mögliche Abhilfe besteht darin, ein Mantra zu singen: Ich will, ich will.

Sie ist sechzehn und nimmt Barrys abgenutzten Gürtel wahr, seine von Putzspritzern übersäte Jeans, sein Haar, es ist eher silbern als grau, hier und da auch noch schwarz, und relativ lang. Er sagt nichts. Ein alter Hippie. Er hat bereits durchblicken lassen, dass er gelegentlich gern mal einen durchzieht. Er ist kein Trinker, oder er war mal einer und hat das hinter sich gelassen. Sie spürt, dass er so einiges hinter sich gelassen hat, und darin sind sie sich durchaus ähnlich.

Sie sind zu alt für die Liebe. Es ist lachhaft. Einen Augenblick lang sieht Helen vor sich, wie sie vögeln: ergrautes Schamhaar, runzlige Haut, knirschende Gelenke. Eine groteske Komödie, dieses Verlangen. Sie ist völlig ausgehungert nach körperlicher Zärtlichkeit – es ist so ein Schock, dass sie ganz weiche Knie bekommt, dort an ihrer Nähmaschine, und sie hält inne, den Stoff in der Hand, denn ihr schwindelt von dem Schock, ihr ist schwindlig vor Lust.

Doch Barry und sie sind nicht zu alt zum Schreinern, Geldverdienen, Kleidernähen, nicht zu alt für Schneestürme, Nachtschweiß und Drohungen von der Bank, für Kinder und weinende Enkelkinder. Man wendet sich an sie. Erwartet ihre Mitwirkung. Vielleicht sollte es vorbei sein, doch es ist nicht vorbei. Es ist nicht vorbei.

Die schlichte Wahrheit ist: Helen würde gern mit ihm ins Bett gehen. Es ist ihr egal, wie sie aussieht (in bestimmten Lichtverhältnissen sieht sie gar nicht so schlecht aus), ihr ist alles egal, außer, dass sie gern mit diesem Mann schlafen würde, der ein Fremder ist, raucht, Anrufe auf seinem Handy entgegennimmt. Wie gefährlich, wie gefährlich: Ich will, ich will.

Sie und Barry sind schon seit Wochen auf diese Weise in dem leeren Haus zusammen. Vormittags ein Kaffee bei Tim Hortons und nachmittags noch mal einer. Barry kommt nicht in den ersten Stock hoch, benutzt nur die Gästetoilette. Helen vermutet, dass es in diesen Dingen einen geheimen Schreiner-Kodex gibt: Grenzen wahren. Er raucht auf der hinteren Veranda. Und Helen hat sich schon öfter dabei ertappt, wie sie aus dem Fenster im zweiten Stock zu ihm hinunterschaut. Auf seine schwarz-weiße Baseballkappe.

Sie plissiert einen Rockbund und sticht sich in den Finger. Ihre Erkenntnis: Es macht sie zufrieden, ihm einfach nur beim Rauchen zuzusehen.

Helen beim Sonnenbaden, 2007

Die Kinder hatten Helen zum Muttertag ein Flugticket geschenkt.

Du musst mal nach Europa, Mom, sagte Cathy. Das war jetzt genug Florida, sagte Lulu.

Und so saß sie nun mit Louise in Griechenland am Strand. Sie schaute einem jungen Mann zu, der einen Katamaran segelte, das geblähte Segel berührte fast die Wasseroberfläche, während er sich auf der anderen Seite hinauslehnte und mit aller Kraft an der Schot zog, die Füße aufs Boot gestemmt.

Ist der nicht zu weit draußen, sagte sie zu Louise, doch Louise schlief.

Ein Stück weiter draußen war ein Fischerboot verankert. Es schaukelte auf den Wellen, die an ihm zerrten und hart gegen die Bootswand schlugen. Jedes Mal, wenn sich der Bug hob, fiel Wasser vom Ankertau.

Es war nicht voll am Strand, aber nicht weit von ihnen lag ein Paar. Ein Mann und eine Frau, ungefähr in Helens Alter. Sie lagen nebeneinander, vollkommen reglos.

Irgendwann drehte sich der Mann um, griff in seinen Rucksack und zog eine Wasserflasche heraus. Helen hörte das Knirschen und Knacken des Plastiks, als er trank.

Der Katamaran schlug hart auf den Wellen auf und wendete, das Segel sauste auf die andere Seite, und der Mann duckte sich unter dem Baum hindurch.

Ich hab einfach das Gefühl, er hat das Ding nicht richtig unter Kontrolle, sagte Helen. Aber Louise rührte sich nicht.

Jetzt setzte sich die Frau neben dem Mann auf, ließ sich die Wasserflasche von ihm geben, trank und reichte sie ihm wieder. Sie hatte kurzes, messingblond gefärbtes Haar, das der Wind ihr aus der Stirn blies, so dass die dunklen Haarwurzeln sichtbar wurden; sie kniff zum Schutz vor dem Wind die Augen zusammen. Ihr Gesicht war sehr braun. Sie sah aus, als wäre sie schon lange im Urlaub. Helen sah, wie der Katamaran auf den Strand zugeflitzt kam. Er schlug hart auf den Wellen auf.

Die Frau hatte einen Apfel und ein Obstmesser in der Hand, sie drehte den Apfel beim Schälen, und die Schale flatterte wie ein Band. Dann halbierte sie den Apfel. Der Mann setzte seine marineblaue Baseballkappe ab, fuhr sich übers Haar und setzte die Kappe wieder auf. Die Frau reichte ihm die eine Apfelhälfte und aß die andere selbst, mit zusammengekniffenen Augen in den Wind vorgebeugt.

Der Katamaran erreichte das Ufer, glitt durch die Brandung auf den Strand, und der Mann sprang ab, lief neben dem Boot her und hievte es aufs Trockene.

Dieses Paar dort, das hätten Cal und sie sein können, dachte Helen. So hätten auch Cal und sie werden können: nicht reden zu müssen, bis der Apfel gegessen war, am Strand einzudösen, nacheinander wieder aufzuwachen und die Unterhaltung an dem Punkt wieder aufzugreifen, wo man sie Stunden zuvor abgebrochen hatte.

Die beiden hatten sich unterhalten und waren zu irgendeiner Art von Einigung gelangt. Sie hatten über eines ihrer Kinder oder einen Nachbarn geredet, über eine Bankangelegenheit oder etwas an ihrem Auto. Die Frau hatte eine Stunden zuvor unterbrochene Geschichte zu Ende erzählt, hatte mitten im Satz wieder angesetzt. Und nun standen sie beide auf und schüttelten ihre Handtücher aus. Die Handtücher knallten in der Luft. Die zwei packten ihre Sachen ein und gingen auf dem Strand davon. Zwischendurch blieb die Frau stehen, um erst in die eine, dann in die andere Sandale zu schlüpfen, und nach ein paar Schritten bückte sie sich und befestigte den Riemen über der Ferse. Der Mann wartete auf sie.

Wenn Cal mit ihr hier am Strand wäre, dachte Helen, dann wäre er einunddreißig. Er war einunddreißig, als er starb. Und sie würde sein, wie sie jetzt war, die Haut auf ihrer Brust runzlig wie altes Seidenpapier, gebräunt und von Altersflecken übersät, das Fleisch an ihren Unterarmen schlaff, ihre arthritischen Hände, die tiefen Fältchen neben ihren Augenwinkeln. Feine Falten über dem Mund.

Helen wäre es peinlich, so gealtert zu sein, und sie würde Cals Schönheit bestaunen.

Wir haben uns auseinanderentwickelt, dachte sie. Sie hatte ohne ihn weitergemacht. Sie hätte neben ihm gesessen und den Apfel geschält und sich wie seine Mutter gefühlt. Die Toten sind keine Individuen, dachte sie. Sie sind alle gleich. Das machte es so schwierig, sie weiter zu lieben. Denn so wie Männern, die ins Gefängnis kamen, ihr materieller Besitz abgenommen wurde, ihre Kleider, ihr Schmuck, wurde den Toten ihre Identität abgenommen. Es geschah nichts mit ihnen, sie veränderten sich nicht, wuchsen nicht, doch sie blieben auch nicht, wer sie gewesen waren. Sie sind nicht mehr so, wie sie als Lebende waren, dachte Helen.

Der Akt des Totseins, wenn man von einem Akt sprechen konnte, machte es sehr schwierig, sie zu lieben. Sie hatten die Fähigkeit verloren zu überraschen. Man brauchte eine starke Erinnerung, um die Toten zu lieben, und es war nicht Helens Schuld, dass ihr das nicht gelang. Sie bemühte sich. Aber so stark war keine Erinnerung. Das wusste sie jetzt: Keine Erinnerung war so stark.

Was machst du denn?, fragte sie. Louise zog ihr Bikinioberteil aus. Ihre Brüste sanken herab, hell wie Kartoffeln, die dunklen, leberfarbenen Brustwarzen steinhart.

Wann sollen die denn je die Sonne zu sehen kriegen, wenn nicht jetzt, sagte Louise. Sie legte sich wieder hin, drückte die Schultern in den Sand unter ihrem Handtuch.

Die Kinder waren einfach so gekommen, dachte Helen, zack, zack, zack, eins nach dem anderen.

Bring die Windelzeit hinter dich, hatte ihre Schwiegermutter gesagt. Krieg sie direkt hintereinander. Und es war wie ein Fingerschnipsen gewesen. Dann war alles vorbei. Erst schien es ewig anzudauern. Und mit einem Mal war es vorbei.

Der Drachen, 1977

Jetzt loslassen, rief Cal. Loslassen, loslassen. Er stand mit dem vierjährigen John draußen auf dem Rasen, das Kind ließ den Drachen gehorsam los, und der Drachen schoss in die Luft empor, flitzte durch den Himmel, hierhin, dorthin, hoch über seinem Kopf. John hielt sich die Arme vors Gesicht.

Es klang wie ein plötzliches Luftholen – aus Überraschung, Angst, Begeisterung –, als der Drachen losflog. Dann das Knallen und Knistern des Plastiks. Der Drachen sauste durch die Luft, stieg auf, machte einen Satz, stieg noch höher hinauf, und dann war er ganz weit oben.

Cal riss an der Schnur, warf den Arm nach hinten. Mal zog er kurz und ruckartig, mal legte er sein ganzes Gewicht in die Schnur und beugte sich nach hinten, als tanzte er den Limbo. Der Drachen stieß herab und schwang sich dann wie zum Trotz noch höher hinauf.

Er flog auf und nieder, tanzte.

Cal band die Drachenschnur an der Wäscheleine fest und verschwand um die Ecke des Hauses. Helen hörte das helle

Klirren, als die Schaufel auf Stein stieß. Eine Weile hing die Drachenschnur durch, doch dann straffte sie sich, und der Drachen war nur noch ein kleiner Punkt. Die Rasenfläche war groß, taunass, glitzerte, und hinten im Garten wiegten sich Weidenröschen. Ihre Samen schwebten über den Rasen. Das Haus in Salmon Cove. Helen hat ein Foto von John aus dieser Zeit. Ein königsblaues T-Shirt und rote Shorts, seine blonden Locken, die Lippen von einem Eis am Stiel dunkelrot verfärbt.

Cal war mit den Kindern an den Strand gegangen, damit Helen ein bisschen Ruhe hatte. Zwischen den Felsen hatte er einen Barbiepuppen-Drachen aus Plastik gefunden, zerrissen und ausgebleicht. Er war pink und zeigte Barbies blondes Haar und ihr blendendes Lächeln.

Cal hatte Lulu auf den Schultern und zog John und Cathy in einem Leiterwagen hinter sich her, den ramponierten Drachen in der anderen Hand. So kamen sie die staubige Schotterstraße herauf.

An solche Szenen erinnert sich Helen, Teile von Nachmittagen, die ihr in solcher Schärfe vor Augen treten, dass es schmerzt. Momente nur. Fetzen. Wie die Kinder an Cal hochkletterten. Sich auf ihn warfen. Auf ihm herumkraxelten. Er kitzelte sie. Trug sie huckepack. Erzählte ihnen Geschichten. Spielte Flugzeug mit ihnen. Legte sich auf den Rücken, die Beine in der Luft, ihr kleiner Brustkorb auf seinen grauen Wollsocken. Sie schwebten.

Cal reparierte den Drachen im Garten mit Klebeband, John sah ihm aufmerksam zu, und Cal erzählte ihm alles über das Drachenflicken, die Aerodynamik und vielleicht auch über die seltsame Barbie und ihr freudloses strahlendes Lächeln.

Helen stand am Küchenfenster und schaute mit dem Fernglas aufs Meer hinaus. Sie konnte Bell Island sehen, ein verwischtes Graublau auf der anderen Seite der Bucht, und entlang der Küste blitzten einzelne Fenster auf wie Katzensilber. Das grelle Glitzern des Meers. Sie meinte, Wale zu hören, und versuchte sie zu finden. Das Fernglas war schwer und roch neu, nach dem teuren Lederetui, in dem es gelegen hatte. Als sie an dem Rädchen in der Mitte drehte, wurden die verschwommenen Tupfer auf den Wellen scharf, jedes Funkeln hart wie ein Diamant, und schließlich entdeckte sie die Wale. Der Schwanz der Mutter schlug auf das Wasser. Es war ein blauschwarzer, glänzender Schwanz, und das Wasser rann wie ein Vorhang von ihm herab, die Walmutter stieß eine Fontäne aus, und neben ihr, ein kleiner schwarzer Fleck direkt unter der Wasseroberfläche, war das Walbaby, erst wenige Tage alt, wie ihnen ein Fischer erzählt hatte.

Helen senkte das Fernglas gerade rechtzeitig, um den pinkfarbenen Blitz zu sehen. Es war der Drachen, der herabstieß, bösartig und berechnend. Das Plastik knatterte, als er wie ein Pfeil auf Johns Kopf zusauste.

Er knallte auf Johns Schulter und legte sich über sein Gesicht, und John schrie vor Schreck auf. Er machte die Augen zu, ballte die Fäuste an seinen Seiten und schrie gellend nach seinem Vater.

Cal kam um die Ecke und nahm John in den Arm. Er legte die Hand auf den Hinterkopf des Jungen und presste dessen Gesicht an seine Brust. Er wiegte sich mit ihm hin und her. Und im nächsten Moment war es vorbei und vergessen. John wand sich aus Cals Armen und rannte davon. Es war vergessen, als wäre es nie geschehen. Loslassen, loslassen.

Helen in Griechenland, 2007

Auf der Heimreise hätten Helen und Louise fast ihren Flug von Heraklion nach London Stanstead verpasst. Sie hatten festgestellt, dass sie am falschen Gate waren, und hatten rennen müssen. Louise wurde aufgefordert, ihre Wasserflasche entweder bei der Sicherheitskontrolle abzugeben oder sie auf der Stelle auszutrinken, also schmiss sie ihre Tasche hin, schraubte den Deckel ab und setzte die Flasche an die Lippen, und dann trank sie mit zurückgelegtem Kopf eine ganze Weile laut gluckernd, wobei ihr Wasser aus den Mundwinkeln rann, und das Sicherheitspersonal schaute ihr zu. Große Blasen stiegen in der Plastikflasche auf, und schließlich setzte Louise die Flasche ab, schraubte den Deckel wieder zu, warf sie in den Abfalleimer und wischte sich den Mund mit dem Handgelenk ab. Die Männer sagten: Okay, okay. Gehen Sie, gehen Sie.

Aber Louise löste den Summer aus und musste noch einmal zurück und sich die Schuhe ausziehen, und danach musste sie sich hinsetzen und die Schuhe wieder anziehen.

Sie waren die Letzten, die ins Flugzeug stiegen, und dann standen sie zwei Stunden auf der Rollbahn, so dass sie nur drei Stunden in einem Best Western Hotel in Stanstead hatten, bevor sie mit dem Bus nach Heathrow fuhren. Sie hatten ein Zimmer mit Doppelbett. Louise duschte, und Helen schlief gleich in ihren Kleidern ein, wachte allerdings aus Angst zu verschlafen alle zwanzig Minuten auf. Als morgens um vier das Telefon klingelte, sprang sie aus dem Bett und griff nach dem Hörer, voller Angst, dass jemand gestorben sein könnte, doch am anderen Ende summte es bloß, und dann erklang Musik, es war der Weckruf.

Wir waren in einem Whirlpool im Freien, und es hat uns auf den Kopf geschneit, erzählte eine Frau dem Busfahrer auf dem Weg nach Heathrow. Sie und ihre Freundin waren nach Helen und Louise eingestiegen, sie ging an zwei Gehstöcken. Ihr Gesicht war von der Anstrengung, die drei Stufen in den Bus zu steigen, gerötet, und sie sagte zu den versammelten Fahrgästen: Ignorieren Sie meine Stöcke. Sie griff nach der Haltestange, schwenkte den einen Stock und ließ sich mühsam auf ihren Sitz nieder.

Der Fahrer zog an einem Hebel, worauf sich mit einem pneumatischen Zischen sein Sitz senkte, dann griff er nach einem Klemmbrett und strich mit einem Kuli einige Zeilen aus. Er legte das Klemmbrett weg und sprach in ein Handmikrophon. Bitte setzen, die Damen, sagte er.

Sie verließen den Busbahnhof, und nach einer Weile griff der Fahrer wieder nach seinem Mikro und sagte, sie würden in eineinviertel Stunden am Flughafen von Heathrow sein. Hinten im Bus gebe es eine Toilette, das Rauchen sei verboten und in englischen Bussen herrsche Anschnallpflicht, sie möchten sich also bitte alle anschnallen. Dieser Bus fährt neunzig Stundenkilometer, sagte er. Da heben manchmal die Räder vom Boden ab.

Louise hatte sich verliebt. Sie sagte nicht verliebt. Sie sagte gar nichts. Aber Helen wusste es.

An ihrem letzten Abend auf Kreta hatten Helen und Louise in einem dem Hotel angeschlossenen Restaurant gegessen. Es wurde in ihrem Reiseführer empfohlen. Sie hatten griechischen Salat bestellt, und Louise hatte den Tintenfisch genommen und sich dann, als er kam, gewundert, dass er so sehr nach Tintenfisch aussah. Die winzigen Saugnäpfe und die lila Tentakel, die sich auf dem Teller entrollten.

Ich probier heute mal Sachen, sagte Louise, die ich noch

nie probiert habe. Sie beschloss, mit den Sardinen weiterzumachen.

Hat der Fischer gerade gebracht, sagte der Kellner. Er deutete mit seinem Stift zum Meer, um das Maß der Frische zu unterstreichen. Gerade eben. Er runzelte die Stirn und nickte, um Louise zu bestätigen, wie klug ihre Wahl war.

Helen hatte noch nie einen Reiseführer benutzt und war erstaunt, das Restaurant genau an der beschriebenen Stelle vorzufinden. Sie und Louise waren überrascht, die freundlichen Zwillingsbrüder, denen laut Reiseführer das Restaurant gehörte, hinter der Theke vorzufinden, und sie glichen sich wirklich wie ein Ei dem anderen, nur hatte der eine ein rosa Hemd an und der andere ein weißes.

Man konnte draußen unter einem Schilfdach sitzen, und die Abendsonne warf lange Strahlen durch das Flechtwerk. Die Einheimischen saßen an Holztischen auf den Gehwegen rechts und links der schmalen gepflasterten Straße. Sie tranken ein bernsteinfarbenes, rauchig wirkendes Getränk aus kleinen Gläsern. Die wenigen Autos, die vorbeikamen, streiften fast ihre Knie. Männer mit sonnenverbrannten Gesichtern, breiten Wangen und narbigen, grobporigen Nasen, die zur Oberlippe heruntergebogen waren. Korpulente, kopftuchtragende alte Frauen, ganz in Schwarz, mit hölzernen Gehstöcken. Die alten Frauen gingen mitten auf der Straße und hielten die Autos auf, deren Abgase in der Luft hingen, und vor dem weißen Putz und den kobaltblauen Fensterläden wuchsen Geranien.

Helen und Louise wurden von dem Mann im rosa Hemd bedient. Er hatte Tränensäcke unter den Augen, und obwohl das Handy in seiner Hosentasche klingelte, wartete er mit gezücktem Stift und Block, während Louise aus der Karte vorlas, was sie gern hätten. Da das Klingeln nicht aufhörte, hielt Louise inne, und der Mann seufzte, schloss die Augen und zog das Handy heraus, er legte die Stirn in Falten, redete und hörte zu, wurde ärgerlich, hörte weiter zu, und schließlich wanderte er von ihrem Tisch davon und kam lange nicht wieder.

Der andere Kellner brachte einen Korb mit Brot und zwei Bier, die sie nicht bestellt hatten, und auf dem Tisch standen Olivenöl und Essig.

Schließlich kam der erste Kellner wieder, befeuchtete einen Finger mit der Zunge und blätterte die Seiten seines Blocks durch, und dann fragte er Louise, ob sie ihren Fisch gern gebacken oder gebraten hätte.

Ich glaube, gebraten, sagte er, ehe sie antworten konnte. Meine Schwester, ja?, sagte der Kellner zu Louise. Sie ruft an – was soll ich machen?

Ich weiß, was Sie meinen, sagte Louise. Eine karamellfarben, schwarz und weiß gescheckte Katze mit grünen Augen saß zu Helens Füßen. Sie hatte den Rücken gegen die Streben des Stuhls gepresst, und der schwarze Fleck auf dem einen Schulterblatt hob und senkte sich, als sie sich abwandte und davonstolzierte, steif und knochig. Dann blieb sie stehen, um mit der Hinterpfote nach ein paar Flöhen zu schlagen. Mit einer Art sanfter Wucht landete die Pfote wieder auf den Steinplatten.

Das Meer war dunkel bis auf einen Streifen weißen Schaums, der sich fast das gesamte Ufer entlangzog, er kam und ging, verschwand und erschien wieder, verschwand und erschien wieder. Der Kellner versorgte Louise und Helen regelmäßig mit neuem Bier, und auf der Straße wurde es jetzt voller, niederländische Touristen und ein paar alte Briten in Kniestrümpfen, und plötzlich legte sich Louise die Hand auf die Brust und streckte die andere flach aus, um Helen zum

Schweigen zu bringen. Louises Augen tränten, sie hustete und klopfte sich mit der Faust auf die Brust.

Was ist denn?

Eine Gräte. Louise hustete und hustete und trank Helens Wasser aus. Dann stand sie auf, um hinters Haus zu gehen. Das soll man nicht machen, sagte Helen.

Bin gleich zurück, keuchte Louise. Als sie zurückkam, strömten ihr die Tränen über die Wangen, der Kellner mit dem rosa Hemd brachte neues Brot, und dann zog er sich einen Stuhl heran und rieb Louise den Rücken.

Er sagte: Eine Gräte, da muss man Brot essen. Sie aß.

Weg, sagte sie.

Sehen Sie, sagte der Kellner. Hab ich doch gesagt. Inzwischen war das Restaurant fast leer, und es wurde langsam kühl. Doch der Kellner blieb, wo er war, er erzählte Louise von seiner Schwester und deren beherrschender Beteiligung an dem Restaurant, und von seiner Mutter, die seine ganze Kindheit über gepredigt hatte: Eine Gräte, da muss man Brot essen. Er tippte sich an die Schläfe.

Das bleibt im Kopf, sagte er.

Ich geh dann mal, sagte Helen.

Ja, tu das, sagte Louise. Der Kellner sprang auf und kam mit zwei Gläsern und einer kleinen Karaffe wieder.

Sind Sie verheiratet?, fragte er.

Mein Mann ist vor zwei Jahren gestorben, sagte Louise. Eine Seele von einem Menschen. Wir haben uns sehr geliebt.

Starkes Wasser, sagte er. Er schenkte sich und Louise ein. Ich komm nach, sagte Louise. Später.

Doch sie und der Kellner im rosa Hemd waren im Nachbarzimmer gelandet, und am nächsten Morgen saß Helen auf ihrem Balkon, und die beiden saßen nebenan auf seinem.

Eine weißverputzte Wand trennte sie voneinander, über

Helen war der blaue Himmel, vor ihr das Meer und all die weißen Dächer, und unten auf der Straße mischten ein paar Männer in einer Mischmaschine Zement, ab und zu schwappte der nasse Sand heraus, und Helen sah, dass ihr Schatten auf der weißen Wand sehr blau war. Sie sah ihre Locken, den Rand ihrer Sonnenbrille, ihr Glas und sogar das Wasser darin, ein schimmerndes Lichtoval an der Wand. Der Schatten war scharf konturiert. Sie hörte, wie nebenan die hölzerne Balkontür geöffnet wurde, es war Louise. Helen konnte Louise und den Kellner reden hören.

Sie verstand nicht im Einzelnen, was sie sagten, aber sie hörte, dass es um die Sonne ging. Ihr schien, dass Louise sich über das herrliche Licht ausließ. Louise konnte theatralisch sein. Ich möchte dieses Licht mit jeder Faser aufsaugen, sagte sie wahrscheinlich.

Helen hörte das Geräusch von Besteck und Geschirr. Der Kellner wohnte offenbar im Hotel und hatte Besteck und eine Heizplatte auf dem Zimmer. Oder sie hatten sich etwas kommen lassen.

Helen hörte, wie Louise ein Zuckertütchen schüttelte. Sie verstand nicht, was gesagt wurde, aber sie hörte, wie sich das Tütchen zwischen Louises Daumen und Zeigefinger bewegte, wie die Zuckerkörnchen darin herumrutschten. Ihre Schwester war achtundfünfzig, wenn Helen richtig rechnete. Sie hörte Louise das Zuckertütchen aufreißen. Helen rührte sich nicht, denn sonst wäre der Eindruck entstanden, sie habe gelauscht.

Jetzt ging Louise im Bus nach hinten, wobei sie sich an den Rückenlehnen der Sitze festhielt, und der Fahrer beobachtete sie im Rückspiegel. England sah durch die getönten Scheiben genau aus wie England. Saftig grün, Schafweiden. Es war, als hätten Thomas Hardy und D. H. Lawrence genau das aufgeschrieben, was sie gesehen hatten, und alles wäre so geblieben, oder als hätten die Leute hier alle diese Bücher gelesen und dafür gesorgt, dass die Landschaft so aussah wie in den Romanen. Es gab Bäume und Hecken und Steinmauern und Schafe. Die über die grünen Hügel verstreuten Schafe gaben dem Ganzen etwas Authentisches.

Louise war auf die Toilette gegangen und blieb lange dort, und plötzlich ertönte hinten im Bus Geschrei. Louise kreischte und trat gegen die Toilettentür, Helen sprang auf, der Busfahrer hielt an, und alle drehten sich auf ihren Sitzen um und schauten nach hinten. Die Toilettentür flog auf und knallte wieder zu, und Helen schrie: Louise, Louise, Louise.

Die Tür sprang auf, und in der Kabine regnete es auf die kreischende Louise herab. Ihre helle Bluse klebte an ihrer Brust, so dass sich der Spitzenstoff ihres BHs abzeichnete, und als sie sich die Bluse vom Körper wegzog, schnalzte der Stoff wieder auf ihre Haut zurück, hier und da war Luft unter dem Stoff eingeschlossen, das Haar klebte Louise am Kopf, und die Wimperntusche lief ihr über die Wangen.

Großer Gott, sagte Helen. Sie fasste ihre Schwester an den Armen und musterte ihr Gesicht. Sie suchte nach Blut, einer Schusswunde, einem Schnitt, doch da war nichts. Louise war klatschnass. Und das Wasser strömte weiter in die Kabine, lief jetzt in breiter werdenden Rinnsalen in den Gang, und die Leute hinten im Bus begannen ihr Gepäck vom Boden zu lupfen und mit kleinen Schrittchen ihre Füße in Sicherheit zu bringen. Kleine Schrittchen zur Seite.

Der Fahrer sprach in sein Mikrophon, und seine Stimme klang ganz entspannt. Eine Schlafzimmerstimme, so beschrieben Louise und Helen sie später. Heiter und sarkastisch.

Das Rauchen auf der Toilette ist verboten, sagte die Stimme.

Dann standen Louise und der Fahrer kurz am Straßenrand zusammen. Louise hatte die Arme verschränkt und klopfte mit dem Fuß auf den Boden. Sie nickte. Der Fahrer deutete auf den Bus und dann die Straße hinunter, er schien eine klare Vorstellung von Pflichtgefühl, angemessenem Verhalten und dem grundsätzlichen Übel des Rauchens zu haben. Er glaubte an Strafmaßnahmen und hatte einiges sehr Entschiedenes über saubere Luft und das Passivrauchen zu sagen und darüber, wie wichtig es sei, bei Besuchen im Vereinigten Königreich die in den öffentlichen Verkehrsmitteln geltenden Regeln zu beachten.

Louise sah aus, als machte sie sich zum allerersten Mal über derlei Themen Gedanken. Sie sah aus, als hätte sie noch nie davon gehört.

Die Leute hinter Helen schnalzten missbilligend mit der Zunge, erhoben sich auf ihren Sitzen, um zu gucken, und setzten sich wieder, und eine Frau sagte, sie werde noch ihren Flug verpassen, was für Helens Ohren bestimmt war.

Louise stieg wieder in den Bus ein und suchte ihre Sachen zusammen, Handtasche, Koffer und ihre kleine Jacke.

Fahr du weiter, Helen, sagte Louise, wir sehen uns dort.

Ich bleibe bei dir, sagte Helen.

Bleib im Bus, Helen, sagte Louise. Hörst du? Wir werden diesem Idioten nicht die Genugtuung verschaffen, uns beide rausgeworfen zu haben.

Sie ließen Louise am Straßenrand zurück. Helen sah, wie Louise den Teleskopgriff aus ihrem Koffer zog und diesen auf die Rollen kippte, sah, wie der Koffer hinter ihr auf dem Schotter herumhüpfte. Der Bus fuhr los, zwei große Staubwolken stiegen auf, und Louise war verschwunden.

Einige Zeit später ließ sich Helen in der Abflughalle in Heathrow auf einen Sitz sinken, gegenüber von einem jungen Inder – jedenfalls sah er aus wie ein Inder –, der eine Aktentasche umklammert hielt und fest schlief.

Neben ihm stand ein Rucksack, sein Wange ruhte auf einer Ecke seiner Aktentasche, und sein Mund stand offen, zwischen Ober- und Unterlippe hing ein Speichelfaden, der mit jedem Atemzug zitterte, und er hielt seine Aktentasche mit eisernem Griff, doch seine Brille war verrutscht. Der eine Bügel stand in einem seltsamen Winkel vom Kopf ab, und das Brillenglas saß über der Augenbraue.

Er schlief hingebungsvoll, was ihn verwundbar machte, und Helen wurde von einer absurden Anwandlung von Liebe für ihn erfasst. Oder für jemand anderen, bloß wusste sie nicht, für wen. Dann fiel ihr Louise inmitten der vom Bus aufgewirbelten Staubwolken ein.

Die Geräusche im Wartebereich drifteten an Helen vorüber, Kassen klingelten, Babys schrien, Paare kuschelten sich im Halbschlaf aneinander, eine sanfte Stimme mahnte, das Gepäck nicht aus den Augen zu lassen, Flüge wurden aufgerufen. Die Geräusche drifteten vorbei, doch Helen nahm sie nicht richtig wahr, und dem jungen Inder drohte jetzt die Brille von der Nase zu rutschen.

Eine Frau in einer fluoreszierenden zitronengelben Weste kam mit einer langen Greifzange, die sie mittels eines Hebels im Griff bediente. Auf dem Rücken der Weste stand *Reinigungspersonal*, und die Frau langte mit der Greifzange unter den Sitz des Inders, angelte nach einer zerknüllten Papierserviette, zog sie hervor, ohne das Hosenbein des Mannes zu berühren, und warf sie in den Abfallkarren, den sie hinter sich herzog. Helen hatte die Vorstellung, dass die Reinigungsfrau in die Träume des Mannes gegriffen und eine Wendung im Plot herausgenommen hatte. Sie hatte den Schlüsselmoment, den Dreh- und Angelpunkt des

Geschehens, operativ entfernt. Oder vielleicht war es ihr eigener Traum. Die Serviette war wie ein Stöpsel gewesen, und jetzt würde das gesamte Leben auf dieser Seite in einer großen Spirale durch den Abfluss in ein Paralleluniversum abfließen, und entweder hatte Helen diese Vorstellung, oder sie träumte es. Sie spürte, wie sie wegdöste.

Die schmutzige Serviette hatte alles zusammengehalten, so wie es gehörte, und ohne sie würde alles, was vorher gewesen war, und alles, was folgte, durcheinandergeraten, Helen würde niemals nach Hause gelangen, ausgeschlossen, und dann schrak sie aus dem Schlaf, und ihr gegenüber saß nicht mehr der Inder, sondern, mit einer Tasse Kaffee in der Hand, Louise.

Ich bin getrampt, sagte Louise.

Helens Farbe, November 2008

Barry sagte, Rot sei eine gnadenlose Farbe. Er hoffe, sie denke nicht an Rot.

Endlos viele Anstriche, sagte er. Er habe für eine Frau in Cowan Heights ein rotes Wohnzimmer überstreichen müssen, und das habe zehn Anstriche erfordert.

Barry hatte sich schließlich bereiterklärt, auch das Streichen zu übernehmen.

Ich lüge nicht, sagte Barry. Er schaute an den gespachtelten Wänden hoch und klopfte sich dabei mit einem Stahllineal auf den Oberschenkel.

In letzter Zeit wird viel in Dunkelbraun gemacht, sagte er.

Wenn Helen und er sich unterhielten, kam es immer wieder zu Gesprächspausen. Sie nahmen sich Zeit, um sich die Wände in Braun zu denken. Das konnten sie tun, weil sie keine Eile hatten, weil alles, jede Äußerung, auf den Kopf gestellt werden und mehr als eine Bedeutung haben konnte.

Schokolade nennt sich das heutzutage, sagte er.

Ich dachte eher an etwas Helles, sagte Helen. Barry nickte. Eierschale, sagte sie.

Er habe auf dem Festland gearbeitet, erzählte Barry. Ein Mann habe ihn gebeten, ihm an einem See im Landesinnern eine Villa zu bauen, und er habe dort schwarzen Marmorboden verlegt. Damals sei er noch ein junger Kerl gewesen.

Dieses Haus, sagte er. Er schüttelte den Kopf, als könnte er es nicht fassen, zu was er imstande gewesen war. Marmorboden, wiederholte er. In seinen Pausen konnte er durchaus gesprächig werden. Er nahm zwischendurch gern seine Arbeit in Augenschein und erzählte dann Schnipsel aus seiner Vergangenheit. Es ging immer ums Bauen. Um irgendetwas, was er mit Schlitzsäge, Hammer oder Brechstange gemacht hatte.

Toronto in den Siebzigern, daran dachte er, wenn er vom Geldverdienen redete. Was für ein Markt. Manchmal hatte er zwei, drei Monate am Stück gearbeitet, ohne auch nur einen Tag freizumachen. Gutes Geld.

Man konnte es förmlich von den Bäumen pflücken, sagte er. Er hatte so eine Art, beim Reden mit zusammengekniffenen Augen in die Ferne zu blicken. Seine Augen waren von einem Grau, wie Helen es noch nie gesehen hatte, und sie musste zugeben, dass sie ihn attraktiv fand. Sie sagte Louise nichts davon. Auch ihren Töchtern sagte sie nichts. Barry hatte graue Augen, die sich draußen im Licht nicht veränderten. Sie waren nicht manchmal blau und manchmal braun.

Heute hat sie ihm ein Sandwich gemacht und Oliven und Karottenstäbchen auf den Teller gelegt. Es sollte verlockend aussehen. Barry hat jemanden, der ihn auf seinem Handy anruft und Bitten an ihn richtet, ihn in seiner Arbeit unterbricht, und nach diesen Telefonaten ist Barry immer ganz beseelt. Er singt leise vor sich hin.

Barry Kielly liebt die Person, die ihn anruft, wer immer es auch sein mag. Es ist eine beruhigende, friedliche Liebe, die bei Helen, wie sie betroffen feststellt, Besitzansprüche und Enttäuschung auslöst. Ein paarmal hat sie sich auf der Treppe hingesetzt und zugehört. Oder sie hat aufgehört zu nähen und zugehört. Heute setzt sie das mit Glasreiniger getränkte quietschende Papiertuch ab und hört zu. Ohne sich dessen bewusst zu sein, dass sie zuhört, ja dass sie angestrengt versucht, ihn zu verstehen.

Sie hat ihm ein Sandwich gemacht, weil sie sich selbst eins machte, doch dann ertappte sie sich dabei, wie sie Karotten schälte. Zur Garnierung. Sie war im Begriff, die Teller zu garnieren, dabei ist einem, wenn man allein lebt, die Idee des Garnierens grundsätzlich fremd. Jegliche Art von Verzierung ist einem fremd. Denn man existiert gar nicht: Es gibt den Fernseher und Louise und die Hochzeitskleider und die Enkel, es gibt die Sorge um John. Es gibt Weihnachten. Aber Helen garniert nicht ihr Essen.

Helen und Barry sind auf ihre jeweilige Arbeit konzentriert, die große Präzision erfordert. Und Helen hört Barry zu. Sie zeichnet Schnittmuster, schneidet das braune Seidenpapier und heftet es an den Stoff, sie benutzt die teure große Schere und hängt die Stücke über Stuhl- und Sessellehnen.

Sie hat Stapel von Vogue, Bride und Cosmo. Sie zeichnet mit Graphit oder einem Kohlestift. Sie hat ein Tomaten-Nadelkissen und einen mit Satin ausgekleideten Nähkorb mit unterteilten Fächern, der aussieht, als käme er aus einer anderen Zeit.

Die Vorstellung eines handgenähten Hochzeitskleides gefällt den Leuten, denn es stellt eine Art Talisman dar.

Seit einiger Zeit sind auch Lesben unter Helens Bräuten; sie heiraten auf einem im Hafen liegenden Boot oder einem windumtosten Kliff und können Verzierungen und Schleifen nichts abgewinnen, aber sie wollen trotzdem schön aussehen, und zwar ohne jede Ironie.

Mein Sohn wollte uns unbedingt die Flugtickets spendieren, hatte Barry erzählt. Komm, Dad, lass uns zu einem Spiel nach Toronto fahren. Seine Mutter war eine eigensinnige Frau. Ich behaupte nicht, dass ich die Frauen verstehe. Wir sind also hingeflogen, und eines Nachmittags hab ich zu ihm gesagt: Lass uns doch mal nach diesem Haus schauen, sag ich. Ich bin bestimmt vier oder fünf Stunden herumgefahren, aber meinen Sie, wir hätten das Haus gefunden? Tausende von Häusern, die alle vollkommen gleich aussahen. Wir haben es wirklich nicht gefunden.

Es dämmert, und Helen steht mit einem feuchten, zusammengeknüllten Papiertuch vor dem Spiegel im Bad. Ich war eine junge Frau, denkt sie. Als Cal gestorben ist.

Und zuerst denkt man, dass man nicht ewig allein bleiben wird. Man denkt, die Zukunft ist unendlich. Schließlich kam einem die Kindheit unendlich vor. Unten heult die Säge auf, und Helen hört, wie ein Stück Holz auf den Boden fällt. Also wird auch die Zukunft unendlich sein, und man kann sie nicht allein verbringen.

Doch es ist möglich, wie sie erfahren musste: dass man niemanden kennenlernt. Die Vergangenheit gibt nach, leistet keinen Widerstand, hält ewig an. Die Zukunft gibt nicht nach. Es ist möglich, dass die Vergangenheit abbricht, in Stücken zu Boden fällt und dass nur die Zukunft bleibt, und von ihr nicht viel. Die Zukunft ist der schlechte Rest.

Ein Segen, November 2008

Jane läuft durch die Dämmerung, die Temperatur sinkt stetig, und es hat angefangen zu schneien. Weihnachtsgirlanden schwingen sich über die Spadina Avenue. Alles ist erleuchtet. Sie ist schon an zwei Heilsarmee-Weihnachtsmännern mit kleinen Glocken und Plastikkugeln voll zerknitterter Geldscheine vorbeigekommen.

Vor einer Weile hat sie einen mindestens dreißigköpfigen gemischten Chor gesehen, der auf den Stufen der aus Stein erbauten Kirche Ecke Bloor und Avenue Road ein lateinisches Lied sang. Die Männer und Frauen trugen alle rotweiße Gewänder, und ihre Atemwölkchen hingen in der Luft. Die Chorleiterin presste die Finger aneinander und spreizte sie dann, als würden sie von unsichtbaren Fäden auseinandergezogen, woraufhin der Gesang aussetzte. Eine plötzliche, atemlose Stille. Die Chorleiterin nickte, einmal, zweimal, warf die Hände in die Luft, und die Stimmen schmetterten in doppelter Lautstärke wieder los.

Jane lief weiter, weil sie kalte Füße hatte, hielt dabei jedoch nach einem Taxi Ausschau. Morgen wird sie John treffen, und das macht ihr Angst. Warum hat sie ihn angerufen?

Sie fürchtet sich davor, was er sagen wird. Sie freut sich riesig.

Ein Mann, der in eine voluminöse Patchworkdecke gehüllt ist, hält Jane an, er schwenkt einen Stapel Blätter. Das ist ein Roman, den hab ich in einem Kurs geschrieben, wo ich drin war, damit ich wieder Arbeit finde, sagt der Mann. Er schüttelt den Stapel noch einmal kurz.

Es ist ein Buch über die Erlösung, sagt der Mann. Über das glorreiche Licht, das mit dem kleinen Jesuskind in die Welt gekommen ist.

Jane macht ihr Portemonnaie auf und gibt dem Mann etwas Kleingeld. Der Mann wendet sich ab und hustet heftig. Seine Lunge ist voller Schleim, das hört man. Der Mann hat Dreadlocks, rostbraun, grau und weißlich, die ihm über die Schulter hängen, und sein Kopf ist von einem Schneeschleier bedeckt.

Ich brauche einfach nur eine Chance, sagt der Mann. Er ist ausgemergelt und wirkt durch seine Hagerkeit irgendwie majestätisch, und in dem einen Glas seiner schwarzgefassten Brille lässt die Straßenbeleuchtung einen grellweißen Stern aufblitzen.

Die Geschäfte schließen jetzt alle, und Jane sieht, dass der Verkehr nachlässt. Der Mann hatte im Eingang eines Feinkostgeschäfts gekauert, in dessen Schaufenster kopfüber eine Reihe sehr gelber Hühner hängt, darunter stehen auf einer Unterlage aus Kunstrasen silberne Schalen mit zerstoßenem Eis, in das dunkle, von Fettsträngen durchzogene Steaks gebettet sind, sowie eine Edelstahlschüssel mit Schweineherzen.

Das Jesuskind, sagt der Mann leise und schaut an Janes Schulter vorbei auf die Straße. Ist in eine Welt der Dunkelheit und Verdammnis gekommen und hat das Licht gebracht.

Jane streicht die Seiten seines Romans auf ihrem Oberschenkel glatt. Sie sieht, dass seine Handschrift gestochen und voller harter Spitzen ist, die sich in das linierte Papier eingegraben haben. Der Roman handelt vom Rastafarianismus.

Der Mann greift unter seine Decke und fummelt an etwas herum. Jane hört, dass er zu keuchen beginnt, aber es ist ihr egal, woran er da herumfummelt. Vielleicht liegt es an der Kälte oder an den Hormonen oder daran, dass sie bald Mutter wird, oder an dem Chor, der in der Dunkelheit aus voller Kehle Lieder in einer toten Sprache singt – sie weiß nicht, woran es liegt, aber sie verspürt Mitleid mit diesem Mann. Mit John wird sie sich befassen, wenn er da ist. Sie wird ihm sagen: So sieht es aus.

Letzte Woche, ächzt der Mann. Letzte Woche habe ich den Heiligen Geist in mein Herz einziehen lassen. Er zieht einen Inhalator unter seiner Decke hervor, steckt ihn sich in den Mund, drückt und atmet dabei tief ein. Seine Augen treten fast aus den Höhlen.

Jane überfliegt ein paar Seiten des Romans, hält ihn dazu schräg unter die Straßenlampe. Sie wischt einige Schneeflocken weg.

Esst nichts, was ein Gesicht hat, steht in dem Roman des Mannes. Es ist von Gut und Böse die Rede und von einem reinen Licht, das die Herzen der Menschen brechen und zu Staub zermahlen wird, und dieser Staub wird verwehen. Sie liest eine Zeile, die lautet: Euren Kindern und Kindeskindern wird ein Kind geboren werden, und dieses Kind wird das Licht der Welt sein. Janes Baby schlägt einen Purzelbaum, ein Tritt gegen ihren Bauch, ein Tritt gegen die Wirbelsäule.

Ich brauche nur genug, damit ich diese paar Seiten fotokopieren lassen kann, sagt der Mann. Für meinen Einstieg als Schriftsteller. Nur für den Einstieg. Ich bin letzte Woche wiedergeboren worden.

Jane öffnet noch einmal ihr Portemonnaie und gibt dem Mann einen Zwanziger. Er knüllt ihn in der Faust zusammen und zieht die Faust wieder unter die Decke. Jane nimmt an, dass er das Geld in die Hosentasche gesteckt hat, denn jetzt streckt er die Hand nach seinen Blättern aus.

Gott segne Sie, sagt er.

Johns kleines Huhn, November 2008

John isst Schnecken in einem Restaurant, sie schwimmen in Knoblauchbutter mit Petersilie, und er hat eine kleine Zange, um sie aus dem Schneckenhaus zu lösen, aber diese Zange ist weich wie gekochte Spaghetti, und am anderen Ende des Tisches sitzt seine Mathelehrerin aus der Highschool. Jetzt bemerkt er, dass eine der Schnecken aus ihrem Haus gekrochen ist und eine Schleimspur auf dem weißen Tellerrand hinterlassen hat, sie bewegt sich ganz langsam vorwärts, haftet auf der Kante.

Er schiebt sich die Schnecke in die Hosentasche und vergisst sie, aber dann fährt er mit dem Taxi durch die Straßen von New York, und in seiner Tasche steckt etwas Großes, Feuchtes, das sein Hosenbein durchnässt hat, er kann es nur mit Mühe aus der engen Hosentasche winden: ein Huhn. Es ist gerupft und kalt, als käme es aus der Tiefkühltruhe.

John weiß intuitiv, dass das Huhn denken kann. Eine überschwängliche Liebe zu dem Tier erfüllt ihn. Ein Geysir der Liebe und der Wunsch, es zu beschützen. Er weiß, dass es noch nicht sprechen kann, aber er vermag es von ganzem Herzen zu lieben, und obwohl das Huhn irgendwie missgestaltet und es deshalb falsch ist, sehr falsch, Hoffnung für es zu haben, hofft er doch. Er hofft, dass es eines Tages vielleicht wird sprechen und seine Liebe erwidern können.

Jetzt kommt ihm in den Sinn, dass er womöglich gerade träumt, und er setzt eine seiner Klartraumtechniken ein. Wenn er in einem Traum zu lesen versucht, erscheint das Gedruckte als purer Nonsens. Daran erkennt er eindeutig, dass er träumt. In seiner Brust pulsiert eine körperlich schmerzende Traurigkeit, eine Liebe, die so tief und heftig und einsam ist, dass sie ihn lähmt.

Er spürt, dass ihm der Speichel aus dem Mund rinnt. Er sieht die Ausweiskarte des Fahrers am Handschuhfach hängen und versucht sie zu lesen, doch die Schrift ist arabisch, und da er kein Arabisch lesen kann, hat er keine Ahnung, ob es Nonsens ist oder nicht. Keine Ahnung, ob er träumt.

Dann rennt er durch ein Gebäude, eine verlassene Schule. Er findet das Huhn wieder, das zitternd in der Ecke eines Klassenzimmers sitzt. Es ist von einer Katze attackiert worden. Es hat mehrere tiefe Wunden und blutet. John fährt mit der Hand über die kalte, bläulichweiße, höckerige Haut des Huhns. Hier und da ist das Ende eines Federkiels beim Rupfen in der Haut geblieben, und es stachelt ein bisschen. Er versucht das Tier liebevoll an sich zu drücken, und dabei weint er. Er steckt den Finger in eine der Wunden, die die Katze dem Huhn zugefügt hat. Ganz tief steckt er den Finger hinein, drinnen ist es warm und nass, und als er den Finger wieder herauszieht, ist sein Fingernagel von Blut umrandet, es sitzt unter dem Fingernagel und an der Nagelhaut.

Er schrickt aus dem Schlaf: im Flugzeug nach Toronto, durch den Nachthimmel unterwegs. Er hat Angst und ist beschwingt. Er will endlich da sein. Er will ankommen.

Das Telefon, Februar 1982

Das Telefon klingelte und weckte Helen. Jemand sagte ihr, sie solle das Radio einschalten.

Hast du das Radio laufen?

So erfuhren die Familien davon: Es kommt im Radio. Schalt das Radio ein.

Von der Ölgesellschaft rief niemand an.

Es war wohl so gewesen: Die Männer waren noch keine Stunde tot, da hatte die Ölgesellschaft schon eine Presseerklärung herausgegeben. Nicht umsonst gab es Firmenanwälte. Helen kann sich die Sitzung im Vorstandszimmer gut vorstellen. Oder vielleicht lief auch alles übers Telefon. Sie kann sich vorstellen, in welcher Art von Sprache das Ganze abgehandelt wurde.

Oder es herrschte Entsetzen. Natürlich herrschte Entsetzen, und die Leute von der Ölgesellschaft waren wie betäubt. Wann hatten Worte wie *Situation* in die Sprache Einzug gehalten? Denn Helen glaubt, dass in diesen Begriffen gedacht wurde. Sie glaubt, dass alle die Situation in den Griff kriegen wollten.

Und vor dem Fenster des Vorstandszimmers das Wüten des Sturms. Die Schneeschleier tilgten alles, und dann kam es wieder zum Vorschein. Der Wind toste, die Basilika verschwand im Schneegestöber und trat wieder hervor. Erst wurde mit nachlassendem Wind hinter all dem Weiß ihr Rand sichtbar, dann das ganze Gebäude. Die Gower Street war verschwunden, und mit dem nächsten heulenden Windstoß war sie wieder da. Der Wind war ein Radiergummi mit umgekehrter Wirkung, er radierte das Weiß weg und ließ die Gebäude zurück, grobkörnig, fleckig, mit weichen Konturen.

Wenn sie in einem Vorstandszimmer zusammengekommen waren, hatte es dort bestimmt einen Kleiderständer gegeben. Helen muss sich diesen Teil ausmalen. Auf dem Tisch ein Krug Wasser. Haben sie wirklich einen Krug Wasser auf dem Tisch stehen? Ist jemand in die kleine Küche am Ende des Flurs gegangen und hat den Krug gefüllt? Gibt es einen Minikühlschrank mit Eiswürfeln und Tupperdosen, auf deren

Deckeln Etiketten mit Namen und Datum kleben? Knirschen und knacken die Eiswürfel in der Plastikschale und fallen dann in den Krug? Aber der Krug ist unwichtig. Jetzt muss das Gespräch beginnen. Helen will es sehen. Sie will es hören.

Oder es war eine Reihe von Telefonaten. Sie weiß es nicht. Wie kam es zu der Entscheidung, die Familien nicht zu benachrichtigen?

Hier kommt Helen nicht weiter. Denn wie sind sie auf diese Idee verfallen: Wir rufen die Familien nicht an?

Wie sind sie darauf gekommen?

Und: Wie konnte so eine Idee formuliert, laut ausgesprochen, an die Öffentlichkeit gebracht werden?

Da waren die Spin-Doctors der Ölgesellschaft am Werk. So hat man das damals zwar noch nicht genannt, denkt Helen, aber so war es. Die Tatsachen wurden zurechtgebogen, während alles noch im Gang war (später, viel später, sollte jemand sagen: Wir hätten ein paar Dinge anders machen sollen, aber auch das waren wieder die Spin-Doctors).

Oder niemand wusste, wie man es den Familien sagen sollte. Die Leute von der Ölgesellschaft hatten die Situation eben nicht im Griff. Sie standen unter Schock. An ihren besseren Tagen kann Helen glauben, dass sie nicht wussten, was sie taten. Und so erfuhren die Familien aus dem Radio, dass ihre geliebten Männer tot waren. Und sie glaubten es nicht, denn dann hätte sich doch bestimmt die Ölgesellschaft bei ihnen gemeldet.

Helen hatte Louise angerufen und wirres Zeug geredet. Hatte geschrien: Cal ist tot, Louise. Cal ist tot. Cal ist tot. Und dann hatte sie den Hörer auf die Gabel geknallt.

Tim Brophy von nebenan war vorbeigekommen. Durchs Küchenfenster sah Helen ihn zwischen den Schneewehen herbeistapfen.

Schnee flog von den Verwehungen auf, glitzernde, transparente Schleier, die auf und ab schwangen, sich verdrehten, sich falteten und abermals falteten. Auf der Straße hörte Helen Reifen quietschen. Die Reifen quietschten und qualmten, der Motor jaulte, es war ein herrlicher Morgen, und Helen bekam weiche Knie. Die Bäume waren von Eis überzogen, und die Äste funkelten in der Sonne. Die Sonne stand hinter all dem fliegenden Schnee wie ein altes Fünfcentstück am Himmel, stumpf und angelaufen. Helens Knie gaben nach. Die ganze Welt bricht über einen herein, sprengt einen auf; die Welt ist größer als erwartet, und bunter.

Nicht, dass Helen sich der Schönheit verschlossen hätte, im Gegenteil. Die Schönheit überschwemmte sie, drang ein durch Pupillen, Nase, Ohren, durch sämtliche Zellen, und irgendwie war da die Überzeugung, dass nicht sein konnte, was gerade geschah, und daran hielt Helen sich fest.

Die Brophys hatten davon erfahren, und Maureen Brophy hatte Tim rübergeschickt – so war das. Tim watete durch den Schnee, die zusammengeknüllte Mütze in der Hand. Er hatte seine Jacke nicht zugemacht. Er beeilte sich, wie Helen sah.

Maureen traute sich wohl nicht, ihr gegenüberzutreten. Wahrscheinlich hatte sie am Spülbecken gestanden und Geschirr abgewaschen, oder vielleicht hatte sie auch das Baby im Kinderstuhl gefüttert, und dann hatte sie gesagt: Geh du rüber, Tim.

Tim hatte bestimmt protestiert, doch Maureen war herumgewirbelt und hatte auf die Hintertür gezeigt, wie man es vielleicht mit einem Kind oder einem Hund tun würde, und sich auf keinerlei Diskussionen eingelassen.

Dann hatte Maureen sich gestrafft, denn bei einer Tragödie braucht es immer ein paar Leute, die normal bleiben. Irgendjemand muss einen Auflauf für die frisch Verwitwete zubereiten. Maureen erwog, einen Auflauf für Helen zuzubereiten.

Ähnliches spielte sich auf der ganzen Insel ab, denn die Nachricht kam im Radio. An der Universität gab es Studenten, die einen Bruder oder Vater auf der Bohrinsel hatten, und einige der Dozenten brachten aus der Medienabteilung Fernseher mit in den Unterrichtsraum, damit alle die Berichte in den Nachrichten sehen konnten. Manche Leute riefen Verwandte auf dem Festland an, andere besorgten sich Flugtickets. Die Vorstellung, dass Menschen in dieser Dunkelheit und Kälte ertranken, war erschütternd, alptraumhaft – und die Ölgesellschaft hatte behauptet, diese verdammte Bohrplattform würde niemals sinken, komme, was da wolle.

Maureen würde ganz gewiss nicht zu Helen rübergehen.

Als er die eigene Küche erst einmal verlassen hatte, wollte Tim möglichst schnell bei Helen sein; draußen glitzerte die weiße Schneedecke. Prächtig, eisig, von Lichtreflexen übersät. Ihr Lebtag wird Helen nicht vergessen, wie schön der Schnee war und dieser Himmel und wie die Schönheit sie überschwemmte und sie nicht mehr zwischen Schönheit und Panik unterscheiden konnte. Damals kam sie zu dem Schluss, und das glaubt sie noch heute, dass Schönheit und Panik ein und dasselbe sind.

Sie vergaß die Kinder, die Kinder schliefen. Sie war in eine Zeit zurückversetzt worden, als es die Kinder noch nicht gab. Als es nicht mehr gab, als dass Cal und sie sich kennengelernt hatten, und auch wenn es albern und erfunden klingt, auch wenn es vollkommen unwahr klingt, so hatte Helen doch schon, als sie das erste Mal miteinander schliefen, beschlossen, ihn zu heiraten. Das ist meins, hatte sie gedacht. Lass uns so weitermachen.

Panik und Schönheit sind stets vereint, sie kopulieren, um noch mehr Schönheit und Panik zu erzeugen, und vor diesem Akt gehen alle in die Knie. Es ist eine dämonische, engelhafte Paarung.

Alle, die morgens Radio gehört hatten, wussten, dass die Männer tot waren, und sie hatten versucht, sich diese Tode vorzustellen, doch es war ihnen nicht gelungen. Tim Brophy saß bei Helen in der Küche, hatte die Jacke noch an, und von seinen Stiefeln tropfte es aufs Linoleum.

Als das Telefon klingelte, nahm er ab; es war Louise, die zurückrief. Louise rief zurück, weil Helen vorher einfach aufgelegt hatte. Helen hatte nicht gewusst, was sie tat.

Später sollte Helen sagen: Ich wusste nicht mal mehr, dass ich dich überhaupt angerufen hatte.

Louise rief zurück, Tim nahm ab, und Louise hielt Tim für Cal. Es war ein merkwürdiger Irrtum, denn Tim klang ganz anders als Cal.

Louise sagte: Cal, ich glaube, Helen verliert den Verstand – sie glaubt, du wärst tot.

Louise dachte nicht daran, dass Cal auf der Bohrinsel war.

Und Tim Brophy sagte: Hier ist Tim Brophy von nebenan. Die Ocean Ranger ist gesunken, keine Überlebenden, so wie es aussieht. Das verdammte Ding ist komplett abgesoffen.

Die Männer auf der Seaforth Highlander sahen die Männer im Wasser. Jeden Menschen verfolgt irgendetwas, und bei Helen ist es dies. Die Männer auf der Seaforth Highlander waren nah genug, um einige der Männer in den Wellen zu sehen. Nah genug, um mit ihnen zu reden. Die Männer schrien, bevor sie starben. Schrien um Hilfe. Riefen Gott an oder flehten um Gnade oder beichteten ihre Sünden. Oder sie sagten bloß, wie kalt es war. Oder brüllten einfach nur. Unartikuliert.

Die Leinen sind festgefroren, riefen die Männer an Bord der Highlander den Männern im Wasser zu. Die Besatzung der Highlander war gezwungen, all ihre Bemühungen zu schildern, damit die sterbenden Männer sich sicher waren, dass sie nicht allein gelassen wurden. Und die Männer auf der Highlander liefen selbst Gefahr, über Bord gespült zu werden, doch sie blieben dort im Sturm auf dem rutschigen Deck stehen, die Wellen schlugen ihnen ins Gesicht, und sie versuchten sich festzuklammern und bezwangen ihre Angst. Sie blieben dort draußen, weil man nicht aufgibt, solange Menschen im Wasser sind, selbst wenn man dadurch sein eigenes Leben riskiert.

Wir schlagen die Leinen frei.

Habt ihr die Leinen freigeschlagen?

Dieses verdammte Ding ist völlig vereist.

Beeilt euch.

Und irgendwann muss ein Moment gekommen sein, denkt Helen, wo es bei alldem Hin-und-her-Schreien nicht mehr darum ging, den Gang der Dinge umzukehren, denn auf beiden Seiten wussten alle, dass nichts mehr umzukehren war. Die Männer im Wasser wussten, dass sie sterben würden, und die Männer an Bord wussten es auch. Doch sie bemühten sich trotzdem weiter.

Und dann diente all das Schreien nur noch dazu, den Männern Gesellschaft zu leisten. Denn wer will schon stumm zuschauen, wie ein Mensch vom tobenden Meer verschluckt wird. Sie hatten zu den Männern im Wasser hinuntergeschrien. Sie hatten versucht, die Männer mit Bootshaken zu erreichen. Sie sahen sie, und dann sahen sie sie nicht mehr. So einfach war das.

John im Speisesaal, November 2008

Im Licht des späten Vormittags putzt sich John die Zähne und betrachtet noch einen Moment lang sein Spiegelbild. Gestern ist es Mitternacht geworden, bevor er schließlich durch die Drehtür seines Hotels in Toronto getreten ist, sein Hemd gefällt ihm nicht, und eigentlich hat er keine Zeit mehr, es zu wechseln. Doch er windet sich hastig hinaus, so dass ein Knopf abspringt und mit einem hellen Geräusch auf den Waschtisch fällt. Er zieht einen Kaschmirpullover an. Seine Mutter hat ihm letztes Jahr einen schwarzen Kaschmirpullover zu Weihnachten geschenkt.

John fährt sich mit der Hand übers Gesicht und bleibt mit geschlossenen Augen stehen, er spürt seine Aufregung und den Jetlag. Ihm ist schlecht. Er klopft seine Taschen ab, das Portemonnaie in seiner Hintertasche, die Keycard im Portemonnaie, und schon ist er aus der Tür, wartet auf den Aufzug, zwei Stockwerke nach unten, wo drei Mädchen einsteigen, es riecht nach Shampoo, dann fährt das blöde Ding wieder zwei Stockwerke hoch, die Mädchen steigen aus, und endlich geht es runter ins Foyer.

Er wird am Eingang zum Restaurant begrüßt und lässt den Blick über die Tische schweifen. Jane ist noch nicht da. Er ist froh, dass sie noch nicht da ist. Er möchte sie hereinkommen sehen. Eine Stunde später hat er die Zeitung gelesen oder jedenfalls versucht sie zu lesen. Obama gewinnt in North Virginia hinzu. Change. Es ist Zeit für Veränderung. Yes, we can.

Er bestellt verlorene Eier, die mit gegrilltem Spargel serviert werden, zwei Stangen, die auf dem weißen Teller überkreuzt sind, und mit einer Grilltomate, die er nicht anrührt. Der Spargel riecht streng. John hasst diesen Geruch. Es ist der Geruch einer Überreife, die ihm zuwider ist. Er teilt das Ei mit der Seite seiner Gabel, so dass sich das Eigelb über den weißen Teller ergießt, und legt die Gabel hin. Das zerlaufene gelbe Auge des Eis starrt ihn an. Er hat keinen Hunger. Gerade war er noch am Verhungern, doch jetzt kann er nichts essen.

Neben ihm steht eine Frau mit einem Riesenbauch, und als er aufspringt, wirft er fast den Stuhl um, und seine Serviette fällt auf den Teppich.

Ich bin eingeschlafen, sagt Jane. Tut mir leid. Ich schlafe ständig ein. Manchmal im Sitzen. Für Stunden. Gestern bin ich im Lotossitz eingeschlafen. Ich kann überhaupt nichts dagegen tun. Bin einfach plötzlich weg. Als ich aufgewacht bin, hat der Wecker geklingelt.

Hast du einen Bauch, sagt John.

Na ja, jedenfalls komme ich zu spät, sagt sie. Tut mir leid.

Schön, meine ich, sagt John. Wobei er sich da nicht sicher ist. Er weiß, dass ein Baby unterwegs ist, aber er hat sich nicht Janes Körper dazu vorgestellt. Diesen Wasserball, der dazu führt, dass sie watschelt, die Weichheit in ihrem Gesicht. Er beugt sich vor, um seine Serviette aufzuheben, und Jane, die wohl denkt, dass er sie küssen will, kommt ihm entgegen, so dass sie mit der Stirn aneinanderstoßen. Er versucht so zu tun, als wäre es so, als hätte er sie küssen wollen, doch es ist zu spät. Zwei Frauen im Kostüm, die am Nachbartisch sitzen, starren ihn an.

Jane sieht plötzlich aus, als hörte sie etwas. Sie sieht abgelenkt aus, vertieft.

Oh, sagt sie. Oh. Sie packt ihn am Handgelenk und legt seine Hand auf ihren Bauch.

John fühlt eine leichte Bewegung, einen kleinen Stoß.

Hast du was gespürt?, fragt Jane. Sie strahlt. Dann verschiebt sie seine Hand ein wenig. Spürst du es?

Freier Fall, Dezember 2008

Helen befestigt ihren anderen Ohrring. Sie geht auf ein Konzert. Es wird Weihnachtslieder geben, eine Trapezkünstlerin, als Spielzeugsoldaten verkleidete Männer und fünfzig junge Mädchen, deren Nikolauskostüme aus Elasthan ihre Pobacken betonen.

Sie zieht ihre Rheinkieselkette gerade und wirft rasch einen Blick in den Spiegel. Sie berührt die Haut unter dem einen Auge mit der Fingerspitze. Wie ist das gekommen? Jahrzehnte sind vergangen. Jahrhunderte.

Eisregen prasselt ans Fenster; sie sprüht Parfum auf ihr eines Handgelenk, verreibt es mit dem anderen.

Ich muss meinen Enkel abholen, hat Barry heute Nachmittag gesagt. Sein Enkel war das also. Nicht seine Frau oder Freundin. Keine Geliebte. Sie war beglückt. Sein Handy klingelte, und er sagte: Ich komme, Henry.

Mein Enkel, sagte er zu Helen. Er klappte das Handy mit einem kurzen Schwung aus dem Handgelenk zu und erstarrte dann in seiner Bewegung. Da, an der Futterröhre am Fenster: ein Blauhäher. Wo kam der denn plötzlich her? Wie blau er war. Und schon flog er wieder weg.

Er teilte es ihr mit, als ginge es sie etwas an. Keine andere Frau, ein Enkel.

Heute Abend wird eine Zweiundzwanzigjährige, eine Trapezkünstlerin, an zwei schwingenden weißen Stoffbahnen hochklettern, die von der Decke des Theaters herunterhängen.

Ein fließender, elastischer Stoff. Hand über Hand wird das Mädchen hinaufklimmen, bis sie ganz oben im Scheinwerferlicht hängt. Helen wird sich die Augen zuhalten und sich auf ihrem Sitz winden. Es ist zu hoch. Die Rheinkieselkette von ihrem fünften Hochzeitstag; im Spiegel sieht Helen abgehärmt aus.

Das Leben rauscht vorüber – und ist vorbei. Etwas eilt an einem vorüber. Die Vordertür schlägt zu, und dann schlägt hinten eine Tür zu; auf dem Herd verbrennt etwas; Geburtstage, Bräute, Särge; Babys, Bankrott, große Glücksfälle, die Bäume voller Eis; vorbei. Sie fasst ihre Kette an. Alles vorbei. Sie umgreift die Armlehne ihres Sessels. Schaltet die Lampe aus und sieht ein Auto den Hügel herunterkommen. Die Scheinwerferstrahlen bohren sich durch die Spitzengardine. Muster an der Wand. Ein kurzer Halt vor dem Stoppschild, dann biegt das Auto um die Ecke, und der Schatten der Gardine wandert durch das ganze Zimmer: über die Frisierkommode, die Strickjacke am Haken, den Spiegel, Helens Arme und Beine.

Die Weihnachtsshow ist eine Wohltätigkeitsveranstaltung für die Familien von Soldaten in Afghanistan, und im zweiten Akt ist ihr Enkel ein Engel. Timmy ist ein Engel.

Helen entdeckt Patience in der vordersten Reihe, vor Timmy. Helen hat ihnen im Dollar Store Flügel erstanden. Die Kinder singen, wirbeln herum, trappeln von der Bühne.

Dann tritt eine bedeutungsschwere Stille ein. Das Publikum wartet gespannt. Zwei weiße Stoffstreifen entrollen sich von der Decke. Eine Nebelmaschine wird eingeschaltet, und die Balletttänzerinnen verschwinden auf Zehenspitzen in die Seitenkulissen. Auf der Operafolie sieht man das Nordlicht, von den Deckenbalken hängen Sterne, und alles ohne Netz, die Herrschaften. Bitte beachten Sie: alles ohne Netz.

Das in paillettenglitzerndes Weiß gekleidete Mädchen hat die fließenden Stoffbahnen erklommen. Es ist zu hoch oben. Das Mädchen hat sich in den Stoff gewickelt und hält sich nicht mehr fest. Sie schwingt die Arme in einem Bogen über den Kopf.

Der Applaus kommt in Schüben, er schwillt an, ebbt wieder ab, verklingt.

Und wenn ich Barry mal fragen würde, ob er zum Abendessen bleiben möchte?, denkt Helen. Sie hält sich die Hand vor die Augen, sie kann diesem jungen Mädchen zehn Meter über ihnen nicht zuschauen. Stattdessen sieht sich Helen eine Kerze auf den Esstisch stellen. Sie sieht das gute Silber.

Sie kann ihn das nicht fragen.

Das Mädchen schwingt ein Bein, so dass sich der Stoff ein-, zweimal um ihr Bein wickelt. Sie schwingt das andere Bein, das nun ebenfalls in Stoff gehüllt ist.

Kerzen gehen nicht, denkt Helen. Das würde so förmlich wirken und irgendwie erwartungsvoll. Sie schämt sich. Kerzen? Kerzen sind romantisch und intim, sie wird keine Kerzen anzünden, sondern den Dimmer bis zum Anschlag hochdrehen. Sie wird das Abendessen wie ein Einkaufszentrum ausleuchten.

Ob Barry wohl seine Baseballkappe absetzen würde?

Er hat gesagt, das Zimmer nehme langsam Gestalt an. Was meinen Sie?, hat er gefragt. Sie standen zusammen in dem leeren Raum.

Ich bin fast fertig, Helen, sagte er.

Es sieht richtig gut aus.

Ja, finde ich auch. Er nickte zur Decke hoch.

Ganz plötzlich fällt das Mädchen, stürzt kopfüber der Bühne entgegen, überschlägt sich und wickelt sich dabei aus, fliegt Saltos drehend Richtung Bühne, alles ohne Netz, und das Publikum schreit auf, doch auf halber Strecke bleibt sie hängen. Helen wirft vor Schreck den Arm zur Seite und trifft Louise, die neben ihr sitzt. Ein Schlag auf die Brust.

Das Mädchen baumelt triumphierend in der Luft. Tosender Beifall brandet auf.

Louise packt Helen am Handgelenk. Das gehört zur Show, flüstert Louise.

Helen wird Barry zum Abendessen einladen. Sie wird Kerzen riskieren. Was soll's. Verdammt, wenn sie Lust auf Kerzen hat, dann wird sie das riskieren.

Das neue Jahr

Feuerwerk, Januar 2009

Das Feuerwerk war vom Hafen an den Quidi-Vidi-See verlegt worden, weil irgendjemand erkannt hatte, dass wegen der Öltanks auf der South Side Vorsicht angeraten war. Barry meinte, sie könnte den Pick-up oben in den White Hills parken.

Ich hol Sie ab, sagte er.

Das wäre nett, sagte Helen.

Da oben bei dieser Schule, wissen Sie, oder was immer das für ein Gebäude ist.

Bei dem Gebäude, sagte Helen.

Von da aus haben wir einen guten Blick.

Klingt, als wäre das genau der richtige Platz, sagte Helen.

So gegen halb zwölf, also.

Barry hatte drei Wochen zuvor die Renovierungsarbeiten abgeschlossen. Er hatte sein Werkzeug dagelassen und gesagt, er werde es später abholen. Ein paar Tage darauf waren die Sachen weg, und auf Helens borstiger Fußmatte glitzerte der Haustürschlüssel.

Stellen Sie sich mal vor, ein Funke von dem Feuerwerk würde auf einen der Öltanks fallen, sagte Barry. Helen sah beim Telefonieren aus dem Schlafzimmerfenster. Die schroffen Kliffs der South Side Hills hingen voll langer, gefährlicher Eiszapfen. Der glatte nackte Fels weiter oben war von Schnee gemustert. Vor dem blauen Himmel die fünf weißen Tanks, massig und gleichgültig.

Wie wär's, ich koche was für uns, sagte Helen. Sie hatte nicht vorgehabt, das zu sagen. Sie hörte ein lautes Knirschen. Es klang wie eine leere Getränkedose. Barry hatte eine Getränkedose in der Faust zerdrückt.

Machen Sie sich keine Umstände, sagte er.

Wenn Sie zu viel zu tun haben, sagte sie.

Um wie viel Uhr?, fragte er.

Alle in der Stadt hatten die gleiche Idee gehabt. Helen und Barry kamen nicht einmal in die Nähe der White Hills, weil so viel Verkehr war. Sie stellten den Wagen ab. Es schneite leicht, und der Neuschnee knirschte unter ihren Füßen. Sie liefen zum See hinunter. Überall waren lange Autoschlangen, und zwischen den dahinkriechenden Wagen leuchteten die Schneeflocken in den weich konturierten gelben Lichtkegeln der Scheinwerfer.

Auf dem Parkplatz des Amtes für Einwanderung und Arbeit hingen ein paar Teenager in einem Lieferwagen herum. Die Türen waren offen, und laute Musik wummerte in die Kälte hinaus. Die Jugendlichen hatten aufblinkende Eiswürfelattrappen in ihren Gläsern. Die Mädchen waren schrill. Eine schwankende Blondine in einer Bomberjacke aus Kaninchenfell wünschte Helen gellend ein gutes neues Jahr und prostete ihr zu, so dass Bier über den Rand ihres Glases schwappte und die Eiswürfelattrappen Lichtsprenkel über ihre Finger sprühten.

Früher am Abend hatte es geklingelt, und Helen war an die Tür gegangen: Sie hatte sich feingemacht, Barry nicht. Er trug eine Jeans voller Farbkleckse und ein Holzfällerhemd. Sie hatten sich fast unmittelbar zum Essen hingesetzt, denn es gab nichts zu sagen. Der Risotto war klebrig und kalt. Das Rindfleisch grau. Helen tat sich auf und schob ihren Stuhl ein Stückchen zurück, so dass er über den Hartholzboden scharrte. Barry blickte erschrocken und schuldbewusst hoch. Er war bereits dabei, mit einem Stück Brot die letzten Saucenreste vom Teller zu wischen, und Helen hatte noch nicht einmal angefangen.

Mitten im Esszimmer war ein Loch, und alles, was ein Mann und eine Frau zueinander sagen konnten, war in dieses Loch gefallen, und dann hatte sich das Loch geschlossen, und der neue Hartholzboden schimmerte und glänzte stumm. Das Schweigen war von ihren Erwartungen erfüllt, und ihre Erwartungen waren gewaltig, sie waren sexuell und voller Bedürftigkeit, sie waren übermäßig. Hinten im Haus lief der Wäschetrockner, und Helen und Barry hörten, wie die Wäsche übereinandergeworfen wurde. Die Druckknöpfe eines Kleidungsstücks schabten an der Trommel, wurden abgedämpft und schabten erneut, wieder und immer wieder.

Dann kam Barry auf seine Exfrau zu sprechen. Nur flüchtig. Er stemmte die Hand gegen die Tischkante, schob seinen Stuhl zurück und wischte sich mit der anderen Hand vorn übers Hemd, so dass Brotkrümel auf den Boden fielen, und dann erwähnte er ganz beiläufig seine Exfrau.

Sie hat was mit meinem besten Freund angefangen, sagte er. Die alte Geschichte. Ist schon ewig her. Sie sammeln in Nevada Meteoriten.

Helen hatte den Teller voll Essen, und ihr war überhaupt nicht danach, aber sie konnte es auch nicht stehenlassen. Die Sauce war auf dem kalten Risotto zu einer glänzenden, von feinen Rissen durchzogenen Schicht erstarrt.

Kometenschweife oder wie, sagte Helen. Sie spießte ein schlaffes, farbloses Brokkoliröschen auf und schüttelte es dann wieder von der Gabel.

Die sind ihr Gewicht in Gold wert, sagte Barry. Stücke, so groß wie ein Kopf. Die schippen Sand da unten, die zwei.

Sie haben ein Haus, das fast vollständig aus Glas ist. Sie machen das nicht zum Geldverdienen, sagte er. Nur zum Spaß.

Und diese versonnenen Worte waren seine abschließende Bemerkung zum Thema seiner Exfrau. Der Mutter seines Sohns. Er gönnte seiner Exfrau ihre Sternschnuppen.

Helen fiel plötzlich ein, dass sie Musik auflegen könnte. Aus einem schrägen oder dekadenten Impuls heraus legte sie Frank Zappa auf. Barry schenkte ihnen beiden ein zweites Glas Wein ein.

Lecker, das Essen, sagte Barry. Wirklich.

Helen hatte den Mund voll. Sie kaute, schluckte und wedelte ihre weiße Serviette in Richtung Küche.

Bitte, sagte sie. Bedienen Sie sich.

Wenn es recht ist, sagte er.

Sie legte sich die flache Hand auf die Brust, schluckte wieder und trank hastig von ihrem Wein. Aber sicher, sagte sie.

Barry kam mit vollgeladenem Teller zurück und brachte das Gespräch auf den Journalisten, der einen Schuh nach Bush geworfen hatte. Haben Sie sich das mal im Netz angeschaut? Dann redete er über die Bürgermeisterin, die sich vor Jahren in ihre Handtasche erbrochen hatte. Bei ihr hatte er auch mal Parkett verlegt. Die war der Hammer, sagte Barry. Und der neue Bürgermeister hatte dann verlangt, ein Stadtrat solle ihm eine Müslischüssel voll DDT bringen, er werde die ganze gottverdammte Portion zum Frühstück verspeisen. Das Zeug sei völlig ungefährlich. DDT tut keiner Fliege was zuleide, hatte der Bürgermeister vor laufender Kamera erklärt.

Hören Sie auf, sagte Helen. Sie lachte. Barry hatte die Hand tief in die Hosentasche geschoben und zog ein Feuerzeug hervor, mit dem er die Kerzen anzündete. Er ging zum Lichtschalter und dimmte die Lampe, während er weiterredete.

Helen hob die Hand, in der sie die zusammengeknüllte Serviette hielt, und streckte einen Finger hoch, um ihn zum Schweigen zu bringen. Ich muss Ihnen was zeigen, sagte sie.

Was denn?

Sie ging bereits die Treppe hinauf, und er folgte ihr, nahm immer zwei Stufen auf einmal.

Sie müssen sich das anschauen, sagte Helen. Sie stolperte durch die Dunkelheit und schaltete die Schwanenhalslampe auf ihrer Frisierkommode ein. Das Hochzeitskleid, an dem sie die ganze Zeit gearbeitet hatte, lag über der Armlehne eines Sessels. Es war fertig.

Ein Prachtstück, sagte Barry.

Genau wie das Mädchen, das es tragen wird, sagte Helen.

Wunderschön, sagte Barry.

Helen hatte eine Hundert-Watt-Birne in der Lampe, und als das Licht auf den Satinstoff fiel, erstrahlte das ganze Kleid in blendendem Weiß. Perlen und Pailletten funkelten, Licht ergoss sich in die Falten, rollte wie Quecksilberkügelchen, breitete sich in alle Richtungen aus.

Plötzlich wurde Helen bewusst, dass sie in ihrem Schlafzimmer standen, und zudem spürte sie jetzt den Wein. Ihr Bett sah furchtbar aus. Die Kissen waren furchtbar, und die Gegenstände auf der Frisierkommode waren furchtbar: das Deo, ein Paar Nylonstrümpfe, in denen sich schmutzglänzend noch die Form ihrer Fußballen abzeichnete, der Rest der Strümpfe wie eine verschrumpelte, nur leicht glänzende, anzüglich wirkende Reptilienhaut, und ein Abendtäschchen aus Lackleder mit gerissenem Tragriemen. Sie war in ihr Schlafzimmer gegangen, ohne daran zu denken, dass es ihr

Schlafzimmer war. War aus Versehen hineingegangen. Sie schaltete das Licht aus, damit das Bett nicht mehr zu sehen war, und Barry sagte ihren Namen.

Dann standen sie im Dunkeln. Sie standen einfach nur im Dunkeln, und Barry wusste nicht recht, was er tun sollte. Helen tastete nach dem Schalter und machte das Licht wieder an. Es war ein erbarmungsloses Licht. Barry schaute auf die Uhr.

Wir sollten zum See fahren, sagte er. Sonst verpassen wir das Feuerwerk.

Und jetzt standen Helen und Barry also in einer Menschenmenge am See. Ein lautes Krachen hallte von den niedrigen Hügeln wider, und sie wandten sich beide um. Das explodierende Licht schien im Dunkeln nach ihnen zu greifen. Es schoss auf sie zu. Auf das Krachen folgte eine Stille, die tiefer wurde, bodenlos. Das Licht sprang ihnen ins Gesicht, lautlos wie ein Wesen auf dem Grund des Ozeans. Helen trat zurück. Der Schnee knirschte unter ihren Stiefeln. Dann ein mehrfaches, sich überlagerndes Krachen. Das Feuerwerk am Himmel erinnerte an Unterwasserpflanzen. An Seesterne, phosphoreszierende Blumen mit Staubblättern, Blüten und Samen. Sie traten aus der Dunkelheit hervor und wurden wieder von ihr ausgelöscht, ehe sie Helen berühren oder auch nur in ihre Nähe gelangen konnten.

Eine Entenfamilie auf einer Eisscholle versuchte zu fliehen, dicht zusammengedrängt watschelten die Vögel eilig los und blieben dann stehen. Rührten sich nicht. Sie warteten, und beim nächsten Krachen drehten sie sich alle zusammen um und watschelten in die entgegengesetzte Richtung. Helen war in Hörweite der Enten, doch sie machten keinerlei Geräusch. Eine emporschießende rote Fontäne spie weiße Spiralen. Über ihren Köpfen weitere Blumen, die ihre Blütenblätter fallen ließen.

Ein Mädchen ein paar Meter hinter ihnen zählte mit seinem Freund die Sekunden ab. Fünf, vier, drei, zwei, eins. Dann schrie das Mädchen: Prost Neujahr! und hüpfte auf und ab. Es knallte und krachte, und Barry zog Helen an sich, sein Mund lag auf ihrem, sie pressten sich aneinander, seine Zunge, die Festigkeit und Kraft seines Körpers, seine Hand unter ihrer Jacke auf dem Kaschmirpullover. Sie küssten sich lange.

Als sie sich schließlich voneinander lösten, standen Rauchwolken am Himmel, die Leute pilgerten wieder den Hügel hinauf, und Helen fragte: Magst du vielleicht noch auf einen Kaffee oder einen Whisky mitkommen? Und Barry sagte: Gern.

In der Küche schraubte Helen die Espressokanne zusammen und stellte sie auf den Herd. Sie hatte Schlagsahne und eine Flasche Baileys im Kühlschrank stehen und holte beides heraus. Barry saß im Wohnzimmer auf der Couch, und Helen ging rüber und ließ sich neben ihn plumpsen. Es war ganz alltäglich. Sie waren Freunde, Mitternacht war lange vorbei, und sie hatte kalte Schenkel.

Dann war seine Hand zwischen ihren Beinen, bewegte sich, und Helen streckte ihm das Becken entgegen. Er schaute ihr in die Augen. Es war nicht alltäglich. Sie irrte. Sein Daumen lag auf der Naht ihrer Jeans, rieb gezielt. Die Reflexion seines Zifferblatts, eine Lichtscheibe, tanzte über den verblichenen rosafarbeneu Blumenstoff des Sofas. Es war ein wilder, aufgeregter Tanz.

Auf dem Herd begann die Espressokanne zu blubbern. Helen hatte den Aufsatz beim Aufschrauben leicht verkantet, so dass durch das Gewinde Dampf entwich. Ein schrilles Pfeifen ertönte, dann ein Puffen wie von einer Dampflok Und wieder ein gellender Pfiff. Helen presste sich gegen Barrys Hand und drehte das Gesicht zum Sofa.

Gleich komm ich, sagte sie. Sie sagte es nicht zu Barry, und er antwortete auch nicht. Das tanzende Oval seiner Uhr hüpfte über eine Blume auf dem Sofastoff, in die Nähe von Helens Mund. Helen drückte ihr Gesicht ins Sofakissen, damit Barry sie nicht sehen konnte. Sie streckte die Zunge nach der Lichtscheibe aus. Spürte die Struktur des Sofabezugs, der mit Textilspray behandelt war. Er schmeckte nach Sägemehl.

Dann zog Barry ihre Jeans herunter. Ein bisschen grob. Helen hatte die Hände auf seinem Hintern, und ihrer beider Füße verschränkten sich. Er trug glatte Nylonsocken. Beim Orgasmus verzerrte er das Gesicht, wie sie es einmal zuvor bei ihm gesehen hatte, als er eine Sperrholzplatte, die er an der Wand anbringen wollte, auf seine Schulter gehievt hatte und dann in seinem Werkzeuggürtel nach einem Nagel wühlte. Und er grunzte. Es war ein so unwillkürlicher, aus seinem tiefsten Innern kommender Laut, dass es Helen überrieselte. Großer Gott, sagte er. Es überrieselte sie am ganzen Körper, wie Eiswasser. Dann sagte er: Gottverdammt. Gottverdammt. Er schloss die Augen, holte tief Luft und küsste sie aufs Schlüsselbein.

Jemand sollte den Kaffee vom Herd nehmen, sagte Helen. Doch die Espressokanne schrillte weiter. Schließlich stand Barry auf, zog seine Jeans hoch und machte den Ledergürtel zu. Er trat ans Fenster und öffnete den Vorhang. Leute kamen aus der Stadt hochgelaufen. Ein Polizeiwagen fuhr mit blinkendem Signalbalken und kurz aufheulender Sirene vorbei.

Helen ging in die Küche, und der untere Teil der Espressokanne glühte orange, als wäre er kurz davor zu schmelzen.

Was hat er gesagt

Es waren viele Männer im Wasser. Wir hatten nicht viel Zeit, Helen. Wir haben versucht, sie rauszuholen.

Was hatte Cal gesagt? Hatte er überhaupt etwas gesagt? Helen wollte hören, dass Cal ihren Namen gesagt hatte. Sie wollte hören, dass er wusste, dass sie ihn liebte. Sie wollte hören: Sagt Helen – was auch immer.

Es musste keine Liebeserklärung sein. Es musste nicht ihr Name sein.

Nur ein paar Worte, die zeigten, dass er wusste, was er hinterließ. Ein paar Worte, die der Tatsache Rechnung trugen, dass sie alleine vier Kinder würde großziehen müssen. Dass sie ohne Liebe würde auskommen müssen. Dass sie schwanger war. Sie würde gern glauben, dass er irgendwo in seinem Innern wusste oder ahnte oder mittels irgendeiner übernatürlichen Kraft erfahren hatte, dass ein Kind unterwegs war.

Es täte Helen gut zu wissen, dass Cal damals gewusst hatte, wie dunkel der Rest des Winters sein würde und dass das Baby in ihrem Bauch strampelte und sie sich übergeben musste und dass das Kind mit der Nabelschnur um den Hals zur Welt kommen und blau sein würde, bläulich, was keines der anderen gewesen war, und dass Helen panische Angst haben würde, das Kind zu verlieren, sie durfte es auf gar keinen Fall verlieren.

Vor Cals Tod hatte Helen nicht an ein Leben nach dem Tod geglaubt, und sie dachte nach wie vor nicht in diesen Kategorien. Doch als er tot war, horchte sie nach ihm. Sie horchte nach seinen Schritten auf der Treppe, horchte nach seinem Rat. Sie horchte nach dem Rascheln der Cornflakes, die er in eine Schüssel kippte, und nach dem Klappern des

Löffels, sie horchte nach den Pfoten des Hundes auf dem Holzboden, wenn Cal ihm den Futternapf auf die Veranda stellte. Nachts horchte sie nach seinem Atem. Wenn sie ins Nähen vertieft war und der Wasserkessel pfiff, erwartete sie, dass Cal ihn vom Herd nahm. Sie fragte ihn, was er zu den Mädchen meinte.

Und dann ein Murmeln, ein kollektives Aufatmen, denn ihrer Kleinen ging es gut, bestens, was für ein großes Mädchen, und Helen ertappte sich dabei, wie sie dachte: Schau, Cal, schau. Sie hätte gern bestimmte Dinge von ihm gehört, und sie weiß auch genau, was:

Ich habe keine Angst.

Sagt Helen, dass ich ihr danke.

Sagt den Kindern, dass ich sie liebe. Sagt Helen, sagt Helen.

Die Männer schrien alle. Wir mussten die Leinen erst freischlagen, weil sie vereist waren. Die Leinen waren so kalt. Die Männer konnten sich nicht daran festhalten.

Was Helen letztlich nicht begreifen und auch nicht verzeihen kann: Im Tod sind wir allein. Es ist ein so spezielles Alleinsein, dass wir es im Leben nicht erfahren können; es ist zu ausschließlich, zu stark. Es ist eine Droge, dieses Alleinsein, eine unmittelbar eintretende Sucht. Eine Selbstsucht, so radikal und absolut, dass ihr alles, was vorher war, geopfert wird. Cal war allein dort in der Kälte. Vollkommen allein, und das war der Tod. Das war, schließlich und endlich, der Tod.

Helen möchte mitten in der Nacht bei starkem Schneefall ins Meer springen, einfach um herauszufinden, was für ein Gefühl das ist.

Manchmal, wie heute Nacht, ist sie so wach, dass sie meint, nie wieder schlafen zu können. Sie ist sich der andauernden Existenz der Teekanne bewusst. Die Teekanne existiert weiter, der goldene Vinylturnschuh ihrer Enkelin bleibt ein goldener Vinylturnschuh, und das Telefon bleibt weiterhin ein Telefon.

Es ist sehr kalt und sehr dunkel draußen, und Helen wünscht, in der Dunkelheit bewegte sich irgendetwas, ein Taxi führe vorbei. Der Asphalt da draußen ist ganz und gar er selbst. Er wird immer er selbst sein. Das Haus gegenüber ist das Haus gegenüber mit der nackten Glühbirne hinter dem Fenster im zweiten Stock. Und hier ist Helen. Aber Helen ist sich nicht sicher, ob sie sie selbst ist.

Sie lupft ihre Schlafmaske, die Möbel summen, ihre Füße kribbeln, und sie wird von einer Welle der Angst erfasst; sie ist ganz und gar allein. So allein und kalt und hartnäckig vorhanden wie der Baum in ihrem Garten, der Kotflügel des Autos unter der Straßenlampe, der Apfel in der Schüssel auf dem Küchentisch, wie die Kirche auf der anderen Straßenseite, der Kirchturm, der auf der einen Seite von Schnee bedeckt ist; sie ist nicht Helen, und wer ist Helen überhaupt?

Der Fetzen eines Traums, eine zerfaserte, zersplitterte – und dann klingelt das Telefon, es schrillt plötzlich los, klingelt und klingelt. Neben ihr im Bett ist noch ein anderer Körper, und sie erstarrt vor Schreck. Es ist Cal. Cal ist zurück, aber er ist tot.

Doch es ist nicht Cal. Es ist nicht Cal.

Barry macht das Licht an. Er ist ein Mann, der Hausschuhe trägt und schlurft. Helen hört ihn in der Toilette am Ende des Flurs pinkeln. Sie geht ans Telefon, und ihr Herz schlägt höher. Das, was du werden musst. Es ist John. Wie viel Uhr ist es, drei? Drei Uhr morgens?

Mom, sagt John. Er weint.

Mom, sagt John. Wir haben eine kleine Tochter.

Sie sieht es

Sie denkt wieder über das Einfallstor nach. Es gab eine metallene Sturmplatte, die vor der Doppelglasscheibe herabgesenkt und befestigt werden konnte, doch niemand senkte die Sturmplatte herab. Wenn man diese Sturmplatte herabgesenkt hätte, wäre das Wasser nicht auf die Schalttafel gelangt.

Helen kennt all die Wenns auswendig und kann sie herbeten wie den Rosenkranz. Wenn die Männer die nötigen Informationen gehabt hätten, wenn die Sturmplatte heruntergelassen worden wäre, wenn das Wasser keinen Kurzschluss ausgelöst hätte, wenn Cal in einer anderen Schicht gearbeitet hätte, wenn Cal die Stelle gar nicht erst bekommen hätte, wenn sie sich nicht ineinander verliebt hätten. Wenn sie die Kinder nicht gekriegt hätte. Wenn.

Sie möchte gern glauben, dass Cal noch Zeit für ein Kartenspiel hatte.

Helen weiß, dass Cal nach dem Abendessen gern eine Runde 120s spielte, wenn er keinen Dienst hatte, und es war genug Zeit für solche Dinge. Zwar hatte die Meeresfaust bereits zugeschlagen, aber von den Tonaufzeichnungen ausgehend, die geborgen wurden, haben wir allen Grund zu der Annahme, dass niemand sonderlich besorgt war.

Helen will genau wissen, was passiert ist, denn sie kann den Gedanken, es nicht zu wissen, nicht ertragen. Sie will bei Cal sein, wenn die Bohrinsel untergeht.

Auch in der Lautsprecheranlage hatte es einen Kurzschluss gegeben, und vielleicht bemerkten die Männer das Fehlen eines unauffälligen Hintergrundgeräuschs. Vielleicht teilte Cal gerade die Karten aus, als er diese Stille bemerkte, eine Stille, wie wenn der Kühlschrank ausfällt. Was Helen nicht will, ist, dass er schläft. Sie will nicht, dass er mitten in die Panik hinein erwacht. Wenn ihr doch nur jemand sagen könnte, wo er war.

Jemand im Kontrollraum sagte: Wir sollten das Wasser aufwischen.

Oder: Sagt Bescheid, dass jemand kommen und die Scherben zusammenkehren soll.

Jemand sagte: Die Schalttafel ist nass.

Jemand sagte: Die Ventile öffnen sich von selbst. Und eine Stimme sagte: Schon in Arbeit.

Diese Tonaufzeichnungen wurden später geborgen, und die Männer klangen überhaupt nicht besorgt.

Putz das mal weg, da drüben, sagte jemand.

Das Eigenartige ist ja: Das Meerwasser traf auf das Schaltpult und bewirkte, dass ein Strom von 115 Volt in eine andere Richtung floss. Er sollte in die eine Richtung fließen, aber er stellte sich auf die Hinterbeine; er überlegte es sich anders.

Ähnelt dieser Strom nicht letztlich einem menschlichen Gedanken oder Gefühl?, fragt sich Helen. Ein Aufflackern von Emotionen. Eine Anwandlung schwindelerregender Unentschlossenheit. Ein Glühfaden in einer dieser Birnen wurde von orangefarbenem Licht durchzuckt, wurde blau und zerfiel zu Asche. Einen Moment lang behielt der Faden noch seine Form, dann verlor er sie. Es ist das erste einer langen Reihe von Wenns, mit denen Helen sich quält, wenn sie schläfrig ist oder allein im Auto sitzt oder ins Leere starrt: Wenn der Strom nicht verrückt gespielt hätte.

Vielleicht war Rauch aufgestiegen, vielleicht auch nicht. Vielleicht schwebten ein paar blaue Funken wie Glühwürmchen über der Schalttafel und verglommen. Helen glaubt nicht, dass Rauch aufstieg, aber sie hört das Knistern der winzigen Lämpchen, wie Alufolie auf einer Zahnfüllung, eher ein Gefühl als ein Geräusch. Sie hört dieses minimale Geräusch oder fühlt es vielmehr, tief in ihrem Schädel.

Der Strom war nervöse Energie, die in Panik geriet und all die zarten Glühfäden auf ihrem Weg zerstörte; die Kontrollleuchten auf der Schalttafel erloschen.

Oder sie flackerten.

Die Lautsprecheranlage fiel aus. Vielleicht hatte einer der Männer im Kontrollraum Hilfe angefordert, aber die Lautsprecheranlage funktionierte wegen des Wassers auf der Schalttafel nicht.

In den Tonaufzeichnungen aus dem Kontrollraum hört man, dass die Stimmen der Männer entspannt klingen, und wir haben allen Grund zu der Annahme, dass Cal am Kartentisch gerade eine Handvoll Münzen einstreicht, ohne den leisesten Schimmer, was kommen wird. So will Helen ihn haben, völlig ahnungslos.

Ein tragbares Funkgerät fing Geräuschfetzen zwischen benachbarten Ölbohrinseln auf. Ein paar gesprochene Sätze waren auszumachen. Die Männer auf dem Schiff, der Seaforth Highlander, hörten sie und schrieben auf, was sie hörten. Über eines wussten die Männer auf der Ocean Ranger Bescheid: über das Wetter. Sie wussten, dass die Wellen elf Meter hoch waren und der Wind mit achtzig oder neunzig Knoten blies. Oder die Wellen waren siebenundzwanzig Meter hoch und die Windgeschwindigkeit nahm immer mehr zu.

Auf einer der anderen Bohrinseln flog ein mit dem Boden verschraubter Metallschuppen weg.

Wir werden jeden verfügbaren Hubschrauber brauchen, sagte jemand auf der Ocean Ranger. Das war einer der Sätze, die empfangen wurden. Wie hoffnungsvoll er klingt.

Oder: Sag ihnen, dass sie alle verfügbaren Hubschrauber schicken sollen.

Sie sagten: Schickt alle, die ihr habt. Einer der Männer, die das hörten, kommentierte die Gelassenheit des Sprechers. Es war eine gelassene Stimme, die sagte, dass man Hubschrauber brauche. Natürlich kamen keine Hubschrauber, weil die Wolken sehr tief hingen und die Gefahr von Raueis bestand und Hubschrauber bei diesem Wetter nicht fliegen konnten, und die Männer müssen das gewusst haben.

Die Männer auf der Ocean Ranger funkten SOS. Haben schwere Schlagseite, nicht mehr zu beheben. Sie gaben die Koordinaten durch. Sie sagten: So schnell wie möglich. Sie sagten: vierundachtzig Mann.

Die Männer auf der Seaforth Highlander empfingen das SOS. Sie holten alles aus den Maschinen heraus. Fuhren mit voller Kraft. Acht oder neun Knoten. Und sie waren knapp dreizehn Kilometer entfernt. Sie hatten die Bohrinsel im Handumdrehen erreicht. Sie sahen nichts, und dann sahen sie doch etwas, sahen in der Finsternis ein Rettungsboot und flackernde Lichtstrahlen. Die Männer schöpften Wasser. Das Boot sank, aber es waren Männer an Bord, und sie schöpften.

Jemand sagte: Nicht ins Schlepptau nehmen.

Jemand war schon einmal in einer ähnlichen Situation gewesen und wusste, dass ein solches Boot kentern konnte, wenn es geschleppt wurde. Die Männer auf der Seaforth Highlander hatten ein Netz auf Deck ausgelegt, und das Netz war im Nu weg gewesen. Über Bord gespült. Alles, was die Männer taten, vereiste unmittelbar, und sie durchbrachen die Eisschicht immer wieder von neuem. Die Leinen waren vereist und die Gesichter der Männer ebenso. Jede Grimasse, jede Geste barst durch die Eismaske des letzten Rufs oder Schreis. Wangen, Wimpern, Münder, die Knitter und Falten in ihren Jacken brachen mit jeder neuerlichen Geste aus der Kruste der vorherigen Geste hervor und vereisten sogleich wieder. Sie waren Akteure in einem Film, der in lauter Einzelbildern gedreht wurde.

Aber dort draußen waren Männer in einem Rettungsboot, einige von ihnen nur notdürftig bekleidet, und diese Männer waren noch am Leben. Sie schöpften Wasser, denn ihr Boot war offenbar stark beschädigt, und sie gingen systematisch vor, taten, was sie tun mussten. Was sie tun mussten, war, das Boot um jeden Preis über Wasser zu halten. Und dann kenterten sie.

Diese Männer waren im Wasser, und die Männer auf der Seaforth Highlander mussten sich losbinden, um näher an sie heranzukommen, wodurch sie selbst über Bord zu gehen drohten, sie warfen Leinen aus, aber die Männer im Rettungsboot konnten die Arme nicht heben. Rettungsringe trieben in Reichweite im Wasser, aber die Männer konnten nicht danach greifen.

Die Besatzung der Seaforth Highlander musste die Maschinen abstellen, weil die Schiffsschrauben für die Männer im Wasser eine Gefahr waren, sie hätten sie hinunterziehen und zerstückeln können. Doch ohne die Schiffsschrauben trieb das Schiff binnen weniger Minuten von den Männern im Wasser weg. Und das ist sein Ende, denkt Helen. Es ist vorbei.

Aber das gibt nicht wahrheitsgemäß wieder, womit Cal konfrontiert ist, und Helen weiß es. Es ist besser, sich an die wahre Geschichte zu halten, sonst muss das Ganze immer wieder aufgerollt werden, bis die Geschichte stimmt. Helen versucht der wahren Geschichte ins Auge zu blicken.

In der Steilwand aus Wasser tut sich ein tiefer Spalt auf, und sie wandelt sich, wie sich so manches wandelt, zu Beton. Ist es Beton oder Glas? Es ist stumm und ohrenbetäubend, wütend und ruhig.

Ganz es selbst, und ganz anders als alles andere. Anders als ein Riesenrad oder ein Hund, der im Schlaf wimmert, als Popcorn in der Mikrowelle oder der Anblick des Geliebten im Moment des Orgasmus, anders als ein um die Wade geschlungener Fuß oder ein Quadrat aus Sonnenlicht auf dem Hartholzboden. Anders, als alt zu werden. Es ist völlig anders als all diese Dinge. Hat nichts mit ihnen gemein.

Anders als der Versuch, sich an der vereisten Reling festzuklammern, als dieses metallene Monstrum sich zu neigen beginnt. Völlig anders.

Diese Wand aus Wasser ist schon immer da. Sie hat sich nicht gebildet, kommt nicht von woanders her, ist nicht entstanden. Es gab keine Entstehung. Sie ist einfach da.

Sie ist still und verzehrt sich selbst. Hungrig und von Liebe übersättigt. Voller Geheimnis, voller Leere.

Voll von Gott. Kniet nieder vor diesem Geschöpf. Es ist der Mittelpunkt des Außerhalb.

Diese Welle ist der Tod. Wenn wir Tod sagen, meinen wir etwas, was wir nicht ausdrücken können. Die Welle – die ja schließlich nur Wasser ist, einfach nur Wasser, nur pure Kraft, pure Energie – die Welle ist ein Spiegelbild des Todes, nicht der Tod selbst; doch es ist besser, wenn man nicht hinschaut. Man sollte diesen Spiegel meiden. Sich beschäftigt geben. Weg hier. Schnell weg.

Der Tod möchte gern vorgestellt werden. Er ist willens, höflich zu sein. Nur keine Eile. Wenn sich die Wand um Cal schließt, wird er wie eine Fliege in Bernstein sein, ein Rätsel der Zeit, ein Museumsstück. Er wird den Wunsch verlieren zu fliehen. Der unbedingte Wille zu leben wird ihm wie eine Tändelei vorkommen. Stille wird das neue Thema sein.

Das Meer ist von seinem eigenen Zusammenbruch erfüllt, es ist ihm bestimmt, sich selbst restlos zu vernichten, doch für einen kurzen Moment erhebt es sich. Es nimmt die Haltung von etwas ein, das überdauern kann.

Diese Welle arbeitet seit Anbeginn der Zeit darauf hin, die Welt zu verschlingen. Was ist schon die Welt? Was sind Sonnenlicht und Liebe und die Geburt eines Kindes und all die kleinen Leidenschaften, die hervorbrechen, aufflammen, so wichtig sind?

Ein gewaltiges Vertilgen seiner selbst, das ist der Tod, oder wie immer man das Ende des Lebens nennen oder bezeichnen oder apostrophieren will. Aber wir wissen nicht, wie wir es nennen sollen, denn wir kennen es nicht.

Doch diese Männer kennen es.

Cal kennt es. Es ist ein glitzerndes Etwas, von der Schönheit einer Discokugel, groß und blendend, und er hat Helen dafür verlassen.

Helen ist zu folgendem Schluss gekommen: Der Tod muss ein Versprechen in sich bergen.

Wenn sie in hoffnungsvoller Stimmung ist, kann sie manchmal glauben, dass er mehr mit sich bringt als Verwesung. Manchmal glaubt sie, dem Tod müsse eine Verheißung innewohnen. Mehr als die Verheißung der kalten Erde, des Totenschädels, des auf den Sarg gesprenkelten Weihwassers und des goldbestickten Priestergewandes, einer Schar Tauben und der vom Regen noch glänzenden Straße, der Schneebänke, die in der Abenddämmerung so hell leuchten, dass es nach der Dunkelheit in der Kirche in den Augen schmerzt.

Sie hatte Cal in jener Nacht im Bad gehört, beim Zähneputzen. Er redete mit ihr, doch er war gar nicht da.

Er war auf der Durchreise. Er ist zu ihr gekommen, glaubt Helen. Schau mal aus dem Fenster, sagte er. Oder etwas in der Art. Schau mal aus dem Fenster. Die Bohrinsel neigt sich, das Wasser strömt von den Decks, und die Männer umklammern die Reling. Halten sich fest.

Sie neigt sich immer mehr, und der Kartentisch rutscht zur Seite, die Münzen kullern über den Boden, Fünfer, Zehner, Quarters, und jetzt endlich ist sie bei ihm.

Helen steckt in seiner Haut. Sie ist Cal, und sie durchlebt das jede Nacht, manchmal auch in einem kurzen Augenblick beim Geschirrspülen, und es spiegelt sich in den Gesichtern ihrer Kinder. Es ist das Klingeln an der Haustür und die Hitze des Ofens, wenn sie den Bräter herausholt, es ist der Geruch des Ketchups und das Geräusch, das der Ketchup macht, wenn er aus der Plastikflasche gedrückt wird, es ist das Rauschen in der Spülmaschine, es ist eine grauenhafte Angst, mit der sie jede Nacht erwacht. Eine Angst, die in den feinsten Fasern ihres Selbst sitzt, in jedem Gedankenstrang, jedem Gedankenfetzen. Wie soll sie ohne ihn sein?

Sie ist dort. Helen ist dort bei ihm.

Aber sie ist nicht dort, denn niemand kann dort sein.

Die Zehncentstücke rollen auf ihrem Rand, die Spielkarten rutschen vom Tisch, und der Tisch fällt um. Cal kämpft sich an Deck. Er zieht sich Hand über Hand am Treppengeländer hoch. In dem Betonmeer ist ein grässlicher Spalt, und er löst eine Angst aus, die voller Ruhe ist.

Sie wussten es schon die ganze Zeit. Es war beschlossen. Das eine Ende der Bohrinsel neigt sich und gleitet sanft hinein. Es ist da und nicht da.

Der Royal Commission zufolge kam es zu einer fatalen Verkettung von Ereignissen, die sich hätten vermeiden lassen, wären da nicht die schlechte Ausbildung der Besatzung, das unzulängliche Handbuch und das Fehlen technischer

Informationen gewesen. Und das ist die wahre Geschichte. Die Ölgesellschaft ist schuld.

Doch da ist auch diese hartnäckige Wand aus Wasser, und ihretwegen wird Helen jetzt schließlich damit aufhören, gewissenhaft die fatale Verkettung von Ereignissen zu rekonstruieren.

Cal ist an Deck, und er ist fast schon fort. Bitte geh, denkt sie. Bitte geh, lass es vorbei sein.

Denn seine Panik sitzt unter ihrer Haut, genauso, wie er mit ihr Liebe gemacht und sie seine vier Kinder bekommen hat, wie sie ihn hat schlafen sehen, ihm Essen gekocht hat und sich eine Vorstellung davon gemacht hat, was die Liebe sein könnte, und dieser dann gefolgt ist.

Sie ist zu dem Schluss gekommen, dass die Liebe ungefähr dies sein könnte: ein Entwurf, ein Etwas, ein Plan. So hat sie sich die Liebe gedacht und sie dann entstehen lassen. Sie mit Leben erfüllt.

Helen und Cal waren lange aufgeblieben und hatten zueinander gesagt: So muss die Liebe sein. Sie waren sich einig gewesen, und dann hatten sie es durchgezogen.

Falls sie falsch lagen, äußerte sich nie jemand dazu. Helen kannte Cals Launen, und die beiden tratschten und erfanden Geschichten, sie hielten einander und stritten sich und gaben auch im Zorn acht, was sie sagten. Und seine Panik ist in ihr. Die Panik im Angesicht des Todes.

Es muss ein Teil dessen sein, was sie beschlossen hatten: Sollte Cal auf der Bohrinsel ums Leben kommen, würde Helen ihn nie vergessen. Das war das Versprechen. Sie wird ihn nie vergessen.

Eine Mondfinsternis auf der Hochzeitsreise, Februar 2009

Die Sonne ist die Konstante. Die Sonne bewegt sich nicht. Es wird fünfzehn Minuten dauern. Eine totale Mondfinsternis.

Alle murmeln das Wort total. Alle sind sich einig. Sie stehen an einer Straßenecke in Puerto Vallarta. Einer der Männer aus der Gruppe hat einen Zahnstocher zwischen den Zähnen. Sie sind auf dem Weg zurück zu ihren Apartments, nach ein paar Drinks in einem Café. Ein paar Margaritas. Senioren. Sie sind Timesharing-Inhaber, größtenteils Amerikaner, einige auch aus Quebec.

Erst in dreißig Jahren wieder, sagt eine Frau. Wir müssen sie uns jetzt anschauen. Bei der nächsten sind wir tot.

Mausetot, sagt der Mann mit dem Zahnstocher. Er lässt den Zahnstocher auf und ab wippen.

Letzte Gelegenheit, sagt jemand. Alle lachen verhalten. Irgendwie ist das eine komische Vorstellung, die letzte Gelegenheit.

Wir werfen einen Schatten, sagt ein Mann.

Das ist alles, sagt jemand anders. Ein Schatten.

Einer der Männer hebt beide Fäuste und lässt die eine langsam um die andere kreisen, während er mit einem Kopfnicken zur Seite die Position der imaginären Sonne andeutet.

Die Erde schiebt sich zwischen Sonne und Mond.

Oder der Mond zwischen Erde und Sonne, sagt eine Frau. Jedenfalls wird es eine totale Mondfinsternis sein, da sind sich alle einig.

Sie haben die Arme vor der Brust verschränkt und das Gesicht zum Himmel gewandt, und die Taxis, die die Straßen abfahren, hupen, wenn die Leute geistesabwesend auf die Fahrbahn treten. Der Teil des Mondes, der bereits im Schatten liegt, leuchtet wie dunkler Honig.

Helen hatte Barry in ihrem eigenen Wohnzimmer geheiratet. John fungierte als Brautvater, Lulu schluchzte hemmungslos. Gabrielle war aus Novia Scotia eingeflogen und eine Viertelstunde vor der Zeremonie erschienen. Cathy mit ihrem Mann, Mark, und Claire. Timmy mit den Ringen auf einem Seidenkissen. Helen hatte auch Patience und ihre Mutter eingeladen. Patience bekam einen Weidenkorb mit Rosenblüten in die Hand gedrückt, die sie verstreuen sollte. Angesichts dieser äußerst gewichtigen Aufgabe stand sie während der gesamten Zeremonie stocksteif da und starrte auf den Boden. Dann holte sie Schwung wie ein Baseballspieler und warf große, zusammengedrückte Klumpen aus Blütenblättern. Helens Töchter freuten sich für ihre Mutter oder behielten ihre Meinung für sich. Es war eine kurze Zeremonie.

Solange unsere Liebe hält, sagten Helen und Barry zueinander. Cathy hatte das Ehegelübde verfasst. Gabrielle hatte die Ringe entworfen, und ein Juwelier aus dem Ort hatte sie geschmiedet. Helen trug blaue Seide, etwas mehr als knielang und schmucklos, denn Lulu hatte gesagt: Schlicht.

Danach versuchte John Helen zu erklären, wie man eine Windel wechselt. Du machst das falsch, blaffte er sie an und drängte sie zur Seite.

Jetzt hör mal zu, mein Sohn, sagte Helen. Erzähl du mir nicht, wie man eine Windel wechselt.

Jane presste sich während der gesamten Zeremonie eine Tüte Tiefkühlerbsen an die linke Brust, denn sie hatte einen verstopften Milchkanal. Wir sind beide vollkommen erschöpft, sagte Jane.

Das Baby schläft nie, sagte John. Sie waren nach St. John's

gezogen, in getrennte Wohnungen, doch meistens übernachtete John bei Jane auf dem Sofa, um ihr frühmorgens beim Füttern zu helfen.

John wollte, dass sich die anderen das Video von der Geburt anschauten.

Herrje, doch nicht jetzt, sagte Cathy.

John klappte seinen Laptop auf, und alle versammelten sich darum, bis auf Jane, die im Gästezimmer eingeschlafen war, und Barry, der das Video nicht sehen wollte.

John legte die DVD ein, die schwarze Bildschirmanzeige wurde blau, und er drückte auf Play. Schlagartig erfüllte verschwommenes Grün das Bild, ein lautes Rauschen war zu hören, keuchender Atem und Johns Stimme, die sagte: Okay, okay, jetzt also, okay, und dann brüllte er los. Man sah blauen Himmel und Wolken, es ging runter und wieder hoch, am Rand des Bildschirms seine fuchtelnden Hände. John drückte schnell auf die Pausentaste.

Was in aller Welt war denn das?, fragte Lulu.

Die falsche DVD, sagte John. Es war seine Fahrt mit der Seilrutsche in Tasmanien.

Nach der Zeremonie aßen sie alle zusammen Fish & Chips von Ches's, und dann machten sich Helen und Barry rasch auf den Weg zum Flughafen.

Barry hatte Mexiko vorgeschlagen, weil er da noch nie gewesen war und Helen auch nicht. Sie wollten an einen Ort, der für sie beide neu sein würde.

Am Flughafen in Mexiko nahmen sie ein Taxi. Ein leichter Wind kam durchs Fenster herein, das Dröhnen und Gehupe des Verkehrs, die schlechte Luft. Das Hotel war in Ordnung. Helen zog die Tagesdecke herunter, die Bettwäsche war sauber. Sie und Barry liebten sich, dann duschten sie. Barry rieb Helen Rücken, Arme und Oberschenkel mit Körperlotion ein und sie ihm ebenso. Der Verkehr vor dem Hotel war laut, und es war sehr heiß, also gingen sie noch an den Strand, obwohl es schon später Nachmittag war.

Ich geh rein, sagte Barry.

Mach das, sagte Helen. Ich schau dir zu. Das Meer war grün, nur in Ufernähe, wo der Sand aufgewirbelt war, hatte es die Farbe milchigen Tees. Weiter draußen glitzerte und glänzte das Wasser wie Nickel. Später aßen sie in einem Straßencafé, und jemand erwähnte die Mondfinsternis. Jemand sagte: Schauen Sie sich das an.

Die nächste erleben wir nicht mehr, da sind sich alle auf dem Bürgersteig einig. Die Frauen in weißen Caprihosen, bestickten Blusen und Türkis- und Silberschmuck, den sie nachmittags am Strand gekauft haben. Die Männer tragen knielange Shorts – kariert oder marineblau – und dazu Slippers.

Es gibt auch halbnackte, tätowierte Schwule mit glänzendem Schädel, die irgendwie verletzt wirken und sich Schoßhündchen mit Nietenhalsband oder Schleifchen an die Brust drücken. Und vor Gesundheit strotzende junge schwule Geschäftsmänner in akkurat gebügelten Hemden, Cargoshorts und klobigen Sandalen. Auf dem Bürgersteig spielen Kinder Murmeln.

Eine sonnengebräunte ältere Dame mit blondiertem Pferdeschwanz raucht, und die Glut ihrer Zigarette leuchtet orange auf.

Es ist langweilig, dazustehen und den Mond anzuschauen. Ein dröges Ereignis voller Erhabenheit. Eine stattliche Frau kommt vorbei, gefolgt von ihrem Mann, der einen Jungen mit Down-Syndrom an der Hand hält, wohl den gemeinsamen Sohn. An der Straßenecke befindet sich ein Juwelierladen, er ist erleuchtet wie ein Aquarium, und das Mädchen hinter der Theke liest Zeitung.

Das geht jetzt schon vierzig Minuten, sagte ein Mann mit breitem Südstaatenakzent.

Wird wohl doch keine totale, sagt jemand.

Und dann schließlich ist der Mond weg. Ausgelöscht. Alle klatschen. Ganz spontan. Ein kurzer, verlegener Applaus.

Weg, das alte Nachtgestirn, sagt jemand.

Aber es kommt wieder, sagt Barry. Er steht hinter Helen, sie lehnt sich zurück, und er zieht sie an sich.

Es kommt wieder.

Früher am Nachmittag war Barry ins Meer hinausgewatet, bis das Wasser ihn trug. Er schaukelte auf den Wellen, und eine brach sich über seinen Schultern. Es waren noch einige andere Leute im Wasser, und sie sahen alle aus wie Scherenschnitte. Das Meer war jetzt dunkelblau und von Licht übergossen. Jede Welle war silbern bekrönt. Wie gehämmertes Metall, von Glanzlichtern übersät.

Helen spürte plötzlich, wie ein Schatten auf sie fiel und es gleich kühler wurde. Es war ein realer Schatten, er lag auf ihrem Handtuch und hatte seinen Ursprung direkt über ihr; die Kühle war irgendwie unheimlich, und sie musste an Cal denken. Vier Männer, die gemeinsam den Strand entlangschlenderten, waren direkt vor ihr stehengeblieben, alle auf einmal, sie schirmten mit der Hand die Augen ab und schauten in den Himmel. Helen hörte einen schrillen Pfiff – es war ein Paraglider, der im Begriff war zu landen und in seinem Gurtzeug über ihr schwebte. Eine Gruppe von Mexikanern rannte in seine Richtung und gab ihm durch Gesten und Rufe zu verstehen, dass er die Leine ziehen solle, was er tat, und daraufhin sank er drei Meter von Helen entfernt in die erhobenen Arme der Mexikaner, die ihn auf dem Boden absetzten und den Fallschirm zusammenfalteten. Helen schaute aufs Meer hinaus und sah Barry nicht mehr.

Sie sah Barry nicht mehr.

Sie schaute zu der Stelle, wo er vorher gewesen war, doch er war weg.

Dann zog sich die Welle tosend zurück, und er war wieder da. Er stand auf, dunkel im Gegenlicht bis auf ein Schimmern auf Armen und Haar, und schüttelte den Kopf, so dass die Tropfen flogen wie eine Handvoll Silbermünzen, dann tauchte er wieder unter, watete gegen den Sog des Wassers zum Ufer und kam über den Strand zu ihr.

Danksagung

Wie immer danke ich Steve Crocker – für alles. Ebenso Eva Crocker, Theo Crocker und Emily Pickard.

Lynn Henry von Anansi ist eine außerordentlich kluge und großzügige Lektorin. Ich bin sehr, sehr dankbar dafür, dass ich mit ihr an diesem Roman arbeiten durfte, dankbar für ihre Klarsicht und Bestärkung, für ihre geistige Brillanz.

Ich danke Sarah MacLachlan für ihre Freundschaft und ihr Engagement als Verlegerin. Mein Dank geht auch an Matt Williams und Julie Wilson von Anansi. Und an Ingrid Paulson für die Umschlaggestaltung.

Ich danke meiner Agentin Anne McDermid für ihren Enthusiasmus, ihren Fleiß und ihr Charisma.

Von Nan Love, Claire Wilkshire und Lynn Moore habe ich Unterstützung, Zuspruch und Bestätigung erhalten. Ich habe mir ihre Adleraugen zunutze gemacht. Ihnen ganz besonderen Dank.

Dieses Buch hatte einige frühe Leser, Ratgeber und Freunde, denen ich ein riesiges Dankeschön zukommen lassen möchte: Bill Coultas, Dede Crane, Eva Crocker, Rosemary Crocker, Steve Crocker, Libby Creelman, Ramona Dearing, Susan Dodd, Barbara Doran, Jack Eastwood, Mark Ferguson, Jessica Grant, Mike Heffernan, Holly Hogan, Mary Lewis, Dr. John Lewis, Nan Love, Elizabeth Moore, Christine Pountney, Lawrence Mathews, Sarah MacLachlan, Beth Ryan, Bob Wakem, Claire Wilkshire,

Michael Winter. All diesen Menschen bin ich zu großem Dank verpflichtet.

Sehr wichtig für meine Arbeit war *The Royal Garnmission on the Ocean Ranger Desaster*, verfasst von T. Alex Hickman, O. C., Q. C. Douglas House' *But Who Cares Now: The Tragedy of the Ocean Ranger* war mir eine wertvolle Quelle. Ich danke Mike Heffernan für *Rig: The Story of the Ocean Ranger*, eine sehr wichtige und bewegende Darstellung der Katastrophe. Die Soziologin Susan Dodd, die ebenfalls über die Ocean Ranger schreibt, war mir eine große Hilfe. Den Verfassern dieser Werke gilt mein Dank und Respekt.

Und schließlich möchte ich noch die tapferen Männer würdigen, die auf der *Ocean Ranger* umgekommen sind, und ebenso die tapferen Familien dieser Männer.

Lesen Sie weiter

Giulia Caminito *Ein Tag wird kommen*
Eine italienische Familiengeschichte in Zeiten des aufkeimenden Faschismus, ein politischer Roman über Schuld und Anarchie, Widerstand und unverwüstliche Hoffnung – in einer Sprache, so zärtlich-rau wie die Liebe zwischen zwei Brüdern.
Aus dem Italienischen von Barbara Kleiner
Quart*buch*. Gebunden mit Schutzumschlag. 272 Seiten

Eva Roman *Pax*
Pax wächst in einer Kleinstadt auf. An seine Eltern und den großen Bruder hat er keine Erinnerungen, sie sind von einer Afrikareise nicht zurückgekehrt. Tante Beatrix, seltsam altjüngferlich und einigermaßen verklemmt, arbeitet als Verkäuferin im örtlichen Kaufmarkt und zieht Pax groß, so gut sie eben kann.
Quart*buch*. Gebunden mit Schutzumschlag. 240 Seiten

Josepha Mendels *Rolien & Ralien*
Als der Roman 1947 erstmalig in den Niederlanden erschien, wurde er als »gefährliches Buch« skandalisiert. Vor allem aber ist *Rolien & Ralien* ein phantasieübersprudelndes Stück Literatur.
Aus dem Niederländischen von Marlene Müller-Haas
Quart*buch*. Gebunden mit Schutzumschlag. 224 Seiten

Sara Mesa *Quasi*
Von außen ist das Versteck zwischen Büschen und Bäumen nicht zu sehen. Jeden Tag begegnen sich dort ein junges Mädchen und ein deutlich älterer Mann. Die magnetische Geschichte einer Beziehung, die nicht vorgesehen ist – und ein doppelbödiger Roman, in dem vieles anders ist, als es scheint.
Aus dem Spanischen von Peter Kultzen
Quart*buch*. Klappenbroschur. 144 Seiten

Kanadische Literatur bei Wagenbach

Colin McAdam *Eine schöne Wahrheit*
Ein hochaktueller Roman über die fließende Grenze zwischen Mensch und Affe, über phantasievolle Kommunikationsformen, über die Sehnsucht, irgendwo dazuzugehören, und über den unbedingten Willen zu überleben.
Aus dem kanadischen Englisch von Eike Schönfeld
Quart*buch*. Gebunden mit Schutzumschlag. 336 Seiten

Helen Weinzweig *Von Hand zu Hand*
Die Upper Class von Toronto versammelt sich zu einer kuriosen Hochzeit. Wie in einem Brennglas leuchten die verschlungenen Lebensgeschichten der Partygäste auf – und ihr Beziehungsgeflecht, das einem Spinnennetz ähnelt.
Aus dem kanadischen Englisch von Hans-Christian Oeser
Quart*buch*. Leinen. 160 Seiten

Ryad Assani-Razaki *Iman*
Ein hochaktueller, aufwühlender Roman über das Leben dreier Straßenkinder in Afrika. Ein Buch über Freundschaft und Liebe, Hass und Verrat. Assani-Razaki zeigt unvergesslich, was Menschen dazu bewegen kann, alles hinter sich zu lassen und ihr Leben einem Boot zu überantworten, mit Kurs auf Europa.
Aus dem kanadischen Französisch von Sonja Finck
WAT. Broschiert. 320 Seiten

Colin McAdam *Ein großes Ding*
In seinem großartigen und lebensvollen Debüt erzählt Colin McAdam die spannende und bewegende Geschichte zweier Männer und über die Rolle, die Frauen und der Ehrgeiz, etwas richtig Großes zu schaffen, in ihren Leben spielen. Ein Roman über Liebe und Träume von magnetisierender erzählerischer Kraft und emotionaler Tiefe.
Aus dem kanadischen Englisch von Eike Schönfeld
Quart*buch*. Gebunden mit Schutzumschlag. 384 Seiten

Neu im Taschenbuch

Jiří Weil Leben mit dem Stern

Wie schon in *Mendelssohn auf dem Dach* erzählt Jiří Weil von der besetzten Stadt Prag. In diesem ergreifenden Roman geht er dem Schicksal des ehemaligen Bankangestellten Josef Roubíček nach, der von seiner bescheidenen Existenz in der einstmals blühenden Stadt träumt und nur noch in seinem Kopf lebt.

Aus dem Tschechischen von Gustav Just
WAT. Broschiert. 256 Seiten

Fernanda Melchor Saison der Wirbelstürme

Die Hexe ist tot, ermordet – aber hat sie's nicht genau so gewollt? Sprachgewaltig, schmutzig und mit der Sogkraft eines Wirbelsturms schreibt Fernanda Melchor, eine der wichtigsten jungen Stimmen Lateinamerikas, über die viel zu alltägliche Gewalt gegen Frauen.

Aus dem mexikanischen Spanisch von Angelica Ammar
WAT. Broschiert. 240 Seiten

Milena Michiko Flašar Ich nannte ihn Krawatte

Ist es Zufall oder eine Entscheidung? Auf einer Parkbank begegnen sich zwei Menschen. Der eine alt, der andere jung, zwei aus dem Rahmen Gefallene. Nach und nach erzählen sie einander ihr Leben und setzen behutsam wieder einen Fuß auf die Erde.

WAT. Broschiert. 144 Seiten